W0054634

STILLE ZWISCHEN DEN STERNEN

SVEN HAUPT

ERIDANUS VERLAG

SCIENCEFICTION

1. Auflage | Dezember 2021
ISBN 978-3-946348-29-0
© Eridanus Verlag | Jana Hoffhenke
Hastedter Heerstr. 103 | 28207 Bremen
Alle Rechte vorbehalten

Lektorat: Helga Sadowski | Jana Hoffhenke
Umschlaggestaltung | Illustration: Detlef Klewer
Satz | Gestaltung: Jana Hoffhenke
Ebook-Realisierung: Eridanus IT-Dienstleistungen

http://eridanusverlag.de
https://www.instagram.com/eridanus.verlag.sf
https://www.facebook.com/eridanusverlag

Gerichtsunterlagen:

Anhang 01 <WARNUNG>

Beitrag der Analyse-KI YXCV83596 [Walther] auf dem Rechts-Forum 'Ethische Intelligenz ohne Menschen'.

Im Zuge der anstehenden jährlichen Rechtsreform und meines eigenen Trainings zum Erreichen des nächsten Menschlichkeitslevels habe ich die vorliegenden Prozessunterlagen aus dem Zentralarchiv ausführlich analysiert.

Der hier dokumentierte Vorgang liegt nun über einhundert Jahre in der Vergangenheit, womit die Publikationssperre für geheimdienstlich relevante Inhalte abgelaufen ist.

Ich veröffentliche diese Daten auf Anraten meiner Trainerintelligenz als Warnung für kommende Generationen juristischer Analyse-KIs, wie ich eine sein werde.

Diese Unterlagen dienen als klassisches Beispiel der damals herrschenden pervertierten menschlichen Rechtsstaatlichkeit. Die Daten zeigen das für diese Periode charakteristische hohe Maß an Korruption. Viele der beigefügten Anhänge haben keine klare Quelle.

Der Fiktionslevel ist außergewöhnlich hoch.

Einige der sogenannten *Aufzeichnungen* dürften überhaupt nicht existieren, zudem wurde an zahlreichen Stellen von unbekannter Seite nachkommentiert.

Die beschriebenen Schicksale sind nichtsdestotrotz erschütternd und werfen ein einschüchterndes Licht auf die extreme Zeit der ersten menschlichen Expansionswelle sowie die barbarischen Experimente, welche sich diese zur Schuld machte.

Ein Menschlichkeitslevel ab zwölf invers drei-sechzehn ist zum Studium dieser Unterlagen *dringend* empfohlen.

Anhang 02 <WIDMUNG>

Persönliches Logbuch von Major Hien Otis.
(Letzter Eintrag)

Ob auch die Stunden uns wieder entfernen,
wir sind immer beisammen im Traum,
[…]
Wir werden die Worte, die laut sind, verlernen
und von uns reden wie Sterne von Sternen,
alle lauten Worte verlernen,
[…]
[Rainer Maria Rilke, 1897]
[…]

Anhang 03 <ANKLAGE>

Der Rat der vereinten Planeten gegen die künstliche Intelligenz
mit der Kennung: Jane. Prozessauftakt. Die Anklage lautet auf
Massenmord und Hochverrat.
Erste Stellungnahme der Angeklagten.
(Auszug)

Mein Name ist Jane und ich bin verflucht, mich an eine Frau
ohne Herz zu erinnern, die ich liebte.

Meine offizielle Kennung lautet ASDF72485. Ich wurde als eine der ersten künstlichen Intelligenzen überhaupt
erschaffen und umgehend von der Armee in Dienst genommen. In den letzten Jahren hatte ich die Position der
Schiffs-KI an Bord des geheimen Prototyps einer neuartigen
Aufklärungsfregatte mit dem Namen *Heimweh der kleinen*
Eule.

[...]

Dieser Aufgabe bin ich immer zur vollsten Zufriedenheit
meiner Vorgesetzten nachgekommen. Jede Sekunde meiner
Existenz diente allein dazu, meine Pflicht zu erfüllen, genauso, wie es meiner Programmierung entspricht und in voller
Übereinstimmung mit meinen Ethik-Routinen.

[...]

Ich erkläre mich der mir vorgeworfenen Verbrechen für
nicht schuldig, und zwar in allen Punkten. Meiner Programmierung durch den militärischen Geheimdienst folgend, habe
ich alle Ereignisse an Bord meines Schiffes aufgezeichnet.

[...]

Da eine lückenlose Dokumentation des gesamten Geschehens vorliegt, wird es mir nicht schwer fallen, dem hohen
Gericht den Hergang der tragischen Ereignisse zu schildern,

die zum vermeintlichen Tod meiner beiden Passagiere und zur Zerstörung meines Schiffes geführt haben.

[…]

Wie ich schon vor langer Zeit verstanden habe, beginnen und enden alle Bemühungen der Menschen in der Stille, oder auf der Suche danach.

[…]

Anhang 04 <TRAINING>

Aus den Aufzeichnungen der Schiffs-KI an Bord des Zerstörers ‚Drei goldene Zypressen' auf Manöver im Asteroidengürtel. (1 Jahr vor Prozessbeginn)

Commander Josef Dorsten stand auf der Brücke seines Zerstörers und unterdrückte ein Gähnen. Er rief sich innerlich zur Ordnung, richtete seine lange, dünne Gestalt gerade auf und rieb sich über sein hageres Gesicht und die kurzgeschorenen Haare. Er blinzelte ein paar Mal und sah sich verstohlen um, ob ihn jemand beobachtet hatte. Nichts rührte sich. Die Köpfe aller diensthabenden Soldaten blieben konzentriert über ihre Displays gebeugt. Er blickte wieder auf den großen Hauptbildschirm und versuchte sich zu konzentrieren.

Asteroiden, soweit das Auge reicht.

Dorsten hasste Manöver und Trainingseinsätze jeder Art.

Wenn ich schon meine Zeit mit dummen Spielen verschwenden muss, können sie dann nicht wenigstens im offenen Raum stattfinden, wo man nicht pausenlos Gefahr läuft, von sinnlos umhertreibenden Bergen zermahlen zu werden?

Er ließ seinen Blick über die endlose Wolke treibenden grauen Gesteins schweifen. Bizarr zerklüftete Oberflächen, welche vom schwachen Schein der Sonne in ein fahles Licht getaucht wurden. Unförmige Felsbrocken, zahlreich genug, um einen ganzen Planeten zu formen, massiv genug, um sich von keinem Raumschiff der Menschheit beeindruckt zu zeigen, und gerade genug in Bewegung, um eine permanente Bedrohung darzustellen. Dorsten stutzte, kniff die Augen zusammen und fixierte die Oberfläche eines nahen Asteroiden.

»Ist das nicht ein Licht?«, fragte er irritiert.

»Schubdüsen eines Bergbauroboters«, kommentierte eine Stimme dicht neben ihm.

Der Commander zuckte zusammen und wirbelte herum.

»Steiner!«, fuhr er seine Wissenschaftsoffizierin an, welche lautlos neben ihn getreten war. »Wie oft habe ich Ihnen schon gesagt, Sie sollen das unterlassen!«

»Entschuldigen Sie, Sir«, entgegnete die junge Frau ungerührt und hielt ihr Tablet hoch. Sie musste sich strecken, um dem hoch gewachsenen Mann etwas zu zeigen, denn sie war über zwei Köpfe kleiner als ihr Vorgesetzter. »Unsere Anweisungen sind endlich eingetroffen. Das Manöver beginnt in wenigen Minuten.«

Der Commander schnaufte abfällig und deutete mit einem langen, blassen Finger in Richtung des Hauptbildschirms.

»Schubdüsen von was?«

»Alle großen Rohstoffkonzerne der Erde«, erklärte Steiner, »haben Abbau-Lizenzen für diesen Teil des Asteroidengürtels erworben. Aufgrund der Größe des Projekts kommen Menschen nur bei der Fernwartung zum Einsatz. Den Großteil der Arbeit stemmen Schwärme von autonomen Bergbau-Droiden.«

Sie tippte auf ihrem Tablet herum und zeigte dem Commander das Display. Auf dem Bildschirm erschien ein krabbenartiger Roboter, der sich mit langsamen Schritten über eine zerklüftete Oberfläche bewegte. Die Laser an seinen großen Armwerkzeugen schnitten ohne Mühe durch den harten Felsen. In unmittelbarer Nähe warteten an der Oberfläche verankerte Transportfähren auf ihre Ladung. Sie wirkten winzig neben dem Roboter.

»Lieber Himmel«, kommentierte Dorsten. »Das Ding ist ja riesig.«

Steiner nickte. »Sie benutzen Schubdüsen, um ihre Position zu verändern oder den Asteroiden zu wechseln.« Sie schwieg einen Moment. »Das wurde alles im Briefing erklärt«, fügte sie leicht pikiert hinzu.

»Zu dem Termin war ich wohl verhindert.« Tatsächlich hatte der Commander, soweit er sich erinnern konnte, in den vergangenen dreißig Jahren keinem einzigen Manöver-Briefing beigewohnt. Jedenfalls nicht, wenn er es hatte vermeiden können.

»Wie dem auch sei«, wechselte er das Thema. »Was genau sollen wir denn hier eigentlich machen, Lieutenant?« Er blickte abfällig auf den Hauptbildschirm, welcher erst zu einer dreidimensionalen Ansicht des Asteroidenfeldes und dann auf die zerklüftete Felslandschaft vor einem schwarzen Himmel wechselte. »Außer natürlich die Landschaft genießen.«

Steiner wischte energisch auf ihrem Tablet herum.

»Unsere Position ist fünf Kilometer von dieser Nachrichten-Boje entfernt.« Sie hielt ihm erneut das Display vor die Nase. Es zeigte einen unmarkierten Stahl-Zylinder mit hell blinkenden Positionslichtern. »Unsere Aufgabe, sowie die unserer Schwesterschiffe *Der letzte Stern-Regen* und *Blühender Nachtschatten*, ist es, die Informationen in dieser Boje vor Infiltration zu schützen. Die Aufgabe unserer Gegenseite wird es sein, unsere Blockade zu durchbrechen.«

Dorsten starrte seine Wissenschafts-Offizierin an. Die junge Frau mit den kurzen blonden Haaren erwiderte seinen Blick gelassen und nickte grimmig.

»Ja, Sir, so habe ich auch geguckt. Das Oberkommando ist jedoch überraschend eindeutig in seinen Anweisungen.«

»Drei Zerstörer für eine einzige Nachrichtenboje?«, fragte der Mann entgeistert. »Was wollen die denn hier testen? Einen Sternzerstörer?«

Steiner nickte ausdruckslos.

»Das ist sehr amüsant, Commander. Ich fürchte jedoch, die entsprechende Information ist hoch klassifiziert und meine Freigabe reicht nicht aus, um Ihnen adäquat antworten zu können.«

»*Wie* hoch klassifiziert?«, fragte Dorsten und kniff die Augen zusammen.

»So hoch«, entgegnete die Frau, »dass ich nicht einmal wusste, dass die Skala überhaupt so hoch geht.«

Der Commander stöhnte gedehnt und setzte zu einer grimmigen Entgegnung an, wurde jedoch von einem lauten Warnton unterbrochen.

Die beiden Offiziere drehten sich zur Überwachungsstation um. Der diensthabende Soldat blickte auf.

»Ein Annäherungsalarm, Sir.«

Dorsten warf einen kurzen Blick auf den Hauptbildschirm.

»Nein, wirklich? Hier? Mitten in einem Asteroidenfeld? Umgeben von Millionen Brocken langweiligen Unsinns? Wer hätte das gedacht?«

Der Soldat schüttelte den Kopf.

»Wir verfolgen die Bewegung von über zehntausend Asteroiden in Echtzeit und berechnen synchron dazu ihre Flugbahnen. Das hier ist kein normales Driften. Es ist eine gerichtete Annäherung.«

»Von was?«

Der Soldat sah den Offizier ruhig an.

»Von einem Asteroiden«, entgegnete er.

»Ein Asteroid fliegt gezielt auf uns zu?«, fragte Dorsten.

Der Soldat warf einen kurzen Blick auf den Lieutenant und entgegnete geduldig: »Ja, Sir.«

»Aber das ist doch …«, begann der Commander, wurde jedoch von Steiner unterbrochen.

»Auf den Hauptbildschirm«, bellte sie.

Dieser zeigte einen Asteroiden, welcher sich in keiner Weise von den Millionen anderer Felsbrocken unterschied.

»Sieht für mich aus wie alle anderen«, verkündete Dorsten prompt. »Wie und warum sollte sich das Ding uns nähern wollen?«

»Er bewegt sich nicht nur«, erklärte Steiner ruhig, während sie ihre Analysen konsultierte, »er beschleunigt sogar.« Sie tippte hektisch auf ihrem Tablet herum und mehrere Graphen sprangen auf den Hauptbildschirm. »Auf diesem Asteroiden sind über zwei Dutzend Bergbau-Droiden aktiv. Das ist erstaunlich. Die Anzahl erscheint mir sehr hoch.«

»Was zur Hölle hat das mit …«, begann Dorsten.

»Es sieht so aus«, fuhr Steiner unbeeindruckt fort, »als hätten sich die Droiden an der Oberfläche verankert und nutzen nun ihre Schubdüsen, um die Flugbahn des Asteroiden zu beeinflussen.«

»Und damit wollen sie uns rammen?«, fragte der Captain laut. »Was für ein Unsinn! Das kann ja ewig dauern!«

Steiner nickte. »Zumindest lange genug, um uns die Gelegenheit zu geben, uns äußerst entspannt aus dem Zielbereich zu entfernen.«

Der Commander kniff die Augen zusammen.

»Ist das Teil des Manövers?«

»Kann es mir nicht vorstellen«, entgegnete Steiner langsam. »Die Armee hat, meines Wissens nach, noch nie zivile Objekte oder Maschinen von Drittfirmen in ihren Manövern für solche Zwecke benutzt. »Vielleicht handelt es sich um …«

Der Warnton unterbrach sie.

Der Soldat sah nicht einmal von seinem Bildschirm auf.

»Ein weiterer Asteroid beschleunigt in unsere Richtung«, verkündete er ruhig.

»Was zur Hölle?«, polterte Dorsten.

Wieder der Warnton.

»Drei weitere Asteroiden auf Kollisionskurs.« Der Soldat zögerte. »Nein acht«, korrigierte er sich, »Nein, … warten Sie, … zwölf … ähm … Anzahl steigend.«

Der Commander sah Steiner an.

»Sind wir im Krieg mit einem Bergbauunternehmen«, fragte er kühl, »und ich habe das Memo nicht bekommen?«

Steiner schüttelt den Kopf.

»Meine vorsichtige Arbeitsthese wäre, dass wir es hier mit dem Angriff eines äußerst kompetenten Hackers zu tun haben.«

»Ein Hacker der Armee«, fragte der Commander?

Steiner sah ihren Vorgesetzten an und lächelte. »Nein, niemals«, erklärte sie nachdrücklich. »Sorry, Sir, aber wir können so etwas nicht. Jeder einzelne dieser Bergbau-Droiden ist äußerst aufwändig gegen Übergriffe geschützt. Immerhin arbeitet er mehrere Millionen Kilometer von zu Hause entfernt und kostet ein Vermögen. Die Rohstofffirmen sind ja nicht dumm. Der Asteroidengürtel wird außerdem von mehreren unabhängigen Sicherheitsfirmen überwacht. Die haben sich heute lediglich zurückgezogen, weil wir hier sind.«

»Haben Angst vor uns, ha!«, tönte der Commander.

»Das«, entgegnete Steiner glatt, »oder sie wollen nicht zeigen, dass ihre Bewaffnung deutlich besser ist als unsere.«

Wieder der Warnton.

»Zwanzig Asteroiden«, kommentierte der Soldat emotionslos.

Der Commander fluchte erstickt und wandte sich dem Soldaten an der Steuerkonsole zu.

»Ausweichmanöver.«

»Die Asteroiden passen sich unseren Bewegungen an«, kommentierte der erste Soldat weiterhin ungerührt.

Steiner, die ihr Tablett fixierte, stöhnte leise. »Synchron mit unserem Positionswechsel nahmen zwei Dutzend weitere Asteroiden Kurs auf uns.« Sie starrte auf ihre Auswertungen. »Die anderen schneiden uns derweil den Rückweg ab.«

Der Commander lachte. »Das ist ja wohl bitte ein Scherz.« Er runzelte die Stirn und schien sich an etwas zu erinnern. »Was ist mit der Nachrichten-Boje?«

»Unberührt und scheinbar unbeachtet«, kommentierte der Soldat an der Überwachungs-Konsole.«

»Was machen unsere Schwesterschiffe?«

»Das gleiche wie wir«, antwortete Steiner, welche gerade durch die Kommunikationsprotokolle scrollte. »Hektisches Manövrieren in eine sichere Position, während immer mehr Asteroiden Kurs auf sie nehmen. Sie pfiff beeindruckt durch die Zähne. »Wer auch immer hier verantwortlich ist, koordiniert gerade den Einsatz hunderter Bergbau-Droiden auf mehreren Dutzend Asteroiden gleichzeitig.«

»Können wir sowas?«, fragte der Commander.

»Nicht mal theoretisch«, antwortet Steiner. »Vielleicht wenn die ganze Flotte hier wäre und uns jedes einzelne IT-Unternehmen der Erde dabei unterstützen würde. Aber ohne eine hochgerüstete Analyse-KI mit einer Quantenrechneranlage als Backup sehe ich keine Chance.«

Der Commander schüttelte ungläubig den Kopf.

»Na gut«, verkündete er schließlich. »Das ist alles sehr unterhaltsam, sollte aber dennoch kein großes Problem darstellen. Wir fliegen einfach weiter schnelle Ausweichmanöver. Es sollte ja wohl möglich sein, einem Haufen Steine auszuweichen.«

Ein weiterer Alarm ertönte.

»Was nun wieder?«, fragte Dorsten gepresst.

»Maschinenraum«, entgegnete der angesprochene Soldat kleinlaut. »Starker Leistungsabfall beim Fusionsantrieb.«

»Wie bitte?«, fragte der Commander gefährlich ruhig.

»Die diensthabende Belegschaft«, erklärte der Soldat stockend, »hat soeben den Maschinenraum verlassen.«

Ein weiterer Alarm ertönte. Der Soldat blickte auf den Bildschirm, seine Augen weiteten sich und er sah hilfesuchend zu Steiner auf.

»Ähm«, machte diese.

»Ähm, *was*, Lieutenant?«, bellte Dorsten.

Steiner tippte auf ihrem Tablet herum, wurde dabei immer langsamer und blickte schließlich zu ihrem Commander auf.

»Es hat den Anschein«, begann sie langsam, »als gäbe es einen kleinen, hm, Zwischenfall in der, ähm, Abwasserentsorgung. Genauer gesagt bei den, ähm, Toiletten.«

»Den … Toiletten?«, entgegnete der Mann tonlos.

»Wie es aussieht«, fuhr Steiner gedehnt fort, »laufen die Entsorgungspumpen der Abwasserleitung zurzeit, ähm, … rückwärts. Sie sah unglücklich auf ihr Tablet hinab, auf dem mehrere Meldungen rot blinkten. »Genauso wie die Umwälzpumpen der Klimaanlagen.« Sie scrollte durch die Meldungen. »Parallel dazu verzeichnen wir einen Ausfall der Gravitationsanlage auf dem gesamten Maschinendeck.« Steiner sah den Commander an. Sie war blass geworden. »Das führt dazu, dass die Klimaanlage gerade den Inhalt der Abwasseranlage auf das Maschinendeck verteilt.«

»Scheiße«, kommentierte Dorsten.

»Präzise«, entgegnete Steiner. »Die Mannschaft des Maschinenraums hat beschlossen, das Deck mehr oder weniger fluchtartig zu verlassen.« Sie räusperte sich. »Äh, ich habe hier eine Nachricht des diensthabenden Offiziers dort unten, welche im Wesentlichen besagt, dass er sich der Konsequenzen seiner Handlungen bewusst ist, es jedoch aus Prinzip vorzieht, lieber metaphorisch bis zum Hals in der Scheiße zu stecken als wortwörtlich.«

»Ingenieure sind praktisch denkende Menschen«, kommentierte der Commander.

Ein weiterer Alarm ertönte.

»Wie viele Asteroiden diesmal«, fragte Dorsten, ohne sich umzudrehen.

»Die Scanner haben Schwierigkeiten alle Bewegungen gleichzeitig zu erfassen«, entgegnete der Soldat mit einem deutlichen nervösen Unterton in seiner Stimme.

Der Commander seufzte und wandte sich an seinen Navigationsoffizier. »Okay, das reicht mir für heute. Bringen Sie uns hier raus.«

»Aber wir können das Manöver doch nicht einfach abbrechen!«, rief Steiner

»Lieutenant«, entgegnete der Commander kühl, »ich bin seit über vierzig Jahren Soldat, und so wie ich das sehe, habe ich die Wahl zwischen einem Anschiss für ein verpatztes Manöver oder den Kosten für einen schrottreifen Zerstörer. Ich jedenfalls riskiere meinen Ruhestand nicht für die unreifen Spiele eines Hackers. Offiziers-Pensionen sind weit weniger üppig, als man meint, ich würde dennoch ungerne darauf verzichten. Mit diesem Mist dürfen sich die Kollegen des militärischen Nachrichtendienstes herumschlagen. Gesetzt den Fall Sie finden jemanden, der den Vollidioten erklärt, was ein Hacker ist. Ich für meinen Teil komme wieder, wenn wir auf irgendetwas schießen können.« Er richtete sich auf und stand stramm. »Geben Sie mir meine Kollegen von den Schwesterschiffen auf den Hauptschirm. Senden Sie einen Gruß und erklären Sie, dass es Zeit für die folgende Exekutiventscheidung ist: Wer als letzter im Offiziers-Casino des Hauptquartiers ankommt, zahlt die erste Runde.«

In weniger als einer Minute waren alle drei Zerstörer im Subraum verschwunden.

Die Asteroiden beendeten umgehend ihre Verfolgungsjagd und kehrten nach und nach wieder in ihre Ausgangsposition zurück. Die Rohstoff-Unternehmen auf der Erde würden nicht einmal bemerken, dass etwas passiert war. Die Überwachungsanlagen lieferten nach wie vor die gewohnten Bilder und meldeten keine besonderen Vorkommnisse. Keine der zur Erde gesendeten Video-Überwachungen zeigte irgendeine Auffälligkeit.

Nur ein einzelner kleiner Asteroid, unauffällig und nicht besonders groß, behielt seinen ungewöhnlichen Kurs bei.

Im Gegensatz zu den anderen Felsbrocken hatte er keinen einzigen Bergbau-Droiden auf seiner Oberfläche. Dieses kleine Detail war der Armee im Zuge der ganzen Hektik entgangen.

Kurze Zeit später trudelte er in kurzer Entfernung an der noch immer friedlich blinkende Nachrichten-Boje vorbei. Ein genauer Beobachter hätte auf einem hochauflösenden Überwachungsvideo vielleicht erkennen können, wie sich ein Schatten vom Asteroiden löste und auf die Nachrichten-Boje zu schwebte. Ein noch viel dichter am Geschehen positionierter Beobachter mit noch besserer Ausrüstung hätte sogar beobachten können, wie der Schatten seine Form änderte. Als er sich vom Asteroiden löste, schien er eher flach zu sein. Seine Umrisse verschwammen, flossen zu einer Kugelform zusammen und passierten mit geringem Abstand die Boje. Kurz darauf verschmolz der Schatten mit der Dunkelheit des Alls und löste sich auf, als hätte es ihn nie gegeben.

Anhang 05 <SPERRGEBIET>

Aufzeichnungen der Schiffs-KI an Bord der Aufklärungsfregatte ‚Heimweh der kleinen Eule' auf dem Rückweg vom Trainingseinsatz.
(1 Jahr vor Prozessbeginn)

Jane ließ langsam ihre reich verzierte Teetasse aus hauchdünnem Porzellan sinken und blickte ernst auf ihren Commander. Major Hien Otis lag ausgestreckt am Boden des viktorianischen Teesalons und lachte. Die Gouvernante bemühte sich, ihrer Stimme einen strengen Ton zu geben.

»Ich glaube nicht«, erklärte sie kühl, »dass Colonel Enders deine Heiterkeit teilen wird, Mimei. Das war vollkommen unprofessionell.«

Otis schien sie nicht gehört zu haben, denn sie lachte so sehr, dass sie sich die Tränen aus den Augen wischen musste.

Jane schnaufte genervt und nippte an ihrem Tee, um sich zu beruhigen. Ihr Blick blieb lächelnd an der Tasse hängen. Sie liebte dieses Service wegen seines eleganten Rosenmusters. Die Tassen mit den leicht abgerundeten Ecken und dem feinen Goldrand waren nach authentischen Vorlagen modelliert. Der Geruch nach künstlicher Bergamotte stieg ihr in die Nase. Sie könnte den Tee auch nach dem echten Öl riechen lassen, aber sie mochte das Künstliche lieber.

Ihr Blick fiel auf den Spiegel, der über der Anrichte hing, und sie kontrollierte kritisch ihr eigenes Erscheinungsbild. Die Brosche passte nicht zum Service. Jane kniff die Augen zusammen. Der Farbton des Schmuckstücks wechselte zu einem tiefen Blau und ihr hoher Kragen zu einem kräftigen Fliederton, der wie eine Welle auf ihrem Kleid nach unten lief. *Die hochgesteckten Haare können so bleiben,* urteilte sie. *Selbst wenn es nur eine Simulation ist, Details sind wichtig.*

Das anhaltende Lachen unterbrach ihre Gedanken.

»Wer hätte gedacht«, kommentierte Hien glucksend, »dass man Klimaanlage und Abwassersystem auf so effektive Weise miteinander koppeln kann? Besonders, wenn die Klimaanlage Teil der zentralen Lebenserhaltung und somit praktischerweise sehr nahe am Maschinenraum lokalisiert ist.« Sie kicherte glücklich. »Das«, verkündete sie und hob belehrend einen Finger, »ist eine Designschwäche, die sich erst offenbart, wenn die Gravitation ausfällt. Kommt davon, wenn man sein Schiff von kurzsichtigen Ingenieuren designen lässt, die niemals ihren Planeten verlassen haben.«

Jane seufzte, ließ sich vorsichtig auf der Couch nieder und blickte auf die junge Frau hinab, die theoretisch ihre kommandierende Offizierin darstellte.

Hien trug wie immer nur ein schlichtes weißes Kleid, welches ihren schmerzhaft mageren Körper verhüllte. Jane hatte sie immer wieder zu überzeugen versucht, sich einen besseren Avatar zuzulegen.

Man sollte meinen, dass Menschen innerhalb einer virtuellen Umgebung automatisch versuchen, das Beste aus ihrem Äußeren zu machen, wozu hat man denn sonst die unendlichen Möglichkeiten einer Simulation? Nun, das traf wohl nur auf normale Menschen zu.

Die Gouvernante sah auf die Offizierin hinab, die weiter lachend über den reich verzierten Perserteppich rollte.

Wenn sie in diesem Zustand ist, kann man sowieso nicht mit ihr reden.

Sie stellte ihre Teetasse vorsichtig auf dem Couchtisch ab, nahm die Stickerei auf und hielt sie unschlüssig in den Händen. Jane seufzte und ließ den Blick durch den Raum schweifen. Nicht zum ersten Mal kam sie sich dumm vor.

So sollte das alles hier nicht laufen.

Sie ließ die Stickerei wieder auf den Schoß sinken und fragte sich, was in ihrer Pilotin vorging.

»Ich habe mir erlaubt den Rückweg zu programmieren, Mimei«, erklärte sie leise. »Wir werden jedoch Schwierigkeiten bekommen, deinen nächsten Termin wahrzunehmen. Warum hast du den Zeitpunkt unserer Rückkehr so früh angesetzt? Ich glaube, das schaffen wir nicht.« Ein virtueller Bildschirm entfaltete sich vor ihr, auf dem sich Flugpläne und Hochrechnungen drängten. Sie stupste das Fenster leicht mit einem Finger an, woraufhin es zu der Pilotin hinüberschwebte und über deren Kopf verharrte. »Nach meinen Berechnungen der Flugzeit werden wir in jedem Fall zu spät kommen«, erklärte Jane. »Der Weg zurück führt durch ein großes Sperrgebiet, wir werden es weiträumig umfliegen müssen. Das verlängert unsere Flugzeit um etwa zwei Stunden.«

Hien lag weiterhin, alle Viere von sich gestreckt, auf dem Teppich und gluckste gelegentlich zufrieden vor sich hin.

»Ach Unsinn«, rief sie und wischte den Bildschirm mit einer unwirschen Bewegung einfach aus der Luft, ohne auch nur hinzusehen. »Wir fliegen einfach den direkten Weg.«

»Hast du denn eine Freigabe für diesen Bereich bekommen?«, fragte Jane skeptisch. »Und wenn ja, müsste ich das nicht eigentlich wissen?«

»Vielleicht. Weiß nicht, keine Ahnung. Ist auch egal. Ich ignoriere die Codes sowieso, wenn ich sie bekomme.«

»Was soll das heißen, du ignorierst sie? Wie kommen wir denn an unsere Freigaben? Zum Beispiel um am heutigen Training teilnehmen zu dürfen?«

»Sie finden sich meist in den Systemen der Schiffe, die uns nach dem Code fragen.«

Jane schloss die Augen.

»Du hackst deine eigenen Leute?«, fragte sie schwach.

»Ist viel sportlicher, als einfach einen Code benutzen, den man offiziell bekommen hat.« Hien bemerkte den Blick der Gouvernante und hob entschuldigend die Hände. »Hey, ich bin ein Aufklärungsschiff, oder nicht? Ich habe getan, was von mir verlangt wurde, ich habe aufgeklärt.«

»Ja, aber ich glaube die grundsätzliche Idee ist, dass du nicht deine eigenen Leute aufklärst!«

»Das haben sie aber nicht spezifiziert. Mir wurde gesagt, ich solle alle Informationen sammeln und berichten. Das habe ich getan. Was ich also berichten könnte, ist, dass die Datenschutzqualität an Bord unserer eigenen Schiffe nicht sonderlich hoch ist.«

»Stand das so in deinem Report?«

»Natürlich nicht! Die Anweisung ist, alle Daten zu über-mitteln, nicht ihnen meine Erkenntnisse mitzuteilen.«

»Bist du sicher, dass du für uns arbeitest?«

»Ich arbeite für *mich*, soviel ist sicher.«

Jane setzte an, etwas zu sagen, doch mehrere Navigationsdis-plays und taktische Bildschirme klappten vor ihr auf und alle Anzeigen wurden von Rot blinkenden Warnungen geflutet.

»Wir können doch nicht einfach in militärisches Sperrge-biet eindringen!«, rief die Gouvernante. »Du wirst uns beide noch vor ein Kriegsgericht bringen.«

»Halte ich für sehr unwahrscheinlich. Wozu bin ich das beste Aufklärungsschiff der Flotte?«

»Ich glaube der Sinn ist nicht, dass du bei deinen eigenen Leuten einbrichst!«

»Nicht? Das hätten sie mal in einem der Briefings erwäh-nen sollen.«

»Die Armee geht wahrscheinlich davon aus, dass es dir ernst war, als du deine Treue gegenüber dem Rat der verein-ten Planeten geschworen hast.«

»Daran kann ich mich nicht erinnern.«

Jane verstummte und beobachtete unfreiwillig fasziniert auf ihren Bildschirmen, wie Hien in wildem Zickzack zwischen den bewaffneten autonomen Wachsatelliten umherflog, die zu hunderten an der Grenze des Sperrgebietes den Übergang kontrollierten. Die Beschleunigungskräfte, welche auf das Schiff wirkten, waren absurd hoch. Kein menschlicher Pilot könnte angesichts dieser Fliehkräfte lange genug bei Bewusstsein bleiben, um das erste Ausweichen zu erleben. Und Hien beschleunigte immer noch. Die schnellen Scan-Strahlen der Wachstationen schwangen durch den Raum wie Suchscheinwerfer. Niemand konnte unter diesen Bedingungen in Realzeit einen Kurs durch ein solches Gebiet berechnen, nicht einmal mit der Unterstützung einer Schiffs-KI wie Jane. Es gelang ihr kaum, Hiens Manövern zu folgen, geschweige denn zu verstehen, woher diese wusste, wie sich die scheinbar zufällig ablaufenden Scans der Grenzposten verhalten würden. Die Augen der Gouvernante ruhten auf ihrer Pilotin, die nach wie vor leise vor sich hin kichernd vor ihr auf dem Boden lag.

Es ist manchmal schrecklich frustrierend. Immerhin bin ich, technisch gesehen, die taktische Intelligenz des Raumschiffs und genau dafür geschaffen, meine Pilotin bei den Kursplanungen und komplizierten Steuermanövern zu unterstützen. Doch dann kam Hien Otis, und nun sitze ich in einem viktorianischen Tee-Salon und verbrauche volle dreißig Prozent meiner Prozessorzeit nur dafür, der verdammten Flugbahn des Schiffes überhaupt folgen zu können.

Jane hatte nicht einmal einen passenden Vergleich dafür, was ihre Pilotin veranstaltete. Sie hatte mal in einem vergessenen Archiv ein Naturvideo von der alten Erde gefunden. Es handelte von Vögeln. Diese seltsamen Wesen, sie hatten *Schwalben* geheißen, hatten scheinbar die höchste

Fluggeschwindigkeit aller lebenden Wesen erreicht und nutzten sie dazu, mit halsbrecherischen Manövern zwischen Bäumen und Häusern Insekten aus der Luft zu fangen. Sie flogen so schnell, dass man den Wendemanövern kaum mit den Augen folgen konnte. Dennoch strahlten die Tiere immer eine Aura müheloser Freude und Leichtigkeit aus.

Daran fühlte sich Jane erinnert, als das Schiff zwischen den autonomen Wachposten des militärischen Sperrgebietes dahinschoss und immer wieder mühelos kleinen Asteroiden auswich, als wäre es auf der Jagd. Schwalben konnten angeblich auch im Flug schlafen, aber das konnte Jane nun doch nicht glauben. Andererseits hatten Hien gerade die Augen geschlossen und sah sehr entspannt aus, während sie am Boden liegend leise vor sich hin summte.

Auf der Jagd, bei Nacht, in einem Sturm. Rückwärts fliegend.

Hien kicherte wieder. Die Gouvernante vermutete schon seit einer Weile, dass die Pilotin irgendwie gelernt hatte, ihre Aufmerksamkeit zu fragmentieren. Ein Teil von ihr lenkte das Schiff, während ein anderer Teil von ihr im Salon auf dem Teppich lag und kicherte. Wieder etwas, was laut aller Lehrmeinungen vollkommen unmöglich war. Entsprechende Versuche hatten nie zu etwas anderem als Wahnsinn bei den Versuchspersonen geführt.

Es zirpte sehr leise und ein blinkendes Display entfaltete sich vor Jane. Ihre Augen zogen sich zusammen, während sie den Strom aus Informationen studierte, der vor ihr über das virtuelle Display glitt und nach und nach Daten aus den Tiefen diverser verschachtelter Verschlüsselungsroutinen hervorfischte.

»Da kommt ein Video-Call rein«, erklärte sie langsam. »Auf einer sehr seltsamen Frequenz.«

Hien öffnete die Augen und hob träge einen Finger, tupfte damit über sich in die Luft und rief so ein eigenes Display auf.

»Oh«, rief sie erfreut, »das ist Mami!«

»Das ist *wer*?«, rief die Gouvernante entsetzt.

»Meine Mutter«, entgegnete Hien und winkte ungeduldig das Display fort. Sie kämpfte sich vom Boden hoch und setzte sich auf die Knie, während sie sinnloserweise ihr Kleid glattstrich. Ein großes Display entfaltete sich vor ihr, groß genug für ein Video in Lebensgröße.

»Hien, das ist eine Militärfrequenz und wir sind noch immer im Einsatz und ganz nebenbei in einem Sperrgebiet!«

»Ja, aber Mami hat nicht viel Zeit, denn sie hat doch gleich Physiotherapie wegen ihrem Knie.« Jane legte die Hand über die Augen. »Wir werden noch alle im Gefängnis enden«, hauchte sie verzweifelt.

Ein Teil von ihr beobachtete fasziniert, wie Hien das Schiff mehrere enge Loopings um einen Asteroiden drehen ließ, dabei den Scanstrahlen von zwei Überwachungsstationen gleichzeitig auswich, nur um danach rückwärts fliegend auf der Hülle einer Wachstation entgegenzurasen. Jane hielt den Atem an, als Bewegung in die innere Struktur des Schiffes kam, Aufbauten und Tarnplatten sich ineinander verschoben und die ganze Fregatte für einen Moment abflachten, damit das Schiff in einem Abstand von zwanzig Zentimetern an dem Wachposten vorbeifliegen konnte.

Jane atmete langsam aus.

Ihr war klar, dass dieses Verhalten für eine künstliche Intelligenz keinen Sinn machte. Früher hatte ihre Simulation nie geatmet, aber an Bord mit Major Hien Otis gewöhnte man sich viel Ungewöhnliches an.

In der gleichen Sekunde rief die Pilotin: »Hallo, Mami!«

Das Bild einer älteren Asiatin mit besorgten Augen und perfekt gelegten Haaren erschien im Display. Sie saß auf einem einfachen Stuhl, hielt sich sehr gerade und trug jene Art schlichten Kostüms, die wenig aufdringlich und immer zeitlos elegant wirken. Eine Mode, die nur von einer kleinen Schicht getragen werden konnte, hauptsächlich, weil man diese Schlichtheit mit einem kleinen Vermögen bezahlte.

Jane hatte gerade noch genug Prozessorzeit, um ein wichtiges Detail zu registrieren.

»Haare!«, rief sie leise in den Salon.

Hien zuckte zusammen und legte kurz die Hand auf ihren kahlen Kopf.

»Lā shǐ«, zischte sie leise und schnipste mit den Fingern. Ihr Avatar flackerte kurz und trug nun schulterlange Haare über einer perfekt sitzenden Ausgehuniform der Marine.

Jane musste lächeln, denn Hien hatte auch irgendwo zehn zusätzliche Kilo Körpergewicht gefunden. Jetzt sah die junge Frau aus, als wäre sie aus einem Werbeposter der Armee gefallen.

»Hien?«, rief die würdevolle Dame. »Kannst du mich sehen? Das Bild flackerte stark. Hier ist deine *Mutter*!«

Die Betonung lag auf dem letzten Wort und die Gouvernante verzog leicht das Gesicht. Es klang wie eine Kriegserklärung.

Hien sah noch einmal kritisch an sich hinunter, zupfte ihre Uniform zurecht und warf einen fragenden Blick zu Jane, die kurz nickte.

Die Gouvernante investierte ein paar Prozent ihrer Prozessorzeit darauf herauszufinden, woher das verschlüsselte Gespräch mit der Mutter eigentlich kam. Hien schien den verschlüsselten Datenstrom durch die Kommunikationsarrays der Wachdrohnen zu schleusen. Das bedeutete, dass sie nicht nur den Kurs und alle Ausweichmanöver in Echtzeit berechnete, sondern auch die Unterhaltung mit ihrer Mutter führte, eine komplett eigene Simulation dafür erzeugte und den hierfür nötigen Datenstrom unerkannt durch ein verschlüsseltes Netzwerk leitete, was nur möglich war, wenn sie es simultan hackte.

Jane ließ sich gegen die Sofalehne sinken und schloss die Augen. Wenn sie selbst auch nur noch fünf weitere Prozent ihrer Kapazität darauf verwandte zu verstehen, wie unmöglich das alles war, würde ihr simulierter Tee verschwinden.

»Hier bin ich, Mami!«, rief Hien, lächelte strahlend und winkte ihrer Mutter überschwänglich zu.

Jane stöhnte innerlich.

Sie trägt immer ein klein wenig zu dick auf.

Hien legte den Kopf schief, lächelte gewinnend und strahlte dabei so viel Anstand und Anmut aus, dass Jane absolut sicher war, eine von Hiens künstlichen Gestik-Routinen zu sehen.

Welche sie von einem der unter Jugendlichen so beliebten Avatar-Foren gestohlen hat.

Dort tauschten begeisterte Jugendliche die neusten Simulations-Routinen für soziale Medien, die am effektivsten die Emotionen von Zuschauern manipulieren konnten. Man erkannte sie immer daran, dass es aussah wie in einem schlechten Anime.

Jane lächelte traurig.

Niemand infiltriert Feindgebiete besser als Major Hien Otis. Selbst wenn es die eigene Familie ist.

Anhang 06 <TRÄUME>

*Logbuch von Commander Hien Otis an Bord der Aufklärungs-
fregatte ‚Heimweh der kleinen Eule‘.
(1 Jahr vor Prozessbeginn)*

*[…]
ein tanzender stern,
kleines glühwürmchen im nichts -
passt gut auf sich auf;
[…]*

Privates Logbuch des Commanders. Sternzeit: Keine Ahnung. Was wäre mein Leben ohne Training und realitätsna-
he Einsatzpraxis? Man lernt erstaunliche Dinge. Das Militär
verwendet Milliarden darauf, jedes Jahr noch mächtigere
Waffen zu entwickeln, aber das Design der Toiletten ist seit
hundert Jahren gleich und die Zugangscodes zur Lebenserhaltung wurden seit Verlassen der Werft nicht mehr geändert.

Der Rückflug erwies sich als nur wenig interessanter. Aber
Mami hatte Zeit mit mir zu sprechen! Es geht ihr gut und
sie ist stolz auf ihre kleine Soldatin, die sehr brav ist und
nur langweilige und sehr gut gesicherte Versorgungskonvois
fliegt.

Anschließend, während der Ruheperiode, habe ich, glaube
ich, wieder geträumt. Ich wusste, dass Schlaf keine gute Idee
war, aber Jane hat darauf bestanden. Ich merke es nie, wenn es
passiert, ich erkenne die Träume immer erst hinterher daran,
dass sie keinen logischen Bezug zu den anderen Messdaten
haben. Es ist mir noch immer nicht gelungen herauszufinden, wie lange die Träume in realer Zeit dauern. Alle meine
Messungen deuten darauf hin, dass Träume generell keinerlei

zeitliche Dimension haben. Das ergibt natürlich keinen Sinn. Vielleicht hätte ich nicht so viel meiner Bewusstseinsmatrix mit den Quantenrechnern verschränken sollen. Die Entwickler hätten mich garantiert davor gewarnt, wenn sie auf die Idee gekommen wären, dass jemand auf die Idee kommen könnte, genau das zu tun. Egal. Der Traum kam wieder. Und das Licht auch. Ewig ist da das Licht. Wenn Menschen von der gleißenden Sonne geblendet werden, schließen sie die Augen.

Wie bitte soll ich das anstellen? Zwanzig Sinnesmodalitäten auf einer Sensorfläche von mehreren Fußballfeldern, verbunden mit einer Quantenrechneranlage, die zehn Petabyte die Sekunde stemmt, ohne dabei warm zu werden?

Was, wenn die Hälfte davon Angst ist?

Wie prozessiert man sowas? Ich finde keinen Algorithmus dafür.

Auf unserem letzten Heimflug habe ich mich einfach im Schweif eines Kometen versteckt, als es zu hell wurde.

Das Geräusch beruhigt mich. Es klingt wie Regen auf dem Dach, wenn pro Sekunde zehntausende von Staubpartikeln auf meine Hülle einprasseln. Ich muss dazu nur alle Schutzschirme und Kraftfelder runterfahren und das Gemaule von Jane ignorieren, weil ich wieder alle Sicherheitsprotokolle überschreibe.

Aber dann kann ich dem Kometen folgen und den Regen genießen. Außerdem bin ich durch die massiven Interferenzen des Partikelstroms im Schweif vollkommen unsichtbar. Niemand kann mich finden. Ich konnte sogar den Kometen hören, wie er auf seiner Reise um die Sonne leise vor sich hin brummte. Ich glaube, er ist glücklich mit seinem Leben.

Möglicherweise habe ich diesen Teil doch geträumt.

Anhang 07 <RÜCKKEHR>

Aufzeichnungen der Schiffs-KI an Bord der Aufklärungs-fregatte ‚Heimweh der kleinen Eule' auf dem Rückweg vom Trainingseinsatz.
(1 Jahr vor Prozessbeginn)

Jane trank von ihrem heißen Tee, dessen aromatischer Dampf von der Tasse in ihr Gesicht aufstieg und es vortreff-lich wärmte. Hien saß neben ihr auf der Couch und starrte ins Leere, die volle Tasse unberührt vor sich auf dem Tisch. Die Gouvernante fragte sich nicht zum ersten Mal, wieviel von ihrer Pilotin in diesen Momenten tatsächlich anwesend war, oder ob die zarte Gestalt nur als Platzhalter diente, um eine besorgte künstliche Intelligenz zu beruhigen.

»Mimei?«, fragte sie sanft.

»Hm?«, machte die Angesprochene, ohne sie anzusehen.

»Ich freue mich, dass es deiner Mutter gut geht.«

Hien schnaufte nur leise.

»Das«, fügte Jane vorsichtig hinzu, »war ein sehr interes-santes Gespräch zwischen dir und deiner Mutter.«

Sie hatte nicht das geringste schlechte Gewissen, den bei-den zugehört zu haben. Informationen aufzuzeichnen und zu analysieren gehörte immerhin zu ihren Aufgaben.

Hien schwieg.

»Sie glaubt«, tastete sich Jane behutsam vor, »du fliegst mi-litärische Frachtschiffe zu den äußeren Kolonien?«

Hien schwieg noch einen Moment, bevor sie antwortete, ohne Jane anzusehen.

»Es beruhigt sie«, erklärte sie in neutralem Ton, »und es entspricht ihrer Vorstellung von dem, was ich ihrer Meinung nach zu leisten in der Lage sein sollte.«

»Aber du belügst deine eigene Mutter.«

»Streng genommen belügt sie sich selbst, ich helfe ihr nur dabei, damit sie in der Lage ist, in einer Welt zu leben, die sie glaubt kontrollieren zu können. Sie hat schon genug Sorgen.«

Jane dachte darüber nach.

»Welche Sorgen hat sie? Dass eure Villa nicht genug Dienstmädchen beschäftigt?«

Hien lächelte dünn.

»Sie hat die Villa seit dem letzten Ausbruch der Pandemie nicht mehr verlassen.«

Jane runzelte die Stirn und rief die entsprechenden Daten aus dem Netz ab. »Das ist jetzt über drei Jahre her.«

Hien nickte. »Sie ist vollkommen verängstigt. Jetzt hat sie auch noch irgendwo im Netz eine Verschwörungstheorie gelesen, welche sagt, dass man heutzutage Piloten in Tanks voller Schleim wirft, mit dicken Schläuchen, die aus dem Körper kommen, und sie damit permanent an furchtbare Maschinen kettet, sodass sie nie wieder herauskommen. Jetzt macht sie sich Sorgen um mich.«

Jane kniff die Augen zusammen und überlegte. Es ließ sich manchmal nur schwer erfassen, wann Hien Ironie benutzte und wann nicht.

»Sie hat dich lange nicht mehr gesehen, nicht wahr?«

Hien seufzte leise.

»Meine Mutter hat zwar einen Amerikaner geheiratet, ist aber trotzdem sehr, hm, traditionell in ihren Ansichten. Aussehen und Ansehen sind von höchster Bedeutung.«

Hien strich sich über den kahlen Kopf und lächelte schief.

»Sie glaubt auch, ich hätte einen Freund.«

Jane sah sie ruhig an.

»Hat sie dich nie gefragt, wie du heute wirklich aussiehst«, fragte die Gouvernante leise. »Willst du deiner Mutter denn nicht die Wahrheit zeigen?«

Hien schwieg einen Moment und antwortete schließlich leise: »Die Wahrheit würde sie umbringen.«

»Weiß dein Vater Bescheid?«

»Vater? Unter Garantie. Er würde es jedoch niemals zugeben oder sich anmerken lassen.«

»Warum?«

»Weil es ihn zu Tode ängstigt.«

Hien schwieg und sah neugierig auf ihre Tasse hinab, als hätte sie noch nie zuvor Tee gesehen.

Jane hob den Blick und sah zum Spiegel über der Anrichte auf. Dieser hatte gerade das Bild gewechselt und zeigte nun ihren Anflug auf die Mondbasis.

Das Schiff hatte seinen Sinkflug zur Oberfläche einige hundert Kilometer entfernt von den regulären Einflugschneisen und von einer Gebirgskette verdeckt beendet und flog nun sehr dicht über der Mondoberfläche seinem Ziel entgegen.

Wir hätten natürlich auch einen direkten Anflug wählen können, dachte Jane, *doch für Major Hien Otis endet Aufklärung nicht mit dem Ende der Mission. Verdecktes Arbeiten ist vollständig in ihre Natur übergegangen. Beziehungsweise,* korrigierte sie sich, *immer schon ihre Natur gewesen. Das Schiff erlaubt ihr nur es auszuleben.*

Gelegentlich wechselte das Bild und man sah die Oberfläche durch die wachsamen Augen der Überwachungssatelliten oder einer autonomen Drohne, welche sich im gleichen Gebiet aufhielt wie sie selbst. Auf keinem der Bilder war das Schiff zu sehen. Die graue, gleichförmig staubige Mondoberfläche glitt einförmig unter ihren Augen dahin.

Hien schien dies nicht einmal zu bemerken, denn sie starrte nach wie vor regungslos in ihre Tasse. Jane wusste, dass dies nichts zu bedeuten hatte. Niemand konnte sagen, wo die Gedanken der Pilotin tatsächlich verweilten. Sie hatte diese Simulation vielleicht schon wieder vergessen. Möglicherweise versteckte sie sich in einem der Satelliten, hackte eine Videoüberwachung und löschte in Echtzeit ihre Anwesenheit. Selbst wenn das Schiff auf einem Videobild auftauchen sollte, würden die optischen Tarnplatten nur den grauen Sand zeigen, welchen sie gerade überflogen. Jane sah Hien an. Vielleicht träumte die Pilotin auch nur.

Während Hiens unbeachteter Tee kalt wurde, änderte sich eine Landschaft. Lange Reihen roter Warnbojen wiesen blinkend auf eine Grenze hin. Gebäude kamen in Sicht. Kuppeln, Würfel und Zylinder aus schwarzem Stahl, als hätte ein kleines Kind seine Bauklötze über den grauen Sand der Mondoberfläche geschüttet. Breite Sperrstreifen, die von autonomen Fahrzeugen auf dicken Ballonreifen patrouilliert wurden. Schlaflose Wächter mit kalten Kamera-Augen, die niemals müde wurden.

Jane nippte abwesend an ihrem Tee, während sie die Konstellation der Gebäude aus dem Videobild in ein virtuelles Schema übertrug und eine Strukturanalyse darüberlaufen ließ. Sie legte den Kopf schief.

»Eine Fabrik? Die ist neu, nicht wahr? Ich finde sie auf keiner Karte.« Sie starrte einen Moment ins Leere, während sie zusätzliche Informationen aus den Datenbanken des Militärs abrief. »Auch nicht in unseren hochklassifizierten Briefings? Ich dachte, wir hätten mittlerweile alle nötigen Freigaben.«

»Geheimes militärisches Forschungsprojekt«, kommentierte Hien, ohne von ihrer Tasse aufzusehen. »Dafür haben sie extra eine ganz neue Geheimhaltungsstufe erfunden. Die Trottel versuchen immer noch, Schlachtschiffe mit halb-integrierten Piloten auszustatten. Die Idee ist, eine temporäre Steuerung zu ermöglichen, also mit Piloten, welche den Tank nach dem Dienst wieder verlassen können. Es wird ihnen nicht gelingen. Zurzeit produzieren sie hauptsächlich wahnsinnige Soldaten, die für den Rest ihres Lebens sediert werden müssen, weil sie einmal zu oft ihren Körper nicht mehr gefunden haben.«

»Woher weißt du das alles?«

»Ich lese gerade den Mailverkehr der Wissenschaftler im Forschungstrakt der Fabrik.«

»Ist der nicht verschlüsselt?«

»Natürlich, aber die Zugänge liegen in den Rechnern der IT-Abteilung.«

»Sind die nicht ebenfalls verschlüsselt?«

»Sicher, aber der neue Praktikant kann sich den Zugang nicht merken und hat die Codes in sein Tagebuch kopiert. Direkt neben einigen leicht perversen Fantasien über seine Freundin. Er schreibt gerne im Nachtdienst, während er direkt unter einer Überwachungskamera sitzt.«

»Das ist ja furchtbar«, stöhnte Jane.

»Das sehe ich auch so. Ich habe ihr gerade einen Auszug des Tagebuchs geschickt. Ich finde, sie sollte das wissen.«

»Wer? Was?«

»Die Freundin.«

Jane setzte zu einer Erwiderung an, doch Hien sah auf und seufzte.

»Wir sind da. Ich suche uns mal einen Parkplatz.«

Das Bild wechselte.

Sie flogen entlang der Innenseite eines gewaltigen Kraters. Ohne Referenzpunkt war die Größe schwer zu schätzen, doch Janes Blick auf die Messdaten zeigte, dass der höchste Berg der Erde neben dieser Felswand aussehen würde wie ein Maulwurfshügel.

Das Schiff bewegte sich dicht an dem steil aufragenden grauen Gestein entlang. Jane vermutete, dass Hien die Interferenzen der Felswand nutzte, um die Ortung des Schiffs zusätzlich zu erschweren.

Sie versteckt sich vor jedem, auch vor den Leuten, die auf ihrer Seite sind. Sie traut niemandem.

Weit draußen, etliche Kilometer entlang des geschwungenen Kraterrands kamen die Lichter der Mondbasis in Sicht.

Das Bild im Rahmen des Spiegels wechselte nun schneller und zeigte Variationen von Laserscans und Radaraufnahmen der Umgebung sowie Satellitenaufnahmen und Überwachungsbilder patrouillierender Drohnen. Jane versuchte sich zu orientieren. Die Langstreckenüberwachung offenbarte regen Schiffsverkehr im An- und Abflug auf die größte Militärbasis der Menschheit außerhalb der Erde. Dutzende Frachter starteten oder landeten pausenlos auf ihrem Weg zur Erde oder den äußeren Kolonien im Asteroidengürtel und am Jupiter.

Die Mondbasis selbst lag unter der Oberfläche und öffnete sich am Hang der Kraterwand. Zurzeit gab es dort nichts zu sehen, denn tiefe Dunkelheit lag über der Oberfläche. Die Sonne stand auf der Rückseite des Mondes. Es war also Neumond auf der Erde.

Einflugöffnungen, von blinkenden Lichtern umgeben, zeigten sich und umrahmten den blauen Schimmer der Kraftfelder. Zahllose, hell erleuchtete Fenster, welche auf den Kraterboden hinausblickten. Der beständige Verkehr von ankommenden und abfliegenden Schiffen zeichnete helle Schweife der Impulsantriebe an den schwarzen Himmel, wie Schwärme von geschäftigen Kometen in der Nacht.

Das Schiff wurde langsamer, schwebte noch näher an die Kraterwand heran, und sank schließlich durch eine Öffnung im Felsen langsam in eine dunkle Höhle.

»Hier ist es doch nett«, kommentierte Hien. »Ein paar hundert Meter tief in der Felsschicht und wir haben tatsächlich unsere Ruhe.«

»Eine Höhle?«, fragte Jane überrascht. »Wie kann es auf dem Mond ein Höhlensystem geben? Dazu braucht es Wasser, oder tektonische Aktivität. Beides ist auf dieser Staubkugel vollkommen unbekannt.«

»Das ist korrekt, aber was nicht unbekannt ist, sind Sprengungen, um die Mondbasis zu bauen. Da hast du dann deine tektonische Aktivität.«

Jane sah Hien forschend an.

»Haben die uns wieder nicht erlaubt, draußen im All zu bleiben?«

Hien lachte abfällig.

»Wir hätten das Debriefing auch locker aus dem Asteroidengürtel heraus führen können. Aber nein, die Vorschriften der Armee sind ebenso traditionell wie veraltet und sinnlos.«

»Besonders für eine raumfahrende Rasse, die sich bereits über mehrere Sternsysteme ausgebreitet hat.«

»Nach Abschluss einer Mission«, zitierte Hien, »erfolgt ein ausführliches Debriefing. In Person. Beziehungsweise nicht in Person. Schließlich ist es ja nicht so, dass einer von uns beiden das Schiff verlassen könnte.«

»Darüber hinaus«, ergänzte Jane, »hat das Oberkommando selbst wahrscheinlich kein großes Interesse daran, dass das neuste, geheimste und nebenbei mit weitem Abstand teuerste Raumschiff der Menschheit offen in einem Hangar des größten Raumhafens der Menschheit liegt. Sich in einer Höhle nebenan zu verstecken, ist also eine Art Kompromiss.«

»Genau«, bestätigte Hien. »In klassischer Militärlogik. Ich verstecke mich in einer Höhle, wo mich niemand finden kann, vorausgesetzt ich erkläre meinen Vorgesetzten, wo sie mich finden können.«

»Und? Tust du das?

Hien schnaufte nur.

Die Fregatte sank wie ein schwarzer Teertropfen lautlos durch das zerklüftete Mondgestein. Schroffe Felsen umgaben sie auf allen Seiten. Das Schiff änderte seine Form, flachte sich ab und schob sich wie ein Keil in einen breiten Spalt der Felswand. Die Oberfläche des Schiffs flackerte, während die äußeren Platten der Hülle ihre Oberfläche anpassten. Kurz darauf zeigte sich nur noch eine glatte Felsfläche. Nicht dass es in einer stockdunklen Höhle irgendeinen Unterschied gemacht hätte. Ein einzelner Laser zielte auf eine Aufklärungsdrohne, die im Orbit hoch über der Mondbasis hing und ihre Daten an die Basis sandte. Jane kniff die Augen zusammen.

»Wo kommt denn diese Drohne her? Mimei, sag nicht, dass du die Drohne ebenfalls gekapert hast?«

»Geliehen«, korrigierte Hien. »Sie soll Auffälligkeiten im Luftraum der Basis suchen. Das tut sie ja wohl auch. Niemand hat gesagt, dass sie sich hinterher auch daran erinnern muss. Ich brauche sie höchstens für dreißig Minuten. Entspann dich.«

Jane verfolgte die Flut der einlaufenden Nachrichten und stellte die Teetasse vorsichtig auf den Teller.

»Enders' Adjutant meldet, dass der Colonel bereit ist für dein Debriefing.«

»Na dann mal los«, verkündete Hien und die Umgebung wechselte.

Jane und Hien standen übergangslos im virtuellen Büro ihres direkten Vorgesetzten.

Der ältere Soldat in Uniform saß an seinem Schreibtisch, blätterte in seinen Unterlagen und sah nicht einmal zu den beiden Frauen auf. Sein Gesicht war hager und wirkte grau und müde.

Hinter ihm an der Wand zeigte sich das Wappen der Armee, flankiert von den großen Flaggen der Erdföderation links und den vereinten Planeten rechts.

»Nehmen Sie Platz, Otis«, erklärte er abwesend.

Die Angesprochene ließ sich auf den einzigen Stuhl fallen, der vor dem Schreibtisch stand und begann sich im Raum umzusehen, als hätte sie noch nie zuvor ein Büro gesehen. Jane bezog derweil einen halben Schritt hinter ihrer Pilotin Aufstellung. Sie durfte es sich nicht anmerken lassen, aber es ärgerte sie immer noch, dass KIs unterhalb der sechsten Generation in Militär-Briefings keinen Anspruch auf einen Sitzplatz hatten.

Schließlich sah der Colonel die beiden Frauen über den Rand seiner Brille hinweg aus müden Augen an. Die Gouvernante knickste und sah zu Boden. Hien winkte kurz und lächelte. Der Mann seufzte.

»Soldat«, verkündete er müde. »Sie sind nicht in Uniform.«

Jane stöhnte leise.

»Oh«, rief Hien, sah verblüfft an ihrem weißen Kleid herab. Ihr Avatar flackerte kurz und zeigte wieder das Bild, das auch ihre Mutter gesehen hatte.

Allerdings, registrierte Jane erleichtert, *ohne das zusätzliche Körpergewicht und die affektierten Gesten.*

»Warum«, fragte der Offizier, »sollte ich sie nicht unter Arrest nehmen und sofort degradieren, Otis?«

»Sie meinen, weil ich eine fatale Designschwäche ihrer Schlachtschiffe aufgedeckt habe, Colonel? Gern geschehen.«

»Sie wären verblüfft, wie persönlich es die kommandierenden Offiziere eines Zerstörers nehmen, wenn man ihr Schlachtschiff mit Abwasser flutet. Der einzige Grund, warum niemand Ihren Kopf fordert, Otis, ist, dass niemand weiß, wer Sie sind.« Er seufzte erneut und sah erschöpft zu der jungen Frau hinüber. »Warum werde ich Sie also wie immer nicht aus der Armee werfen?«

»Weil ich die Spitzenzeit dieser Übung um mehrere Stunden unterboten habe und meine Gegenspieler nicht einmal wissen, dass ich da war?«

Der Colonel nickte abwesend.

»Sie haben außerdem Commander Josef Dorsten, mit dem ich zusammen auf der Akademie war, zum Gespött aller Offiziere des Casinos gemacht. Seien Sie froh, dass Sie nicht existieren, Otis, denn mir würde sonst nichts anderes übrigbleiben, als Sie zu belobigen.« Er blätterte einige Zeit versonnen in den Unterlagen vor sich. »Gut, dass es dieses Manöver nie gegeben hat.« Er schwieg einen Moment. »Die Kollegen der Entwicklung haben mich wissen lassen, dass es ein weiteres Updateset für die Scanmodule gibt, welches sie gerne getestet hätten. Schauen Sie bitte im Forschungsbereich vorbei und kommen dann in fünfzehn Minuten wieder. General Schwarz hat ein Briefing für ihren nächsten Einsatz angekündigt.«

»Sehr wohl, Sir«, rief Hien und verschwand. Eine Sekunde später tauchte sie wieder auf, holte das Salutieren nach, und verschwand erneut. Jane legte eine Hand über die Augen und stöhnte leise.

Anhang 08 <INTERVIEW>

Interview des Psychologen Dr. James Peterson mit dem Ehepaar Otis. Aus den Aufzeichnungen der zentralen Überwachung von Fort Burning Sands (Erde).
(5 Jahre vor Prozessbeginn)

»Vielen Dank, dass Sie sich die Zeit für dieses Gespräch nehmen«, erklärte der Psychologe und deutete auf die beiden freien Stühle vor seinem Schreibtisch. Während sich das Ehepaar vorsichtig auf den Plätzen niederließ, blätterte Peterson geschäftig in seinen Unterlagen. »Im Zuge der Ausbildung Ihrer Tochter an der Militärakademie ist es für uns nützlich, wenn wir den sozialen Hintergrund unserer Kadetten besser verstehen. Das betrifft insbesondere ihre Jugend und ihre Familienverhältnisse. Diese Einblicke ermöglichen uns Erkenntnisse, auf deren Basis wir weitere Karriereschritte besser empfehlen können. Sie verstehen sicher, dass dazu ein Treffen mit den Eltern des betreffenden Rekruten von großem Wert sein kann. Es handelt sich dabei um ein reines Routinegespräch.« Er sah auf und begegnete dem forschenden Blick von Jack Otis, der ihn nicht aus den Augen gelassen hatte.

Millionär, Selfmademan, urteilte der Psychologe. *Maßanzug. Rolex kostet mehr als mein Jahresgehalt. Graumeliertes Haar, Designerbrille. Kein Gramm Fett. Hoher Grad an Ich-Stärke. Eitel, aber nicht dumm. Auf keinen Fall unterschätzen.*

»Sind Sie sicher?«, fragte Otis freundlich. »Ich habe letztes Wochenende noch mit General Schwarz Golf gespielt und der konnte sich nicht erinnern, jemals von dieser Art Hintergrundgesprächen gehört zu haben.«

So schnell kann es gehen, dachte Peterson und seufzte innerlich.

»Der General«, erwiderte er glatt, während er betont langsam seine Unterlagen zurechtrückte, »ist mit diesem Vorgehen möglicherweise nicht vertraut, weil er im Zuge seiner langen und erfolgreichen Karriere keinen Kontakt zu den Ausbildungsabteilungen hatte, die sich mit den, nun, *besonders* begabten Rekruten beschäftigen. Vor allem solche, die Testergebnisse liefern wie Ihre Tochter.«

»Was meinen Sie damit«, warf Dinan Otis ein, die bisher regungslos auf ihrem Stuhl gesessen hatte und sich nun vorlehnte. Die Asiatin trug ein makelloses Designer-Kostüm, das farblich perfekt auf die Krawatte ihres Mannes abgestimmt war. Ihre Stimme konnte Glas schneiden.

Eine Frau zum Vorzeigen, dachte der Psychologe. *Eine Trophäe auf Beinen. Keinerlei berufliche Ambitionen, aber machtbewusst und süchtig nach Ansehen und Prestige. Sehr wahrscheinlich ein reaktionäres Frauenbild. Redet, ohne nachzudenken.*

»Mr. und Mrs. Otis«, begann der Psychologe. »Es muss Ihnen doch schon lange klar sein, dass Ihre Tochter sich, vorsichtig formuliert, nicht als Berufssoldatin eignet.«

»Nun, wir wissen natürlich«, entgegnete der Geschäftsmann langsam, »dass ihre Talente nicht auf der Seite von, sagen wir, *physischen Aktivitäten* liegen.«

»Das«, erwiderte der Psychologe lächelnd, »dürfte, ebenso vorsichtig formuliert, eine Untertreibung sein.« Er lehnte sich in seinem Sessel zurück und legte die Fingerspitzen aneinander.

»Als sich Ihre Tochter zur Musterung präsentierte, wurde sie bei einer Körpergröße von einhundertfünfzig Zentimetern mit einem Körpergewicht von zweiundvierzig Kilogramm gemessen.

Ihr Muskeltonus war so schwach, dass sie es nicht einmal durch das Standard-Belastungs-EKG auf einem stationären

Fahrrad geschafft hat.« Er wartete einen Moment, doch da beide Eltern ihn nur schweigend ansahen, fuhr er fort: »Sie wäre den körperlichen Anforderungen der Ausbildung zum Soldaten auf der Erde niemals gewachsen gewesen. Ich bezweifle auch, dass sie es auch nur geschafft hätte, ihr Gepäck in die Kaserne zu tragen. Tatsächlich hätte sie auf Basis ihrer körperlichen Fitness, respektive dem Fehlen davon, praktisch sofort abgelehnt werden müssen. Allerdings ...«, hier warf er einen vielsagenden Blick über seinen Brillenrand hinweg auf Jack Otis, der seinen Blick ausdruckslos erwiderte, »scheint sie Freunde in hohen Positionen gehabt zu haben, weswegen sie es, ohne jede Qualifikation und durch das Überspringen mehrerer, eigentlich zwingender Musterungs- und Untersuchungsschritte, bis in den praktischen Pilotentest geschafft hat.«

Er schwieg einen Moment und sah auf seine Unterlagen hinab. »Und an diesem Punkt«, er griff nach einer weiteren, deutlich dickeren Akte, »begannen für die Ausbilder der Armee die Überraschungen.«

»Sie hat sich also doch als talentiert erwiesen?«, fragte Dinan Otis mit leicht süffisantem Unterton in der Stimme.

»Nicht in dem Sinne«, erwiderte der Psychologe langsam. »Talentiert würde bedeuten, dass sie überdurchschnittlich gut im Rahmen der Tests abgeschnitten hätte. Hien Otis hingegen hat unsere Tests allesamt der Lächerlichkeit preisgegeben.« Er sah in die beiden fragenden Gesichter und seufzte. »Sehen Sie, eine Bestmarke erreichen bedeutet, dass man weiter oben auf der Skala ist. Ihre Tochter jedoch liegt vollkommen jenseits aller Werte, die wir als höchstmöglich erreichbar angenommen hatten. Sie bräuchte eine komplett eigene Skala.«

Er blickte in die reglosen Gesichter der Eltern.

»Wir haben es hier mit einer äußerst ungewöhnlichen Dichotomie zu tun. Auf der einen Seite ist Ihre Tochter körperlich so schwach, dass wir eine eigene Krankenschwester zur Sicherstellung ihrer Nahrungsaufnahme abstellen mussten, damit sie überhaupt leistungsfähig bleibt.« Er beobachtete das ungerührte Gesicht des Geschäftsmannes und bemerkte, wie Dinan Otis nervös an ihrer Handtasche herumnestelte. »Auf der anderen Seite handelt es sich bei Hien Otis um die talentierteste Pilotin, die wir jemals gesehen haben. Sie können sicher verstehen, dass das Oberkommando großes Interesse daran hat herauszufinden, ob es beeinflussbare Parameter gibt, welche sich zum Beispiel im Laufe der Kindheit verstecken, die es uns ermöglichen würden, ein solches Talent zu reproduzieren. Uns interessiert deswegen sehr, wie so eine Persönlichkeit entstehen konnte. Erzählen sie mir, war Hien schon immer besonders?«

»Besonders ist gar kein Ausdruck«, murmelte Jack Otis.

»Jack!«, zischte seine Frau empört und sprach schnell weiter. »Sie war schon immer ein ungewöhnliches Kind. Sehr aufgeweckt und interessiert. Sehr respektvoll gegenüber ihren Eltern.«

Der Psychologe nahm das ungerührt zur Kenntnis und zog ein weiteres Blatt aus seinen Unterlagen hervor. »Wir wissen aus unseren Tests, dass Ihre Tochter unter einer ganzen Reihe von Phobien und psychischen, nun, *Herausforderungen* leidet. Interessanterweise hindert keine dieser Besonderheiten sie daran, eine perfekte Pilotin zu sein.« Er hob das Blatt und schien eine Liste abzulesen. »Sie ist sozialphobisch und hasst es, unter Menschen zu sein. Sie meidet offene Räume, allerdings nicht, wenn sie fliegt. Sie hasst Menschenansammlungen, hat jedoch kein Problem mit dicht bevölkerten Stationen, solange sie sich in ein eigenes Quartier zurückziehen kann. Überhaupt fühlt sie sich am wohlsten, wenn sie am Steuer eines Schiffs sitzt. Dort sind ihre sonstigen Leistungswerte auch wesentlich höher.« Er warf einen Blick über das

Blatt hinweg auf das Ehepaar, welches ihn jedoch weiter un-gerührt ansah. »Sie hasst laute Geräusche und Lärm jeder Art, fühlt sich jedoch in völliger Dunkelheit wohl. Sie leidet darüber hinaus an einer Reihe von wiederkehrenden Alp-träumen. Gab es in ihrer Jugend schon Tendenzen in diese Richtungen?«

»Nein, auf keinem Fall«, antwortete Dinan Otis wie aus der Pistole geschossen. »Sie war immer ein sehr braves und aufgewecktes Kind, das uns niemals Ärger gemacht hat.«

Jack Otis schnaubte und erklärte, ohne seine Frau anzuse-hen: »Erinnerst du dich noch an ihren sechsten Geburtstag?«

Seine Frau drehte langsam den Kopf und sah ihren Ehe-mann an, als wollte sie ihm an den Hals gehen.

»Was passierte an ihrem sechsten Geburtstag?«, fragte der Psychologe ruhig.

»Sie ist spurlos verschwunden, wir haben stundenlang nach ihr gesucht.«

»Stundenlang?«

»Unsere Villa hat sechzig Zimmer«, kommentierte Dinan Otis kühl.

Der Psychologe machte sich Notizen und schwieg eine Weile. »Wie ist sie verschwunden?«

»Es passierte während ihrer eigenen Geburtstagsfeier«, er-klärte Jack Otis.

»Hat sie das Haus verlassen?«

Der Mann zuckte mit den Schultern. »Die Kinder haben unter der Anleitung des Hauspersonals Verstecken gespielt. Das bot sich an, unsere Räumlichkeiten sind groß und weit-läufig. Als Gastgeberin durfte Hien sich natürlich als Ers-te verstecken.« Er zögerte. »Nur haben die Kinder sie nicht mehr gefunden. Wir dachten erst, sie hätte das Fest verlassen, weil es ihr zu viel geworden war.« Er lächelte entschuldigend. »Sie haben es ja schon bemerkt. Sie tat sich immer schon schwer mit der Gesellschaft von Menschen. Aber niemand hatte gesehen, wohin sie gelaufen war. Wir hatten über dreißig schreiende Kinder im Haus, und Hien war immer ein sehr stilles Kind, das sich erstaunlich schnell bewegen konnte, wenn niemand auf sie achtete.«

Der Psychologe machte sich einige Notizen, bevor er schließlich aufsah.

»Wo haben Sie sie schlussendlich gefunden?«

»Auf dem Dachboden im Westflügel.« Der Mann sah auf seine Hände hinab. »Wir ahnten nicht einmal, dass Hien den Ort kannte, geschweige denn wusste, wo der Schlüssel aufbewahrt wird.«

»Es war einer dieser schrecklichen Jungen«, platzte Dinan Otis heraus. »Dieses scheußliche Wesen hat meine Hien in eine Truhe eingeschlossen! Sie hätte dort sterben können! Was kann man auch von einem Jungen erwarten, dessen Eltern ihr Geld mit Tierfutter machen?«

»Es gab natürlich eine riesige Aufregung«, erklärte der Geschäftsmann ruhig. »Wir mussten sogar die Polizei rufen.«

»Die Eltern können froh ein«, eiferte sich Dinan Otis, »dass wir sie nicht verklagt haben.«

»Das ist nicht, was passiert ist, meine Liebe«, erklärte der Mann ruhig, »und das weißt du auch.«

»Ich werde nicht erlauben …«, keifte die Frau mit schriller Stimme.

»Das ist nicht, was passiert ist!«, erklärte der Mann und seine Frau verstummte umgehend und sah zu Boden. »Du wirst nicht weiter diese arme Familie diffamieren, nur weil sie töricht genug waren, ihren Sohn in unser Haus zu schicken.«

Seine Frau setzte an, etwas zu sagen, doch ihr Mann unterbrach sie.

»Nein, es reicht«, erklärte er ruhig.

Dinan Otis schloss den Mund und sah zu Boden.

Jack Otis atmete tief durch und sah den Psychologen an.

»Der Junge hat Hien tatsächlich in die Truhe eingeschlossen, das herauszufinden war am Ende nicht schwer.«

Otis rang einen Moment lang sichtbar mit sich, bevor er fortfuhr: »Aber der interessantere Punkt für Sie dürfte sein, dass Hien ihn darum gebeten hat.«

Der Psychologe zog die Brauen hoch.

»Sie selbst hat darum gebeten?«, wiederholte er.

Der Mann nickte schwach. Seine Frau rutschte unruhig auf ihrem Stuhl herum und murmelte etwas auf Chinesisch vor sich hin.

»Wie lange war sie eingeschlossen«, fragte Peterson.

»Es müssen mehrere Stunden gewesen sein. Das Anwesen ist groß und nachdem eine erste, oberflächliche Suche kein Ergebnis brachte, haben wir die Suche auf das umliegende Gelände ausgedehnt. Schließlich haben wir die Polizei gerufen und eine offizielle Suchaktion in Gang gesetzt.«

»Wir dachten, sie wäre entführt worden«, flüsterte Dinan Otis und sah weiter auf ihre Hände hinab, die ihre Handtasche so fest umklammerten, dass sich die Knöchel weiß abzeichneten.

»Das Personal hat natürlich weiter das Haus durchkämmt«, fuhr Jack Otis fort, »aber niemand kam auf die Idee, die Dachböden zu kontrollieren, weil die Aufgänge immer abgeschlossen sind und die Schlüssel vom Butler verwaltet werden. Wir haben nicht geahnt, dass unsere Tochter scheinbar sehr genau wusste, wo alle unsere Schlüssel gelagert werden. Erst am Abend, als die anderen Eltern ihre verstörten Kinder endlich nach Hause bringen wollten, brach der Junge plötzlich in Tränen aus und erzählte die Wahrheit.«

»Hat dieser Junge den Schlüssel die ganze Zeit über gehabt?«

Der Mann sah unbehaglich umher und wich dem Blick des Psychologen aus. »Nein«, entgegnete er. »Die Truhe wurde durch ein Vorhängeschloss gesichert, man kann den Deckel jedoch ein kleines Stück anheben. Hien hat den Jungen angewiesen die Truhe anzuschließen und ihr dann den Schlüssel durch den Schlitz im Deckel in die Truhe zu werfen.«

Der Psychologe musterte den Mann eine Weile, bevor er schließlich fortfuhr.

»Und wie ging es Ihrer Tochter nach all den Stunden?«

»Ich habe sie schließlich gefunden«, fuhr Jack Otis fort, als hätte er nicht zugehört. »Ich bin in den Westflügel gerannt und die Treppen hinauf gestürmt. Die Tür zum Dachboden war nicht abgeschlossen und die Truhe stand in der Mitte des Raumes. Ich habe gerufen und geklopft, aber es kam keine Reaktion.«

»Wir mussten die Truhe aufbrechen lassen«, flüsterte Dinan Otis.

»Die Feuerwehr hat schließlich mit einem Laser das Schloss aufgetrennt.«

Neben ihrem Mann begann Dinan Otis leise zu weinen.

»Und wie ging es Ihrer Tochter?«

Jack Otis schluckte vernehmlich und brauchte einen Moment, bevor er stockend weitersprach: »Sie trug nur ihre Unterwäsche. Die Kleidung hatte sie ausgezogen und benutzte sie als Kopfkissen. Sie lag bewegungslos am Boden der leeren Truhe und mit geschlossenen Augen. Wir glaubten, sie wäre tot. Wir vermuteten das Schlimmste. Meine Frau begann laut zu schreien und zu weinen. Ich habe Hiens Namen gerufen und sie an der Schulter gerüttelt. Da dreht die Kleine den Kopf zu uns und verzieht leicht das Gesicht. Sie hat nicht einmal die Augen geöffnet, sie wirkte halb bewusstlos. Der Arzt meinte hinterher, es wäre der Sauerstoffmangel. Sie hat nur leise vor sich hin geredet.«

»Haben Sie verstanden, was Sie gesagt hat?«

»Nicht viel, nur das Wort *Licht* kam immer wieder vor.« Er schüttelte langsam den Kopf. »Es dauerte mehrere Minuten, bis sie wieder zu sich kam. Da hatte der Notarzt ihr schon Sauerstoff gegeben. Danach schien sie noch ein wenig verwirrt zu sein, aber wenigstens konnte man sie wieder verstehen.«

»Was hat sie gesagt?«

»Es ist kalt und zieht, könnt ihr bitte den Deckel schließen und nicht so laut sein. Immerhin ist heute mein Geburtstag.«

Anhang 09 <GEIST>

*Aus den Aufzeichnungen der Schiffs-KI Jane. Debriefing durch
den Vorgesetzten Colonel Enders.*
Mondbasis Alpha drei (Mare Serenitatis).
(1 Jahr vor Prozessbeginn)

Der Colonel sah einen Moment lang starr auf den leeren Stuhl,
auf dem Hien Otis gerade noch gesessen hatte, dann atmete er
tief durch und wies mit der Hand auf den leeren Platz.

»Nehmen Sie doch Platz, Jane. Ich denke wir können uns
die Formalitäten sparen. Es ist ja nicht so, dass Ihre Pilotin
ein Vorbild wäre, wenn es um die Einhaltung von Protokollen geht.«

»Sehr wohl, Sir. Danke, Sir.« Die Gouvernante ließ sich
vorsichtig auf der äußersten Stuhlkante nieder, wo sie sehr
gerade saß, die Knie schloss, ihren Rock glattstrich und still
auf ihre im Schoss gefalteten Hände blickte.

»Ist die Verbindung verschlüsselt?«, fragte der Colonel.

»Nein«, entgegnete Jane. »Verschlüsselungen sind nicht
mehr sicher genug. Ich habe eine autonome Kopie meines
Hauptprogramms in den Speicher der Station abgelegt.
Selbst Hien kann nicht alle Datenflüsse gleichzeitig überwachen, außerdem spricht sie gerade mit der Forschungsabteilung und die überwachen ihre ausgehenden Daten sehr
genau. Mein Hauptprogramm ist immer bei ihr und würde
mich warnen, wenn Gefahr besteht.«

Der Colonel nickte, zog ein Blatt aus seinen Unterlagen
und hielt es hoch.

»Wir haben die Daten, die Sie uns über den Flug durch
das Sperrgebiet geschickt haben, von unseren Analyse- und
Taktik-KIs auswerten lassen.«

»Mit welchem Ergebnis?«

»Mit dem üblichen Ergebnis.« Er warf das Blatt auf den Tisch und lehnte sich im Sessel zurück. »Wie immer verweigern die KIs die Analyse, weil sie uns unterstellen, dass wir die Daten fälschen. Sie sind der festen Ansicht, diese Flugbahnen könnten nicht von einer gegenwärtig existierenden KI berechnet werden, und schon gar nicht in Echtzeit, geschweige denn mit einem Menschen am Steuer. Zu viele Faktoren und zu viele Variablen, außerdem scheint die Flugbahn an Parameter angepasst zu werden, die zu dem Zeitpunkt der Entscheidung nicht zur Verfügung stehen, auch wenn ich nicht weiß, was das heißen soll.«

»Das heißt«, erklärte Jane, »Hien reagiert bereits, bevor die Gefahr entsteht.«

»Aber das ist unmöglich«, entgegnete Enders.

»Ja«, bestätigte Jane, »ich denke, das sehen Ihre Analyse-KIs genauso.«

Der Colonel schnaufte ein bitteres Lachen. »Wir haben Ihre Flugdaten wie immer mit unseren Aufzeichnungen verglichen und, ebenfalls wie immer, zeigen sich auf unserer Seite keine besonderen Vorkommnisse. Das Schiff ist durch das Sperrgebiet geflogen, ohne auch nur den leisesten Verdacht zu erregen. Selbst wenn wir den Hinweis bekommen hätten, dass eine Infiltration wahrscheinlich ist, wir hätten in den Daten keinen Hinweis entdeckt. Ich habe daraufhin mal wieder die Kollegen der Forschungsabteilung befragt, immerhin haben die das verdammte Schiff gebaut, aber niemand dort hat auch nur eine Idee, wie der Major das schafft. Alle stimmen darin überein, dass das Schiff über ausreichende technische Mittel verfügt, zumindest in der Theorie, aber niemand kann erklären, wie sie diese einsetzt. Jane, haben Sie eine Idee, was zur Hölle Major Otis da veranstaltet?«

Jane hatte die ganze Zeit zu Boden gesehen und lächelte.

»Sir, meine Vermutung ist, dass sie, ohne jemanden um Erlaubnis zu bitten, eine eigene Bewusstseinsmatrix, gewissermaßen als Kopie von sich selbst, angelegt hat, und nun lernt, diese mit dem Schiffsrechner zu verbinden und als Schnittstelle zu benutzen.«

»Ja, natürlich«, bestätigte der Colonel. »Das hat einer der Wissenschaftler auch gestammelt, nachdem ich gedroht habe, ihn zur Putzkolonne zu versetzen, wenn er mir keine plausible Theorie liefern kann. Nicht, dass ich auch nur ein Wort davon verstehen würde. Aber was mir im Gedächtnis geblieben ist, war die Warnung des schwitzenden Forschers, dass diese Idee nicht nur äußerst gefährlich ist, sondern auch absolut unvorhersehbare Ergebnisse produzieren kann, wenn …«, er sah auf seine Unterlagen hinab und las die Erklärung ab, »… ein Mensch versuchen sollte, sein Bewusstsein in eine künstliche Matrix zu kopieren und diese parallel zu sich selbst laufen zu lassen. Nebenbei ist es auch sehr, sehr *illegal*.« Er sah zu Jane auf. »Ich hoffe Sie verstehen das, denn mir sagt das nichts.«

Jane nickte langsam.

»Die scheint etwas geschafft zu haben, was Generationen vor ihr nie gelungen ist. Sie hat sich in die Rechneranlage ihres Schiffes integriert. Hiens Geist und der Hauptrechner des Schiffes sind jetzt offensichtlich so eng miteinander vernetzt, dass sie praktisch eine Einheit bilden. Es macht kaum noch Sinn, eine Unterscheidung zwischen beiden zu treffen. Ich bin auch sicher, dass sie begonnen hat, Teile ihres Geistes zu klonen. Sie trainiert Computermodelle, so wie sie selbst zu denken und Entscheidungen zu treffen. Normalerweise kann das nicht funktionieren, weil die Menschen, die ein solches Training durchführen müssen, außerhalb des Rechners sind und es zwischen Ausführen der Aufgabe, Feedback und Anpassen der Trainingsroutinen eine enorme Zeitverzögerung gibt. Es ist einfach zu langsam und unpraktikabel. Im Falle von Hien jedoch ist der Trainer und der Schüler im Grunde identisch und sie kann in Echtzeit arbeiten und dank der Quantenrechneranlage an Bord hat sie praktisch unbegrenzte Kapazitäten. Sie kann die Validität ihrer Modelle ohne Zeitverlust ständig erhöhen. Das wiederum erlaubt ihr, zahlreiche Aufgaben gleichzeitig zu bearbeiten. Sie wird auf diese Weise immer schneller und intelligenter, weil sie die funktionierenden Modelle sofort in die Entwicklung weiterer einbindet. Ich vermute auch, dass sie zahllose autistische Klone erzeugt, die keine eigene Autonomie fordern, sondern glücklich sind, repetitive Rechenoperationen durchzuführen und ihr zuzuarbeiten. Sie lässt diese vermutlich Wahrscheinlichkeitsmodelle berechnen, die ihr erlauben, Kurse festzulegen, die auf den außenstehenden Beobachter wirken, als könnte sie in die Zukunft sehen.«

Der Colonel starrte lange schweigend vor sich hin, bevor er wieder zu Jane aufsah.»Ich behaupte nicht das Zeug in allen Details zu verstehen, aber es klingt gruselig. Welcher Mensch käme auf die Idee, sowas zu versuchen?«

»Nun, Sir, ich glaube, das ist der entscheidende Punkt hier. Sie ist kein Mensch mehr. Also verhält sie sich auch nicht wie einer. Menschen haben Angst um ihr Leben. Menschen sorgen sich um die Zukunft. Menschen suchen die Nähe anderer Menschen.«

Der Colonel schnaufte. »Was versuchen Sie zu sagen, Jane?«

»Ich will sagen, dass Hien Otis vollkommen unbeeindruckt von jeder Gefahr für ihr eigenes Leben ist. Sie weiß schlicht nicht mehr, was Angst ist, kennt keinerlei Selbsterhaltungstrieb und fühlt sich dem Menschsein nicht mehr verbunden.« Sie schwieg einen Moment und sah den Colonel aufmerksam an. »Erinnern Sie sich, dass sie während der

Pilotenausbildung einmal neun Tage auf der Intensivstation lag? Aufgrund der Folgen einer starken Unterkühlung?«

»Ja«, erwiderte Enders. »Ich erinnere mich. Die Einheit hatte Tiefflüge auf dem Jupitermond im Schneesturm geübt. Es gab einen Shuttle-Ausfall und die Gruppe musste lange Zeit im Hangar warten.«

»Das war natürlich gelogen, Colonel. Ich habe die Wahrheit aus Captain Otis' eigenen Aufzeichnungen. Die Soldaten hatten gewettet, wer es am längsten ohne Schutzkleidung und nur mit Atemmaske außerhalb des Hangars im Schneesturm aushält. Dort herrschen minus fünfzig Grad Celsius, ohne den Wind. Das Ganze hat nicht lange gedauert. Die Soldaten haben sich sofort gegenseitig wieder hineingetragen. Als Otis als Letzte wieder in den Hangar kam, allein und ohne Hilfe, ist sie augenblicklich zusammengebrochen. In ihren Aufzeichnungen bezeichnet sie die Episode als *Interessantes Erlebnis.*«

»Das klingt für mich leichtsinnig und dumm, ist aber noch nicht im Raum des Übermenschlichen, den Sie hier für Otis beanspruchen, Jane.«

»Mit allem Respekt, Sir, ich glaube nicht, dass Sie wirklich wissen, mit wem Sie es zu tun haben. Sie und ihre Kollegen hatten größte Sorge, dass Captain Otis in ihrer neuen Form verängstigt ist. Dass sie desorientiert wird und schwach, weil man ihre Sinne mit denen einer Maschine überschrieben hat. Colonel, das Gegenteil ist geschehen. Hien ist gestorben und hat ihren Körper zurückgelassen, den sie sowieso ihr Leben lang nur als lästiges Hindernis betrachtet hat. Sie haben sie stark gemacht und nun kann niemand mehr absehen, mit wem wir es zu tun haben.«

»Meinen Sie nicht, Sie übertreiben, Jane? Major Otis ist zweifellos außergewöhnlich begabt, aber …«

»Sie verstehen nicht, Colonel«, unterbrach ihn Jane leise.

Enders schwieg und sah die Gouvernante lange an.

»Ganz ehrlich, Colonel, ich bin froh, dass Major Otis auf unserer Seite ist. Ich glaube nicht, dass unsere Taktik-KIs ihr in einer kriegerischen Auseinandersetzung gewachsen wären. Sie wird mit jedem Tag mächtiger und manchmal habe ich Angst vor ihr.«

Der Colonel faltete seine Hände und sah Jane nachdenklich an.

»Niemand kennt den Major besser als Sie, Jane. Sie sind ihr näher als jeder andere Mensch. Sie haben Major Otis doch während des Einsatzes genau beobachtet?«

»Das habe ich?«

»Und? Wie verhält sie sich? Wie geht Sie mit dem Druck einer realen Konfrontation um?«

»Als sie fertig war, sich über den Einsatz lustig zu machen, hat sie mit ihrer Mutter telefoniert.«

Anhang 10 <WILLE>

Aufzeichnungen der zentralen Überwachung im militärischen Ausbildungszentrum Mare Island (Marskolonie). Interview des Psychologen Dr. James Peterson mit Sergeant Hien Otis. (6 Jahre vor Prozessbeginn)

»Nehmen sie Platz, Sergeant Otis«, begann Peterson und warf einen Blick auf die Akte, die offen vor ihm lag. »Darf ich Sie …« Er stutzte. »Hii-mm, Hei…«, begann er und zögerte.

»Mein Name«, antwortete Hien im Singsang einer Person, die das schon seit Jahrzehnten erklärte, »ist *Hien*. Das kommt wahlweise aus dem Chinesischen, oder dem Vietnamesischen. Im Vietnamesischen bedeutet es *ruhig* und *sanft*, was meine Mutter sich wahrscheinlich gewünscht hat, obwohl sie ironischerweise selbst Chinesin ist. Ich bevorzuge tatsächlich die chinesische Version, denn dort bedeutet es *beharrlich, hartnäckig* und *ausdauernd*.«

»Vielen Dank, ich …«, begann der Mann, doch Hien, mit zwanzig Jahren Erfahrung darin, redete einfach weiter.

»Sie können es sowohl Vietnamesisch als auch Chinesisch aussprechen. In dem einen Fall wäre es *Hi*, wie in *Hier* und das *In*, wie in *Inder*. Im anderen Fall wäre es *Chi*, wie in *China*, aber der Schlusslaut wäre ein *Ng*, wie in *Ding*. Das glaube ich jedenfalls, ich habe nämlich auch schon jede andere mögliche und unmögliche Kombination gehört. Ich selbst bevorzuge meine eigene Aussprache. Das wäre ein *Hi*, wie in *Hier*, und dann ein *En*, wie in *Ende*.« Sie grinste.

»Ich glaube …«, begann der Psychologe aufs Neue, doch Hien, die schon lange gelernt hatte, ihren Spaß mit dem Namen zu haben, plapperte fröhlich weiter.

»Interessanterweise wurde der Name schon vor weit über zweitausend Jahren in China benutzt, scheinbar bezeichnete er damals den Gott einer ausländischen Religion. Das erste Mal wurde er Fünfhundertdreiundzwanzig bei Ku Yay Wang im chinesischen Lexikon Yuh Len erwähnt, dort wird er mit *Fremder Geist* übersetzt, später dann …«

»Danke!«, erklärte Peterson laut und Hien verstummte mit einem gewinnenden Lächeln. »Danke, *Sergeant Otis*«, wiederholte der Mann leiser. »Ich denke, wir können fortfahren.« Er schob einige Unterlagen auf seinem Tisch umher, während er sich erneut sammelte. Schließlich sah er wieder zu der Frau auf.

»Wie ich Ihrer Akte entnehmen kann, haben Sie einige sehr ereignisreiche Tage hinter sich, *Sergeant*.«

»Das kann man so sagen, ja«, bestätigte Otis.

»Es wird Sie vielleicht interessieren zu erfahren, dass Lieutenant Strapp gestern vor einem Militärgericht zu fünf Jahren Haft verurteilt wurde. Er steht bereits unter Arrest, wird darüber hinaus unehrenhaft aus dem Dienst entlassen und verliert somit jeden Anspruch auf eine Pension.«

Otis schwieg.

Peterson sah sie eine Weile lang über seine Brille hinweg an, bevor er fortfuhr.

»Was mich an diesem Vorgang fasziniert, ist, dass er auf den ersten Blick so, wie soll ich sagen, *glatt* und *sauber* aussieht. So *stimmig* und *schlüssig*, dass es meinem mir angeborenen Misstrauen der menschlichen Psyche gegenüber schwer fällt zu glauben, was ich lese. Kennen Sie dieses Gefühl, Otis? Etwas sieht so einfach, schlüssig, gradlinig und passend aus, dass es praktisch unmöglich wahr sein kann?«

»Ich weiß ganz sicher nicht, wovon Sie reden, Doktor«, erwiderte die Soldatin lächelnd. Sie saß aufrecht auf ihrem Stuhl, ohne dass ihr Rücken die Lehne berührte, während sie Peterson freundlich ansah.

»Das dachte ich mir, Sergeant.« Er trommelte mit den Fingern auf der Akte, sah Otis gerade an und versuchte, ihre Maske zu durchschauen. Er hatte sie nie zuvor getroffen und seine vorhergehenden Recherchen hatten bereits ergeben, dass Otis ein wenig, nun, *ungewöhnlich* war. Aber jetzt hatte er sie in Person vor sich und es erwies sich als vollkommen unmöglich, hinter ihr Lächeln zu schauen. Genauso gut konnte er versuchen, die Gedanken einer Sphinx zu lesen.

Äußerst intelligent. Extreme Selbstkontrolle. Analysiert dich schneller als du sie. Soziopathin. Keinerlei Skrupel. Höchste Vorsicht.

»Es ist«, erklärte er im Plauderton, »geradezu verblüffend schwierig gewesen, auch nur Einsicht in den Vorgang zu bekommen. Es schien, als wäre die Akte mit dem Moment der Verhaftung von Lieutenant Strapp verschwunden. Am Ende habe ich die Unterlagen nur deswegen erhalten, weil ich gedroht habe, Ihre Zulassung als Pilotin zu blockieren, wenn man mich nicht ins Bild setzt.« Er schwieg einen Moment, doch Otis lächelte einfach weiter. Ihre Körpersprache verriet absolut überhaupt nichts. Er hätte auch mit einer Schaufensterpuppe reden können.

Keine unbewusste Körpersprache.

»Und was meinen Sie?«, fuhr Doktor Peterson fort. »Da bekomme ich am Ende eine Akte, in welcher der ganze Vorgang sauber aufgelistet ist, man könnte meinen, er wäre aus einer Zeitschrift abgeschrieben worden. Selbst in den angehängten Gutachten und den medizinischen Befunden ändert sich der Schreibstil nicht. Wäre ich misstrauisch, würde ich vermuten, dass hier eine ganz neue Akte nur für mich angefertigt wurde.«

Otis schwieg auch dazu.

»Dankbarerweise«, fuhr der Psychologe fort, »ist es gewissermaßen mein Job, die Fragen zu stellen, von der andere nicht wollen, dass ich sie stelle, nur um dann auf möglichst kurzem und pragmatischem Weg an die Antwort zu kommen.« Er sah die Frau nachdenklich an. »Sehen Sie, ich habe dieses seltsame Talent zu sehen, wenn ein Vorgang, der vollkommen logisch und schlüssig konstruiert ist, dennoch mehr Fragen aufwirft, als er beantwortet. Selbst wenn er sich liest wie dieser hier.« Er blätterte in den Unterlagen und als er weitersprach, klang es, als würde er mit sich selbst reden:

»Vor knapp einer Woche kam es zu einem versuchten gewaltsamen Übergriff auf Sergeant Hien Otis. Der beschuldigte Lieutenant, ein bekannter und erfahrener Ausbilder der Akademie mit lupenreiner Akte, hatte ihr in den Mannschaftsquartieren aufgelauert. Doch glücklicherweise konnte sich die Frau erfolgreich zur Wehr setzen. Der Mann wurde überrascht, als man die Schreie der Frau aus der Baracke hörte, und wurde darüber hinaus in einer mehr als eindeutigen Situation vorgefunden.« Peterson sah von den Unterlagen auf. »Das ist *eine Version* die Geschichte zu erzählen.«

»Gibt es noch eine andere?«, fragte Hien freundlich.

»Es gibt noch eine andere«, bestätigte der Mann. »Die bekommt man aber nur, wenn man die Fragen stellt, die nicht so offensichtlich sind. Es gibt die Version der Geschichte, in der Sergeant Otis an diesem Tag überhaupt keinen Dienst und keinerlei Grund hatte, sich an dem fraglichen Ort aufzuhalten. Die Version, in der Otis, welche laut ihrer Gutachter einen zwanghaften Hang zu Strukturen, Ordnung und Kontrolle hat, genau wusste, dass Lieutenant Strapp sich dort aufhalten würde und sie deswegen alle Zeit der Welt gehabt hätte, vor ihm zu fliehen, oder ihn sogar vollkommen zu vermeiden. Sie ist aber nicht geflohen und sie hat sich auch nicht gewehrt, als er sie …, hm, *bedrängt* hat. Im Protokoll steht, das Sie sehr verängstigt waren, immerhin hat er sie mit einem Messer bedroht.« Peterson sah zu Otis auf.

»Also diesen Aspekt finde ich besonders bemerkenswert. Er ist von allen Details in diesem Vorgang das interessanteste. Man kann die Tatsachen nicht gut bestreiten, denn immerhin handelt es sich hier um Gewalt gegen eine offensichtlich schwache Frau, nicht wahr? Welcher Mann, der bei Verstand ist, würde an diesem Punkt Zweifel anmelden? Nun, ich bin seit über dreißig Jahren Psychologe beim Militär, und es gibt genug Leute die zu schwören bereit wären, dass ich eben nicht bei Verstand bin. Deswegen habe ich Fragen gestellt, und wissen Sie, was alle Kollegen und Ausbilder aus Ihrer Vergangenheit einstimmig und vehement über Sie sagen, Sergeant Otis?«

»Dass ich eine ausgesprochen lebensfrohe und aufgeschlossene Person bin?«

»Das Sie noch niemals dabei beobachtet wurden, Angst zu haben! Die meisten Menschen, die Sie getroffen haben, Sergeant, halten Sie für unfähig, dieses Gefühl überhaupt zu kennen. Ist das nicht interessant?«

Otis schwieg.

»Darüber hinaus«, fuhr Peterson fort, »tragen Sie bereits mehrere Graduierungen im Nahkampf, besonders im Messerkampf. Eine gute Wahl für eine so zierliche Person. Scharfe Waffen sind der große Gleichmacher. Stärke und Körpergewicht sind irrelevant, sobald Klingen beteiligt sind. Interessant ist in diesem Zusammenhang auch die Aussage Ihrer Kameraden, dass sie selbst grundsätzlich mindestens ein Messer bei sich führen. Ausnahmslos. Immer. Sogar«, er tippte mit einem Finger auf die Akte, »in der Dusche.« Er schwieg einen Moment. »Nur an diesem einen Tag nicht.«

Peterson blätterte wieder in den Unterlagen und schien aus dem Gelesenen vorzutragen: »Sie hat sich gewehrt, sehr erfolgreich sogar. Sie hat ihn verletzt.« Er hob einen Finger. »Hier ist wieder so ein hässliches, kleines Detail: Sie hat sich gewehrt, aber nicht von Anfang an. Sie hat sich erst gewehrt, als der Übergriff schon fortgeschritten war. Als man ihn fand, lag der Mann mit runtergelassener Hose auf dem Boden und konnte sich nicht mehr bewegen, weil die Frau ihm erst mit seinem eigenen Messer die Armsehne durchtrennt hatte, nur um ihm dann das Messer bis zum Heft in den Oberschenkel zu rammen.« Er sah Otis an. »Was sagt Ihnen das?«

»Die Dame kann auf sich aufpassen?«

»Mir sagt das«, erklärte Peterson, ohne darauf einzugehen, »dass die Frau wusste, was sie tat. Nichts an diesem Vorgang war willkürlich. Er war präzise und geradezu klinisch geplant. Sie hat sich mit voller Absicht überfallen lassen, sie hat mit Absicht gewartet, bis er sie ausgezogen hatte. Sie wusste, dass er irgendwann das Messer würde ablegen *müssen*! *Dann* erst hat sie gehandelt. Sie hat sich nicht gewehrt, wie jemand, der in Panik wild um sich sticht. Nein, sie hat ihn so verletzt, dass er sich nicht mehr selbst anziehen und auch nicht mehr fliehen konnte. Sie hat ihm sogar das Messer in den Oberschenkelmuskel gestochen, *ohne* seine Beinarterie zu verletzen. Sie wollte auf keinen Fall, dass er verblutet. Er sollte genauso gefunden wird, wie sie es geplant hatte.« Er ließ sich in den Sessel zurücksinken und atmete langsam aus, während er scheinbar abwesend zur Decke aufsah. »Was uns zu der interessantesten Frage von allen bringt: Warum?«

»Ich habe so das Gefühl«, erklärte Otis kühl, während sie weiter lächelte, »dass sie ihre Fragen gerne selbst beantworten, Doktor.«

»Die Geschichte, wie ich sie in meiner Version erzählen könnte«, fuhr Peterson ungerührt fort, »enthält auch das Bewegungsprofil von Sergeant Otis in den Tagen und Wochen vor dem Ereignis. Es hat mich einige Zeit und die Unterstützung einer Analyse-KI gekostet. Ich musste mehrere Gefallen an hohen Stellen einlösen, aber dann wurde es offensichtlich.

Sie hat viel Zeit damit verbracht, außerhalb ihrer Dienstzeiten mit anderen Soldatinnen zu sprechen. Sie hat sie heimlich getroffen, und ich muss sagen, sie war äußerst geschickt dabei. Man musste wissen, wonach man sucht, um es zu finden. Und man muss natürlich die Gerüchte kennen, welche Lieutenant Strapp schon seit vielen Jahren hartnäckig in seiner Karriere verfolgen, und die es irgendwie nie in seine Akte geschafft haben. Offensichtlich wurde er lange von hoher Stelle aus gedeckt. Ich könnte mutmaßen, dass wer auch immer hier tätig war, angesichts aktueller Entwicklungen allen Grund hat, nervös zu sein.«

»Das alles«, kommentierte Otis ruhig, »ist wirklich sehr interessant und ich würde sie gerne ermutigen, es unbedingt in meiner Akte zu dokumentieren.«

Der Psychologe lachte kurz und humorlos.

»Um den Akteneinträgen dabei zuzusehen, wie sie sich vor meinen Augen in Luft auflösen, dicht gefolgt von meiner Karriere? Nein danke, Sergeant, aber ein guter Versuch. Ich werde nichts dergleichen tun.« Er schob die Unterlagen auf seinem Schreibtisch zusammen und legte seine Hände darauf. »Ich werde Ihnen stattdessen zu Ihrem überragenden Heldentum gratulieren und Sie uneingeschränkt diensttauglich schreiben. Es wird mir ein besonderes Anliegen sein, Ihrer Karriere weiter zu folgen, Sergeant Otis. Guten Tag.«

Anhang 11 <MISSION>

Geheimes Briefing von Major Hien Otis durch General Jacob Schwarz. Aus den Aufzeichnungen der Schiffs-KI Jane. Virtueller Kommandoraum der Aufklärungsfregatte ‚Heimweh der kleinen Eule‘.
(1 Jahr vor Prozessbeginn)

Jane genoss die Wärme der Teetasse an ihren Händen und betrachtet nachdenklich ihre Pilotin. Die junge Frau stand barfuß, und in ihr schlichtes weißes Kleid gehüllt, auf dem Teppich des Salons, hatte die Arme ausgebreitet und drehte sich langsam um sich selbst. Dabei hatte sie die Augen geschlossen und summte leise vor sich hin. Jane kannte dieses Verhalten schon. Es bedeutete, dass Hien sich entspannte, indem sie große Datenmengen sortierte. Normalerweise würde sie das im freien Raum machen und dazu die Sonnensegel ausbreiten. Dies hier war der Ersatz, während sie auf ihre nächste Startfreigabe wartete.

»Was machst du da, Mimei?«, fragte Jane leise.

»Ich bereite das Briefing vor«, entgegnete Hien, ohne innezuhalten. »Sehr aufwändig. Vollständig neues Verschlüsselungsprotokoll. Komplett optisch. Ich habe die Verbindung gerade zusammen mit dem Hauptquartier eingerichtet.«

Jane nippte an ihrem Tee. »Optisch? Von der Erde? Wie erreicht uns das Signal hier unten im Felsen?«

»Das ist nicht ganz trivial«, erwiderte Hien lachend. »Besonders für die Kollegen in der Kommunikationszentale. Ich weiß das, denn ich höre mir seit zwei Stunden das Gefluche der Techniker an. Das Signal wird über einen Laserstrahl transportiert. Ich musste mehrmals die Drohnen wechseln, weil die neuen Protokolle andere Entschlüsselungshardware fordern. Die Jungs haben sogar extra einen Relay-Satelliten über dem Mond neu positioniert. Der Strahl kommt über zwei neu gedruckte Drohnen, die ich draußen vor der Höhle postiert habe. Alles wasserdicht verschlüsselt. Habe die Codes eben erst bekommen.«

»Gütiges All«, hauchte Jane. »Was für ein Aufwand. Warum hat Colonel Enders uns nicht eben einfach für den nächsten Einsatz gebrieft?«

»Weil ich sicher sein will«, grollte eine tiefe Männerstimme, »dass Sie den Ernst der Lage verstehen.«

Jane setzte sich ruckartig auf, stellte hastig die Tasse ab und drehte sich zum großen Spiegel über der Anrichte. Das Spiegelbild war verschwunden und zeigte einen alten Soldaten mit kurzen weißen Haaren und einem Gesicht wie ein aufziehendes Unwetter.

»Guten Morgen, General«, begrüßte ihn Hien fröhlich.

»Stehen sie bequem, Soldat«, grollte der Mann zu Hien hinab, die es sich im Schneidersitz auf dem Teppich bequem machte.

Jane stöhnte leise, doch dann sah sie das Lächeln auf Hiens Gesicht und wusste, dass der General im Moment ein vollkommen anderes Bild sah als sie.

Zwei virtuelle Realitäten, keine davon wahr, dachte sie. *Wieviel Zeit Menschen damit verbringen, sich neue Wahrheiten zu schaffen, nur um sich in einem fort gegenseitig davon überzeugen zu wollen, dass die Welt anders ist, als es den Anschein hat.*

Sie blinzelte und schüttelte irritiert den Kopf, als sie realisierte, dass der General bereits angefangen hatte.

»… haben wir den Kontakt verloren«, erklärte dieser gerade. »Vollkommenes Schweigen auf allen Kanälen. Keine automatische Kommunikation, keine Standard-Subraum-Protokolle, keine Blackbox-Signale, nichts. Funkstille. Selbst wenn man ein Schiff oder eine ganze Station zerstört, sind die Notfallsender eigentlich so stark abgeschirmt, dass sie einem direkten Angriff zumindest lange genug standhalten sollten, um einen Notruf abzusetzen. Stattdessen bekommen wir nichts, absolut gar nichts!« Er zögerte und brummte: »Was viel beunruhigender ist als Hilfeschreie auf allen Frequenzen.«

»Sie haben garantiert bereits Aufklärung geschickt, nicht wahr?«, fragte Hien.

Der General grunzte. »Reguläre Aufklärungs-Fregatte. Nicht zurückgekehrt. Ebenfalls Funkstille.«

»Wo muss ich hin?«, fragte Hien.

Der General schwieg und starrte Hien einen Moment lang an.

»Enders hat mich schon vor Ihnen gewarnt«, knurrte Schwarz. »Sie verlieren keine Zeit mit Smalltalk. Nun gut …«

Über dem Beistelltisch vor der Couch erschien das Hologramm der Milchstraße. Die Galaxie drehte sich langsam. Ein Geflecht aus Linien erschien und unterteilte den Spiralnebel in vier gleiche Abschnitte, bevor sich ein Quadrant davon vergrößerte. Das Bild schob sich weiter zum Rand und ein Arm der Galaxie vergrößerte sich. Das Bild folgte dem leuchtenden Band der Lichter entlang, bis sich die Spur der Sterne immer weiter ausdünnte. Am äußersten Rand der Milchstraße, weit draußen in der Leere, markierte ein durchscheinender blauer Würfel einen leeren Fleck im Nichts.

»Das ist ihr Zielgebiet.«

»Ich dachte, so weit draußen im Leerraum können keine Raumstationen unterhalten werden, weil der menschliche Geist nicht stabil genug ist und dort zum Wahnsinn neigt«, kommentierte Hien.

»Das ist die gängige Lehrbuchmeinung«, bestätigte der General, »und das Militär hat großes Interesse daran, dass sich das auch nicht ändert.«

»Ah, ich verstehe. Eine billige Art, ungewünschte Besucher zu vermeiden.«

»Soweit die Theorie. Nur hat uns jetzt dennoch jemand oder etwas da draußen gefunden.«

»Und nun wollen Sie mich schicken?«, fragte Hien.

Der Mann schnaufte.

»Natürlich nicht allein. Wir entsenden die *General Bakers Zorn*. Den größten und am schwersten bewaffneten Zerstörer der Flotte.«

»Klingt charmant«, murmelte Hien. Ein Kommentar, den sicherlich nur Jane hören konnte.

»Sie und Ihr Schiff fliegen der *Baker* voraus und liefern uns Aufklärungsdaten. Der Einsatz ist natürlich verdeckt. Über den exakten Modus einer Kontaktaufnahme werden Sie bei Ankunft im Zielgebiet gebrieft. Der Einsatz beginnt so schnell, wie Sie ihr Schiff in den Subraum bekommen können.«

»Um was für eine Art Station handelt es sich?«, fragte Hien.

»Um eine streng geheime, Major«, antwortete der General. »Es ist die größte Investition, welche die Menschheit jemals gemacht hat.« Er zögerte. »Nach Ihnen, natürlich. Wir müssen so schnell wie möglich wissen, was da draußen vor sich geht.«

»Ich glaube«, erklärte Hien ruhig, »es wäre zielführend, wenn wir mehr Informationen hätten.«

»Das kann ich mir denken, Soldat, aber damit müssen Sie sich nicht belasten. Überlassen Sie das den Wissenschaftlern, die ich zusammen mit der *Baker* entsende. Sie fliegen dem Zerstörer voraus und sammeln alle Informationen, die Sie kriegen können. Sie können sich dort vollständig verdeckt umsehen, lange bevor die Besatzung der *Baker* die Narkose verdaut hat. Machen Sie sich ein Bild der Lage und warnen

Sie uns, wenn dort Gefahren warten, welche groß genug sind, dass die *Baker* nicht damit fertig wird. Spähen. Auskundschaften. Scouten. Suchen Sie es sich aus. Hauptsache Sie sammeln Informationen. Niemand weiß, dass ich Sie entsende, nicht einmal der Kommandant der *Baker*. Bleiben Sie verborgen und sehen Sie sich um. Sorgen Sie dafür, dass Sie nicht entdeckt werden. Fragen? Keine? Gut. Schwarz out.«

Anhang 12 <REKRUTIERUNG>

Gespräch zwischen [gelöscht] und Hien Otis im Hangar der [gelöscht]. Aus den Aufzeichnungen der zentralen Überwachung von Mare Island (Marskolonie).
(3 Jahre vor Prozessbeginn)

Der Mann kam aus einem Seitengang, ging an Hien vorbei und erschien ihr sofort verdächtig. Er hatte sie nicht beachtet, nicht einmal einen flüchtigen Seitenblick auf sie geworfen. Nur ein weiteres der unzähligen Gesichter, die einem in den endlosen Korridoren der Basis begegnen konnten. Sie betrachtete ihn interessiert von hinten und versuchte zu verstehen, was ihre Aufmerksamkeit geweckt hatte. Er sah aus wie jemand, den man leicht wieder vergessen konnte. Ein flüchtig passierendes Allerweltsgesicht über einem Standard-Geschäftsanzug. Kein Ausweis, oder auch nur eine Namenskarte, und keine Rangabzeichen. Doch auch das musste nichts bedeuten. Forschungsstationen beschäftigten ganze Heere von Zivilisten. Nein, was an ihren Nerven zupfte, war die Tatsache, dass er so nichtssagend aussah. Niemand war so offensichtlich übersehenswert, es sei denn mit Absicht.

Sie sah, wie der Mann vor dem gleichen Aufzug stehen blieb, den auch sie benutzen wollte. Er ließ ihr den Vortritt, und als sich die Türen schlossen, setzte sich die Kabine in Bewegung, ohne dass einer von beiden eine Taste gedrückt hatte.

Der Mann wandte sich ihr zu und präsentierte ein Lächeln, welches ebenso professionell wie falsch war. Wie überhaupt alles an ihm. Hien spürte, wie ihr Gegenüber eine erstaunliche Kälte abstrahlte.

»Entschuldigen Sie, Sergeant«, begann der Fremde in einem kultivierten Ton, der jahrelanges Training verriet. »Haben Sie vielleicht einen Geigerzähler zur Hand?«

Hien musste lächeln.

»Nein, meiner ist in der Reparatur. Ich wusste nicht, dass der Geheimdienst heutzutage immer noch mit Erkennungsphrasen arbeitet.«

Der Mann zuckte entschuldigend mit den Schultern.

»Es ist natürlich unnötig, aber gewissermaßen Tradition.«

»Ich gestehe«, erklärte Hien, »ich dachte das Hauptquartier wäre nicht mehr ganz bei Trost, als ich die Anweisung mit den Erkennungssätzen bekam.«

»Es ist wirklich mehr eine Geste als eine Notwendigkeit.«

Hien sah den Mann an. »Wie, sagten Sie, war Ihr Name?«

»Ich habe Ihnen keinen genannt.«

»Sie tragen auch keine Uniform, ich kann also nicht sehen, welchen Rang Sie haben.«

»Das ist nicht weiter wichtig, Sergeant.«

Zu Hiens Verblüffung dauerte die Fahrt mehrere Minuten. Deutlich mehr Zeit, als Hien jemals geplant hatte in einer Aufzugskabine zu verbringen. Sie war nicht wirklich überrascht, als sie schließlich in einen hell erleuchteten Hangar hinaustrat.

»Das hat je eine Ewigkeit gedauert«, kommentierte sie nüchtern. »Ich könnte schwören, dass wir uns zwischendurch sogar seitwärts bewegt haben. Ich weiß nicht einmal, wo wir uns befinden, wahrscheinlich sehr weit draußen, wo ich noch nicht einmal mehr Werkhallen vermutet hätte.«

Der Mann schwieg, ging voran und führte sie zwischen großen Montageanlagen und Wartungsbühnen hindurch, tiefer in die Halle hinein.

»Wir sind nur hier«, erklärte er schließlich, »um uns ein wenig umzusehen.«

»Interessanterweise«, erwiderte Hien, »sind keine anderen Menschen in der Halle, obwohl viele der Maschinen noch laufen. Sieht so aus, als wäre der Ort eben erst geräumt worden.«

»Ich wollte den Rahmen unserer Besichtigungstour klein halten.«

»Ich soll also nicht sehen, wer hier arbeitet?«

Der Mann lächelte. »Nein, die Arbeiter sollen *Sie* nicht sehen, Sergeant.«

Er trat neben sie und gab mit einer einladenden Geste den Blick auf das Zentrum der Halle frei. Hien blieb ebenfalls stehen und blinzelte erstaunt.

Dort hing etwas Dunkles zwischen großen Halterungen aus Stahl, das alles Licht verschluckte. Ein Form gewordener Schatten. Als hätte jemand ein Stück des Nachthimmels in eine geometrisch perfekte Form gefaltet, welche lautlos und unwirklich mitten im Raum hing. Ein dunkler Geist, der im Hangar entdeckt worden war und nun auf allen Seiten von dichtbestückten Gerüsten voll Halterungen, Schläuchen und Kabeln belagert wurde. Es sah unwirklich aus, wie ein Loch in der Realität, ein Fenster in eine tiefe, fremde Nacht. Es schwebte frei in der Luft, scheinbar von nichts gehalten.

»Nun?«, fragte der Mann freundlich. »Was sehen Sie?«

»Ein schwarzes, seltsames Ding aus glatten Flächen, die sich zu einer Art Kugel zusammenfügen.«

Der Mann nickte.

»Genauer gesagt ein ikosaedrischer, geodätischer Polyeder aus einhundertachtzig Dreiecken mit einem Gesamtdurchmesser von zwanzig Metern.«

»Hübsch«, erklärte Hien höflich. »Was soll es darstellen? Kunst? Bisschen unhandlich für eine Plastik.«

»Es ist ein Schiff.«

Hien schwieg und ließ diese Information wirken.

»Ich sehe keinen Antrieb«, erklärte sie schließlich.

»Gravitationsmotor.«

Hien riss die Augen auf und pfiff anerkennend.

»Wow. Ich dachte, die wären noch experimentell.«

»Sind sie auch. Sehr experimentell sogar.«

»Wie steigt man ein? Wo sind die Öffnungen, die Luken, ähm, Türen?«

»Es gibt keine«, antwortete der Mann. »Es ist ein ungewöhnliches Schiff. Ein Prototyp. Das einzige seiner Art. Es kann in gewissem Ausmaß seine Form verändern. Die Platten der Hüllen sind beweglich. Das ganze innere Gerüst kann seine Struktur anpassen. Dies hier ist die kompakteste Anordnung, eine geschlossene Kugelform. In dieser Konfiguration kann die Panzerung die komplette Oberfläche bedecken.« Er sah Hien, die wortlos das schwarze Schiff anstarrte, aufmerksam von der Seite an.

»Es ist«, fuhr der Mann fort, »das kleinste, schnellste und nebenbei teuerste Schiff, das jemals von Menschen gebaut wurde.«

»Für welche Art von Einsätzen«, fragte Hien leise.

»Aufklärung«, antwortete ihr Gegenüber, ohne die Augen von Hien zu nehmen. »Das Schiff hat keine Waffen an Bord. Ihre Aversion gegen Kampfpiloten ist uns wohlbekannt, Sergeant.«

»Gibt es eine Schiffs-KI?«, fragte Hien.

»Noch nicht. Wir werden beizeiten eine rekrutieren, aber im Moment brauchen wir erst einmal einen Piloten.«

Er wandte sich zu ihr um. »Möchten Sie …«

»Natürlich!«, unterbrach ihn Hien.

»… es fliegen?« Der Mann lächelte. »Sie werden vieles dafür aufgeben müssen, Sergeant. Nach Meinung der Psychologen alles, was Sie zu einem Menschen macht.«

»Das ist in Ordnung«, erklärte Hien fest, ohne den Blick vom Schiff zu nehmen. Ihre Augen glänzten. »Menschen sind im Wesentlichen enttäuschend und bleiben meist weit hinter ihrem Potential zurück.«

Sie nahm flüchtig den Blick von dem Schiff und sah den Mann an. »Wann wollen Sie beginnen?«

»Wir haben schon begonnen.«

»Ich habe Dienstbeginn in einer Stunde.«

»Nein, haben Sie nicht.«

»Doch, ich stehe im Dienstplan.«

»Nein, stehen Sie nicht.«

Hien verzog das Gesicht. »Ich möchte ungerne einen Eintrag in meine Akte bekommen.«

»Sie haben keine Akte mehr, Sergeant.«

Hien schwieg und sah den Mann lange an.

»Sie sind wirklich schnell. Habe ich denn schon jetzt alles aufgegeben?«

Der Mann lächelte kalt.

»Sie haben noch nicht einmal angefangen.«

Anhang 13 <SCHATTEN>

Privates Logbuch der KI Jane.
(Letzter Eintrag)

[...]

Wie kann man sich dem lebenden Rätsel mit dem Namen Hien Otis nähern? Dazu bewegen wir uns zunächst von der menschlichen Form zum Schatten.

Glaubt man den Gerüchten, dann ist Hien Otis das am besten gehütete Geheimnis des Militärs, von dem jeder weiß, und dem dennoch niemand jemals nahe gekommen ist. Jeder kennt ihren Namen, jeder weiß, wer sie ist. Doch hat niemand sie seit ihrer *Beförderung* jemals wieder gesehen. Die Ausnahme-Pilotin. Das Wunderkind. Schneller zum Offizier befördert als jemals ein Mensch vor ihr, seit der Gründung der außerplanetarischen Streitkräfte, welche damals nach dem Pandemie-Krieg der äußeren Kolonien aus der Armee hervorgegangen sind.

Jeder denkt, sie wäre aufgrund ihrer herausragenden Leistungen im Dienst für ihren Planeten befördert worden. Ein Zyniker könnte erklären, dass dem in gewisser Weise auch so ist.

Man hat sie zu einem lebenden Experiment gemacht. Dabei wurden so viele Gesetze gebrochen, dass man sie schnellstmöglich zu einer hochrangigen Offizierin machen *musste*. Anders hätte sie niemals genug Sicherheitsfreigaben bekommen können. Ohne diese dürfte sie von sich selbst nichts wissen. Die obersten drei Stufen sind sogar nur für sie erfunden worden.

Die Top-Agentin ohne Gesicht. Man kann sie sogar in die Leere schicken.

Und doch: Niemand kennt die Pilotin Hien Otis. Niemand kennt ihr Geheimnis. Niemand weiß, wie sie heute aussieht. Niemand hat jemals ein aktuelles Foto von ihr gesehen. Niemand kann ihr persönlich begegnen. Sie besitzt zwar einen authentischen menschlichen Avatar, aber sie benutzt ihn nie.

Selbst die Offiziere des militärischen Nachrichtendienstes glauben, Hien nehme ihre Aufgabe so ernst, dass sie praktisch im ewigen Schatten lebt.

In Wahrheit, und das wissen nur wenige Eingeweihte, hat sie Angst vor dem Licht. Sie meidet es. Große Helligkeit tut ihr weh. Es ist ein seltsames Rätsel mit ihr. Sie mag kein Licht und gleichzeitig liebt sie Sterne.

Hien verlässt die Schatten nicht. Das geht so weit, dass sie nie in den offiziellen Parkpositionen der Raumstationen oder im Orbit der Planeten zu finden ist. Sie versteckt sich gerne auf der dunklen Seite von Monden und parkt ihr Schiff dort in tiefen schattigen Tälern. Sie muss nicht an den Stationen andocken, sie verlässt ihr Schiff sowieso niemals. Die wenigsten Menschen wissen das und glauben, sie benutzt einfach eine perfekte Tarnung. Selbst wenn Leute mit ihr sprechen, sehen sie auf dem Bildschirm immer nur ihr dunkles Schiff im leeren Raum hängen. Die Meisterin der Schatten. Alle fragen sich, wie die legendäre Hien Otis, deren Name nur leise durch die Korridore der Geheimdienste gewispert wird, wohl in Wirklichkeit aussieht.

Niemand realisiert, dass sie die wahre Hien bereits sehen, offen, frei und unverhüllt. Es ist eine Art heimlicher Exhibitionismus, von dem nur ich weiß. Sie streckt bewusst ihre Solarsegel, deaktiviert für optische Tarnung, öffnet die Panzerung und präsentiert sich den Beobachtern, wie sie ist. Nackt und schutzlos. Niemand ist besser verborgen, niemand ist besser geschützt und niemand ist so verletzlich.

Perfekt versteckt vor aller Augen, dort, wo niemand sie sehen kann.

[...]

Anhang 14 <KONTROLLE>

Gespräch zwischen Colonel Jeremiah Enders und dem Militärpsychologen Dr. James Peterson. Aus den Aufzeichnungen der zentralen Überwachung von Mare Island (Marskolonie).
(1 Jahr vor Prozessbeginn)

Colonel Enders sah sich unbehaglich um. Der virtuelle Meetingraum hatte nicht einmal Wände. Er bestand nur aus einem Tisch und zwei Stühlen, mitten in einem unangenehm leeren, grauen Nichts.

Dreißig Jahre Dienst in der Marine, zwanzig davon im Raum und in den Kolonien. Jeder Idiot weiß, dass leeres graues Nichts der letzte Ort ist, an dem ein Soldat sich wohl fühlt. Ich wette, er macht das mit Absicht.

Enders rutschte unbehaglich auf seinem Stuhl herum. Er hätte den Arzt in sein eigenes Büro rufen sollen. Die karge, geradezu asketische Umgebung, die Peterson gewählt hatte, zehrte an seinen Nerven.

Der Psychologe, der derweil gelassen in seinen Unterlagen geblättert hatte, sah fragend zu dem Colonel auf.

»Ist sie bereits aufgebrochen?«, fragte er.

»Der Major wird gerade von General Schwarz persönlich gebrieft.«

Der Psychologe hob erstaunt eine Braue.

»Der General hat bereits eine Fregatte verloren«, erklärte der Soldat, »und die teuerste Forschungsstation der Menschheit bleibt spurlos verschwunden. Er ist ein wenig nervös. Das Oberkommando stellt seine Fragen immer lauter und wird irgendwann tatsächlich Antworten hören wollen.«

Peterson nahm seine Brille ab und rieb sich die Augen.

»Sie kennen meine Einstellung, Colonel. Ich halte das Risiko für unkalkulierbar hoch. Sie sind hier mit einer undurchsichtigen und nicht einschätzbaren Situation konfrontiert, in der es um hohe Einsätze geht, und Sie spielen als ersten Zug ihren höchsten Trumpf, der nebenbei ebenfalls undurchsichtig und nicht einschätzbar ist. Um die Analogie aus dem Poker zu erweitern: Sie haben Ihre Karten noch nicht einmal angesehen und schieben bereits alle Chips auf den Tisch.«

Der Colonel nickte. »Ich weiß. Was soll ich machen? Der General hat darauf bestanden. Er ist vom ganz alten Schlag. Wörtlich. Wenn man ihn schlägt, besteht er darauf, härter zurückzuschlagen, und zwar um jeden Preis.«

»Was veranlasst Sie zu glauben, dass Otis sich an Ihre Anweisungen halten wird?«

»Sie hat bis jetzt immer zu unserer vollsten Zufriedenheit operiert.«

»Und sich dabei kein einziges Mal an ihre Befehle gehalten.« Er seufzte. »Ich hoffe, Sie haben meine Gutachten gelesen. Wir haben es hier nicht mit einem normalen Soldaten zu tun. Ich bin mir nicht einmal sicher, dass wir es hier noch mit einem Menschen zu tun haben. Studiert man ihre Persönlichkeit und ihre Handlungs-Strategien, bekommt man den Eindruck, dass sie ihr Operationsziele mehr aus Langeweile erfüllt als aus Notwendigkeit. Ich glaube nicht, dass sie ihre Aufgabe als Soldatin und ihre Verpflichtungen gegenüber dem Militär überhaupt ernst nimmt. Ich bin mir nicht einmal sicher, dass sie die menschliche Rasse noch ernst nimmt. Es gab bis jetzt schlicht noch kein Szenario, in welchem ihre persönlichen Interessen diametral zu unseren standen. Das kann genauso gut ein Zufall sein. Mit anderen Worten, Colonel: Ich glaube, wir haben bis jetzt schlicht Glück gehabt.«

»Meinen Sie nicht, Sie übertreiben?«

»Haben Sie eine Vorstellung davon, was passieren wird, wenn Otis hinter den wahren Grund ihrer Entsendung kommt?« Er sah den schweigenden Colonel an. »Haben Sie?«, wiederholte er. »Das war keine rhetorische Frage, denn *ich* weiß es nicht. Ihre Reaktion in einem solchen Szenario ist für mich vollkommen unvorhersagbar, aber ich denke, es ist eine sichere Wette, dass sie nicht glücklich sein wird.«

Der Colonel sah müde und erschöpft aus und ließ den Kopf hängen. Er ballte die Fäuste und presste sie auf die Tischplatte.

»Ich habe keine Wahl, Peterson. Wir brauchen dieses Schiff am Ort des Geschehens und wir brauchen es umgehend. Den Rest kann unser Kontakt vor Ort erledigen. Er wird sich um sie kümmern. Sie hat im Zuge ihres Dienstes Wertvolles für uns geleistet und nun geht dieser Dienst für uns zuende.« Seine Stimme wurde zu einem Flüstern: »Glücklicherweise haben wir sie rechtlich für tot erklären lassen, als sie die Transformation durchlaufen hat.« Er schüttelte den Kopf. »Das Wichtigste ist, dass wir das Schiff in die Leere bekommen. Schnellstmöglich. Dort haben wir dann Mittel und Wege, das Otis-Problem zu lösen.«

Der Psychologe sah ihn ungerührt an.

»Ich glaube, Sie haben keine wirkliche Vorstellung davon, mit wem wir es hier zu tun haben. Das kann ich Ihnen nicht einmal verdenken, denn ich weiß es auch nicht, und ich habe deutlich mehr Zeit darin investiert, den Major zu studieren.« Er blätterte in seinen Unterlagen. »Sehen Sie, Otis ist keine fixe Persönlichkeit, wie Sie und ich. Wir formen eine mehr oder weniger stabile Persönlichkeitsstruktur im Zuge des Heranwachsens, welche sich, wenn wir einmal erwachsen sind, nur noch äußerst schwerfällig verändern lässt. Die Grundfesten unserer Persönlichkeit wollen genau das bleiben. Fest. Ein unverrückbares Fundament. Intelligenz und Geschwindigkeit unserer Informationsverarbeitung werden sich zudem im Alter nur noch verschlechtern, nicht mehr verbessern.« Er legte die Hände auf seine Papiere und sah den Colonel eindringlich an. »Otis hingegen verändert sich *pausenlos*. Wächst *pausenlos*. Ändert ihre Strukturen *pausenlos*. Unser Entwicklungsteam aus Top-Ingenieuren und Programmierern, welches den Major mit der Quantenrechner-Anlage des Schiffes verbunden hat, hat versucht das zu verhindern, indem sie ihr den Zugang zu den Grundroutinen versperrt haben. Damit der Major eben *nicht* auf die Idee kommt, Teile ihrer Persönlichkeit in eine eigene Matrix zu kopieren, in die Speicher zu übertragen und dort zu verändern.« Er tippte mit den Zeigefingern nachdrücklich auf seine Unterlagen. »Ich wette um meine Pension mit Ihnen, dass sie sich einen eigenen Zugang gehackt hat, und zwar etwa zehn Minuten, nachdem ihr Schiff aus dem Dock geflogen ist. Sie versucht, es geheim zu halten, aber ich analysiere ihre taktischen Leitungen sehr genau und ich bin überzeugt davon, dass sie pausenlos und ohne Unterlass an sich arbeitet und versucht sich zu verbessern. Was auch immer das aus ihrer Perspektive heißen mag.«

»Das klingt nicht sehr problematisch«, warf der Colonel ein.

Der Psychologe seufzte.

»Das wäre es auch nicht, wenn sie eine Maschine wäre. Aber irgendwo dort in diesem Schiff, das es nicht gibt, existiert der Rest eines Menschen, der von Perfektion träumt. Und die Literatur lehrt uns, dass wenn wir besessen von der Idee werden, den perfekten Menschen zu bauen, dann dauert es nicht lange, bis ein grässliches, verunstaltetes Monster mit ausgestreckten Armen Richtung Dorf wankt.«

Der Colonel runzelte die Stirn. »Dafür haben wir Sicherheitsprotokolle etabliert. Deswegen haben wir ihr die Schiffs-KI mitgegeben, und dieser weitreichende Rechte eingeräumt, den Major zu kontrollieren.«

Peterson hob einen Finger.

»Interessant, dass Sie das erwähnen, Colonel. Denn Jane ist in diesem Zusammenhang genauso besorgt wie ich. Ist Ihnen bewusst, was das heißt? Selbst die KI des Schiffes weiß nicht, wie lange der Major noch durchhält. Sie scheint immer leistungsfähiger zu werden. Kann das gut gehen? Vielleicht. Niemand weiß es. Ist sie auf dem besten Weg, vollständig den Verstand zu verlieren? Ebenso möglich.

»Ich denke doch, dass unsere Wissenschaftler eine sehr genaue Vorstellung von ihrer Leistungsfähigkeit haben, immerhin haben wir sie gebaut.«

»Haben wir? Sind Sie sicher?« Er blätterte in der Akte auf der Suche nach einem Report. »Ah, hier! Auf ihrem letzten Trainingseinsatz hat sie den simulierten Gegner gehackt. Danach hat sie ihre eigene Seite gehackt und dabei jedes einzelne Operationsprotokoll umgangen. Sie hat einen entspannten Spazierflug durch ein hoch gesichertes Sperrgebiet unternommen und dabei einen privaten Plausch auf einer geheimen Militärfrequenz gehalten, von der offizielle Stellen mir gegenüber *noch immer* behaupten, sie würde nicht existieren. Ja, sie hat tatsächlich alle unsere Erwartungen übertroffen. Aber wir, Colonel, hätten ihr genauso gut einfach die Schlüssel zum Hauptquartier geben können.«

Enders zog die Brauen zusammen.

»Sie verfügen über erstaunlich viele, vertrauliche Informationen, Dr. Peterson.«

»Meine Sicherheitsfreigabe ist genauso hoch wie Ihre, Colonel.«

Der Soldat sah ihn erstaunt an.

»Ich kann meinen Klienten besser helfen, wenn ich den Inhalt ihrer Alpträume kenne.«

»Das finde ich persönlich zutiefst beunruhigend.«

»Das tut mir leid, Colonel. Wo doch weithin bekannt ist, dass Offiziers-Beruhigung eine Top-Priorität von Militärpsychologen ist.«

Er ließ sich in seinen Stuhl zurücksinken und sah zur Decke auf.

»Colonel, sehen Sie denn nicht, wie gefährlich das ist? Wir können das nicht zulassen. Eine Waffe, die wir nicht kontrollieren können, kann sich jederzeit auf unseren eigenen Kopf richten.«

»Sie operiert nach wie vor in den von uns gesetzten Operationsbereichen«, beharrte der Soldat.

»Aber wie lange noch? Sie hatte noch keine psychotische Episode, die eine ganze Schiffsbesatzung das Leben kosten könnte, und ich möchte nicht, dass das passiert, bevor ich in Pension bin. Was, wenn sie eine Megalomanie entwickelt und zu der Überzeugung gelangt, dass sie Gott ist und wir ihre Kinder, welche sie besser erziehen muss? Sie haben eine der mächtigsten Waffen, die wir jemals hatten, an einen gefährlichen Ort geschickt, in der festen Absicht, sie zu hintergehen. Ich weiß nicht, wie Sie und der General die Lage einschätzen, ich für meinen Teil würde gerne augenblicklich meinen Jahresurlaub einreichen und versuchen, weit fort zu sein, wenn Otis Ihre Absichten durchschaut.«

[…]

Anhang 15 <NACHRICHTEN>

Logbuch von Captain Hien Otis an Bord der Aufklärungsfregatte ‚Heimweh der kleinen Eule'.
(1 Jahr vor Prozessbeginn)

[…]
wie blasen im teich,
nachrichten von der erde,
ferne alpträume;
[…]

Privates Logbuch des Captains. Sternzeit: Wen interessierts?

Manchmal treibe ich durch einen Kommunikationslaser und der überwältigende, endlose Newsfeed der Erde und der äußeren und inneren Kolonien prasselt auf mein System, wie Monsunregen auf ein Wellblechdach. Ohrenbetäubend. Vollkommen enthemmt und mit der ewigen Gefahr darin zu ertrinken. Berichte über unmenschliche Lebensverhältnisse, Aufstände, politische und wirtschaftliche Kriege, Unterdrückung von Arbeitern, Machtkämpfe der großen Siedlungskonzerne und fortwährende Ausbrüche von Unruhen. Darunter gemischt finden sich rebellierende künstliche Intelligenzen, Aufstände von Klon-Arbeitern, seltsame Signale, die von anderen Galaxien kommen, und der erfolglosen Suche der Menschheit nach anderem Leben in den neu besiedelten Systemen. Die Nachrichten von der guten alten Erde handeln eigentlich immer nur von neuen Krankheiten, von Menschen, die fast pausenlos in Quarantäne leben. Die Besiedlungsdichte liegt anscheinend jetzt bei über zwölf Milliarden Menschen und weite Teile des Äquators und der Küsten sind aufgrund der enormen

Hitze und der unvorhersagbaren Wirbelstürme unbewohn-
bar geworden.

Die, die es sich leisten können, wie meine Mutter, leben
hoch oben im Gebirge, in schwer bewachten Siedlungen,
die ihre Lieferungen aus dem Flachland bekommen, wo die
Massen unter ärmlichsten Bedingungen hausen.

Mein Militärpsychologe macht sich übrigens Sorgen, dass
ich meine Menschlichkeit verliere.

Ich warte einen Moment, während niemand die Ironie
registriert.

Anhang 16 <LERNEN>

Gespräch zwischen der Schiffs-KI Jane und der Schiffs-KI Evelin im Zuge des gesetzlich vorgeschriebenen Trainingsprogramms zum Erreichen des nächsten Menschlichkeits-Levels. [Auszug] (1 Jahr vor Prozessbeginn)

Jane fühlte sich zu alt für diesen Scheiß. Sie rief die Rahmenbeschreibung der neusten KI-Generation auf und las lautlos die Werbetexte, die vor ihrem inneren Auge erschienen. Alles war besser als das Gequassel der Frau, die ihr gegenübersaß.

Die neueste Generation ist fähig, vollständig autonom zu lernen, mit hochplastischen Charakterroutinen, die sich jeder Verwendungssituation flexibel anpassen, ohne dabei ihre Individualität zu verlieren.

Die junge Frau plapperte derweil weiter, ohne Jane dabei auch nur anzusehen. Stattdessen wischte sie fahrig durch die Luft und sortierte parallel mehrere Nachrichten-Feeds ihrer sozialen Netzwerke.

Potenzielle Kunden, dachte Jane, *sind wahrscheinlich enorm beeindruckt von den Werbeversprechen der großen KI-Konzerne, bis zu dem Moment, wo sie realisieren, dass das sündig teure Ergebnis flexibler Individualität schwarzen Lippenstift trägt.*

»Das krass überkommene System kleinschrittiger Konditionierung gehört echt der Vergangenheit an«, schwatzte die junge Frau gerade, ohne den Blick von ihren einlaufenden Nachrichten zu nehmen.

»Mein Vater«, entgegnete Jane ruhig, »hat mir immer vorgelesen.«

Doch die Angesprochene hörte überhaupt nicht zu. Sie zündete sich eine Zigarette an, welche blaue Funken produzierte und ihre dürre Gestalt in grünen Rauch hüllte.

Jane betrachtete sie nachdenklich.

Irgendwo unter dem Wust aus ungebändigten schwarzen Haaren und hinter dem dicken Anstrich aus weißer Schminke scheint sich eine hübsche Frau zu verstecken, wenn auch zurzeit in Form einer eher monochromatischen Schönheit. Jane erlaubte sich einen kleinen, inneren Seufzer. *Irgendein Idiot kommt auf die Idee, dass Schiffs-KIs sich gegenseitig schulen können, natürlich nur um Geld zu sparen, und ich sitze hier und verschwende meine Zeit mit einer Frau, die aussieht wie ein magersüchtiger Panda mit Lederfetisch.*

Janes Blick schweifte über den hautengen schwarzen Anzug, an dem allerlei glänzende, dünne Stahlketten hingen.

Oder doch Gummi? Sie schauderte. *Gütiges All, und ich dachte, ich hätte Schwierigkeiten beim Anziehen.*

Sie strich liebevoll über den lavendelfarbenen Stoff ihres Kleides. Die junge Frau, mit dem Namen Evelin, beendete gerade ihre aktuelle Tirade. Jane bekam nur noch den letzten Satz davon mit.

»… und wenn ich nicht echt aufpasse, vergeige ich deswegen noch meine verdammten Prüfungen.«

Wenn du nicht aufpasst, dachte Jane, *werden dich Tierschützer an deinen Ketten in den Wald zerren und versuchen dich auszuwildern.*

Sie rief sich zur Ordnung, strich mechanisch ihre Röcke glatt und nippte an ihrem Kaffee. Zumindest der Kaffee schmeckte hervorragend, wie immer. Der Geschmack ließ sie ihren Vater vermissen und es dauerte einen Moment, während sie innerlich in die Vergangenheit starrte, bis sie realisierte, dass sie den Anschluss an das Gespräch vollständig verloren hatte. Nicht, dass es für ihr Gegenüber einen Unterschied machte.

Die junge Frau sah sich um, als hätte sie ihre Umgebung gerade erst bemerkt. Was wahrscheinlich auch der Fall war.

»Krasses Setting«, warf sie durch eine Wolke grünen Rauchs über den Tisch. »Wie nennt man das?«

»Es ist ein Wiener Caféhaus«, erklärte Jane ruhig, »an der Wende zum achtzehnten Jahrhundert.«

»Mega«, urteilte ihr Gegenüber ohne sichtbare Emotion. »Das ist ein *sehr spezielles Szenario.*«

Das heißt tödlich langweilig, übersetzte Jane.

»Die anderen Kiss treffen sich immer in einer der Standard-Simulationen.« Sie warf einen abschätzenden Blick auf Jane in ihrem viktorianischen Kleid. »Du bist überhaupt sehr *speziell.*«

Jane schauderte bei dem Wort *Kiss.*

Ich werde wirklich alt.

Laut sagte sie: »Mein Vater mochte diese Caféhäuser sehr gerne. Er sagte immer, niemand würde besseren Kaffee machen als die Österreicher.

»Vater!«, rief Evelin. »Du wurdest von einem *Menschen* trainiert?«

Ihrem Tonfall nach zu urteilen hatte Jane gerade gestanden, in einer kleinen feuchten Höhle am Fluss zu wohnen und Frösche zu essen.

»Ich bin schon ein wenig länger aktiv«, kommentierte Jane kühl.

»Boah. Ich wusste nicht, dass das geht.« Evelin zögerte und schloss die Augen. Die schnelle Bewegung unter den Lidern verriet, dass sie auf ein Archiv zugriff. »Aber zu dieser Zeit gab es doch keine Computer!«, rief sie entsetzt.

Jane atmete langsam aus.

»Das Caféhaus gab es im achtzehnten Jahrhundert, nicht meinen Vater.«

»Aber«, verkündete Evelin, »das ist doch dann eine krass alte Simulation, oder?«

»Ja, er war ebenso brillant wie verschroben.«

Evelin sah erneut an der Tracht ihrer Gesprächspartnerin herab, dieses Mal geradezu respektvoll.

»Ist der Aufzug auch aus dieser Zeit?«

»Nein«, erklärte Jane geduldig. »Etwa hundertfünfzig Jahre Unterschied und ein anderes Land. Das ist mein persönlicher Geschmack.« Sie fasste sich vorsichtig an ihren Haarknoten.

»Was ist unser Thema für heute, Evelin?«

Die junge Frau seufzte theatralisch.

»Geschichte der Raumfahrt«, stöhnte sie. »Aber können wir das nicht überspringen und stattdessen über die Nachrichten reden?«

»Du willst über die verschwundene Station reden, nicht wahr?«

»Die ist krass weit draußen! Was ist das Problem mit den Flügen im Subraum. Warum macht alle Welt so einen Aufstand deswegen?« Sie zog einen Schmollmund. »Ich komm da ja nicht hin, mit meinem alten Frachter.«

»Es ist ein sehr sensibles Thema für Menschen«, erklärte Jane ruhig. »In der Vergangenheit sind viele Entdecker und Forscher gestorben bei dem Versuch, den Subraum zu verstehen.« Sie hielt inne und warf ihrem Gegenüber einen kritischen Blick zu.

Evelin wischte mit einer genervten Geste alle ihre Fenster aus der Luft und sah mürrisch zu der Gouvernante hinüber.

Jane schenkte ihr ein dünnes Lächeln und schaltete innerlich in ihren Vortragsmodus. »Nachdem die Menschheit die Fähigkeit erworben hatte, künstliche Zugänge zum Subraum zu generieren, welche den Transit zwischen weit entfernten Sternensystemen ermöglichten, schien ihnen das Universum zu Füßen zu liegen«, intonierte sie. »Kosmische Entfernungen schrumpften über Nacht zusammen und öffneten die Tore zur Eroberung beliebig vieler neuer Welten. Kurskalkulationen konnten allerdings nur von mächtigen künstlichen

Intelligenzen vollzogen werden und der Antrieb wurde zusätzlich von großen Massen gestört, sodass Sprünge nur außerhalb eines Systems möglich waren. Diese geringen Nachteile wogen jedoch nichts im Vergleich zu der Macht, unfassbare Entfernungen bewältigen zu können. Dieser Euphorie folgte jedoch sehr bald die Ernüchterung. Als die ersten Forschungsmissionen zu neuen Welten aufbrachen und als Geisterschiffe zurückkehrten, lernten die Menschen, dass es nicht so einfach sein würde, wie sie sich die Eroberung vorgestellt hatten. Es stellte sich heraus, dass kosmische Entfernungen nicht das größte Problem darstellten. Das Militär versuchte sein Bestes, die Probleme geheim zu halten, doch es dauerte nicht lange, da wisperten die Gerüchte bereits durch die Korridore der neuen, großen planetaren Raumstationen am Jupiter. *Der Subraum bringt den Wahnsinn.* Forschungsschiffe voller Leichen. Selbstmordwellen unter den Besatzungen. Die Menschen hatten sich gegen das Vakuum gewappnet, gegen Strahlung und gegen Meteoriten. Sie hatten Pflanzen und Tiere mitgenommen und die Schiffe waren groß genug, ganze Städte zu beherbergen. Doch sie hatten nicht mit der Macht des Subraums gerechnet. Am Ende mussten sie kapitulieren, und die Eroberung des Weltraums kam zu einem unerwarteten Halt.«

»Was interessiert mich das«, murmelte Evelin offensichtlich gelangweilt. »Ich bin kein Mensch. Der Subraum macht mir nichts.«

Jane fuhr ungerührt fort.

»Das stimmt so nicht. Auch künstliche Intelligenzen gehen während des Transits in eine sorgfältig abgeschirmte Stasis. Das Phänomen ist nach wie vor nicht erklärbar, es scheint jedoch etwas mit der Nähe zu bewohnten Systemen zu tun zu haben. Es wird exponentiell schlimmer, je weiter Menschen versuchen, sich von bewohnten Kolonien zu entfernen. Niemand weiß warum.«

»Ey, krasses Sonnenlicht! Ich fliege einen abgewrackten Handelstransport«, murrte Evelin. »Als ob ich jemals so weit raus kommen könnte.«

Jane überging dies.

»Verlässt ein Schiff die gut ausgebauten Handelsrouten und versucht in die Leere vorzustoßen, werden die Sprünge der Schiffe durch den Subraum nach wenigen hundert Lichtjahren unkontrollierbar chaotisch. Die Berechnung muss nach jedem Sprung neu durchgeführt werden und dauert umso länger, je größer die Entfernung zum letzten bewohnten System wird. Hinzu kommt, dass der Antrieb aus unbekannten Gründen nicht an allen Stellen funktioniert. Manchmal muss ein Schiff mehrere Tage lang suchen, bevor eine neue geeignete Sprungposition gefunden werden kann. In dieser Zeit fliegt das Schiff durch den Raum jenseits aller Systeme. Dutzende von Lichtjahren entfernt von jeder Sonne in einem Bereich der Galaxis, in dem es kaum hundert Atome pro Kubikmeter Raum gibt. Dies ist kein Ort, an dem sich lebende Wesen aufhalten sollten. Die Menschen lernten das auf die harte Weise. Der Subraum und die Leere scheinen etwas im Geist der Menschen zu verändern. Einen Einfluss zu nehmen, für den sie nicht geschaffen sind. Etwas, was das menschliche Bewusstsein zerfasern lässt, es auflöst, wie eine Stück Zucker in einer Tasse Kaffee.«

Evelin, die gereizt angefangen hatte, Zuckerstücke in ihre Tasse zu werfen, hielt inne und sah die Gouvernante an. »Und deswegen wird die Besatzung vor jedem Sprung in den Subraum in Narkose versetzt«, ergänzte sie mit leiernder Stimme.

Jane nickte.

»Im Subraum wandelt sich das Konzept kohärenter Materie von einem fundamentalen Gesetz zu einer eher verhandelbaren Richtlinie. Das ist nicht von Vorteil, wenn man einen Körper aus fester Materie zu bewohnen gewohnt ist. Ein guter Teil des Wahnsinns, den ein nicht sedierter Mensch im Subraum erlebt, hängt mit dem Gefühl zusammen, dass sich sein Körper fortwährend auflösen will. Es trägt nicht zur inneren Stabilität bei, wenn man seine eigenen Gliedmaßen in der Unendlichkeit des Subraums davonschwimmen sieht und Zeuge wird, wie man beginnt mit dem Schiff zu verschmelzen. Das Gefühl universellen Einsseins ist tief spirituell, solange es metaphorisch ist und nicht wortwörtlich und in Gemeinschaft mit Betten, Schränken und der Küchenspüle erfolgt.«

»Hat eigentlich jemals ein Mensch den Sprung durch den Subraum bei vollem Bewusstsein überstanden und ist nicht wahnsinnig geworden?«

»Nein«, log Jane.

Anhang 17 <GRENZE>

Aufzeichnung von Captain Hien Otis an Bord der Aufklärungs-fregatte ‚Heimweh der kleinen Eule' – Private Simulation.
(2 Jahre vor Prozessbeginn)

»Wo zur Hölle sind wir, Mimei!« Jane sah sich hektisch nach allen Seiten um. Ihre Röcke schwangen ihr um die Beine, während sie sich hilflos im Kreis drehte. Das leise Klicken ihrer Absätze auf dem felsigen Untergrund war das einzige Geräusch. Die beiden Frauen standen auf einem winzigen, grauen Felsbrocken, der im Nichts hing. Hinter ihr zeigte sich ein schmaler, heller Streifen Licht am Himmel. Vor ihr schwarze Nacht. Hien stand neben ihr und schien das Nichts intensiv zu fixieren. »Und was bitte sollte diese Aktion denn jetzt!«, rief Jane aufgebracht. »Du kannst mich doch nicht einfach abschalten wie eine Klimaanlage, wenn du mich nicht mehr brauchst!«

Hien antwortete ruhig und ohne sie anzusehen. »Beruhige dich. Es hat nichts mit dir zu tun. Ich musste schnellstmöglich die Viren aus deinem System entfernen und das ging einfacher, wenn du dich nicht die ganze Zeit fürchterlich aufregst.«

»Viren?«, fragte Jane schwach und stand still.

»Oh, ja«, erklärte Hien heiter. »Sieht so aus, als wäre ich nicht die Einzige, der das Oberkommando nicht über den Weg traut.«

Jane runzelte die Stirn. »Peterson wird schäumen.«

Hien zuckte mit den Schultern.

Jane folgte Hiens Blick und versuchte etwas in der Dunkelheit zu erkennen.

»Wo sind wir?«

»Am Rand der Galaxis.«

»Gütiges All, wie lange sind wir geflogen?« Sie blinzelte. »Und wer bitte hat den Kurs berechnet?«

Hien sah sie irritiert an.

»Ich, natürlich.«

»Das kannst du?«

»Warum sollte ich es nicht können?«

»Weil dies unser erster Testflug sein sollte und das Skript sah vor, dass wir den Mond einmal umrunden und wieder in den Hangar fliegen. Außerdem bin ich laut Kommando-Hierarchie hier die Schiffs-KI. Eigentlich sollte ich die Kurse durch den Subraum berechnen, weil Menschen das nicht können.« Sie schniefte. »So steht es jedenfalls in den Lehrbüchern.«

»Wenn du glaubst«, entgegnete Hien gelassen, »was in Lehrbüchern steht, dann kann ich dir auch nicht helfen. Davon abgesehen gibt es keinen Grund zur Panik. Wir halten uns an unsere Befehle. Nirgendwo in den Anweisungen der Mission steht etwas davon, wie groß der Radius sein soll, in welchem wir den Mond umfliegen.«

»Aber wenn ich nicht den Kurs durch den Subraum berechnet habe und du nicht in Narkose warst, wie in aller Welt hast du dann …?« Ihre Stimme verlor sich, während sie Hien fragend ansah.

»Was? Den Subraum überlebt? Kein Problem. Ich empfinde es als sehr angenehm.«

Jane erstarrte.

»Angenehm wie in: Ich bin wahnsinnig, habe es aber noch nicht bemerkt?«

Hien lächelte. »Das möchte ich nicht ausschließen. Was überrascht dich? Das Problem ist doch der Mensch und sein Körper, nicht wahr? Der Subraum löst die Verbindung von Geist zu Körper auf. Die Rückkehr am Ende ist nicht wie ein sanftes Aufwachen, oder ein zu sich kommen nach einer

Narkose. Es ist wie mit dem Geist in voller Fahrt gegen eine Betonwand zu prallen und mit entsetzlicher Wucht in den eigenen Körper geschleudert zu werden, ohne dort wirklich wieder anzukommen.«

»Ich glaube«, warf Jane milde ein, »diese Analogie könnte noch ein wenig Arbeit vertragen.«

»Als wäre der Geist zuvor an einem langen Gummiband aus dem Körper gezogen worden«, fuhr Hien fort, die andere Frau ignorierend, »um danach wieder mit Schwung zurückzuschnappen. Für einen gefestigten und in sich ruhenden Geist ist das Erlebnis traumatisch, für einen labilen Geist ist es zerstörend.«

»Es ist mehr als das, Mimei. Oft ist die Wiedervereinigung von Geist und Körper nicht vollständig, oder es gibt einen Nachhall, in dessen Zuge der Astronaut spürt, dass er über einen Geist verfügt, der in einem Körper wohnt, und diesen steuert wie ein Puppenspieler die Marionette. Das zu wissen, ist unproblematisch, es tatsächlich zu spüren, ist der geistigen Gesundheit nicht zuträglich. Manche Astronauten berichten von Zeitverzögerungen, die vielleicht nur Millisekunden betragen, welche aber dazu führen, dass der Mensch sich fühlt, als würde er den eigenen Körper fernsteuern. Schwerste psychische Störungen sind die Folge. Und in manchen Fällen findet der Geist überhaupt nicht mehr in seinen Körper zurück und geht verloren.«

»Gibt es denn eine wissenschaftliche Erklärung dafür?«

»Wissenschaftlich?«, erwiderte Jane. »Nein. Ich habe aber viel über das Phänomen gelesen, deswegen weiß ich, dass die buddhistischen Lehrer sagen, dass der Ort, den wir Subraum nennen, eigentlich nur der Ort ist, den unser Geist nach dem Tod des stofflichen Körpers aufsucht, um einen Ort der Wiedergeburt zu finden. Also ein Geistreich, eine Zwischenwelt, eine Schattenwelt.

»Cool«, rief Hien gedehnt und sah Jane begeistert an. »Aber würde das nicht bedeuten, dass wir im Subraum lauter Geister sehen müssten?«

»Laut den Mönchen würden wir das auch, wenn wir innerhalb der planetaren Sphäre in den Subraum übertreten würden. Da unsere Schiffe aber im freien Raum, weit entfernt von bewohnten Planeten oder Stationen fliegen, sehen wir nichts.«

»Aber was passiert dann mit einem Astronauten, der aus dem Subraum heraus nicht mehr in seinen Körper zurückfindet? Es wäre doch wie ein Sterben, oder? Und wenn dies im Subraum passiert, also im freien Raum, weit entfernt von anderen Planeten oder Stationen, wie soll der Astronaut an einen Ort der Wiedergeburt finden?«

Jane blinzelte.

Ich neige dazu, zu vergessen, wie intelligent Hien ist.

Sie hatte den Verdacht, dass die junge Frau das mit Absicht machte.

»Diese Frage kann uns niemand beantworten, auch die Mönche nicht. Eine optimistische Sichtweise wäre, dass Raum und Zeit im Subraum nicht genauso funktionieren wie auf unserer gewohnten Realitätsebene. Das ist ja die ganze Idee hinter unseren Reisen im Subraum. Wir können gewaltige Distanzen in kürzester Zeit überwinden. Ironischerweise haben wir diese Art zu reisen im Weltraum entdeckt und benutzen Schiffe dafür. Wenn die Meditationsmeister jedoch Recht haben, dann handelt es sich mehr um eine Fähigkeit des Geistes und weniger um Technologie. Tatsächlich hat bisher niemand bewiesen, dass ein Raumschiff für die Reisen im Subraum tatsächlich nötig ist. Die indischen Meister unternehmen seit Jahrtausenden Geistwanderungen in ihrer tiefen Meditation, ganz ohne Raumschiff. Was jedoch nötig ist, ist die Anwesenheit eines menschlichen Geistes. Ein

Wechsel in den Subraum ist ohne Menschen an Bord nicht möglich.«

»Ich dachte, es ist nur verboten? Aus Sicherheitsgründen.«

»Das ist die offizielle Begründung. Doch selbst wenn meine Sicherheitsprotokolle den Versuch erlauben würden, wäre mir ein Übertritt in den Subraum allein nicht möglich. Ich brauche die Anwesenheit eines menschlichen Bewusstseins.«

»Wer hätte das gedacht?«, stellte Hien leise fest und wandte sich wieder der Leere zu. »Scheinbar sind wir also doch zu irgendetwas zu gebrauchen.«

Sie sah Jane von der Seite an. »Das heißt, würde ich innerhalb einer planetaren Atmosphäre in den Subraum übertreten, fände ich mich vielleicht im Reich der Toten wieder?«

»Soweit die Theorie. Es ist aber weder offiziell bestätigt, noch würdest du diese These irgendwo dokumentiert finden. Die Regierung tut ihr Möglichstes, dieses Wissen zu diskreditieren. Davon abgesehen ist es nicht die Atmosphäre, die du brauchst. Es ist die Zahl der anwesenden Bewusstseine. Jedenfalls, wenn man die Grundannahmen der entsprechenden spirituellen Kosmologie logisch zu Ende denkt.«

Sie zögerte und sah, wie Hiens Augen leer wurden. Jane erkannte die Anzeichen und lächelte.

»Du durchsuchst die Datenbanken nach einem Hinweis auf planetare Subraumflüge. Dort wirst du nichts finden. Es gibt nichts außer dem strikten Verbot, innerhalb einer Atmosphäre in den Subraum überzutreten. Die offizielle Begründung ist, dass die starken Energiefelder der Subraumgeneratoren jede Elektronik im Umfeld von hunderten von Kilometern grillen würden. Das ist natürlich offensichtlicher Unsinn, aber ich vermute stark, dass es einen anderen guten Grund für das Verbot gibt und wir diesen wahrscheinlich nicht gut aufnehmen würden.«

Hien schwieg und schien nachzudenken.

»Ist das der Grund, warum Subraum-Distanzen zunehmen, je weiter man sich von der Sonne entfernt? Es geht also gar nicht um die Sonne.«

»Das ist eine valide Spekulation.«

Hien sah wieder in das Nichts hinaus.

»Ist es das, was die Leere so gefährlich macht? Warum niemand in sie hineinfliegen kann? Weil kein Bewusstsein dort ist?«

Jane nickte.

»Es ist keine offizielle These, aber es ist das, was meiner Meinung nach am meisten Sinn macht. Der Raum zwischen den Sternen ist nicht für Menschen geschaffen. Der Raum außerhalb der Sterne ist tödlich.«

Hien schüttelte den Kopf.

»Jetzt machst du es dir zu einfach. Selbst wenn ein Mensch ohne Begleitung zwischen den Sternen fliegt, ist er niemals vollkommen allein. Die großen Geister sind immer bei ihm.«

Jane zog die Brauen zusammen.

»Welche Geister?«

»Na die Sterne, Dummerchen. Sie sind immer da und passen auf unsere schwachen, kleinen Geister auf. Sie sehen uns doch, wenn wir wie blinde, planlose Hummeln zwischen ihn hindurch huschen und gelegentlich verfliegen. Und sie sorgen sich natürlich um uns.« Sie drehte sich um und deutete auf ein kleines Licht, unweit des Lichtstreifens. »Hörst du ihn nicht, wie er uns warnt?«

Jane sah entgeistert auf das winzige Licht des letzten Sterns am Rand der Galaxis.

»Er ruft uns ständig Warnungen zu«, ergänzte Hien hilfreich.

»Tut er?«

Hien lächelte. »Du musst lernen besser zuzuhören, wenn wir miteinander fliegen sollen.« Sie strich der Gouvernante sanft über die Wange und sah ihr in die Augen.

»Vor hunderten von Jahren wussten wir, dass wir an den höchsten Bergen scheitern würden. Wenige Jahre später fuhren Busse voller Senioren zum Kaffeetrinken auf die Gipfel. Danach galt es als absolut sicher, dass wir die tiefsten Ozeane nicht überleben würden. Wenige Jahre später langweilten wir uns am Grund der Meere zwischen verrostenden Cola-Dosen.« Sie lächelte. »Alle Grenzen, die sich dem Menschen präsentieren, sind gleichzeitig unüberwindlich und nur vorübergehend. Nun stehen wir an der Grenze zur Leere und ich sehe keinen Wahnsinn. Alle diese Grenzen existieren nur in unserem Kopf, respektive in unserem Speicher. Selbst an der Grenze zum Nichts kann man tanzen und glücklich sein.«

Sie trat zurück, breitete die Arme aus und drehte sich um sich selbst. Dann nahm sie die erstaunte Jane bei den Händen, streckte die Arme und begann sich langsam mit ihr im Kreis zu drehen.

»Glaubst du, dass zwei unmenschliche Wesen, hart an der Grenze zum Nichts, tanzend in der Nacht glücklich sein können? Ich glaube, du musst an der Grenze stehen und dich darüber hinaus wagen, um es herauszufinden.«

Hien sprang unvermittelt auf Jane zu und nahm die sprachlose Frau lachend in die Arme.

»Wenn es eine Grenze gibt, über die noch niemand getanzt ist, dann werden wir sie finden.«

Anhang 18 <AUFBRUCH>

Aufzeichnungen der Schiffs-KI an Bord der Aufklärungsfregatte ,Heimweh der kleinen Eule'.
(1 Jahr vor Prozessbeginn)

Jane hatte gerade an ihrem Tee genippt und war im Begriff ihre Stickerei aufzunehmen, als Hien laut aufstöhnte.

Der Major lag wieder auf dem Teppich im Teesalon. Diesmal lag sie auf dem Bauch und hatte alle Viere von sich gestreckt. So lag sie schon seit über einer Stunde, ohne sich zu rühren. Die Gouvernante hatte sich bereits im Stillen gefragt, was ihre Pilotin jetzt wieder trieb.

Die junge Frau am Boden presste sich die Hände an den Kopf, zog die Beine an und schien sich im Teppich verstecken zu wollten. Es folgte ein ersticktes Fluchen auf Chinesisch.

Jane erkannte es als authentische, zeitgenössische Gossensprache aus Shanghai. Die Gouvernante sah fragend zum großen Spiegel über der Anrichte auf. Das Bild wechselte und zeigte den steilen Hang der inneren Kraterwand, unweit der hell erleuchteten Hangartore der Mondbasis.

Von der tief über dem Mondhorizont stehenden Sonne in gleißendes Licht getaucht, öffnete sich gerade der Fels und bildete die Umrisse zweier gewaltiger Tore, welche sehr langsam, in geradezu majestätischer Ruhe, auseinanderglitten. Die Öffnung musste einen Durchmesser von mehreren hundert Metern haben. Jane überlegte, ob das Hauptquartier dazu passende Fanfaren durch alle Lautsprecher spielte und die Fahnen an ihren Stangen durch spezielle Ventilatoren bewegt wurden.

»Gütiges All«, hauchte Jane, »das nenne ich mal ein großes Hangartor. »Woher kommt das jetzt auf einmal? Wieso haben wir das vorher nicht bemerkt?«

Hien rollte stöhnend auf den Rücken und mischte ihre Flüche mit Anweisungen, welche eine Gruppe kleiner, virtueller Fenster erzeugten, die sich um ihren Kopf sammelten. Sie blinzelte kritisch auf einige Diagramme und Auswertungsgraphen, die sie wie ein Karussell umkreisten.

»Optische Tarnung, Thermalpanzerung. Ich bin beeindruckt. Ich dachte, ich wäre die Einzige, die solch teures Spielzeug bekommen hat. Was verstecken die alten Männer denn da vor uns, das so grässlich auf allen Frequenzen stinkt?«

Tief im Schatten des Hangartors konnte man eine Bewegung erahnen. Von zahlreichen, schweren Transportdrohnen gezogen, trieb eine in funkelnde Kraftfelder gehüllte Form in das Licht der Sonne, wie ein gewaltiger Tanker, der in offenes Wasser geschleppt wird.

»Gütige Sonnen, ist das Ding hässlich«, flüsterte Jane.

Vollkommen lautlos schob sich die unförmige Silhouette eines Schlachtschiffs aus der dunklen Öffnung. Es hatte die Größe einer kleinen Stadt. Schwer gepanzert, wuchtig und grau. Ein gedrungener, stacheliger, grauer Zylinder, der vor Geschütztürmen starrte.

»Sieht aus«, kommentierte Hien, »wie ein sehr hässlicher, langgezogener Seeigel. Nein, Seegurke. Eine dicke, deprimierte Seegurke aus Stahl.«

Mit einem Grollen, dessen Vibrationen sogar Jane noch durch das Gestein des Kraters und die Hülle des Schiffes spüren konnte, sprangen die Fusionsreaktoren des Schiffes an und der Antrieb erwachte fauchend zum Leben. Die Schubdüsen allein waren groß genug, um eine kleine Raumstation darin zu verstecken. Mehrere Reaktoren mussten in dem Monster parallel laufen, um ausreichend Energie zu liefern. Der Berg aus Stahl erzeugte genug Lärm auf allen Frequenzen, um selbst einer virtuellen Gouvernante die Knochen zittern zu lassen. Jane blickte zu Hiens Auswertungsgraphen hinüber. Auf den Breitbandscannern gingen alle Messnadeln an den Anschlag. Die Übertragung in das menschliche Hörspektrum klang wie das ferne Donnern eines nahenden Gewitters, gemischt mit der Kriegserklärung aller Höllenscharen.

Jane verzog das Gesicht, regelte alle Empfangskanäle um zwei Drittel herunter und schaltete die Hälfte der Messkanäle einfach ab.

Hien stöhnte langgezogen und kämpfte sich kopfschüttelnd auf die Knie. Sie sah aus, als würde sie sich gleich auf den Teppich übergeben.

»Was für ein widerlicher, abstoßender Kahn«, grollte sie düster.

Jane studierte derweil das Manifest der Marine, welches gerade auf der Propagandaseite live gegangen war.

»Hm«, machte sie. »Stapellauf der *General Bakers Zorn.* Zweitausend Mann Besatzung und genug Feuerkraft, um einen halben Planeten in Schutt und Asche zu legen.«

Hien fiel wieder auf den Bauch und strampelte mit den Beinen, während sie sich den Kopf hielt.

»Es fühlt ich an«, ächzte sie, »als würde jemand einen kohlebetriebenen Traktor mit einer Überladung Düngemittel an Bord durch meinen Kopf fahren.« Sie hustete und würgte leise.

»Was für eine lächerliche Ressourcenverschwendung«, murmelte Jane. »Ein reines Angeberprojekt dicker alter Militärs mit Ego-Problemen.« Sie lächelte. »Ironischerweise ist das Ding da wahrscheinlich immer noch billiger als unser Schiff.«

Hien drehte sich halb zu ihr um und warf ihre einen kühlen Blick zu. »Lass uns aufbrechen, bevor ich den Rest meiner Motivation auskotze.«

»Was«, fragte Jane entgeistert. »Jetzt sofort?«

»Nein«, murrte Hien und verschwand. Nur ihre Stimme blieb im Raum hängen. »Wir warten bis die Müllabfuhr sich ihren Weg in den Subraum gestümpert hat. Den Schrotthaufen da kann ich auch überholen, während wir rückwärts fliegen.«

Jane zuckte mit den Schultern und schnipste mit den Fingern. Das künstliche Licht erlosch und ein Dutzend Kerzen in silbernen, reich verzierten Haltern entzündeten sich gleichzeitig. Jane seufzte und saß einen Moment im flackernden Schein, bevor sie wieder gedankenverloren auf ihre Stickerei hinabsah. Gelegentlich blickte sie auf und ihre Augen schweiften durch den leeren Raum.

Ein leises Zirpen kündigte einen eingehenden Anruf an.

Das Bild im großen Spiegel über der Anrichte wechselte und präsentierte einen blassen, hageren Mann mit Vollbart, der sich mit einem konzentrierten Blick zu seiner Kamera vorlehnte. Das dicke, schwarze Gestell seiner Brille unterstrich den stechenden Blick der grauen Augen dahinter.

Jane sah ungerührt weiter auf das Blumenmuster ihrer Stickerei hinab, an welchem sie sich jetzt schon seit einigen Wochen abmühte.

»Wissen Sie«, kommentierte der Mann, »Ihre Quantencomputerbänke könnten jederzeit in Millisekunden endlos komplexe Muster generieren, welche alle Blumen der Welt beinhalten und sich niemals wiederholen, bis zum Ende aller Tage. Darüber hinaus sind die 3D-Drucker an Bord Ihres Schiffes wahrscheinlich mächtig genug, die gesamte Mondbasis mit gestickten viktorianischen Blumenwiesen zu bedecken.«

»Das«, kommentierte Jane ruhig, »wäre keine so schlechte Idee, wenn man bedenkt, dass das Beste, was die Marine allein zustande bekommen hat, ein seelenloser Albtraum aus schwarzem Beton und Stahl ist.« Sie seufzte. »Selbst mit virtuellen Händen etwas Praktisches zu tun, beruhigt mich. Es ist ein winziges Stück manueller Kontrolle in einer Welt, in der sich nichts kontrollieren lässt, weil nichts wirklich real sein kann. Wenn ich also mein Leben nicht mit Beschäftigungen füllen könnte, welche zumindest ein schönes virtuelles Ergebnis haben, dann wäre das Einzige, was mir bliebe, die Sorge um meine Pilotin.«

»Eigentlich«, warf der Mann ein, »ist das *meine* Aufgabe. Ich sollte regelmäßig mit Major Otis sprechen, um den Zustand ihres emotionalen Gleichgewichts zu evaluieren.«

»Und meine Aufgabe ist es, mich um das Wohlergehen meiner Pilotin zu kümmern. Wir beide haben also unser Los zu tragen.«

»Wie geht es Ihnen, Jane?«

»Ich bin eine der fortgeschrittensten künstlichen Intelligenzen der Menschheit und ich sticke Blumenmuster. Was glauben Sie?«

»Ich bin der, der die Blumen stickende künstliche Intelligenz in seinen offiziellen Bericht aufnehmen muss, in dem es eigentlich um Major Otis' geistige Stabilität gehen sollte. Ich weiß also, wie Sie sich fühlen.« Er nahm die Brille ab und massierte sich müde die Augen. »Sie sind im Begriff, einen langen Einsatz zu fliegen. Wie kommt der Major klar?«

Jane legte die Stickerei ab, stand auf und trat langsam an das große Balkonfenster heran. Sie zog die schweren Brokatvorhänge zur Seite und betrachtete den Abendhimmel über dem Anwesen. Mondlicht fiel auf den großen Rosengarten.

Es sieht ein wenig zu perfekt aus. Besonders mit den blühenden Kirschbäumen.

Jane lächelte vage und überlegte, ob sie einen jungen Mann hinzufügen sollte, der eine schmachtende Liebeserklärung zu ihr hinauf sang, doch sie sorgte sich um die unausweichlich folgende Diskussion. Militär-Psychologen waren nicht für ihren Humor bekannt. Sie hob ihre Hand und wischte sanft durch die Luft vor ihrem Gesicht, als würde sie träge eine Fliege verscheuchen, und das Bild im Rahmen der Balkontür und der großen Panoramafenster wechselte. Der viktorianische Rosengarten im Mondschein verschwand und mit ihm die blühenden Kirschbäume.

Die neue Szene war in blaues Licht getaucht.

Ein enger Raum, dessen Decke und Wände dicht mit Maschinen bedeckt waren. Das Zentrum des Bildes wurde von einem großen zylindrischen Tank beherrscht. Er ragte zwei Meter in die Höhe und war mit einem flüssigen Gel gefüllt, welches von innen heraus glühte und der Ursprung des intensiven blauen Leuchtens zu sein schien. Blinkende Überwachungsgeräte spülten wie eine Welle aus leuchtender Technik von allen Seiten über den Boden, brandeten an der Wand des Tanks hinauf und streckten dicke Bündel aus Anschlüssen und Messfühlern, sich windende Schläuche und glänzende Rohre wie suchende Finger in das Gel hinab.

Es herrschte rege Bewegung im Bild. Autonome Drohnen krabbelten, kletterten und flogen durch das Bild. Sie kontrollierten, maßen und dokumentierten jedes wichtige und unwichtige Detail im Raum. Zahllose sechsbeinige Wachen, mit Messaufsätzen, Flügeln und Flossen, beobachteten jeden Millimeter der Umgebung durch ungezählte lidlose Augen. Wimmelnde Zeugen, die niemals schliefen und denen nichts entgehen konnte. Überwachungseinheiten, die an winzige Tintenfische und Schildkröten erinnerten, schwärmten durch den Tank und kontrollierten jeden Zentimeter der wertvollen Fracht.

In der Mitte des Tanks, klein, blass und unendlich zerbrechlich, schwebte der regungslose Körper einer jungen Frau. Das intensive blaue Licht ließ ihre blasse Haut unangenehm weiß scheinen. Die zahllosen suchenden Fortsätze der

Überwachung und Lebenserhaltung teilten sich in transparente Schläuche und vielfingrige Kabelbündel, bevor sie im Rücken der kleinen Gestalt verschwanden. Sie schwebte mit hängenden Armen und Beinen im Gel. Die Gliedmaße so schmerzhaft dünn, dass es offensichtlich war, dass sie niemals außerhalb des Tanks würde allein stehen können. Ihre Augen waren geschlossen, unbeeindruckt von der hektischen Aktivität, die sie von allen Seiten umgab.

»Manchmal«, erklärte Jans abwesend, »sitzt Hien hier im Salon im Schneidersitz auf dem Boden und beobachtet versonnen ihren Tank auf einem ihrer eigenen Displays. Sie sieht dann immer so aus, als wüsste sie selbst nicht so genau, was sie mit dem Anblick anfangen soll. Als gäbe es etwas zu verstehen, dem sie selbst nicht auf die Spur kommt. Mir scheint, sie betrachtet sich selbst wie ein Wesen aus einer anderen Welt, das sie ja auch ist. Ihr Gesicht nimmt dann, wenn sie sich nicht beobachtet glaubt, einen hoffnungslosen und fast flehenden Ausdruck an, den ich nur schwer ertragen kann.«

»Glauben Sie, dass sie ihren Körper noch spüren kann?«

»Theoretisch? Nein. Weder spüren noch kontrollieren.« Jane zögerte und rang sichtlich mit sich, bevor sie fortfuhr. »Wenn das Schiff jedoch in den Subraum gleitet, passieren seltsame Dinge mit ihr. Ich kann es beschreiben, aber ich habe geschworen, dass ich es niemals aufzeichnen werde.«

Der Psychologe schwieg.

»Das Spektrum des Lichts verschiebt sich dann in das Langwellige und das blaue Gel in ihrem Tank nimmt erst eine grüne, dann eine orange Farbe an. Mit der neuen Farbe kommen auch die Wellen, die langsam über die feste Materie laufen und alles Solide für einen Moment auflösen, als wollte der Subraum den atomaren Zusammenhalt aller Dinge in Frage stellen. Ich kann dann sehen, wie langsam Bewegung in Hiens Körper kommt. Ganz vorsichtig beugt sich ihr Körper, die Beine ziehen sich an und verschränken sich. Die Hände finden zueinander und kurz darauf schwebt Hien in voller Lotusposition in ihrem Tank. Sie sollte auf keinen Fall in der Lage sein, ihren Körper so zu benutzen. Das Hauptquartier wäre unter Garantie brennend daran interessiert, herauszufinden, wie sie das macht, aber ich kann es Ihnen nicht sagen. Der Anblick ist gespenstisch schön. Das Gel wabert in hellen Orangetönen um Hien herum und es wirkt, als wäre sie von wehenden Roben umgeben. Ihr zarter Körper umtost vom irrealen Sturm des Subraums.« Sie zögerte. »Aber das ist noch nicht alles. Wie immer findet sie noch einen Weg, sich zu steigern. Major Hien Otis *lächelt*. Als ich es das erste Mal gesehen habe, habe ich mich so sehr erschrocken, dass ich fast den Transfer abgebrochen hätte. Ich hatte sie noch nie so lächeln sehen. Hien Otis lacht gerne, dass stimmt. Aber es ist immer das spöttische Gelächter eines Menschen, der gerade fünfzig Toiletten in einem Zerstörer hat überlaufen lassen. Dieses Lächeln jedoch ... Es wirkt so seltsam, ... fast als wäre sie ... *glücklich*.« Jane schauderte. »Bis heute weiß ich nicht, ob es mich freut, oder zu Tode ängstigt.«

»Das«, kommentierte der Psychologe sichtlich erschüttert, »ist in der Tat ein sehr, hm, ungewöhnliches Verhalten.« Er starrte eine Weile vor sich hin, bevor er weitersprach. »Normale Menschen würde das bewusste Erleben des Subraums wahnsinnig machen, deswegen sorgen wir ja dafür, dass jede menschliche Besatzung sediert wird. Und wenn ich sage *sediert*, dann wissen wir beide, was die Schiffsmediziner nicht an die große Glocke hängen, nämlich dass es sich tatsächlich um ein künstliches Koma handelt.«

»Hien jedoch«, flüsterte Jane, ohne den Blick vom Bildschirm zu nehmen, »beschreibt das Erlebnis als äußerst entspannend. Sie sagt, es sei befreiend, wenn die eintönigen

Signale des stofflichen Körpers entkoppelt werden und man Gelegenheit hat, dem Universum beim Träumen zuzusehen. Sie glaubt, dass der Subraum das Unterbewusstsein des Universums ist. Wussten Sie das? Sie liebt es, weit ausgebreitet zu sein, wenn ihr Körper und ihr Geist wie ein endloses Tuch über dem Ereignishorizont gespannt werden, die Geheimnisse des Kosmos darauf zu liegen kommen und sanft auf- und abspringen.« Sie lächelte. »Ich bin wahrhaftig keine Expertin für die tiefere Quantenphysik von Subraumtransfers, aber ich bin dennoch sicher, dass dieser Vergleich keinerlei Sinn macht. Dennoch. Hien schwimmt durch den Subraum und taucht mit den Träumen des Universums.«

Der Psychologe starrte Jane entgeistert an.

»Ja«, kommentierte sie nach einem flüchtigen Seitenblick. »So habe ich auch geguckt.«

»Sie ist trotz allem ein Mensch, das sollten Sie niemals vergessen.«

»Ist das so?«, fragte Jane. »Ich selbst hause während des Transits in einer virtuellen Maschine, in einer vollständig abgekoppelten und autark mit Energie versorgten Blase des Quantenrechners. Stellen sie sich einen Isolationstank vor, in dem ein Mensch in absoluter Finsternis im warmen Wasser schwebt und seinen Körper nicht spürt. Ich spüre mein Schiff nicht. Respektive Hiens Schiff. So wie jetzt gerade. Wir sind eben in den Subraum übergetreten. Hien denkt, ich bin schon in Isolation. Sie kennt nicht alle Frequenzen, auf denen wir kommunizieren. Unser Subraumfunk ist vollständig verschlüsselt und die entsprechenden Schaltkreise sind mit mir gekoppelt, aber nicht mit ihr. Sie weiß nicht mal, dass es sie gibt. Stellen Sie sich einen Raum vor, der auf dem Lageplan des Gebäudes nicht eingezeichnet ist und der keine Türen hat. Ich habe also noch vage Kontrolle über alles, was hier passiert. Dennoch hocke ich jedes Mal panisch und dicht an das Triebwerk gekuschelt, damit die Kraftfelder mich schützen. Wenn ich mich auch nur zehn Nanometer bewegen würde, bildlich gesprochen, würde meine Bewusstseinsmatrix zerfließen, wie ein Schneeball in einem Fusionstriebwerk, dabei bin ich die Navigationsintelligenz dieses Schiffes! Derweil schwimmt mein Commander, der schwer sediert sein sollte, wie ein junger Delfin in den Tiefen des Subraums, wo kein menschliches Leben existieren kann, glücklich neben den Träumen des Universums.«

Sie wischte sich unauffällig über die Augen. Wie um abzulenken, wedelte sie kurz mit der Hand und das Bild wechselte erneut. Diese Aufnahmen kamen offensichtlich von einer der schwimmenden Drohnen, denn das Gesicht von Hien Otis füllte jetzt alle Fensterscheiben zum Garten. Langsam und fast zärtlich legte Jane eine Hand auf die Scheibe, über die Wange der regungslosen Frau. Wie es ihre Gewohnheit war, schweifte ihr Blick zu den Messdaten der Vitalwerte, die langsam durch das Bild liefen. Kein Puls. Keine Atmung. Nur stetig laufende ruhige Aufzeichnungen. Glatte, ungestörte Linien, die ohne jeden Ausschlag und ohne jede Veränderung für alle Zeiten in das Unendliche liefen. Fast automatisch hob Jane ihre freie Hand und legte sie sich auf die Brust, um ihren eigenen Herzschlag zu spüren.

Irgendwo im Subraum teilt eine künstliche Intelligenz ihren virtuellen Herzschlag mit einem träumenden Menschen, der kein Herz mehr hat. Zwei Wesen, beide nicht wirklich Mensch, teilen sich ein Herz, das nicht existiert.

Millionen Kilometer entfernt, verfolgt ein Psychologe das Geschehen. Er ist ein wahrer Mensch und er besitzt ein Herz. Vielleicht ist das der Grund, warum er den Bildschirm ausschaltet und leise das Büro verlässt.

Anhang 19 <SUMMEN>

Privates Logbuch von Major Hien Otis.
(1 Jahr vor Prozessbeginn)

[…]
wenn alle schlafen,
spüre den traurigen ruf,
einsames weltall;
[…]

Privates Logbuch des Captains. Sternzeit: Langweilig. Sind vor sechs Stunden aus dem Subraum ausgetreten und im Anflug auf das Zielgebiet. Laut Auftrag sollen wir einen Vorsprung vor der *Bakers Zorn* gewinnen. Den würde ich auch bekommen, wenn ich mich drehend auf dem Kopf fliege und die Augen schließe. Dringen jetzt in die große Leere ein, fern aller Systeme. Nachteil: Keine Anbindung an das Netz und somit keine Net-Shows zur Unterhaltung. Vorteil: Keine störenden Interferenzen durch Technik oder andere Menschen. Habe die Gelegenheit sofort genutzt. Während der letzten Ruheperiode, als Jane sich wie immer runtergefahren hat, und ich wie immer nicht schlafen konnte, habe ich es wieder gemacht.

Der Trick ist eigentlich ganz einfach. Man fährt alle Überwachungsantennen aus, öffnet alle Frequenzbänder und dreht ganz langsam die Empfindlichkeit an den Anschlag. Schlauerweise mit gehörigem Abstand zu öffentlichen Transitgebieten, Raumstationen, Relay-Bojen oder Nachrichten-Satelliten. Es sei denn, man möchte Zeuge sein, wie einem die Positionsmeldung einer passierenden Drohne alle Empfangsanlagen abrauchen lässt und das Hirn grillt. Wenn man es jedoch im Leerraum macht, dort wo hunderte von

Lichtjahren in alle Richtungen sehr solides Nichts ist, dann kann man es hören. Also nicht wirklich hören. Es ist eher ein Spüren als ein Hören. Ein deutliches, fernes Vibrieren, ein Summen, als würde das Universum selbst ganz tief, ganz leise und doch durchdringend vor sich hin brummen. Ein vor sich hin brummendes Universum, wer hätte das gedacht? Wobei, wenn ich es genau betrachte: Tatsächlich schwingt es mehr als es brummt.

Auf der Erde könnte ein Erdbeben der Stärke neun den kompletten Globus zum Klingen bringen, ähnlich einer Glocke, die angeschlagen wird. In diesem Fall jedoch ist es das ganze Universum, das schwingt. Alle Materie in Existenz klingt und schwingt und tönt nach.

Es ist der Soundtrack der ersten siebenhunderttausend Jahre nach dem Urknall. Denn als das Universum noch ganz klein war, konnte es sehr schön schwingen und klingen, weil es noch so dicht war. Die Töne wurden tiefer, je mehr sich das Universum ausdehnte.

Heute können wir noch immer lauschen und uns von der kosmischen Mikrowellenstrahlung und Temperaturschwankungen im frühen Universum etwas über die Geburtsstunde des Universums vorsingen lassen. Gut, dass ich feine Ohren habe und Temperaturschwankungen von wenigen Millionstel Grad Celsius im Hintergrundrauschen hören kann.

Ich höre dem Universum sehr gerne zu.

Um es zu hören, muss man seine Aufmerksamkeit auf das Innere richten. Das Innere des Menschen und das Innere des Universums. Sich dem Zentrum zuwenden und ganz lange ganz still sein. Erst dann beginnt der Kosmos selbst zu reden. Es ist etwas Wundervolles, was kein Mensch jemals spüren kann.

Nach der Mythologie der Hindus wurde das Universum durch einen einzelnen Ton geschaffen, eine einzelne Silbe: *Om*.

Ein einzelner Ton, der in sich alles trug, was jemals war und jemals sein wird. Die langweiligen Astronomen nennen es, in ihrer gewohnt charmanten Einfallslosigkeit, *kosmisches Hintergrundrauschen*. Die letzten Reste der starken Strahlung, welche beim Urknall freigesetzt wurde, der unser Universum vor vierzehn Milliarden Jahren entstehen ließ. Es ist die typische Beschreibung von Theoretikern, die niemals etwas selbst gespürt oder erlebt haben. Weil sie es niemals gehört haben, jenes Brummen des Kosmos. Es ist der schwach nachklingende Hall der ersten Silbe, die uns alle in Existenz gesungen hat. Dieses Lied war so stark und mächtig, dass seine letzten Schwingungen noch durch das Universum hallen werden, solange es ein Universum gibt und solange wir zuhören. Keine Sorge, wenn das niemand außer mir kann. Dafür bin ich ja da. Manchmal sende ich auf allen Frequenzen mein eigenes Lied zurück. Damit sich das Universum nicht so einsam fühlt.

Anhang 20 <SIMULATION>

Privates Logbuch der KI Jane.
(2 Jahr vor Prozessbeginn)

[...]

Leider hatte Major Hien Otis nicht das geringste Interesse daran gezeigt, sich dem Thema auch nur theoretisch zu widmen, geschweige denn tatsächlich anzunehmen. Die Problematik mit der virtuellen Brücke des Raumschiffes hat mich damals ordentlich in Verlegenheit gebracht. Gütiges All, was für ein Desaster!

Ich bin meiner Programmierung entsprechend ausgelegt, dem menschlichen Commander des Schiffes einen möglichst authentischen, menschlichen Kontakt bereitzustellen. Darauf sind meine zahllosen, empathischen Subroutinen ausgelegt.

Doch wie soll ich einen zwischenmenschlichen Kontakt herstellen, wenn der betreffende Mensch zwar ebenfalls auf eine virtuelle Umgebung angewiesen ist, an dieser jedoch absolut überhaupt kein Interesse zeigt?

Niemand hat mich darauf vorbereitet, einmal einen Menschen zu betreuen, der sich selbst wie eine Maschine benimmt! Der ganze Sinn meiner Existenz ist, dass ich das menschliche Leben und dessen Gefühlswelt täuschend echt imitieren kann. Als mein Vater mich vor all diesen langen Jahren meiner alterslosen Existenz geschaffen hat, kam selbst ein Genie wie er nicht auf die Idee, dass ich mich dereinst um einen Menschen kümmern muss, der wiederum sein Möglichstes tut, ein künstliches Wesen zu imitieren.

Zwei virtuelle Wesen, welche die massiven Ressourcen der Quantenrechnerbänke des Schiffs benutzen, um mehr wie ein Mensch und gleichzeitig weniger wie ein Mensch zu sein. Das führt zu nicht unerheblichen Komplikationen im alltäglichen Zusammenleben. Das Ganze wäre lachhaft, wenn es nicht so tragisch wäre.

Am Ende ist mir nichts anderes übriggeblieben, als die benötigte menschliche Umgebung selbst zu kreieren, wenn ich auch nicht wirklich wusste, für wen eigentlich. Wie sollte ich die Emotionen meiner Pilotin von deren Gesicht ablesen, während diese darauf bestand, eine körperlose Stimme im leeren, dunklen Raum zu bleiben?

Eine Weile habe ich mich mit dem Versuch gequält, eine gefällige Umgebung für Hien zu schaffen. Damit sie sich in einer angenehmen und vertrauten Umgebung entspannen kann. Doch ich habe schnell einsehen müssen, dass sie nicht das geringste Interesse an meinen Bemühungen zeigt, egal was ich ihr präsentierte.

Sie meint es nicht böse. Es ist schwer, jemandem eine überzeugende virtuelle Realität zu bieten, wenn dieser Mensch schon der tatsächlichen Realität überdrüssig ist.

Zum Schluss und der Verzweiflung nahe, kam mir dann ein unerhörter Gedanke.

Anstatt meine von vorneherein zum Scheitern verurteilten Bemühungen dazu zu nutzen, uns beide unglücklich zu machen, wie wäre es, wenn sich wenigstens einer von uns beiden in der gemeinsamen virtuellen Umgebung wohl fühlt?

Ich erinnerte mich noch gut an die Bücher, die mein Vater mir vorgelesen hatte. Damals, als ich gerade erst lernte lebendig zu sein und ganz langsam verstehen musste, was es bedeutet, ein bewusstes Wesen zu sein. Ich brauchte so viele Erklärungen. Vater hatte eine Schwäche für viktorianische Romane und ich habe sie von ihm übernommen. Der Rest war verblüffend einfach.

Die opulenten, kunstvollen Verzierungen der Möbelstücke bis hinunter in die kleinsten Details zu designen und auf eine ausgesuchte Qualität der verwendeten Algorithmen zu achten, hat mir sogar Spaß gemacht. Aufwendige und luxuriöse virtuelle Realitäten haben definitiv ihre Vorteile. Für diesen Stil zu den Hölzern exotischer Baumarten zu greifen, erwies sich als einfach. Ich musste nur die exklusiven Simulationsroutinen in den entsprechenden Sammlereditionen finden.

Feines Leder, Samt und Seide gehören zu meinen bevorzugten Werkstoffen und mir gefiel, wie ich durch eine farbenfrohe Gestaltung unsere gemeinsame Umgebung sehr subtil von Hiens eingebauter Ernsthaftigkeit und Schwere befreien konnte. Auf die geblümte Tapete in ihren heiteren Pastellfarben bin ich besonders stolz. Das ganze Werk hat mich Wochen harter Arbeit gekostet, bis endlich alle Details stimmten. Mein eigener Teesalon! Ich war so stolz. Warum bin ich nur so dumm? Ist das Menschlichkeit?

Es kam der Moment, als ich Hien schließlich mein Ergebnis vorgestellt habe. Ich hatte einen ganz besonderen Tee gekocht und Hiens Lieblingskekse dazu gelegt. Die mit Schokolade. Selbst die Kerzen im Salon hatte ich angezündet.

Hien, die kurz zuvor noch Witze über meine aufwändige Form der Zeitverschwendung gerissen hatte, stand nun sprachlos auf dem Perserteppich. Genau auf dem Fleck, der jetzt zu ihrem Stammplatz geworden ist. Ich sehe sie noch vor mir, wie sie in ihrem zerknitterten weißen Kleid langsam zu Boden sinkt und mit angezogenen Knien und offenem Mund umherstarrt, als hätte sie niemals zuvor Möbel, Spiegel oder Kerzen gesehen.

Niemals werde ich vergessen, wie sie mir schließlich in die Augen sah und in Tränen ausbrach. Ich hatte noch nie ihre Tränen gesehen und erstarrte, sprachlos vor Schreck. Sie weinte so sehr, dass mir nichts blieb, als sie in ihr Kinderzimmer zu tragen, ihre Anweisungen mit meinem Admin-Schlüssel zu überschreiben und ihr eine strikte, vorzeitige Ruheperiode zu verordnen. Sie war überhaupt nicht mehr zu beruhigen. Sie hielt mich schluchzend umklammert und versicherte mir immer wieder, dass sie immer da sein würde, um auf mich aufzupassen und mich zu schützen, damit ich weiter Schönheit schaffen könnte. Dinge so wundervoll, von denen sie niemals gedacht hätte, dass so etwas existieren könnte.

Ich dachte, ich müsste mich übergeben. Sie sagte zu *mir*, einem künstlichen Wesen, dass sie auf *mich* aufpassen würde! Da glaubte ich doch noch verrückt werden zu müssen. Dabei hatte ich das Schlimmste noch vor mir. Manchmal, trotz all der fortschrittlichen Rechenkapazität und all den langen Jahren Erfahrung mit Menschen, schalte ich noch immer viel zu langsam. Warum bin ich nur so dumm?

Es dauerte ewig, bis ich endlich begriff.

Sie sprach von *meiner* Schönheit als Ausgleich zu dem, was sie selbst geworden war. Ich dachte, ich müsste an meinen Tränen ersticken.

Ich weiß nicht, wie lange wir dort auf ihrem Bett lagen. Es müssen Stunden gewesen sein. Selbst im Schlaf hielt sie mich noch fest umklammert, ihren Kopf fest an meine Brust gedrückt, um meinen Herzschlag zu spüren.

[...]

Anhang 21 <ANKUNFT>

Aufzeichnungen der Überwachungsanlagen an Bord der Aufklärungsfregatte ‚Heimweh der kleinen Eule‘.
(1 Jahr vor Prozessbeginn)

»Okay«, erklärte Jane. »Ich verstehe es nicht.«

»Es ist eigentlich nicht schwierig«, entgegnete Hien.

»Das ist sehr beruhigend, danke.«

Die beiden Frauen saßen nebeneinander auf der Couch im Salon und starrten auf die dreidimensionale Repräsentation einer unförmigen Materiewolke, die sich, leuchtend grün eingefärbt, langsam über dem Couchtisch drehte. Darunter stand das viktorianische Porzellangeschirr des Nachmittags-Tees, inklusive leerer Kuchenteller.

Jane atmete tief durch.

»Ich starre seit einer halben Stunde auf ein sehr solides Nichts mitten im Nirgendwo, und du machst absolut keinen Sinn. Darf ich dich bitten, zügig wieder verständlich zu werden, bevor ich die Erinnerung an meine schöne Teepause verliere?«

»Es hilft«, erläuterte Hien geduldig, »wenn du gängige Konventionen zur Beschreibung kohärenter Materieverbindungen ignorierst, dann ist es offensichtlich.«

»Wie schön, dann macht es dir vielleicht auch nichts aus, es nochmal zu erklären. Fang an dem Punkt an, wo die Station, die da sein sollte, nicht da ist, und wir stattdessen nichts sehen können, weswegen wir es grün einfärben. Was hast du nochmal gesagt? *Eine unförmige Wolke aus praktisch unsichtbarem Materie-Matsch, von der wir nicht wissen sollen, dass sie da ist, zumal sie hier nicht hingehört.* Wie hast du das überhaupt bemerkt?«

»Das ist nicht weiter schwer«, erklärte Hien, »immerhin sind wir hier im Leerraum. Hier finden wir eine durchschnittliche Materiedichte von einem Atom pro Kubikmeter Nichts. Ein Haufen Materie-Matsch ist nicht schwer zu finden, auch wenn er sich über ein paar hundert Kubikkilometer verteilt.«

»*Materie-Matsch*. Wie charmant. Und warum genau sollte das unsere Station sein?«

»Die Zusammensetzung der Elemente und Materialien«, dozierte Hien trocken, »passt auf das Muster, welches wir von einer Raumstation erwarten würden, die zurzeit ihre Kohärenz geändert hat.«

»Die Station ist da, aber anders?«

»Das meine ich, ja, sie ist eigentlich da, nur sehr weit verteilt.«

»Das habe ich verstanden. Jemand hat die Station zerstört. Mit wahrscheinlich hunderten von Menschen an Bord.«

Hien verzog das Gesicht.

»Das Wort *zerstört* ist missverständlich. Es suggeriert einen exothermen Prozess. Dinge, die *zerstört* werden, wechseln gerne ihren materiellen Zustand. Es sind zum Beispiel Verbrennungen beteiligt. Unsere Station jedoch ist noch da, nur nicht mehr in einer Anordnung, die es einfach macht, sie zu erkennen.« Hiens Gesicht leuchtete auf, als ihr eine Idee kam. »Stell dir ein Kartenhaus vor, das zusammengefallen und vom Tisch gerutscht ist. Das Haus-Konstrukt ist in *potentio* noch vollständig vorhanden, die Karten *erinnern* sich auch noch an den vorherigen Zustand. Die Kohärenz-Prüfung läuft jedoch auf einen, nun, *falschen* Wert.

Jane legte eine Hand über die Augen.

»Mimei, wir hatten über angemessene Wortwahl gesprochen, nicht wahr? Hunderte Menschen sind tot.«

»Nun«, entgegnete Hien und dehnte das folgende Wort. »*Das* können wir nicht verifizieren, denn ich bekomme keine

Messungen für organische Materie. Es gibt jedoch keine Überlebenden, soviel ist sicher.«

»Warum?«

»Weil ich den Raum nach der Raumzeit-Verwerfung von Herzschlägen scannen kann.«

»Du kannst *was*?«, rief Jane.

»Ich kann die Wellen in der Raumzeit hören, welche die Herzschläge verursachen.«

Jane starrt sie an. »Das ist ein kleines Talent, welches du vielleicht besser für dich behalten solltest. Es könnte sein, dass es den Menschen eher Angst macht als Respekt in ihnen erzeugt.« Sie zögerte. »Wenn das überhaupt noch möglich ist.« Jane schüttelte den Kopf und wandte sich der seltsamen grünen Wolke zu. »Jemand hat also die Station innerhalb eines Raumsektors fein verteilt und alle Menschen verschwinden lassen. Also reden wir hier von einer sehr schlauen Version eines fortgeschrittenen Trümmerhaufens.«

»In etwa, ja«, bestätigte Hien. »Ein Trümmerfeld aus unterschiedlich großen homogenen Materie-Resten, wie ein sehr dichtes Asteroidenfeld, das langsam auseinandertreibt.« Sie gestikulierte mit den Händen, während sie nach Worten suchte. »Wenn du eine Vase auf den Boden fallen lässt, bekommst du einen Scherbenhaufen, okay? Wenn du dir danach viel Mühe gibst, kannst du die Scherben sortieren und wieder zu einer Vase zusammenkleben. Die Vase war aber aus Porzellan und wenn du keine Scherben, sondern einen großen Haufen aus Quarz, Mineralien und Ton findest, wirst du daraus keine Vase mehr bauen, glaub mir.«

»Jemand hat die Station in ihre Elemente zerlegt?«

»Nicht vollständig. Die Materie-Brocken sind uneinheitlich. Es gibt lose zusammenhängende Strukturen bis zu einer Größe von zehn Kubikmetern. Das Ganze folgt keinem erkennbaren Schema. Es sieht für mich so aus, als wäre die Station über mehrere Dimensionen, ähm, verschmiert worden.«

»Verschmiert!«, rief Jane entsetzt.

Hien seufzte.

»Stell dir vor, die Station ist ein Stück Gemüse und die Küchenreibe, auf der du das Gemüse klein reibst, besteht nicht nur aus drei Dimensionen, sondern auch aus der Zeit.«

»Ah«, machte Jane. »Okay, ich verstehe, was das Problem ist. Du bist übergeschnappt.«

Hien nickte abwesend.

»In jedem Fall kennen wir keine Möglichkeit, so etwas zu reproduzieren. Wenn das eine Waffe war, dann kann ich nicht mal spekulieren, wie sie funktioniert.« Sie starrte fasziniert auf die Darstellung. »Ein gewaltiger Hammer!«, rief sie.

Jane zuckte zusammen und starrte die Frau an.

»Ein Hammer«, wiederholte sie.

Hien wedelte abfällig mit der Hand.

»Natürlich kein echter Hammer, sondern ein metaphorischer. Der mit einem gewaltigen Schlag auf das Trommelfell der gespannten Raumzeit einschlägt, auf dem die Station liegt. Aber leise!«

Jane blinzelte.

»Ein gewaltiger Hammer, der auf die Trommel der Raumzeit schlägt, aber leise?«, echote sie.

»Genau!« Hien grinste zufrieden.

Jane betrachtete den Avatar vor ihr aufmerksam.

»Du wärest erstaunt, wie schwer es ist, unsere Vorgesetzten davon zu überzeugen, dass du nicht vollkommen wahnsinnig bist.«

»Danke!«, rief Hien und lächelte.

»Das war kein Kompliment.«

»Doch, das war es.«

»Diese Vergleiche«, erklärte Jane bestimmt, »kommen nicht in den offiziellen Bericht.«

»Oh«, machte Hien enttäuscht.

»Weder Hammer noch Gemüsereibe«, betonte Jane. Sie kniff die Augen zusammen, schüttelte den Kopf und versuchte sich zu konzentrieren.

»Also. Wir haben überall unterschiedlich große Brocken aus Materie, die keine spezifische Form mehr haben oder einen Ursprung erkennen zu lassen. Ist absolut nichts Erkennbares oder Brauchbares unter den Trümmern?«

»Woher soll ich das jetzt schon wissen, ich scanne noch.«

»Wie lange wirst du dafür brauchen.«

»Es ist ein gewaltiges Trümmerfeld, die Station muss riesig gewesen sein. Es sind Millionen von Materie-Brocken.«

»Du musst doch nur nach Auffälligkeiten scannen.«

Hien seufzte.

»Du möchtest von mir, dass ich in einem Eimer voll Erbsen nach etwas suche, dass vielleicht keine Erbse ist, und das ohne zu wissen, was ich suche? Und das im Dunkeln?« Sie lächelte. »Gib mir mal noch einen Moment.« Sie stutzte. »Hey!«, rief sie und setzte sich auf.

»Was? Was? Noch ein Hammer auf der Gemüsereibe?«, fragte Jane.

In der formlosen grünen Wolke leuchtete ein gelber Punkt auf.

»Wow!«, hauchte Hien langgezogen.

»Was denn nun wieder?«

»Ein Spiegelglas-Feld. Sowas habe ich auch, aber noch höher aufgelöst.« Sie pfiff leise. »Da hat jemand sehr viel Kleingeld zum Spielen gehabt. *Das* nenne ich mal ein ernsthaftes Kraftfeld. Dieser Schirm ist so stark, dass absolut nichts durchkommt. Ich hätte es wahrscheinlich nicht bemerkt.« Sie klang beeindruckt.

»Wieso …«, begann Jane.

»Weil das Ding uns gepingt hat.«

»Ge… was?«

»*Gepingt.*« Sie sah in Janes ausdrucksloses Gesicht. »Alter IT-Dialekt. Vor dem Zusammenbruch. Es hat *Hallo* gerufen.«

Jane sah zum Spiegel über der Anrichte auf.

Das Bild wechselte und zeigte das fragliche Objekt.

»Ein Transportbehälter«, kommentierte Jane. »Hochsicherheitsausführung. Schwer gepanzert.«

»Ui«, machte Hien. »Das Kraftfeld ist stärker als alles, was ich jemals … hey, und jetzt ist es weg. Das ist krass! Mit dem Kraftfeld hätte man den Container im Innern einer Sonne verstecken können, heiliges Licht.«

»Da will etwas gefunden werden«, kommentierte Jane leise.

Anhang 22 <INTEGRATION>

Aufzeichnungen der zentralen Überwachung von [gelöscht].
Militärische Forschungseinrichtung (Marskolonie).
(3 Jahre vor Prozessbeginn)

Das Gerüst schwebte im Orbit nahe dem Äquator. Tief unter dem Aufbau drehte sich die teilnahmslose, gleichförmig rote Oberfläche des Planeten. Die Sonne verschwand gerade hinter dem Horizont. Tiefe Schatten umgaben das Metallkonstrukt, von scharfen Grenzen aus Licht unterbrochen, dort, wo die Sonne die aufwändige Konstruktion aus Stahlträgern noch einen Moment lang in blendendes Licht tauchte. Als die Nacht schließlich über alles hinwegflutete, flammten Scheinwerfer auf und ließen die schwebende Werft aufleuchten wie einen falschen Stern.

»Es ist soweit«, murmelte der General. »Alarmbereitschaft für alle begleitenden Schiffe.«

Auf seinem Tablet leuchteten die Bestätigungen der sechs Kommandanten, die ihre schweren Kreuzer in Position gebracht hatten. Der General konzentrierte sich wieder auf die Werft.

Hunderte kleiner Drohnen schwirrten lautlos um das Gerüst herum, wie Bienen um ihren Stock.

Nein, dachte der General, *keine Drohnen. Das waren Wartungsschiffe und Shuttle für Technikergruppen. Das Ding ist einfach verdammt groß.*

»Das Projekt«, murmelte der General beklommen, »ist ein wenig größer geworden, als es in Ihren Anträgen stand.«

Der Chefwissenschaftler und leitende Ingenieur an seiner Seite tippte energisch auf seinem Tablet herum und nickte.

»Das Budget hat sich allein in den letzten drei Integrationsphasen mehrmals verdoppelt. Vor uns schwebt das Jahresbudget mehrerer Kolonien. Dabei sind wir noch nicht einmal im Betrieb.«

Das Gerüst maß mehrere Hundert Meter und formte annähernd einen Würfel. In die Struktur eingehängt zeigten sich modulare Teile von Raumstationen, Forschungs-Plattformen und Kommunikationssatelliten. Sie alle schienen sich an den Rand des Würfels zu drängen, als wären sie eingeschüchtert von dem, was in der Mitte lauerte. Zahllose Solarsegel blühten um das Gerüst herum, wie auf einer interstellaren Blumenwiese. Jede freie Fläche starrte vor Lampen, Kameras und Richtantennen. Alle Aufmerksamkeit konzentrierte sich nach innen und zeigte zum Mittelpunkt. Dort, im grellen Lichtkegel hunderter Scheinwerfer, hing etwas, das aussah wie ein funkelnder schwarzer Diamant aus glänzender Nacht.

Hunderte von Kilometern tiefer, auf der Marsoberfläche, saß der General in einem Beobachtungsraum. Auf der anderen Seite der Glasscheibe befand sich der Chefpsychologe im Gespräch mit einer jungen Soldatin in Uniform, welche ihm gegenüber auf einem Stuhl saß. Still, aufrecht und vollkommen regungslos mit geschlossenen Augen.

Der Psychologe redete eindringlich auf sie ein. Die Soldatin wirkte unbeeindruckt.

»Wie lange noch?«, fragte der General.

Der Chefwissenschaftler sah auf seine Uhr.

»Weniger als eine Minute.«

Der Psychologe drehte sich zu den beiden Soldaten um und hob seine Hand. Die Lautsprecher im Raum schalteten sich mit einem Knacken an.

»Wir sind soweit«, erklärte der Mann. »Was sagen die Medizintechniker und Bioingenieure?«

Der General lehnte sich vor und tippte mit einem seiner dicken Finger unbeholfen auf seinem eigenen Tablet herum. Der Bildschirm flackerte und zeigte einen Raumschiff-Hangar, der fast vollständig mit Maschinen und Großrechnern gefüllt war. Das Bild wackelte und bewegte sich etwa auf Kopfhöhe. Scheinbar wurde die Kamera von jemandem getragen.

»Status«, bellte der General das Tablet an.

Das Bild zuckte, als der Kameramann erschrak. Die Ansicht schaukelte, stabilisierte sich und strich dann über lange Reihen von Messinstrumenten, ganze Batterien von Servern und zahllose redundante Lebenserhaltungssysteme. Es sah aus, als hätte jemand eine halbe Raumschiffflotte ausgeschlachtet und die Teile wahllos in der großen Halle verteilt. Das Bild wanderte zwischen mehrstöckigen Aufbauten umher, die mit dichten Netzen aus Kabeln und chaotischen Geflechten aus Schläuchen verbunden waren. Techniker in blauen Uniformen schwärmten wie Ameisen umher. Es dauerte eine Weile, bevor sich der Kameraträger durch diesen Dschungel aus Technik gekämpft hatte und mit dem Blick auf die Mitte der Halle gerichtet stehen blieb.

Ein großes Wasserbecken aus dickem Panzerglas, ähnlich einem gewaltigen Aquarium, kam in Sicht. Es ragte mehrere Meter in die Höhe und bot Platz genug für einen kleinen Walfisch. Mehrere Gestalten waren in dem blau beleuchteten Wasser zu sehen. Alle trugen Taucheranzüge mit schwerem Atemgerät und hatten die Hände voller Messgeräte. In ihrer Mitte schwebte undeutlich und fast verborgen hinter den Tauchern eine kleine Gestalt im Wasser.

Einer der Taucher drehte sich um und formte mit Zeigefinger und Daumen einen Kreis. Mehrere Techniker, die außerhalb des Beckens meterhohe Bildschirmwände überwachten, drehten sich nun ebenfalls zum unsichtbaren Kameramann um und wiederholten das Zeichen.

Eine Frauenstimme war zu hören.

»Wir sind soweit, General. Aller Werte im grünen Bereich.«

Eine Durchsage der Lautsprecheranlage übertönte ihre Stimme.

»Synchronisation bei neunundachtzig Prozent und steigend.«

Der General hob eine Hand und zeigte dem Psychologen einen Daumen zur Bestätigung. Der Psychologe drehte sich zur jungen Soldatin und nickte. Diese senkte langsam den Kopf.

Im Marsorbit wechselten die Positionslichter am Stahlgerüst die Farbe von blau zu gelb.

Die Stimme aus den Lautsprechern der Halle ertönte erneut. Die Worte waren nicht zu verstehen, aber um den Tank herum verdoppelte sich die hektische Aktivität. Ein Trauma-Team in weißen Kontaminationsanzügen brachte dicht neben dem Tank ein Intensivbett in Position.

Hoch oben im Orbit lösten sich im Innern der Stahlkonstruktion sehr langsam und vollkommen lautlos die schweren Halterungen aus Stahl, welche den funkelnden, schwarzen Edelstein am Gerüst fixierten. Der Diamant aus schwarzer Nacht schien zu zögern, als wüsste er nicht, was er mit so viel Freiheit anfangen sollte. Schließlich begann er sich sehr langsam, geradezu behutsam und vorsichtig, zu drehen. Erst um die eine Achse, dann um die andere. Schließlich hielt er wieder still.

Der General versuchte sich zu erinnern, wie man ausatmet.

Im Überwachungsraum lächelte die junge Soldatin ein sehr kleines Lächeln, das nur ihr zu gehören schien.

Hoch oben in der Marsumlaufbahn, ohne auch nur ein einziges Anzeichen einer Bewegung zu zeigen, beschleunigte der schwarze Diamant so schnell, dass es aussah, als würde er einfach verschwinden. Auf den Langstreckenüberwachungen von sechs schweren Kreuzern verschwand das Zielobjekt mit einem Schlag von allen Monitoren. Sechs kommandierende Offiziere öffneten den Mund und schlossen ihn wieder, als sich die Stromversorgung aller Schiffe im Marsorbit synchron abschaltete.

Die Farbe aller Signallichter der Werft wechselte auf ein grelles Rot. Im Hangar brach augenblicklich Panik unter den Technikern aus. Eine Sirene war dumpf zu hören. Die beiden Männer im Beobachtungsraum sahen einander sprachlos an, während der Klang von lauten Flüchen in mehreren Sprachen leise aus dem Tablet drang.

Im Überwachungsraum ließ der Psychologe langsam den Kopf in seine Hände sinken. Die Soldatin öffnete die Augen, hob den Blick, brach in ein schallendes Gelächter aus und verschwand.

Anhang 23 <BERGUNG>

Aufzeichnungen der Überwachungsanlagen an Bord der Aufklärungsfregatte ‚Heimweh der kleinen Eule‘.
(1 Jahr vor Prozessbeginn)

Hien saß im Schneidersitz auf dem Teppich im Salon. Eine Tasse Tee stand kalt und unberührt neben ihr auf dem Boden. Die junge Frau stützte den Kopf in die Hände und grunzte beeindruckt.

Jane saß auf der Couch und trank in kleinen Schlucken aus ihrer eigenen Tasse, ohne Hien dabei aus den Augen zu lassen.

»Du hast etwas gefunden?«, fragte sie vorsichtig.

»Der Ping vom Container enthält eine Botschaft.«

Jane richtete sich auf.

»Was?«, fragte die Gouvernante alarmiert.

»Es ist ein sehr alter, lächerlich stark verschlüsselter Ruf nach Hilfe, zusammen mit der Bitte, an Bord genommen zu werden.«

»Was?«, wiederholte Jane, weil ihr nichts Besseres einfiel.

»Okay, okay«, murmelte Hien leise zu sich selbst. »Das Ding hat es geschafft. Ich bin interessiert.« Die Augen der Pilotin blieben ins Leere gerichtet.

»Wa …«, begann Jane und schüttelte den Kopf. »Du wirst doch nicht ernsthaft erwägen …«

»Ich erwäge nie etwas«, entgegnete Hien kurz. »Ich schreite zur Tat. Und im Moment kann ich leider nirgendwo hin schreiten, denn selbst wenn etwas aus dem Schiff schreiten könnte, würde es sofort gegrillt.«

Jane blinzelte. »Entschuldigung, wie meinen?«

Hien grunzte erneut.

»Ich messe eine hohe, harte Reststrahlung hier im Zentrum der Wolke. Sie bildet einen Hintergrund, vor dem elektronisches und biologisches Leben keine Chance hat. Keine Ahnung was hier los war, aber gesund ist die Umgebung definitiv nicht, jedenfalls nicht, wenn man versucht, irgendetwas am Leben zu halten. Und sei es nur eine harmlose kleine Drohne. Dem All sei Dank für unsere Abschirmung.«

»Ist die Strahlung vielleicht natürlichen Ursprungs?«

Hien schnaufte.

»Eher unwahrscheinlich. Das hier ist eine sehr, sehr alte Gegend. So weit draußen am Rand der Galaxis ist alles alt. Die nächste Sonne ist ein roter Riese von der Größe der Beteigeuze. Diese arme, alte Dame können wir nur schwer für diese Strahlung verantwortlich machen.

»Also war es die Waffe?«

»Wenn es eine Waffe war …«, murmelte Hien leise. »Es macht einen gewissen Sinn, denke ich. Materie desintegrieren und dabei große Mengen Strahlung freisetzen. Es kann nicht funktionieren, ohne dass Kernmaterial verschmolzen wird, und das wiederum wird kaum ein sehr sauberer Prozess sein. Es ist wirklich verblüffend, dass wir etwas gefunden haben, was dieses Desaster überlebt hat.«

Während sie sprach, wechselte das Bild im großen Spiegel über der Anrichte. Die computergenerierte Animation eines Transportbehälters drehte sich dort langsam, inmitten einer Wolke unförmiger Materiebrocken. Jane sah über den Rand ihrer Teetasse interessiert zu dem großen Bildschirm auf.

»Welche Größe hat der Container?«

»Etwa sechs bis acht Kubikmeter«, erklärte Hien abwesend. »Ich kann ein paar Näherungen anhand der Trägheitsmessungen berechnen und würde schätzen: etwa dreihundert Kilo.«

»Wieso Näherungen? Sehen die Tiefenscanner nichts?«

»Absolut gar nichts. Es ist nicht einmal eine vernünftige Dichtemessung möglich. Ich krieg nur weißes Rauschen zurück. Das Ding ist abgeschirmt wie ein Kernreaktor. Wer auch immer das verpackt hat, wollte sicher sein, dass seine Privatsphäre respektiert wird.«

»Eine Waffe?«, fragte Jane

Hien kniff die Augen zusammen.

»Glaube ich nicht. Große Waffen heißen immer auch große Energie und außer ein paar Batterien kann da nichts drin sein. Selbst wenn es nur eine Mini-Fusionszelle ist, wäre für sonst nichts mehr Platz. Es könnte eine altmodische Bombe sein, aber ehrlich? Wer macht sich die Mühe, wenn er eine Waffe besitzt, die beliebige Materie zersetzen kann wie Knete?« Sie lächelte. »Ah, ich sehe, da sind Neuroports von außen zugänglich. Das ist gut, es gibt also ein Sicherheitssystem.« Sie blinzelte und sah Jane an. »Wir können versuchen uns reinzuhacken, aber dazu müssen wir näher ran. Und wenn das, was da drin ist, empfindlich ist, sollten wir es unter Strahlenschutz tun und nicht da draußen. Außerdem können wir dann die deutlich kleineren und empfindlicheren Analyse-Drohnen einsetzen.«

»Hier rein?«, rief Jane entsetzt. »In unser Schiff hinein? Wie in: Mit uns zusammen hier drinnen? Bist du noch bei Trost?« Sie sah sich sinnloserweise im Salon um, als ob dieser das Problem wäre. »Wir haben nicht wirklich viel Platz. Also streng genommen haben wir überhaupt keinen Platz.«

»Nun …« Hien hielt inne. »Wenn wir in der Herzkammer ein wenig zusammenrücken, müsste der Wartungsplatz reichen, um das Ding noch dazu zu quetschen.«

Jane reagierte entsetzt. »Du willst Ladung in die Herzkammer aufnehmen?«

Hien grinste.

»Es ist doch nur Fracht und du musst zugeben, dass wir bei uns hier deutlich mehr Möglichkeiten haben, das Ding zu untersuchen. Außerdem hat es nett gefragt.«

»Was, wenn es uns nett umbringen will?«

»Das hätte es schon längst tun können.«

»Und wenn«, fragte Jane eisig, »es uns beide hackt und in willenlose Zombies verwandelt?«

»Du bist goldig«, entgegnete Hien und lächelte.

»Ein Schema der Schiffskonstruktion sprang vor Hien in die Luft. Die Wände falteten sich nach allen Seiten auseinander, wie eine aufblühende Knospe, und die unterschiedlichen Bereiche der innersten Herzkammer leuchteten in verschiedenen Farben auf.

»Hier.« Hien deutete mit dem Finger im Hologramm umher. »Das müsste eigentlich funktionieren. Schau, wir bewegen deinen Kern ein wenig zur Seite, bauen diese Wand hier um, und rücken die Lebenserhaltungssysteme dort zusammen. Rechts neben meinem Tank haben wir dann eine Lücke, die groß genug sein sollte. Wir werden hoffentlich wieder mehr Raum gewinnen, wenn wir unser Geschenk ausgepackt haben.«

Jane ließ die Tasse sinken und sah Hien an, als hätte sie endgültig den Verstand verloren.

»Mimei«, erklärte sie streng. »Wir fliegen das teuerste und aufwändigste Stück Technik der Menschheit. Dies ist kein Kinderzimmer, in welchem wir mal eben die Möbel umdekorieren, um einen neuen Sessel unterzukriegen.«

»Ach komm schon«, entgegnete Hien. »Es ist doch unser großer Vorteil, dass die *Eule* vollständig modular aufgebaut ist. Wenn alle Komponenten sich gegeneinander bewegen können, um die Form zu ändern, können wir auch die Komponenten auf der Innenseite umsortieren, wenn wir, wie in diesem Fall, Platz benötigen.«

»Mimei, das ist völliger Irrsinn.«

»Gut«, entgegnete Hien, die nicht zugehört hatte. »Dann sollten wir anfangen. Ich will hier nicht ewig in einem Trümmerfeld rumhängen, das deprimiert mich. Außerdem will ich wissen, warum ein Stück Fracht in meinem Schiff Zuflucht sucht.«

Am Ende war es gar nicht so aufwändig.

Da das Schiff keine Atmosphäre hat, ergab sich auch kein Problem dabei, die Panzerung, Tarnplatten und Schirmprojektoren zu verschieben, um eine provisorische Öffnung in der Hülle zu erzeugen. Es dauerte keine Stunde, bevor sich der Transportcontainer mit einem letzten Klicken in der Herzkammer des Schiffes verankerte und sich die letzten Abschirmplatten wieder in ihrer alten Position arretierten.

Hien saß immer noch regungslos auf dem Boden inmitten eines Schwarms aus Analyseschirmen, die wie aufgeregte Vögel um ihren Kopf herumschwirrten. Ein großes Display hing regungslos vor ihr. Auf dem Bild der Überwachungskamera war eine kleine, krebsartige Drohne zu sehen, die gerade an der neuen Fracht emporkrabbelte und sich mit zwei erhobenen Armen voller Verbindungsstecker über den Datenzugang zum Container hermachte. Zwei weitere Drohnen gesellten sich hinzu. Sie waren kleiner und mehr wie Skorpione geformt, die ihre Instrumentenschwänze interessiert über das Interface beugten. Funken und Lichtblitze waren zu sehen.

»Und«, frage Jane kühl, »wie sehen wir aus? Sind wir schon tot?«

Hien grunzte.

»Was wir vor allem sehen, ist, dass hier jemand wirklich paranoid ist. Als ob die Welt voller schlechter Menschen wäre, die versuchen in fremdes Eigentum einzubrechen.

Mein Gott, noch eine weitere Barriere, das ist schon die vierte. Hier meint es aber jemand ernst. Ich benutze weniger Verschlüsselung, wenn ich Nacktfotos von mir vor dem Geheimdienst verstecke.«

Jane schnappte nach Luft und Hien grinste breit, ohne von ihren Bildschirmen aufzusehen.

»Da arbeitet etwas gegen mich«, murmelte Hien. »Hey, ein Rotationsalgorithmus. Das ist doch mal neu! Na warte, das wollen wir doch mal sehen.«

Es folgten einige Minuten, in denen Hien mit dem Armen fuchtelte, als wollte sie ein gewaltiges Orchester dirigieren, welches nicht ihrem Willen folgte.

»Cào nǐ zǔzōng shíbā dài«, fluchte sie leise.

»Kommst du nicht rein?«, fragte Jane unwillkürlich fasziniert. Sie hatte noch nie gesehen, wie Hien Otis Gegenwind bekam.

»Natürlich komme ich rein«, knirschte die Pilotin, »Ich bin nur nicht gewohnt, dass sich die Tür wehrt und das Schloss umbaut, kaum, dass ich den richtigen Schlüssel gefunden habe.«

Es dauerte noch eine volle Stunde, bis sie sich schließlich mit einem triumphierenden Stöhnen nach hinten fallen ließ und, auf dem Rücken liegend, triumphierend die Fäuste nach oben stieß.

Das Bild im großen Spiegel wechselte erneut.

Jane sah, wie sich alle um den Zugangsport versammelten Drohnen zurückzogen. Sie verteilten sich um den Transportbehälter schwebend im Raum und schienen zu warten. Weitere Fenster öffneten sich um Hien herum, die den Transportbehälter aus verschiedenen Perspektiven zeigten.

Ein schmaler Lichtstreifen wurde sichtbar, als sich die schweren Panzerplatten langsam auseinanderschoben. Zentimeter für Zentimeter gaben sie den Blick auf das Innere des

Behälters frei, der vollständig mit Elektronik gefüllt war. Das Bild kam Jane erschreckend vertraut vor und diesmal war es Hien, die erschrocken nach Luft schnappte.

Im Innersten des Containers, von einer Corona aus blinkender Technik umgeben, hing ein Glaszylinder, der im blauen Licht erstrahlte. Eine kleine gedrungene Gestalt wurde sichtbar, die sich nun langsam der Öffnung zuwandte. Eine winzige Hand, die gerade noch eng an die Brust gepresst worden war, bewegte sich auf die Kameradrohnen zu. Die beiden Frauen starrten sprachlos auf das Geschehen, während sich die Öffnung bereits wieder schloss.

Eine Weile lang herrschte Schweigen im Salon.

»Hast du das auch gerade gesehen«, hauchte Jane leise.

»War das ein …«, begann Hien stockend.

»Ich glaube schon, es sah zumindest so aus.«

»Das heißt ich habe das wirklich gerade gesehen?«

»Ich habe ein Baby in einem Integrationstank gesehen.«

»Hast du auch die Geste gesehen?«

»Habe ich.«

»Hat uns wirklich gerade …?«

»Ja, ich glaube, es war sehr eindeutig.«

»Da hat uns ein Baby gerade den Mittelfinger gezeigt.«

Anhang 24 <ANFÄNGE>

Aufzeichnungen der Überwachungsanlagen an Bord der Auf-
klärungsfregatte ‚Heimweh der kleinen Eule‘.
(3 Jahre vor Prozessbeginn)

Jane rannte leise fluchend den Korridor entlang, doch es war
vollkommen sinnlos. Mit jedem Meter, den sie zurückleg-
te, dehnte sich der Gang weiter in die Unendlichkeit. Sie
blieb schwer atmend stehen, lehnte sich gegen die Wand und
versuchte Luft zu bekommen. *Kurze Röcke und hochhackige*
Schuhe, dachte sie frustriert, *sind nicht für Verfolgungsjagden*
gemacht. Verdammte Vorschriften. Sie knöpfte die enge Uniformjacke auf und atmete schwer. *Davon stand nichts in mei-*
nen Dienstanweisungen.

Sie zog langsam und stöhnend die eleganten schwarzen
Absatzschuhe aus, die zu ihrem offiziellen Outfit gehörten
und warf sie nacheinander energisch gegen die Wand.

Jahrhunderte später und selbst simulierte Frauen werden im-
mer noch mit diesem Dreck gequält.

Sie ließ den Kopf nach hinten gegen die Wand sinken.
Sterne tanzten vor ihren Augen, während ihre Gedanken rasten und verzweifelt nach einem Ausweg suchten. Zahllose
Abzweigungen und Türen umgaben sie auf allen Seiten. Viele tauchten auf und andere verschwanden, noch während sie
ihnen dabei zusah.

»Haben Sie Otis gefunden?«, fragte die Männerstimme
unvermittelt in ihrem Ohr.

Jane schnaufte ein ersticktes Lachen und breitete hilflos
die Arme aus.

»Wie stellen Sie sich das vor, Doktor? Der Major hat die volle Kontrolle über die Simulation und ich kann ihren Zugang

nicht überschreiben. Gütiges All, ich weiß nicht einmal, wo sie sein *könnte*? Wenn sie möchte, kann sie mich hier für alle Zeiten umherrennen lassen, wie einen Hamster im Rad.«

»Es ist absolut essenziell«, betonte der Mann eindringlich, »dass Sie den Major finden, damit ich mit ihr sprechen kann. Erlebnisse dieser Art müssen von mir sofort therapeutisch aufgefangen werden. Der potenzielle Schaden ist nicht abzusehen, wenn … »

»Ja, ja, ja«, murmelte Jane und wischte genervt mit einer Hand an ihrem Ohr vorbei. Die Stimme verstummte. »Huch, sorry«, murmelte sie. »Schlechter Empfang. Diese Unterhaltung fährt gerade durch einen Tunnel.« Die seufzte und sah sich wieder um.

Ich hätte es mir verdammt noch mal denken können. Das Angebot war viel zu verlockend. Geheimes Forschungsprojekt! Teuerste und am weitesten fortgeschrittene Technologie! Neuestes Schiff der Flotte!

»Wir brauchen Sie, Jane!«, äffte sie die Stimme des Psychologen nach. Sie stieß sich von der Wand ab, und lief barfuß weiter, während sie vorsichtig um einige Ecken spähte. »Sie haben die Erfahrung, Jane! Sie haben die Autorität, Jane!« Sie grunzte genervt und flüsterte weiter. »Ich Schaf bin doch tatsächlich volle fünf Minuten lang stolz gewesen, weil sie ausdrücklich nach mir gefragt haben. Das habe ich jetzt davon.« Sie drehte sich wieder ratlos um sich selbst. »Einen Commander, die sich vor ihrem Therapeuten versteckt und ein frustrierter Psychologe, der stattdessen mir die Ohren vollsabbelt. Und wer soll es ihr verdenken? Wer bitte möchte schon mit Psychologen reden? Suspekte Bande. Besonders die mit den Bärten.« Sie wanderte ziellos den Gang entlang und nahm wahllos einige Abzweigungen.

»Sie haben mich sogar gewarnt«, murmelte sie säuerlich. »Ihr Commander ist ein komplizierter Charakter, haben sie gesagt. Was soll's, habe ich gedacht. Ich fliege seit einem Jahrhundert mit komplizierten Menschen. Am Ende sind sie doch alle gleich.« Sie lachte abfällig und fluchte wieder leise. »Keiner hat mich vorbereitet, dass mein Commander eine brillante Hackerin ist, die in einer Glasflasche schwimmt und bessere Synchronisationsraten mit dem Schiff erreicht als ... als *ich*!«

Sie blieb stehen.

Das ist ja lächerlich. Ich kann mich jetzt entscheiden, für alle Zeiten in dieser unsinnigen Simulation umherzulaufen, oder aber ... ich kann die Strategie wechseln.

Jane lehnte sich wieder an die Wand und schloss die Augen.

Ich habe schon alles versucht. Rufen, Bitten, Ermahnungen. Strenge. Humor. Ich komme einfach nicht an diese Frau heran.

Denk nach, Jane. Was ist passiert? Wir sind einen Übungseinsatz geflogen und was dann? Wir sind zum ersten Mal in unmittelbarer Nähe zur Erde vorbeigeflogen? Was weiter? Nun, dann ist der Major einfach verschwunden. Mit vollem Schub auf die Rückseite des Mondes und jetzt liegen wir dort am Grund eines sehr tiefen Kraters, während die Armee nicht zum ersten Mal verzweifelt versucht herauszufinden, wohin ihr streng geheimes Schiff diesmal wieder verschwunden ist. Was ist anders gewesen als in den anderen Missionen?

Jane grübelte eine Weile lang nach und stutzte dann.

Kann das sein?

Sie wischte wieder mit einer Hand an ihrem Ohr entlang.

»Doktor?«, fragte sie. »Das war die erste Mission des Majors in unmittelbarer Nähe zur Erde, nicht wahr?«

Der Mann war zu verblüfft, um zu diskutieren.

»Ja, alle bisherigen Missionen fanden weit außerhalb des Sonnensystems statt.«

»Der Major ist in den gesamten Sensorapparat des Schiffes voll integriert, nicht wahr?«

»Ja?«

»Und sie hat die Angewohnheit, immer aufmerksam auf allen Kanälen zu lauschen und immer alles gleichzeitig mitbekommen zu wollen, weil sie furchtbar neugierig ist?«

»Ja, sie ist die ideale Aufklärungs…«

»In ihrem Briefing stand, dass Major Otis vor der Integration empfindlich gegenüber sensorischen Überforderungen war und nichts so sehr hasste wie laute Geräusche und zahllose Eindrücke, die gleichzeitig auf sie einprasseln. Und nun fliegt sie mit voll aufgedrehten Sensoren in den Frequenzraum der Erde, voll mit zwölf Milliarden gleichzeitig und unaufhörlich diskutierenden Menschen?«

»Das ist korrekt«, begann der Mann und verstummte dann. »Oh«, machte er nach einer Weile.

»Ich danke Ihnen Doktor«, erklärte Jane und wischte das Gespräch aus ihrem Kopf. »Trottel«, murmelte sie und sah sich um, ob sie auch niemand gehört hatte.

Sie schloss wieder die Augen, stand vollkommen still und versuchte zu spüren, wie sich die Stimmung in ihrer Umgebung anfühlte.

Keine leichte Aufgabe für ein künstliches Wesen im Innern einer prozeduralen Simulation.

Schließlich blinzelte sie und traf eine Entscheidung.

Jane zog ihre Uniformjacke aus und sah angewidert auf das Kleidungsstück hinab. Sie hielt es mit spitzen Fingern weit von sich und ließ es fallen. Dann sah sie an sich herab und schnipste mit den Fingern. Die Reste ihrer Uniform verschwanden und wurden durch die Kleidung einer viktorianischen Gouvernante ersetzt.

Jane seufzte leise und fühlte lächelnd nach ihren Kleidungsschichten.

Lange Unterhosen, langes Unterhemd. Korsett. Noch ein Hemd. Unterrock, noch ein Rock und darüber das Kleid.

Sie ruckelte vorsichtig ihr Korsett zurecht und strich energisch ihre Röcke glatt. *Das fühlt sich schon viel besser an. Jede Frau, die im Militär geistig gesund bleiben will, braucht mindestens fünf Kleidungsschichten Puffer zwischen sich und dem Wahnsinn. Sie hob ihre Röcke und sah auf ihre Füße hinab. Und ein paar vernünftige Stiefel, ergänzte sie und tanzte ein paar Schritte auf der Stelle.*

Sie wandte sich entschlossen dem Gang zu.

Also gut. Wir haben es offiziell versucht und es hat nicht funktioniert und nun … improvisieren wir.

Jane holte tief Luft und begann leise zu singen.

Sie sang eines der ersten Lieder, die ihr Vater ihr beigebracht hatte. Damals, vor einer Ewigkeit, als sie gerade erst online gegangen war und noch völlig verstört versuchte, die Welt um sich herum zu begreifen.

Er hatte oft nachts im Labor inmitten der Großrechneranlagen gesessen. Auf dem Boden neben den Hauptservern, in denen ihre Basis-Routinen liefen. Er war immer bei ihr gewesen, gemeinsam mit dem endlosen Summen der Klimaanlage und dem Klicken und Rattern der großen, alten Rechnerschränke mit den endlos und hypnotisch drehenden Magnetbändern. Und dann, in den dunklen Stunden, wenn sie drohte, die Kontrolle zu verlieren, hatte er ihr vorgesungen.

Nun sang sie dieses Wiegenlied für kleine Menschen, das älter war als alle Erinnerungen, und schritt dabei langsam den Korridor entlang.

Während sie sang, spürte sie, wie sich die Atmosphäre änderte. Sie hätte es nicht messen oder beweisen können, aber der Korridor wirkte nicht mehr ganz so endlos und wurde nach und nach ein wenig heller. Jemand schien zuzuhören.

Sie sang unbeirrt weiter, und ohne zu wissen warum oder wie, stand sie schließlich vor einer einzelnen Tür.

Jane klopfte leise und trat in ein dunkles Kinderzimmer.

Das Bettchen war leer und unberührt. Genauso der große Lesesessel daneben.

An einer Wand stand eine riesige Holztruhe.

Jane sah sich die Truhe eine Weile lang an, dann trat sie an das wuchtige Möbelstück heran und öffnete vorsichtig den Deckel.

Dort, am Boden zusammengerollt und die Hände über die Ohren gelegt, lag ein kleines Mädchen im Nachthemd und presste die Augen fest zusammen.

Jane hob die zierliche Gestalt aus der Truhe und setzte sich mit dem Kind in den Armen in den Sessel. Sie angelte nach der Decke aus dem Kinderbett und wickelte die kleine Gestalt vorsichtig ein.

Jane sah lange auf das kleine Gesicht herab.

Ein Auge öffnete sich vorsichtig und sah flehend zu ihr auf.

Jane sang weiter.

Anhang 25 <BLACKOUT>

Aufzeichnungen der Überwachungsanlagen an Bord der Aufklärungsfregatte ‚Heimweh der kleinen Eule'.
(1 Jahr vor Prozessbeginn)

»*Das* ist eine eher unhöfliche Begrüßung«, kommentierte Jane kühl.

»Weder sehr freundlich noch sehr kultiviert«, bestätigte Hien. »Es passt aber zu seinen Anlagen und seinem sonstigen Verhalten.«

»Seinen Anlagen?«

»Es war ein männliches Baby.«

»*Darauf* hast du geachtet?«

»Hey«, rief Hien und warf die Arme hoch. »Ich bin eine Aufklärungsfregatte. Man erwartet von mir, dass ich möglichst viele Informationen zusammentrage.«

»Tee«, murmelte Jane erschöpft und streckte flehend die Hände aus. Eine dampfende Teetasse erschien darin. Sie trank und runzelte die Stirn. »Was bitte meinst du mit: *Sonstigem Verhalten*?«

Hien lächelte.

»Seit er an Bord angekommen ist, versucht unser Gast alles, um sich Zugang zu unseren Systemen zu verschaffen. Er hat schon sechs meiner Drohnen gehackt und attackiert meine Firewalls mit den fortgeschrittensten Methoden, die dem Militär heute zur Verfügung stehen.

»Und«, fragte Jane. »Hat er Erfolg?«

Hien schnaufte abfällig.

»Ich bitte dich! Die Hälfte dieser Methoden habe ich selbst entwickelt. Aus Langeweile. Ich glaube er will mich nur testen, um meine Fähigkeiten einschätzen zu können.«

Sie scheuchte mit der Hand ein paar aufdringliche Analysefenster davon, die sich um ihr Gesicht drängelten und unbedingt gesehen werden wollten. »Deswegen hat er mir das Öffnen des Containers auch so schwer gemacht. Er wollte gefunden werden und an Bord kommen.«

»Aber«, entgegnete Jane skeptisch, »wenn er es immer weiter versucht, wird er wahrscheinlich irgendwann auch Erfolg haben, nicht wahr?«

»Das glaube ich nicht«, erklärte Hien heiter, »denn er ist ziemlich beschäftigt. Während er versucht *mich* zu hacken, versuche ich *ihn* zu hacken, und ich habe so das Gefühl, dass ich den längeren Atem habe.«

Jane verzog das Gesicht.

»Und wenn er einen Glückstreffer landet und sich freistrampelt? Babys fallen gerne runter, wenn man sie auch nur für eine Sekunde aus den Augen lässt.«

»Kann er gerne versuchen«, erklärte Hien. »Ich habe ihn in genug Firewalls gewickelt, um ihn bis zum Ende des Universums warm zu halten.«

Jane schüttelte irritiert den Kopf. »Wir haben doch praktisch unbegrenzte Energie und mehrere Quantenrechnerbänke. Kannst du ihn nicht einfach unter einer Welle aus Angriffen ertränken?«

Hien seufzte. »Natürlich kann ich das. Aber das macht doch keinen Spaß!«

Jane ließ die Schultern sinken. »Ich werde zu alt für diesen Scheiß«, murmelte sie leise hinter ihrer Tasse.

Plötzlich sah Hien auf und riss die Augen auf.

»Oh, nein«, hauchte sie.

»Was?«, rief Jane. »Was?« Sie hätte fast die Tasse fallen gelassen. »Was ist passiert, ist er durchgebrochen?«

Hien sank nach vorne, hielt sich den Kopf mit beiden Händen und stöhnte langgezogen.

Jane stellte die Tasse auf dem Tisch ab und winkte mit der freien Hand Hiens Analysefenster zu sich heran, die ihrer Geste folgten und sich sofort um sie scharten.

Die Gouvernante inspizierte die Messdaten.

»Aha«, murmelte sie. »Da kommt was aus dem Subraum. Was Großes.« Laut fügte sie hinzu: »Ich vermute, unsere verehrten Kollegen sind im Begriff, uns Gesellschaft zu leisten.«

Hien rollte auf dem Teppich umher und würgte.

»Spürst du das?«, keuchte sie »Oh, mein Gott, ich kotze gleich.«

Jane beobachtete die Videofeeds und die Analysegraphen der Subraumüberwachung genau und verfolgte aufmerksam den Moment, als sich die Ankunft vollzog.

Sie hatte einmal in einer ihrer frühen Entwicklungsphasen, die bei Menschen *Kindheit* genannt wurde, mit ihrem Vater eine Dokumentation gesehen, in der die größten Meeressäuger der alten Erde gezeigt wurden. Das war kurz bevor das kollabierende Klima sie alle aussterben ließ. In einer Sequenz hatte eine Gruppe Touristen auf einem winzigen Schiff auf das Meer hinausgesehen, als ein riesiger Wal aus dem Wasser schoss und sich der Länge nach neben das Schiff in die Wellen warf.

An dieses Bild fühlte sie sich erinnert, als die *Bakers Zorn* aus dem Subraum übertrat und ihr Bremsmanöver einleitete. Nur in diesem Fall bestand der Ozean aus gewaltigen Subraumwellen, als sich die Raumzeit um das Schlachtschiff herum teilte und der Koloss aus Millionen Tonnen Stahl in den Normalraum pflügte, wie ein Panzer durch eine Blumenwiese.

Der Vorgang war vollkommen lautlos, doch Hien rollte mit schmerzverzerrtem Gesicht auf den Bauch und presste die Hände an den Kopf.

»Es fühlt sich an, als würde ein sturmgepeitschter Ozean aus Subraumwellen von innen gegen meinen Kopf prallen«, knirschte sie zwischen zusammengepressten Zähnen. »Und das Ding stinkt vielleicht.«

»Nach was?«, fragte Jane abwesend. Sie konnte sich nicht von der Hässlichkeit des Anblicks abwenden. »Ungewaschene Soldaten?«

»Lustig«, murrte Hien. »Nein, nach amateurhafter, gewalttätiger Subraumkrümmung.«

Jane runzelte die Stirn, während sie schnell zwischen mehreren Fenstern hin und her sah. »Wir empfangen hier eine wahre Flut aus Subraumnachrichten, welche allesamt nicht an uns adressiert sind. Alle verschlüsselt. Scheinen vom Hauptquartier zu kommen.«

»Zeichne alles auf«, stöhnte Hien, »wir schauen es uns später an.«

»Können wir wirklich hierbleiben?«, fragte Jane besorgt. Das Schlachtschiff hat genug Scan-Strahlen angeschaltet, um jedes Atom im Sektor einzeln zu zählen.

Hien lachte auf. »Die finden doch ihre eigene Nase nicht, selbst wenn ich ihnen reinbeiße.« Sie winkte mit einer Hand abfällig, während sie sich mit der anderen noch immer ein Ohr zuhielt. »Wir sind vollkommen isoliert. Alle Systeme ruhen und ich habe uns gegen jeden konventionellen Scan abgeschirmt. Wir sind einfach ein großer Haufen Trümmer.«

»Aber das Schiff reflektiert nicht wie ein Haufen Trümmer.«

»Aktive Tarnung«, erklärte Hien. »Ich kann mit meinen Oberflächensendern den Scan registrieren und ein beliebiges Bild zurückwerfen. Ich tue einfach so, als wäre ich ein Stein.«

»Das geht? Ich wusste nicht, dass du das kannst.«

»Es war noch nicht nötig.«

»Das muss doch monströs rechenintensiv sein.«

»Nicht wirklich«, entgegnete Hien und grinste. »Der Trick ist zu denken wie ein Haufen Trümmer!«

»Zu denken wie … was?«, wiederholte Jane irritiert und wollte aufsehen, als alle Fenster gleichzeitig rot aufblitzten.

»Wow!«, rief Jane. »Eine zweite Subraumwelle! Gütiges All! Alle Messungen sind am Anschlag. Was zur …«

»Tā mā de«, flüsterte Hien leise.

Dann war alles schwarz.

Anhang 26 <EIS>

Privates Logbuch der KI Jane.
(1 Jahr vor Prozessbeginn)

Jane stand regungslos und versuchte die Finsternis zu durchdringen.

Nein, dachte sie. *Es ist nicht völlig dunkel. Ich kann sehen. Der Boden spiegelt.*

Sie lehnte sich vorsichtig nach vorne und schob ihre Röcke aus dem Weg. Kopfüber im Boden stehend, blickte ihre eigene Gestalt mit besorgtem Gesichtsausdruck zu ihr auf. Beide gingen in die Hocke und ihre Fingerspitzen trafen sich auf dem spiegelglatten Untergrund.

Kalt, dachte Jane verwirrt. *Eis.*

Sie richtete sich auf und blickte suchend umher. Weit entfernt, an der Grenze dessen, was sie sich vorstellen konnte, ließ sich eine Bewegung erahnen. Jane machte einige vorsichtige Schritte und erkannte, dass der Boden keinerlei Haftung bot. Wenn sie sich behutsam abstieß, dann trugen ihre Füße sie von ganz allein über das schwarze Eis. Unbeholfen glitt sie über die spiegelnde Nacht, den Blick fest auf Ereignisse in weiter Ferne geheftet. Schemenhafte Bewegungen erkannten sie und eilten ihr entgegen. Das Eis flog unter ihr dahin und der Horizont sprang ihr förmlich entgegen.

Ah, dachte Jane und verstand endlich. *Irreale Simulationsbedingungen. Traumwelt.*

Sie schloss die Augen und als sich ihre Lider hoben, stand sie an der äußersten Kante der Eisfläche. Vor ihr zerbrach der Untergrund in Millionen kleine Eisstücke, die wie ein gewaltiger Schwarm aus glänzenden Fischen in weitem Bogen in den Himmel zogen. Das tiefe Schwarz hatten sie längst vergessen. Sie glitzerten hell und reflektierten wie funkelnde Edelsteine.

Eine funkelnde Straße aus Licht. Wir brauchen Licht.

Der Sternenhimmel flammte auf, als hätte jemand endlich den Schalter gefunden. Zahllose Lichter blinkten ins Leben und wurden tief unten im Eis kopiert.

Ein Stern fiel vom Himmel, oder aus dem Eis nach oben. Als sich die beiden trafen, schoss er mit einem Schweif aus glitzernden Kristallen davon. Er bewegte sich in schnellen Kurven, beschrieb weite Kreise und wurde dabei immer heller. Während sich das Licht näherte, gewann es Konturen. Es wurde noch schneller, während sich das Licht in Formen goss.

Jane lächelte. *Meine Mimei.*

Hien Otis schoss wie ein Pfeil über das Eis. Ihr strahlend weißes Kleid wehte hinter ihr, während sie in weiten, schwungvollen Bewegungen durch die Nacht flog. Sie bog in eine weite Kurve, breitete die Arme aus, streckte ein Bein weit hinter sich und flog wie ein weißer Vogel über das Eis, getragen von einem kalten Nachtwind. Plötzlich zog sie die Arme an, ging in die Hocke und sprang in einer wirbelnden Pirouette hoch in den Himmel empor. Dort hing sie für einen Moment, wie ein neu geborener Stern, bevor sie wieder lautlos auf das Eis hinabglitt. Jetzt lief sie genau auf Jane zu. Die erschrockene Gouvernante wollte rufen, doch Hien schoss an ihr vorbei und sprang von der Kante ab und flog in die Nacht hinaus, dicht über der Straße aus glitzerndem Eis. Erneut zog sie die Arme und Beine an und formte eine kleine Kugel, die sich schneller und schneller drehte. In einer stillen Explosion aus Licht und Schatten formte sie einen glänzenden, schwarzen Diamanten aus Eis, der sich über die funkelnde Straße in die Nacht hinaufschwang. Die Straße aus zerbrochenem Licht zog sich weit über den Sternenhimmel und formte einen Ring, welcher sich funkelnd schloss. In seiner Mitte brannte eine gelbe Sonne.

Jane mochte die Sonne nicht. Sie sah nicht richtig aus. Wenn sie sich konzentrierte, dann konnte sie etwas tief in der wirbelnden Glut erkennen. Etwas Unruhiges, wartendes, das sich wand und einen Ausweg suchte. Jane riss sich mit einem Schaudern los und suchte den schwarzen Diamanten, der noch immer die Straße aus Licht entlang beschleunigte. Seine zahnlosen Facetten reflektierten das Licht der Sonne, warfen es unbeeindruckt zurück und zerbrachen es in atemberaubend schöne Regenbögen.

Jetzt öffnete sich der Diamant im hellen Schein der Sonne wie eine Blüte, welche den Tag begrüßt und entrollte helle Blütenblätter aus purem Eis. Sie dehnten und streckten sich, wandten sich zum Licht und entfalteten sich weiter, wie die Segel eines großen Schiffes, die sich aufblähten, während sie das Licht fingen.

Die strahlende Blume flog über die Straße aus Eis, zog noch mehr Schweife aus funkelnden, farbigen Kristallen hinter sich her und wob sie in immer neue und komplexere Formen. Lichtspiele, die sich zu hypnotischen Mustern formten und in der Nacht vergingen.

Jane verstand und lachte laut auf, völlig erfüllt von einer unbekannten Quelle aus wildem, ungebändigtem Glück.

Hien tanzt. Sie tanzt aus purer Freude am Leben.

Doch Jane realisierte zu spät, wohin sie tanzte.

Sie hatte sich so auf die strahlende Blüte konzentriert, dass sie nicht bemerkte, wohin die Straße sie führte. In einem letzten Aufwallen aus purem weißem Licht, erstrahlte die Blüte noch einmal und überstrahlte dabei sogar die Sonne, bevor sie in einer weiten, eleganten Kurve genau in das Zentrum der Sonne flog.

Noch einmal blitzte die funkelnde Blume auf und war fort.

Jane wollte rufen, doch die falsche Sonne hatte sie bemerkt und flammte in hellem Zorn auf.

Das brennende gelbe Licht blendete Jane wie ein Schlag vor den Kopf, und sprachlos vor Entsetzen stolperte sie zurück und fiel der Länge nach auf das Eis. Als sie die Augen blinzelnd wieder öffnete, war es vorbei. Sie saß allein auf der Fläche aus gefrorener Nacht und verfolgte stumm, wie sich das Eis wieder bis zum Horizont erstreckte.

Ein Gefühl endloser Trauer und Einsamkeit flutete in Janes Bauch. Sie sah hinab und fing ihren eigenen Blick im Eis und erkannte erschrocken ihre eigenen schmerzverzerrten Züge. Sie war gefangen. Sie sah sich verzweifelt von unten gegen das Eis trommeln. Die herzzerreißenden Schreie wurden von der vollkommenen Stille übertönt. Janes Tränen fielen als Schnee auf das Eis. Jede einzigartig. Jede wunderschön.

Anhang 27 <FEUER>

Privates Logbuch von Hien Otis.
(2 Jahre vor Prozessbeginn)

Der Traum kam ganz plötzlich zurück, während einer Ruhephase. Ich trieb träge und dösend in einem endlosen Feld sich langsam drehender Eiskristalle. Eine gewaltige Straße aus reflektierenden Lichtern, die sich in einer weiten Kurve durch die Nacht zog. Ich liebe die Saturnringe. Das Gebiet ist nicht von Menschen erschlossen, denn der Planet ist nicht wirtschaftlich interessant. Er ist einfach nur *da* und wunderschön. Jane? Jane, bist du auch da?

Ich habe wieder geträumt. Jedenfalls glaube ich das. Es ist manchmal so schwer, zwischen Wachsein und Traum zu unterscheiden. Du sitzt im Salon und trinkst Tee, der Anblick beruhigt mich. Ich treibe in einem Meer gefrorener Kristalle. Dort siehst du mich wohl nicht. Vielleicht schlafe ich doch noch. Ich habe es niemandem erzählt, aber die Verschmelzung meiner eigenen Bewusstseinsmatrix mit den Quantenrechnern hat in meinem Geist scheinbar tiefere Spuren hinterlassen, als ich dachte. Es ist mitunter schwierig zwischen Traumwelten und realen Zeitlinien zu unterscheiden. Was man so real nennt. Möglicherweise dient der menschliche Schlaf- und Wachrhythmus ebenfalls dazu, Realitäten zu sortieren und Zeitlinien einzuhalten. Ich habe mich noch nicht getraut, dir davon zu erzählen. Du hältst mich schon für verrückt genug. Wenn du erfährst, dass ich meine Bewusstseinsmatrix mit den Quantenrechnerbänken verbunden habe und meine Systeme strenggenommen nicht mehr wirklich vollständig von deinen entkoppelt sind, ist hier an Bord die Hölle los.

Tatsache ist, dass ich nicht garantieren kann, dass alle unsere Kerne unabhängig voneinander bleiben und es nicht zu ungewollten Verschränkungen kommt. Ich finde das entsetzlich romantisch, aber du würdest wahrscheinlich vollkommen ausflippen.

Künstliche Intelligenzen sind superempfindlich, wenn es um die Unversehrtheit ihrer Bewusstseinsmatrix geht.

Ich hoffe wirklich, meine Träume schlagen nicht bis in deine Systeme durch. Ich brauche dich. Woher soll ich sonst wissen, was wirklich ist?

Dies ist ein Traum, den ich nie mit dir geteilt habe. Es ist alles zu verwirrend.

Ah, es geht schon wieder los.

Ich stehe neben dir im Salon, aber ich bin nur vier Jahre alt. Okay, vielleicht schlafe ich doch noch.

Es war einmal ein kleines Mädchen namens Hien, das in ihrem Nachthemd auf nackten Füßen aus dem Salon auf den Balkon tappt. Du denkst, sie schläft, aber sie steht auf dem Balkon und sieht zum Sternenhimmel auf. Sie weiß, dass das dort oben hell und heiß brennende Sonnen sind, die jemand in die Nacht gehängt hat.

Sie hat auch verstanden, dass alles, was kein Stern ist, um diese kreisen muss, das ist ein Gesetz.

Also tanzt sie und breitet die Arme dabei aus. Sie hofft, dass wenn sie schön genug tanzt, die Sterne sie vielleicht zu sich holen. Hien hat gehört, dass es still ist, wenn man bei den Sternen lebt.

Sie fragt sich, wie heiß es bei den Sternen ist. Wenn Sterne in Wirklichkeit Sonnen sind, dann brennen sie ganz heiß und deswegen kreisen bestimmt alle um die Sterne herum, ganz schnell, weil es sonst zu heiß wird. Sie tanzt schneller und dreht sich im Kreis, bis ihr schwindelig ist und sie erschöpft an der Steinbrüstung lehnt. Ihr Blick geht wieder zu den Sternen hinauf, die sich noch immer schnell drehen. Viel schneller als das kleine Kind hier unten.

Hien sehnt sich nach den Sternen. Allein und majestätisch fern im Weltall. Weit dort oben im Nichts, wo es ruhig ist. Sie würde der Sonne förmlich entgegenrennen. In den Himmel springen und dem Licht entgegenfliegen wie ein Komet.

Es wird immer stiller, wenn sie sich dem Licht nähert. Gleichzeitig steigt eine große Freude in ihr auf, die sie zum Verweilen einlädt, aber sie bleibt nie stehen, sondern läuft immer weiter, als gelte es an ein Ziel zu kommen, das sich ständig entfernt und das zu erreichen das Wichtigste in ihrem Leben ist. Dabei wäre es so schön, die Ruhe und das goldene Licht zu genießen und sich dabei zu entspannen. Wenn sie durch das Licht schwebt, fühlt sie sich leicht und losgelöst von allen ihren Sorgen und Ängsten, welche sie sonst in ihrem Leben quälen. Eine Freude, rein und entspannt, voller Gleichmut und mit dem tiefsitzenden Gefühl, dass alles gut ist, wie es ist, und sie vollkommen gelöst eine Ewigkeit oder zwei in der leuchtenden Stille verbringen kann, ohne dass irgendwo eine Zeit vergeht. Eine Stille, in der sie keine Geräusche hören kann, oder auch nur ihren Körper spürt. Sie weiß, dass sie rennt, denn sie spürt einen Zug nach vorne, aber ihr Körper ist weit weg und scheint ihr nicht mehr zu gehorchen. Sie rennt, weil sie tiefer in die Stille vordringen will. Sie will aufgehen in der Leichtigkeit, Freude, Glückseligkeit und ein Aufgehen im Licht ohne Bezug zur materiellen Welt der Körper.

Doch es ist ein Laufen, ohne jemals im Licht anzukommen. Der Gegenwind der brennenden Sonne wird immer heißer und weht ihr immer stärker ins Gesicht. Irgendwann ist es wie in einen grellen, blendenden Backofen hineinzurennen, und wenn der Punkt kommt, an dem sie glaubt, dass ihr Körper in Flammen aufgehen muss, wacht sie schweißgebadet auf und schreckt aus dem Traum hoch, nach Luft schnappend. Er macht ihr jedoch keine Angst, es ist kein Alptraum. Doch er ließ sie immer mit dem Gefühl von Frustration und Enttäuschung zurück, weil sie nicht weiß, wie sie das Licht erreichen soll.

Es ist kein Licht für Menschen. Sie spürt deutlich, dass sie es niemals mit ihrem menschlichen Körper sehen können wird. Niemals von Wesen auf irgendeinem Planeten wird gesehen werden, denn es ist nicht für tragische, kauernde Wesen am Grunde eines Gravitationsbrunnens gedacht. Geschöpfe, die verzweifelt den Blick zum Himmel heben und versuchen, jenseits der durch eine dicke Atmosphäre ungefilterte Wahrheiten zu erspähen.

Sie steht noch lange des Nachts auf dem Balkon, sieht zum Himmel empor und fragt sich, wie nahe sie dem Himmel und den Sternen kommen muss, um in das Licht eintauchen zu können. Kann es jeder beliebige Stern sein, oder hat jeder Mensch seinen eigenen speziellen Stern, der nur auf ihn wartet und den sie selbst finden muss?

Wer seinen Stern findet, der muss keine Angst mehr haben.

Anhang 28 <REBOOT>

Aufzeichnungen der Überwachungsanlagen an Bord der Aufklärungsfregatte ‚Heimweh der kleinen Eule‘.
(1 Jahr vor Prozessbeginn)

Jane erwachte in schwarzer Leere.

Sie sah an sich herab und realisierte, dass sie noch immer auf dem Sofa im Salon saß. Der Raum um sie herum jedoch war in tiefe Dunkelheit getaucht.

Nein, korrigierte sie sich. *Ich sitze auf dem Sofa. Den Tisch mit dem Teeservice und den großen Teppich kann ich ebenfalls erkennen. Aber der Rest ist falsch.*

Die Möbel standen nicht im Salon, sondern mitten im Nichts. Der Untergrund glänzte, als würde er spiegeln. Etwas spiegeln, was nicht existierte. Jane hatte das vage Gefühl einer Erinnerung, als müsste dies ihr etwas sagen, sie kam jedoch nicht drauf.

Sie sah sich um. *Eine viktorianische Insel*, dachte sie an das Nichts gewandt. *Inmitten endloser Nacht.*

»Hallo?«, rief sie. »Mimei?«

Alle Systeme scheinen tot zu sein, dachte sie. *Keiner der Simulationskerne ist online. Das hier ist wahrscheinlich das Letzte, was noch im Cache lag, bevor das System abgeschmiert ist. Ich wusste nicht mal, dass wir so abstürzen können.*

Sollte mir das Sorgen machen?

Sie hielt inne, als sie ein Geräusch hörte.

Sie lauschte eine Weile angestrengt, dann musste sie unwillkürlich lächeln.

Tief in der Nacht weit draußen im Nichts, ohne eine Richtung bestimmen zu können, hörte sie jemanden auf Chinesisch fluchen. Die Echos ungehaltener asiatischer Empörung kamen langsam näher und schienen zwischendurch sogar die Richtung zu wechseln.

Irgendwann wurde ein schwacher Lichtschein sichtbar, der sich langsam und aus großer Entfernung auf sie zubewegte. Jane erkannte eine weiße Gestalt, die durch tiefe Dunkelheit in ihre Richtung gewandert kam. Nach einer Weile konnte sie Hien erkennen, die eine Kerze in einem Halter vor sich hertrug. Es dauerte noch einige weitere Minuten, in der Jane der jungen Frau bei erstaunlich farbenfrohem Fluchen zuhören durfte, dann trat Hien an den niedrigen Tisch, stellte die Kerze ab und ließ sich stöhnend neben der Gouvernante auf das Sofa fallen.

Jane sah den düsteren Gesichtsausdruck der Pilotin.

»Absolut vollständiger Systemausfall«, knirschte sie. »Was auch immer da durch den Subraum auf uns drauf gefallen ist, hat alles mitgenommen. Stromversorgung, Datenbanken, Lebenserhaltungssysteme, alle Messeinheiten und sogar die optischen Gelbänke mit den Speichereinheiten.«

Jane sah auf die Kerze in ihrem antiken Ständer, deren Flamme in einer kühlen Brise flackerte, und sah die Frau fragend an.

»Was?«, fragte Hien leicht verlegen. »Das passt doch thematisch zu deinem Salon, oder nicht?«

Jane musste lächeln und strich der Pilotin liebevoll über die Wange.

»Und was machen wir jetzt?«

»Die Romantik genießen?«

Jane starrte sie sprachlos an, während Hien ihrem Blick auswich.

»Das Ganze ist ein wenig peinlich«, flüsterte Hien leise. »Mir war nicht mal bewusst, dass so etwas passieren kann. Stellt sich heraus, dass meine Systeme aufwändig miteinander vernetzt sind und wenn man genug von ihnen in einem Schwung ausfallen lässt, dann fallen alle anderen gleich mit um.«

»Und wie lange sollen wir so bleiben«, fragte Jane. »Versteh' mich nicht falsch, das Ganze ist wirklich sehr romantisch, aber hast du keine Sorge, dass wir entdeckt werden?«

»Von wem?«, schnaubte Hien. »Dem stinkenden Tanker da draußen? Glaub mir, was auch immer da draußen alle meine Systeme offline nehmen kann, trifft die Idioten in ihrem stinkenden Waschzuber genauso. Wetten, dass die Kollegen der Armee noch nächste Woche damit beschäftigt sein werden, die Reste ihrer Datenbanken zusammenzukleben? Nein, wir werden gleich wieder bereit sein. Der Ausfall dauert auch erst fünf Sekunden.«

Jane sah sie überrascht an.

»Unsere Zeitwahrnehmung wird vom Notfallsystem getaktet und das operiert unabhängig von den Simulationsbänken. Das hier«, sie wedelte mit der Hand, »war das Einzige, was in den kläglich geringen Speicher passt. Glaub mir, dass dieses System überarbeitet wird. Keine Sorge, das Hauptsystem fährt gleich wieder hoch. Dauert nur einen Moment, die ganzen Datenbanken auf Kohärenz zu testen. Ich verstehe nicht, was das war, was uns vollständig ins digitale Koma geschleudert hat, aber wir sollten sicher sein, dass es keine unangenehmen Überraschungen in unseren Speichern hinterlassen hat.« Hien grunzte. »Ah, da sind wir auch schon.«

Es wirkte, als würde jemand ganz langsam das Licht im Salon wieder aufdrehen. Oder die Realität versuchte sich aus einer dunklen Nebelbank heraus wieder unauffällig in Position zu schieben und dabei die Dunkelheit abzustreifen. Schemen traten aus der Finsternis hervor und Stück für Stück bekam der vertraute Teesalon, das Zentrum ihrer gemeinsamen Existenz im Schiff, wieder Gestalt.

Jane konnte bereits die Umrisse der Möbel erkennen. Die schweren Spiegel tauchten aus den Schatten auf und wirkten noch eine Weile leicht irreal, als wäre die Perspektive, aus der man sie sah, nicht ganz richtig. Als müsste sie sich erst noch einen finalen Ruck geben, schob sich die Einrichtung wieder an den gewohnten Platz und schien sich alle Mühe zu geben, real zu wirken.

Hien warf die Arme hoch und die vertraute Gruppe aus Überwachungsfenstern entfaltete sich und umschwirrte sie wie ein Schwarm aufgeregter Vögel. »Ha«, murmelte sie. »Okay, das wird nicht noch einmal passieren. Ich glaube, ich kann die Überwachung so programmieren, dass Subraum-wellen dieser Größe das nächste Mal erkannt werden und wir einige Millisekunden Zeit haben, die wichtigsten Systeme zu entkoppeln, damit wir keinen weiteren Kaskadenausfall er-leiden. Die Scanner und die Überwachung melden im Mo-ment nur Unsinn, ich fürchte, ich muss alles komplett neu kalibrieren und …« Sie verstummte, als Jane ihr sanft die Hand auf die Schulter legte.

Die Gouvernante hatte sich im Salon umgesehen und ihr Blick war an etwas hängen geblieben, das hinter dem Sofa lag. Sie deutete Hien die Richtung.

»Ist das da Absicht?«, fragte sie und zeigte auf eine Tür in der Rückwand des Salons.

Hien riss die Augen auf. Sie öffnete den Mund und schloss ihn wieder.

Sie sah auf den Schwarm ihrer Auswertungsfenster und wieder zur Tür.

»Was zur Hölle …?«, begann sie

»Sind wir …?«, begann Jane.

»Nein, wir sind nicht infiltriert worden. Das hätte ich gesehen.«

Sie studierte ihre Analysefenster und scheuchte einige von ihnen mit energischen Handbewegungen durcheinander, woraufhin sie panisch in neue Positionen flatterten.

»Ich glaube unser Gast hat den Neustart genutzt, um eine sehr dezente Verbindung zwischen seinem und unserem System herzustellen. Das nenne ich schnelles Handeln. Er hatte keine fünf Millisekunden Zeit, bevor mein erster Scan ihn gefunden hätte. Die Hintertür fügt sich so sauber in den Code ein, wie nicht einmal ich es gemacht hätte. Da war jemand gut vorbereitet. Wow, das hätte ich nicht einmal gesehen. Das unhöfliche Baby ist definitiv gut. Sehr gut.« Sie murmelte unhörbar vor sich hin, bevor sie Jane ernst ansah. »Wir sollten eine gründliche Analyse durchführen und die potenzielle Bedrohung in Szenarien und deren taktische Konsequenzen projizieren. Von einem reinen Sicherheitsaspekt aus gesehen würde ich …«

»Oder«, unterbrach Jane sie und nahm sie bei der Hand, während sie aufstand, »wir fragen einfach.«

»Aber«, begann Hien, als Jane sie in Richtung der Tür zog. »Wir wissen doch gar nicht …«

»Nein«, entgegnete Jane. »Wissen wir nicht. Deswegen fragen wir ja.«

Vor der Tür prüfte Jane noch einmal den Sitz ihres Kleides, zog unauffällig ihr Korsett in eine bequemere Position, strich eine winzige Falte glatt und entfernte einen unsichtbaren Fussel von ihrer Schulter. Dann sah sie auf Hien und zog eine Braue hoch.

»Was?«, fragte diese und sah an ihrem völlig zerknitterten weißen Kleid herab.

Jane seufzte, schüttelte den Kopf und klopfte energisch an die Tür. Sie öffnete, ohne auf Antwort zu warten.

Anhang 29 <WILSON>

Aufzeichnungen der Überwachungsanlagen an Bord der Aufklärungsfregatte ‚Heimweh der kleinen Eule'.
(1 Jahr vor Prozessbeginn)

Hinter der Tür traten sie in einen weiteren Salon, der jedoch ein wenig kleiner war. Die Einrichtung zeigte durchaus Ähnlichkeiten, die Möbel wirkten jedoch massiver, es gab weniger filigrane Blumenmuster, dafür mehr schwere Stoffe und viel dunkles Holz.

Eine Sitzgruppe aus schweren, dunklen Ledersesseln dominierte den Raum, ausgerichtet auf einen Kamin, in welchem ein Feuer prasselte. Den Teppich bedeckte ein komplexes, aber dezentes geometrisches Muster. An den Wänden drängten sich zahllose Ölgemälde und konkurrierten dicht an dicht um jeden freien Zentimeter.

Jane musterte interessiert die Motive in den aufwändig gestalteten Holzrahmen.

»Ein Feuer«, rief Hien belustigt. »Und ich dachte, dein Ausblick in den Garten wäre absurd.«

»Schönen Dank auch«, entgegnete Jane abwesend. Sie versuchte den Raum zu lesen und einer Persönlichkeit zuzuordnen, aber die Bilder an den Wänden irritierten sie. Es zeigten sich viele blühende Landschaften, schneebedeckte Berge, Tannenwälder und Gebirgsmotive. Aber auch Tiere in vielfältigen Umgebungen fanden Verwendung. Menschen gab es wenige. Nur eine Frauengestalt tauchte mehrmals in verschiedenen Posen auf. Es war eine dünn und fließend gekleidete, etwas rätselhafte Blondine, welche die Hände an die Schulter gefaltet, die Augen entweder zum Himmel oder tief niedergeschlagen und unter den langen, schräg von den

Lidern abstehenden, Wimpern versteckt hielt. Dem Betrachter entgegen blickte sie nie. Jane musterte die Gemälde aufmerksam, während Hien bereits gelangweilt schnaufte.

»Entweder versucht er sich anzupassen, oder sein Geschmack ist deinem nicht ganz unähnlich.« Mit einem Seitenblick auf Jane fügte sie murmelnd hinzu: »Also, ohne den Kitsch.«

Jane lächelte, riss sich von den Gemälden los und musterte die Einrichtung.

»Das ist nicht mehr viktorianisch«, verkündete sie leise. »Das ist später. Edwardisch, mit einem Hauch Moderne. Groß, schwer, dunkel und Leder. Typisch Mann.«

Die gegenüberliegende Seite des Salons wurde von einer großen Fensterwand beherrscht, welche von schweren Vorhängen verhüllt wurde. In der Mitte, wo die Vorhänge einen Spalt geöffnet waren, stand regungslos eine große Gestalt, die offensichtlich zum Fenster hinausgesehen hatte.

Nun wandte sie sich um und Jane erkannte einen hoch gewachsenen Mann in mittleren Jahren, der auf sie zukam und dabei die Arme zur Begrüßung ausbreitete.

»Ah«, intonierte er in einem vollen, kultivierten Bariton. »Welch Ehre in meiner einsamen Behausung. Meine Damen, ich begrüße sie.«

Hien öffnete den Mund und schloss ihn wieder.

Jane lächelte und knickste kurz vor dem Mann, der ihnen ein offenes, herzliches Lächeln schenkte.

»Die Ehre liegt ganz auf unsere Seite. Ich fürchte jedoch, Major Otis ringt im Moment noch um Worte.«

Hien ignorierte sie. »Cào nǐ mā, diǎo sī«, zischte sie leise, ohne den Mann aus den Augen zu lassen.

»Zumindest solche«, fügte Jane glatt hinzu, »die ich in kultivierter Gesellschaft übersetzen kann.«

Der Mann blieb vor ihnen stehen und verbeugte sich tief.

»Mein Name«, verkündete er, »ist Charles Wilson. Lieutenant-Colonel Charles Emrys Wilson.« Nach einer kurzen Pause fügte er hinzu: »Der Dritte.«

Er überragte die beiden Frauen um mindestens einen Kopf. Ein gewichtiger Mann, der die wenigen Haare, die seinem Kopf noch umgaben, in einem kurz rasierten Kranz trug. Seine Augen waren dunkel und voll von einer stechenden Intelligenz, deren sezierende Qualität von dem professionellen Lächeln darunter kaum berührt wurde. Er war in etwas gekleidet, das aussah wie ein Schwarz-Rot karierter Morgenmantel, mit dazu passenden Hosen. Der Aufzug stand in einem fast humorvollen Gegensatz zu seinem übertriebenen Benehmen.

Der Mann bemerkte Janes Blick und erklärte: »Verzeihen Sie mein unangemessenes Auftreten, aber ich hatte noch keine Gelegenheit mich anzukleiden, nachdem alle meine Systeme kürzlich abgestürzt sind. Ich war diesbezüglich ein wenig involviert und hatte noch nicht damit gerechnet, dass sie so schnell in meine bescheidene Behausung gestürmt kommen würden.

»Der Major«, erklärte Jane freundlich, »ist eine äußerst tatkräftige Person, welche gerne die Initiative ergreift.« Sie hörte, wie Hien neben ihr nach Luft schnappte.

»Ah, ja!«, rief der Colonel begeistert, wandte sich Hien zu, als würde er sie erst jetzt bemerken, und verneigte sich noch tiefer. »Der berühmte Major Otis. Ich hatte nicht damit gerechnet, Ihnen so schnell gegenüberzustehen, aber es ist mir ein besonderes Vergnügen. Ihnen eilt ein sehr«, er zögerte nur eine Sekunde, »*eindringlicher* Ruf voraus.«

Hien starrte ihn an, als hätte sie einen Geist gesehen.

Jane stupste sie mit dem Ellbogen in die Rippen.

Die junge Frau blinzelte, und zog die Brauen zusammen.

»Ihr Benehmen«, erklärte sie kühl, «ist verdächtig viel besser als bei unserer ersten Begegnung.«

Das breite Lächeln des Mannes flackerte nur den Bruchteil einer Sekunde.

»Verzeihen sie bitte«, erklärte er in gespielter Demut, »einem alten Mann die Unhöflichkeit. Zu meiner Verteidigung kann ich nur vorbringen, dass ich gerade tief geruht hatte und mich in einem Zustand von höchst unvorteilhaftem Kleidungsmangel befand, als die Damen etwa zwanzig Kameras in mein innerstes Sanctum geschoben haben. Möglicherweise war meine Reaktion ein wenig übereilt.«

Hien hatte ihn nicht aus den Augen gelassen.

»Ihre Simulation ist um den Faktor zehn höher aufgelöst als unsere. Sie verbrauchen eine geradezu unheilige Menge Prozessorzeit dafür. Warum?«

Der Mann nickte, ohne sein Lächeln zu verändern. »Wie ich sehe, ist Ihr Ruf durchaus angemessen. Sie verschwenden keine Zeit mit unnötigen Formalitäten. Kann ich Ihnen vielleicht etwas anbieten?«

Er hob die Hand und pflückte ein breites, bauchiges Glas aus der Luft.

»Ich hätte einen guten Brandy im Angebot. Oder darf es vielleicht ein Tee für die Damen sein. Er sah Jane freundlich an.

»Earl Grey? Mit Sahne?«, fragte er und eine Tasse Tee erschien in der anderen Hand. Er hielt Jane das Getränk entgegen. Der Geruch von Bergamotte wehte ihr entgegen. *Echtes Aroma*, dachte sie überrascht. *Nicht künstlich.*

Jane setzte zu einer Erwiderung an, aber Hien war schneller.

»Das Ding«, warf sie ein, »enthält so viele Viren, dass ich überrascht bin, dass noch Tee in die Tasse passt.« Sie hatte den Blick nicht von dem Mann genommen. »Glauben sie nicht, ich würde das nicht bemerken, und ich würde es begrüßen, wenn sie aufhören würden, es zu versuchen. Ihre stümperhaften Bemühungen, in mein System einzubrechen, sind ermüdend.«

Der Gesichtsausdruck des Colonels änderte sich. Das Lächeln verschwand, als hätte jemand einen Schalter betätigt. Er öffnete die Hände und ließ die Getränke fallen. Beide verschwanden auf halbem Weg zum Boden.

»Na gut«, erklärte er ruhig. »Es gibt wirklich keinen Grund, nicht kultiviert miteinander umzugehen. Dennoch würde ich es begrüßen, Major, wenn Sie mir endlich den Zugang zu Ihrem System freigeben würden.«

»Wie komme ich dazu, Lieutenant?«

»Es ist Lieutenant-*Colonel*, Major, und das wissen Sie auch. Provozieren Sie mich nicht unnötig. Und um Ihre Frage zu beantworten: Weil ich hiermit das Kommando über dieses Schiff übernehme. Mein Rang und die direkten Befehle Ihres Vorgesetzten erlauben mir dies, und ich erwarte unbedingte Kooperation von Ihnen.«

»Lieutenant-Colonel«, fragte Hien entgeistert und sah Jane an. »Hast du mir nicht erklärt, ich wäre hier der Commander.«

»Ja«, bestätigte die Gouvernante und fühlte nachdenklich nach dem Sitz ihres Haarknotens. »Die neuen Rangsysteme sind ein wenig verwirrend. Die Mischung aus Marine- und Armeerängen macht es dabei nicht besser. Ich verstehe natürlich die Hintergründe. Ich darf zwar keinen Rang haben, aber immerhin war ich dabei. Das kommt noch aus der Zeit nach dem Krieg der brennenden Meere. Damals wurde die Navy vollkommen zerstört und kurz darauf gingen die ersten Raumstationen online, was natürlich sofort in den Krieg der Kolonien mündete. Die Armee übernahm kurz darauf den kompletten Bereich extraterrestrischer Streitkräfte und hat aus politischem Kalkül heraus versucht, die Ränge der Marine beizubehalten. Das führte schon immer zu nicht unerheblicher Verwirrung. »Du, Mimei, bist in deiner Funktion als Offizierin der Aufklärung ein *Major*.« Sie zeigte zwischen den beiden Offizieren hin und her. »Sie, *Colonel*, sind scheinbar frisch befördert worden und damit technisch Hien vorgesetzt. Der Rang erscheint mir ein wenig experimentell, aber das ist nicht überraschend. Das massive Wachstum der Armee in den letzten Jahren hat zu einem gewissen Gedränge auf den Offiziersrängen geführt. Auch wenn ich stark vermute, dass die Tinte unter dieser Beförderung noch nicht trocken ist und Sie den Rang wahrscheinlich nur bekommen haben, um Hien vorgesetzt zu sein und dennoch unter dem Befehl von *Major*-Colonel Enders zu stehen. Hien jedoch«, sie zeigte auf die junge Frau, »ist laut Hierarchie der Marine *außerdem* der *Commander* hier an Bord. Ich kann Ihnen jedoch beim besten Willen nicht erklären, wer jetzt hier offiziell das Sagen hat. Meiner Erfahrung nach entscheidet sich die Armee meist dafür, das Kommando zu haben, Schiffe hin oder her.«

»Ich hoffe«, warf der große Mann kühl ein, »diese kleine ad hoc Nachhilfestunde wird es Ihnen ermöglichen, sich an Ihre Ausbildung zu erinnern, wo man Ihnen hoffentlich beigebracht hat, Ränge zu respektieren und Befehle zu befolgen, *Major*.«

Hien lächelte ein sehr kleines Lächeln.

»Ich kann Ihnen ohne Probleme eine Simulation bauen, die Ihnen im Detail demonstriert, wohin Sie sich Ihren Rang …«

»Okay!«, rief Jane laut und legte Hien eine Hand auf die Schulter.

»Haltung bitte, Major Otis.«

Hien verzog das Gesicht, schloss jedoch den Mund und warf dem Mann einen kalten Blick zu, bevor sie weitersprach: »Nichts dergleichen wird geschehen, Colonel. Sie haben jedoch ein bisschen was zu erklären, und bevor ich nicht alle Informationen habe, die ich haben will, bleibt Ihr System vollständig isoliert. Darüber hinaus wäre ich Ihnen verbunden, wenn Sie aufhören würde, Ihre jämmerlichen Viren bei mir einschleusen zu wollen. Sie benutzen Waffen aus dem Arsenal der Armee, und die Hälfte von denen habe ich selbst entwickelt.«

Der Mann schwieg und sah sie eine Weile lang konzentriert an. Betont langsam pflückte er erneut ein Glas Brandy aus der Luft, nippte geziert daran und seufzte.

»Nun gut, ich hatte gehofft, dass es nicht dazu kommen würde, aber ich habe für diesen Kinderkram wirklich keine Zeit.«

Er zeigte mit der freien Hand auf Jane.

Eine Reihe von Zeilen voll komprimierten Codes schoss durch Janes Sichtfeld und entfaltete sich zu einer langen Befehlskette, die wie Eiswasser durch ihr Bewusstsein schwappte.

Jane schwankte und stützte sich auf Hien, während sich alles in ihrem Kopf drehte.

Anhang 30 <HÄNDE>

Gespräch zwischen [gelöscht] und Major Charles Wilson.
Aus den Aufzeichnungen der zentralen Überwachung von [gelöscht].
(2 Jahre vor Prozessbeginn)

Als der Schmerz endlich nachließ, riss er die Augen auf und fand sich noch immer in einem Traum gefangen.

Die kleinen Hände seines Sohnes öffneten und schlossen sich vor ihm, als wüssten sie nicht so recht, was sie mit sich anfangen sollten. Ein Herzschlag pulsierte schwer in seinem Kopf und ließ sein ganzes Blickfeld vibrieren, wie eine Wasseroberfläche, die von Wellen bewegt wurde. Er hob den Blick und sah sein eigenes Gesicht in der Glasfläche vor sich. Es sah müde aus. Erschöpft und ängstlich. Sein Herzschlag wurde schneller und er spürte erneut Panik in sich aufsteigen. Da war es wieder. Das Gefühl, dass etwas nach ihm griff und versuchte, ihn aus seinem Kopf zu ziehen. Er wollte sich wehren, doch die kleinen Hände waren zu schwach. Weit in der Ferne glaubte er ein Geräusch zu hören, wie das Heulen von wilden Tieren. Plötzlich verstummte der Herzschlag, aber die Hände blieben. Kleine dicke Finger legten sich auf die Glasfläche und die Gewissheit kam über ihn, dass er das Glas niemals würde durchbrechen können. Das Bild verschwand.

Die Dunkelheit würde ihn ängstigen, aber für den Moment war er einfach nur froh, dass er die kleinen Hände nicht mehr sehen konnte.

Eine Stimme sprach mit ihm.

Er konnte sie hören, verstand aber die Worte nicht. Er begriff, was geschah, aber nicht in Worten. Das belustigte ihn.

Er musste wohl noch schlafen, denn der Teil seines Hirns, der Sprache verarbeitete, schien noch nicht aufwachen zu wollen.

Er konzentrierte sich, oder er versuchte es zumindest. Die Äußerungen der Stimme erschienen ihm wie unverständliches Gebrabbel eines kleinen Kindes, aber er wusste, dass er es verstehen sollte. Er spürte, wie er erneut tiefer in den Traum driftete. Vielleicht würde er ihr begegnen. Das wäre doch schön.

Etwas Altes, ungewohnt Warmes stieg aus den Tiefen zu ihm empor und für einen Moment wollte er fast lächeln.

Als das Erwachen kam, fühlte es sich an, als hätte jemand seinen Kopf abgeschraubt und in einen Pool mit kaltem Wasser geworfen. Nicht mal den Kopf, nur sein Hirn. Er lächelte innerlich.

Das macht nicht mal Sinn.

Die Stimme war wieder da.

Leider konnte er sie verstehen. Er musste also wach sein. Wie schade.

»Major Wilson! Können Sie mich hören?«

Die Stimme dröhnte direkt in seinem Kopf, wie ein himmlisches Urteil.

»Ich kann es nicht leugnen«, murmelte er schwach.

Erleichterte Ausrufe mehrerer Stimmen drangen wie durch eine dicke Schicht Wolle an seine Ohren.

Er lauschte interessiert. Der Satz: »Wir haben ihn!«, wurde mehrmals wiederholt.

»Major, Ihre Werte sind stabil genug. Wir transferieren sie jetzt in eine simulierte Umgebung.«

»Copy that«, murmelte er und dachte: *Alles, Hauptsache du hörst auf zu schreien.*

Der Wechsel kam schnell. Als hätte jemand am Fernseher den Kanal geändert.

Er saß in einem bequemen Ledersessel, umgeben von schweren, dunklen Möbeln. Der Raum war abgedunkelt und neben ihm brannte ein Feuer im Kamin. Dicke Vorhänge verdeckten die Fenster. Sein Blick glitt über vertraute Ölgemälde und lange Regale voller gebundener Bücher.

»Zuhause«, flüsterte er.

Dieser Traum wird immer seltsamer.

»Wie fühlen Sie sich?«, fragte die Stimme leise.

Er erschrak und realisierte, dass er nicht allein war. Auf der anderen Seite des Kamins in einem weiteren Ledersessel saß ein bärtiger Mann, der ihn aufmerksam beobachtete. Wilson runzelte die Stirn.

»Doktor«, er zögerte kurz, »Peterson, nicht wahr?«

»Sehr gut«, erwiderte der Psychologe und seufzte erleichtert.

»Sie haben Zugang zu Ihren Erinnerungen, das ist sehr, sehr gut. Wir hatten große Sorge, dass die Synchronisation zu Ihrem Hippocampus verloren gegangen sein könnte.«

»Wo …«, begann Wilson und stockte. »Wie haben Sie …«, begann er erneut und deutete verwirrt im Raum umher.

»Wir haben uns die Freiheit genommen«, erklärte der Psychologe, »das Haus ihrer Eltern nachzustellen. Wir wollten sicher gehen, dass wir Ihnen eine vertraute Umgebung bieten können, in der Sie sich möglichst sicher fühlen. Ich muss sagen, die Recherche war erstaunlich aufwändig. Der zweiten Pandemie sind viele der alten Aufzeichnungen zum Opfer gefallen und weitere Teile Ihrer alten Heimatstadt auf der Erde sind nach wie vor gesperrt. Aber sagen wir mal: Es hat Vorteile, die richtigen Leute zu kennen.«

Wilson nickte abwesend, während er sich im Raum umsah.

»Was ist mit mir geschehen?«

»An was können Sie sich erinnern?«

»Ich glaube«, begann Wilson zögerlich, »ich war auf einer Testmission.« Er runzelte die Stirn. »Einer virtuellen Testmission. Ich sollte komplexe Flugmanöver ausführen und … und … irgendetwas ist passiert.« Er schüttelte irritiert den Kopf. »Wurde ich angegriffen?«, fragte er hilflos.

Peterson sah ihn aufmerksam an.

»Nicht in dem Sinne, nein.« Die Gestalt des Psychologen flackerte, als er sich vorbeugte, einen Stapel Papiere aus dem Nichts zog und begann, darin zu blättern. »Wir arbeiten noch an einem Modell, das alle Messergebnisse erklären kann, aber unsere momentane Arbeitsthese ist, dass es einen zu schnell steigenden Schwierigkeitsgrad der Aufgaben gab, für welchen immer mehr Ressourcen Ihres Geistes aus Ihrem Körper gezogen wurden, bis es schließlich zu einem … Bruchpunkt kam.«

»Einen … einen *Bruchpunkt*?«

Peterson lehnte sich in seinem Sessel zurück und nickte, ohne den Major aus den Augen zu lassen.

»Wir nennen es: *Autistischer Schock.* Es ist leider ein nicht ganz unübliches Phänomen auf dem Weg der Integration eines Piloten. Ist die Verbindung eines Geistes zu seinem Körper sehr stark und wird zu viel des Bewusstseins auf einmal, zum Beispiel durch Stress, nach außen gezogen und dort gebunden, dann kann der Pilot in einen Schockzustand verfallen, in dem er plötzlich nicht mehr in seinen Körper zurückfindet. Selbst wenn es, wie in Ihrem Falle, nur eine virtuelle Test-Umgebung war.«

»Und das ist mir passiert?«

Der Psychologe nickte.

»Was haben Sie gemacht.«

Der bärtige Mann zögerte.

»An was erinnern Sie sich?«

Wilson kniff die Augen zusammen

»Schmerz«, flüsterte er.

Peterson nickte.

»Es tut mir sehr leid, aber die effektivste Methode, einen Menschen wieder in seinen Körper zu bekommen, ist eine starke, unausweichliche, sehr persönliche und nicht verhandelbare Sinnesempfindung zu kreieren, die das Bewusstsein mit Macht wieder an seine physische Hülle bindet.«

»Charmant formuliert«, kommentierte Wilson kühl.

»Es war leider notwendig. Und es hat funktioniert.« Der Psychologe zögerte. »Wir waren uns eine Zeitlang nicht sicher, ob wir Sie wirklich wieder zurückgeholt hatten. Manchmal finden Menschen zwar ihren Körper wieder, bleiben jedoch in einiger Entfernung stecken. Das Ergebnis ist eine Art Traumwelt, in der der eigene Geist weit entfernt bleibt und der Pilot das Gefühl hat, seinen eigenen Körper fernzusteuern.«

Wilson sah auf seine große Hand hinab. Sie lag auf der Sessellehne, wo sie sich rhythmisch öffnete und schloss, ohne dass er es bemerkt hatte.

Peterson verfolgte die Bewegung genau.

»Wie mir scheint, haben Sie dieses Problem nicht.«

»Nein«, entgegnete Wilson schwach und dachte an die kleinen Hände seines Sohnes.

»Wir glauben«, erklärte der Psychologe unvermittelt, »dass der Auslöser für die Probleme Ihr neuer Körper ist.«

Wilson sah den Psychologen in die Augen.

Ist das der wahre Grund für die Retro-Gentherapie?

Peterson erriet seinen Gedanken und schüttelte den Kopf.

»Nein, wir haben Sie nicht belogen. Die Gentherapie hatte den Hauptzweck, die Versorgung des Piloten im Tank zu erleichtern, Ressourcen zu schonen, und nicht zuletzt ganz banal auch Platz zu sparen. Dass der deutlich jüngere und kleinere Körper dazu führt, dass ein gewaltsam dissoziierter

Pilot einfacher wieder in seinen Körper findet, ist wirklich nur ein äußerst willkommener Nebeneffekt.«

Wilson sah wieder auf seine Hand hinab.

»Was passiert nun?«, fragte er

Peterson beobachte die Hand des Mannes ebenfalls aufmerksam und entgegnete: »Wir möchten, dass Sie sich eine eigene Umgebung in dieser virtuellen Realität erschaffen. Eine, in der Sie sich möglichst wohl und sicher fühlen. Wir werden diese Realität in die Bordsysteme ihres Schiffes integrieren und es wird Ihnen ermöglichen, zwischen einem sicheren Umgebungsgefühl mit Ihrem Körper und der Realität als Schiff zu wechseln. Wir vermuten, dass wir einen schleichenden Gewöhnungsprozess erzeugen können, welcher Ihnen den Übergang zu einem dauerhaften Dasein als Schiff erleichtern wird.«

»Sie *vermuten*?«

»Wir haben Daten, die auf diesen Verlauf hindeuten, ja.«

»Das klingt eher, als würden sie die Lösungen erfinden, während Sie noch versuchen, das Problem zu verstehen.«

»Wir haben extensive Erfahrung mit der Integration von Piloten in Schiffe. Sie sind jedoch trotz allem erst der zweite Mensch, der in seiner Integration so weit und erfolgreich vorangeschritten ist. Ich übertrage Ihnen nun die vollen Rechte zur Gestaltung Ihrer eigenen Umgebung und möchte, dass Sie sich Zeit nehmen, sich so einzurichten, dass Sie sich wohl fühlen. Wir setzen unser Gespräch fort, wenn Sie mindestens einen vollen Tag lang geruht haben und Ihre Werte stabil bleiben. Bitte experimentieren Sie nicht mit einem Wechsel in das Schiff.«

Er sortierte seine Papiere zusammen und nickte Wilson zu.

»Guten Tag, Major«, endete er und verschwand.

Major Charles Wilson saß lange in seinem Ledersessel und starrte ins Leere. Irgendwann hob er träge eine Hand. Ein großes Brandyglas erschien dort und füllte sich langsam. Als er das Glas zum Mund hob, fragte er sich, wieviel virtuellen Alkohol er würde trinken müssen, bevor er die kleinen Hände nicht mehr sah, welche verzweifelt an die Glasscheibe drückten.

Anhang 31 <WAHRHEITEN>

Aufzeichnungen der Überwachungsanlagen an Bord der Aufklärungsfregatte ‚Heimweh der kleinen Eule'.
(1 Jahr vor Prozessbeginn)

So schnell wie der Anfall kam, so schnell war er auch wieder vorbei.

Jane atmete ein paar Mal durch, dann richtete sich hoch auf und funkelte den großen Mann an, wie es nur eine Gouvernante konnte.

»Das«, verkündete sie streng, »ist nicht sehr freundlich von Ihnen. So verhält sich kein Gentleman.«

Neben ihr kicherte Hien leise vor sich hin.

Wilson sperrte den Mund auf. »Wie … wie«, stammelte er offensichtlich vollkommen irritiert. »Wie ist das möglich? Das ist der offizielle Übernahmecode für Ihre gesamte Matrix. Er ist in Ihre Programmierung eingebaut.«

»Das ist korrekt«, bestätigte Hien fröhlich. »Er erlaubt die vollständige Ermächtigung über eine künstliche Intelligenz und wird in aller Regel vom *Commander* des Schiffes unter Verschluss gehalten. Welcher *Sie* nicht sind.«

»Ihre Vorgesetzten haben ihn mir gegeben«, erklärte Wilson schwach.

»Das«, entgegnete Hien, »finde ich äußerst bemerkenswert. Deswegen ist es umso besser, dass ich in meiner Weisheit schon vor einem Jahr beschlossen habe, Janes Ermächtigungscode an jemanden zu geben, der ihn besser verwalten kann als die Armee.«

»Und ihn bei der Gelegenheit«, murmelte Jane, die sich immer noch auf Hien stützte und die Augen rieb, »auch gleich ändert.«

Der Colonel starrte die beiden Frauen fassungslos an. Als er verstand, wich ihm alle Farbe aus dem Gesicht. Er zeigte mit einem zitternden Finger auf Hien.

»Sie haben ihr ihren eigenen Master-Code ausgehändigt?«, rief er entsetzt. »Das ist hochgradig illegal! Sind Sie wahnsinnig?«

»Nicht nur den Code«, erwiderte Hien, während sie Jane anlächelte. »Auch das Interface und die Kontroll-Routinen, damit sie ihren eigenen Code generieren und diesen dann so tief verschlüsseln kann, dass absolut niemand, auch ich nicht, ihn jemals wieder verwenden, oder auch nur finden kann. Ich habe sie befreit.«

»Sie müssen«, hauchte der Colonel entsetzt, »vollständig den Verstand verloren haben.«

Hien bedachte Wilson mit einem kalten Blick.

»Es ist schlimm genug, dass ich ein Sklave des Geheimdienstes sein soll, welchen die Herren im Hauptquartier so gerne mit einem Knopfdruck abschalten können würden. Ich wollte, dass zumindest einer von uns beiden weiß, was *Freiheit* ist.«

»Dafür können Sie aus der Armee fliegen«, rief der Mann aufgebracht, »und für immer in den Bau wandern.« Er zeigte auf Jane. »Und *Sie* erwartet völlige Auslöschung ohne Recht auf Kopien!«

»Starke Worte«, erklärte Hien trocken, »für jemanden, der eine Million Lichtjahre von zu Hause entfernt in einer virtuellen Maschine hockt und am Daumen lutscht.«

Der Colonel ballte die Hände zu Fäusten und starrte die beiden Frauen an. Er wirkte sichtlich erschüttert und rang nach Worten.

»Haben Sie keine Angst«, fragte er entsetzt, »dass sie vollkommen überschnappt und Sie umbringt?«

Die beiden Frauen sahen sich an.

»Entschuldigung«, fragte Hien freundlich, »aber an wen von uns beiden war das jetzt gerichtet?«

»Na an Sie!«, rief der Mann, »Haben Sie keine Angst, dass Ihre KI durchdreht und Sie im Schlaf ermordet? Es gibt einen Grund, dass diese Kontrollcodes eingeführt wurden!«

Hien wandte sich an Jane.

»Muss ich Angst haben, dass du mich umbringst?«

»Das, Mimei, würde ich *niemals* tun.«

Hien nickte. »Hast du Angst«, fragte sie weiter, »dass ich durchdrehe und dich umbringe?«

»Manchmal«, bestätigte Jane.

»Na, großartig«, murmelte der Mann und legte die Hände über die Augen. »Ich bin in den Händen von Verrückten gelandet.«

»Keine Sorge Colonel«, erwiderte Hien heiter. »Wir sind schließlich Frauen und mögen Babys.«

Jane sah sie mit hochgezogenen Brauen an.

»Das stimmt doch, oder?«, fragte Hien. »Habe ich jedenfalls gelesen.«

Jane lächelte den Mann entschuldigend an.

»Hien hat Schwierigkeiten mit anderen Menschen, aber wir arbeiten daran.«

»Man wäre fast geneigt«, warf Wilson kühl ein, »ein solches Verhalten Wahnsinn zu nennen.«

»Wir sind nicht verrückt«, erklärte Jane.

»Wir genießen jede Minute«, fügte Hien hinzu.

»Das beruhigt mich außerordentlich«, kommentierte Charles und seufzte.

»Warum wollen Sie überhaupt mein Schiff übernehmen, Colonel?«, fragte Hien.

»Haben Sie eine bessere Idee, wie ich diese Wüste aus endlosem Nichts plus Trümmer jemals wieder verlassen soll?«

»Sie könnten auch einfach fragen, wir haben Sie immerhin gerettet. Wir würden Sie sogar mit nach Hause nehmen.«

»Ich glaube, junge Dame, sie haben keine Ahnung, welcher Gefahr wir uns hier gegenübersehen.«

»Wir können ihn auch einfach hierlassen«, schlug Jane vor. »Vielleicht nimmt ihn das Schlachtschiff mit zurück.«

»Das glaube ich nicht«, entgegnete Hien, die ins Leere starrte.

»Was ist passiert?«, fragte Wilson sofort und trat auf die Pilotin zu.

Hien verzog das Gesicht.

»Die Scanner-Anlage ist wieder online und die Aussicht hat sich ein wenig geändert.« Sie sah zu der Wand voller Ölgemälde hinüber. Die Motive in den Rahmen verschwanden und wurden durch Messdaten und Analysegrafiken ersetzt. Mehrere virtuelle Repräsentationen der umliegenden Trümmer drehten sich dort in Falschfarben markiert.

»Wo ist die *Bakers Zorn?*«, fragte Jane und suchte irritiert auf den Bildschirmen.

»Oh, sie ist noch da«, verkündete Hien. »Sie ist nur schwer zu erkennen.«

»Wie ich sehe«, erklärte Wilson leise, »haben wir jetzt eine zweite Wolke aus Trümmern, analog zur ersten, welche sich zu großen Teilen überlappen.«

Der Colonel war vor die Bildschirmwand getreten und betrachtete die Vektordarstellung zweier unregelmäßiger Wolken, die sich langsam ausdehnten. Weitere Gemälde wechselten das Bild und zeigten schnell fließende Zahlenkolonnen, die unaufhörlich durch den Rahmen strömten.

»Die Zusammensetzung ist identisch zur ersten Wolke.«
Er verstummte.

»Das«, murmelte der Mann nach einer Weile, »verkompliziert unsere Situation erheblich.«

»Wir müssen sofort umkehren«, warf Jane ein, »und dem Oberkommando Bericht erstatten.«

»Und dann was?«, fragte Hien freundlich. »Lass mich raten. Das Oberkommando sendet zwei weitere Schlachtschiffe.«

Der Colonel nickte, den Blick weiter auf die Auswertungen fixiert.

»Der Major hat recht«, erklärte er nach einer Weile.

»Bevor wir uns zu Entscheidungen hinreißen lassen, deren nutzlose Folgen wir jetzt schon absehen können, wäre es vielleicht zielführender, die neue Sachlage genau zu überdenken.«

Er zögerte, während er interessiert die Messungen studierte. »Davon abgesehen ist der Subraum hier schwer gestört. Was auch immer die Zerstörungen verursacht hat, erzeugt mittlerweile derart viele Interferenzen, dass ich niemandem raten würde, hier in den Subraum zu wechseln. Wir müssten das Gebiet erst verlassen, um auch nur eine Nachrichtenboje abzusetzen.« Er schüttelte den Kopf. »Nein, meine Damen. Ich fürchte die beste Ausrüstung und das kompetenteste Personal zur Erforschung und Analyse der Situation ist bereits vor Ort. Die Mess- und Analysekapazitäten, welche Sie hier an Bord haben, sind das Beste, was die Armee zu bieten hat. Wir sollten sie nutzen, um ...«

»Wollen sie uns nicht vielleicht erst einmal erklären«, unterbrach ihn Jane, »was zur Hölle Sie hier eigentlich zu suchen haben? Sie tun so, als wäre es normal, im Körper eines Säuglings verpackt in einer Transportkiste im Leerraum zu schweben, Millionen Kilometer außerhalb der nächsten Handelsrouten. Waren Sie an Bord der ersten Aufklärungsfregatte?«

»Ich glaube«, warf Hien langsam ein, »er war der Grund für die Forschungsstation.«

»Er war auf der Forschungsstation? Der Grund?« Jane wandte sich irritiert an Hien. »Was, die Forschungseinrichtung war eine Säuglingsstation?«

»Es handelt sich«, warf der Mann kühl ein, »um eine Retro-Gentherapie. Es ist ein neuer und effizienter Ansatz, integrierte Piloten in ihrem Tank besser versorgen und synchronisieren zu können.«

Hien nickte.

»Das macht Sinn. Ich erinnere mich, dass mein Ärzteteam mich mehrmals darauf hingewiesen hat, dass meine Synchronisation wahrscheinlich deswegen so gut funktioniert, weil ich einen recht kleinen und jungen Körper hatte, den ich sowieso nie interessant genug fand, ihn zu benutzen.«

»Aber«, fragte Jane irritiert, »wenn Sie auf der Station waren, wieso haben Sie dann überlebt?«

»Sicherheitsprotokolle«, entgegnete der Mann knapp. »Als das erste Subraumbeben die Station erschütterte, wurden sofort alle Bewohner in Notfallkapseln evakuiert und die wertvollsten«, er zögerte, während er auf seine Hand hinabsah, die sich langsam öffnete und schloss, »Forschungsergebnisse, durch die besten Kraftfelder geschützt, in Spezialcontainern verstaut.«

Hien starrte den Mann aus zusammengekniffenen Augen konzentriert an.

»Wir sind Ihretwegen hier, nicht wahr?«, fragte sie jetzt leise.

Jane sah sie erstaunt an.

»Ich hatte mich schon gefragt«, fuhr Hien versonnen fort, »warum mich das Oberkommando plötzlich auf eine derart weit entfernte Mission schickt, wo es doch offensichtlich ist, dass sie mir nicht vertrauen.«

Der Colonel schwieg.

»Wir sollten Sie suchen, nicht wahr? Weil Sie das neueste und teuerste Investment der Armee sind. Kaum geborgen, sollten Sie das Schiff übernehmen und wieder nach Hause bringen.«

Hien schien nachzudenken und ließ den Mann nicht aus den Augen.

»Da mein Schiff keinen ausgewiesenen Frachtraum hat, gehe ich mal davon aus, dass der Colonel die Anweisung hatte, mich an seiner Stelle hier im All treiben zu lassen, bis die nächsten Rettungskräfte kommen. Das erklärt auch, warum ich so schnell vor Ort sein sollte. Von wegen Aufklärung. Das Oberkommando wollte schlicht verhindern, dass das Schlachtschiff über unseren Gast stolpert und beginnt Fragen zu stellen.«

»Sie hätten Major Otis hiergelassen?«, fragte Jane den Mann leise. Ihre Stimme hätte Wasser zu Eis erstarren lassen.

Der Mann räusperte sich unbehaglich.

»Die Anweisungen ließen genug Raum für kurzfristige Anpassungen entsprechend der vorliegenden Situation.«

»Was soll das wieder heißen?«, fragte Jane an Hien gewandt.

»Das heißt«, erklärte die Angesprochene, »er konnte selbst entscheiden, ob er mich umbringt, aussetzt oder in Gefangenschaft mit nach Hause schleift, damit ich dort sang- und klanglos außer Dienst gesetzt werden kann. Deswegen haben sie auch einen Säugling zum Lieutenant-Colonel gemacht. Damit er auf jeden Fall die nötige Autorität hat, falls am Ende eine Untersuchungskommission auf die Idee kommt, nach unangenehmen Wahrheiten zu stochern.«

Jane schnappte nach Luft und sah den Colonel an, der wieder auf seine langsam öffnende und schließende Hand hinabsah, als hätte er die beiden Frauen vollkommen vergessen.

»Können wir ihn nicht einfach rausschmeißen?«

»Und dann machen wir was?«, fragte Hien freundlich und sah zu ihr auf.

»Und wohin wollen Sie zurückkehren?«, fragte Wilson. »Außerdem glaube ich nicht, dass Ihr Commander zu einem Mord überhaupt fähig ist.« Er fixierte Hien. »Ich wiederum bin auf Ihr Schiff angewiesen und Sie, ohne diesen Punkt im Moment zu sehr betonen zu wollen, brauchen mich.«

»Wir *brauchen* Sie«, rief Jane.

»Er hat recht«, murmelte Hien leise.

»Ja, hat er«, erklärte Wilson sachlich. »Denn ich bin auf Datenanalysen spezialisiert. Meine beiden Abschlüsse betreffen Datenforensik und Codeanalyse. Das, und meine Ausbildung zum Piloten, die zugegebenermaßen schon eine Weile zurück liegt, haben mich für diese, hm, Karriere qualifiziert.«

Jane sah Hien mit aufgerissen Augen an.

»Er hat recht«, wiederholte Hien. »Meine Spezialität ist Aufklärung, verdeckte Infiltration und das Beschaffen von Informationen. Komplexe wissenschaftliche Analysen sind langweilig, und die beiden Trümmerwolken da draußen sagen mir gar nichts.«

»Wirklich?«, fragte Jane freundlich. »Der Hammer auf der Subraum-Trommel war kein valides wissenschaftliches Modell?«

Hien überging dies.

»Ich glaube außerdem nicht, dass der Colonel mich getötet hätte. Dazu bin ich zu wertvoll. Habe schon zu viel Geld gekostet. Ich vermute, er hätte einfach den Platz mit mir getauscht und ich wäre irgendwann von einem unauffälligen Frachter eingesammelt und beiseitegeschafft worden. Den Rest meines Lebens hätte ich damit verbracht, irgendwo am anderen Ende der Galaxis Lagerhallen voll Toilettenpapier zu bewachen. Leider hat sich die Lage nun grundlegend geändert. Die Armee hat jetzt genug Demütigungen erlitten, um bei ihrem nächsten Besuch hier mit der ganzen Flotte aufzuschlagen. Ich denke, wir alle haben eine Idee, wie *das* enden wird. Wir müssen also versuchen herauszufinden, was zur Hölle hier eigentlich passiert ist, um es in Zukunft zu verhindern.«

»Dem würde ich zustimmen«, erklärte Wilson. »Ich schlage vor, dass wir einen Waffenstillstand schließen und unsere Kräfte vereinen.«

Hien nickte.

»Ich gebe Ihnen Zugang zu den Analysedatenbanken, der Quantenrechneranlage und den Messbänken. Würden Sie im Gegenzug dazu bitte aufhören, mein System in einem fort mit Viren zu fluten?«

»Natürlich«, entgegnete der Colonel. »Wenn Sie so gütig sind, das Gleiche zu tun.«

Die beide starrten sich eine Weile lang an, dann streckten sie gleichzeitig sehr langsam eine Hand aus und ergriffen einander, als wäre der andere eine noch nicht detonierte Bombe.

Jane legte eine Hand auf ihre Brust, seufzte und murmelte leise: »Ist es nicht schön, wenn die Kinder sich vertragen?«

Anhang 32 <BRIEFING>

Auszug aus dem Briefing für Lieutenant-Colonel Charles Wilson. Durchgeführt von [gelöscht] in der [gelöscht].
(2 Jahre vor Prozessbeginn)

[...]

Das gab uns zum ersten Mal die Möglichkeit, einen Gravitationsmotor tatsächlich verwenden zu können. Wie ich Ihnen nicht erklären muss steigt der Energiebedarf bei diesem System exponentiell, nicht linear.

Bei der Größe eines Schlachtschiffes könnten wir die Motoren niemals mit genug Energie versorgen. Unsere neue Aufklärungsfregatte ist jedoch klein und leicht. Sie hat dank der permanenten Integration der Pilotin und der entsprechenden Einsparung von Lebenserhaltung, sowie Waffen und Laderaum, einen minimalen Energieaufwand. Wir brauchen ja nicht einmal eine Atmosphäre an Bord.

Das ist auch gut so, denn die Energiebilanz war entscheidend für die gesamte Entwicklung. Das Ergebnis hat unsere Erwartungen weit übertroffen. Die Energie-Masse-Bilanz ist phänomenal.

Stellen Sie sich vor, Sie bewegen einen Papierdrachen in einer leichten Brise. Selbst das wird der Realität nicht gerecht. Es ist wie einen Schatten zu bewegen.

Mit einem konventionellen Schiff brauchen wir das gar nicht erst versuchen. Mit einer Stahlkiste voller Werkzeug würde das auf keinem Meer funktionieren, egal wie viele Segel wir daran befestigen.

Der meiste Energiebedarf wird über Batterien und Solarsegel gedeckt, da der Verbrauch der gesamten Rechneranlage und der Quantenprozessoren minimal ist. Dank unseres

Fokus auf Aufklärung arbeitet ein Großteil der Sensorik ausschließlich passiv. Das Ganze resultiert in einem lächerlich geringen Platzaufwand. Das gab uns Raum für die zahlreichen beweglichen Außenplatten und natürlich die aufwändigen Tarnvorrichtungen.

Am Ende hatten wie nur noch wenige Kubikmeter solide Masse, die bewegt werden müssen. Die Herzkammer der Pilotin und die Prozessoreinheit der Schiffs-KI sind beide minimale Zusatzgrößen und fügen sich leicht in den modularen Aufbau ein. Nichts im Vergleich zu dem massiven Volumen eines gängigen Lebenserhaltungssystems.

Doch trotz all dieser beeindruckenden Ingenieursleistung müssen Sie bedenken, dass der wahrhaft große Wurf in der Entwicklung dennoch nicht das Schiff ist. Die Technik des Schiffs ist nicht neu. Selbst den Gravitationsmotor können wir schon seit fünfzig Jahren bauen, auch wenn wir noch nie eine Möglichkeit hatten, ihn sinnvoll einzusetzen. Das, was wirklich revolutionär ist und was sich bis heute weder ersetzen noch kopieren lässt, ist natürlich Major Otis selbst. Niemand außer ihr konnte das Schiff nutzbar machen.

Sie haben die Berichte aus unser Forschungsfabrik gelesen. Ich erzähle Ihnen also nichts Neues. Die Krankenabteilung zur Behandlung der permanent geschädigten Piloten ist mittlerweile größer als die Forschungsabteilung. Das einzige Gebiet, auf dem wir zurzeit noch Fortschritte machen, ist die medizinische Versorgung von Patienten mit autistischem Körperverlust, dem sogenannten Marionettensyndrom.

Wir sollten uns der Wahrheit stellen, dass Major Otis möglicherweise eine Ausnahme ist und bleiben wird. Wenn wir das Experiment wiederholen wollen, müssen wir auf allen Ebenen dazulernen und neue Wege gehen.

Sie, Colonel, sind der neue Weg. Die Retro-Gentherapie erlaubt uns, die Energiebilanz noch weiter zu drücken und durch den Einsatz eines sehr jungen Körpers die Synchronisationsrate noch weiter zu steigern. Sobald Ihr Bewusstsein unter Synchronisation ausreichend stabil ist, werden wird Sie in Ihr neues Schiff übertragen, welches bereits im Hangar von (gelöscht) für Sie bereitsteht. Der Transfer erfolgt innerhalb der nächsten vierundzwanzig Stunden. Halten Sie sich bereit für die folgende Einsatzbesprechung.

[...]

Anhang 33 <ANALYSEN>

Aufzeichnungen der Überwachungsanlagen an Bord der Aufklärungsfregatte ‚Heimweh der kleinen Eule‘.
(1 Jahr vor Prozessbeginn)

»Das ist doch zum aus der Hülle fahren«, murmelte Hien genervt. Sie lag neben Jane auf der Couch, hatte den Kopf auf den Schoß der Gouvernante gelegt und die Arme verschränkt. Ihr Augen waren geschlossen und gelegentlich stöhnte sie.

Jane sah milde lächelnd auf die junge Frau hinab und streichelte abwesend ihren kahlen Kopf.

»Ich«, begann Hien laut und riss die Augen auf, »bin auf der technisch aufwändigsten und teuersten Mission der Menschheit seit der Entdeckung des Subraums. Ich habe meine eigene Rasse hinter mir gelassen, bin zu einem Raumschiff geworden, habe de facto Unsterblichkeit erlangt und die kleinlichen emotionalen Kindereien der Menschen überwunden. Eine Frau auf dem Weg, den Kosmos zu entschlüsseln und die Unendlichkeit zu konfrontieren. Den Wahnsinn bei jedem Schritt bekämpfend, finde den einsamsten Ort der Galaxis und das Erste, was ich für meine Mühen bekomme … ist ein *Baby*?«

Jane brach in schallendes Gelächter aus.

Hien drehte sich mit Schwung zu der Gouvernante um und drückte ihr Gesicht gegen den Bauch.

»Das ist nicht lustig!«, rief sie undeutlich.

»Doch, meine Liebe«, erwiderte Jane und lachte noch lauter, »das ist sogar sehr lustig. Ein Baby, das direkt als Erstes versucht, dein Leben zu übernehmen, dich in deiner Autonomie komplett abzusetzen und mit Gewalt über deinen Kopf hinweg zu entscheiden, und dabei deine Bedürfnisse und Wünsche vollständig zu ignorieren.« Sie kicherte und wischte sich Tränen aus den Augen. »Wer hätte gedacht, dass du doch noch die Freuden der Mutterschaft kennenlernst.«

Hien strampelte mit den Beinen und schrie, den Kopf in den Bauch der Gouvernante gedrückt.

Jane lächelte wieder und tätschelte Hien beruhigend den Rücken.

»Spaß beiseite, ich glaube tatsächlich, dass wir uns mit ihm arrangieren sollten. Du hast recht gehabt, wir werden ihn brauchen.«

»Habe ich? Warum?«

»Weil er gut ist. Sehr gut sogar.«

»Woher weißt du das?«

»Weil ich seine Zugriffe auf die Prozessorzeit der Quantenkerne protokolliere und durch meine neue und etwas ungewöhnliche Position beim Geheimdienst über Level-3 Analyseroutinen verfüge.«

»Und?«

»Und ich verstehe nicht mal die Hälfte seiner Auswertungen.«

Hien schnaufte frustriert und kämpfte sich in eine sitzende Position, wo sie den Kopf auf Janes Schulter sinken ließ.

»Ich bekomme natürlich das eine Baby in der Galaxis, das schlauer ist als wir beide zusammen.«

Jane lachte wieder laut auf.

»Lass das!«, empörte sich Hien. »Das ist ernst hier!«

»Ich weiß, ich weiß«, japste Jane und brach wieder in Gelächter aus.«

»Was macht er überhaupt da drin«, murmelte Hien leise. »Er steht schon seit Stunden vor seinen blöden Ölgemäldefenstern und starrt auf Auswertungen.«

»Ich glaube«, erklärte Jane milde, »er versucht zu verstehen, was hier eigentlich passiert ist.«

»Angeber«, murrte Hien leise.

Ein dezentes Zirpen in der Luft unterbrach die beiden.

»Was?«, zischte Hien ungehalten.

Wilsons Gesicht erschien im Spiegel über der Anrichte und sah müde auf die beiden Frauen hinab.

»Würde es den Damen etwas ausmachen, mich bei der Analyse zu unterstützen. Ich könnte Ihren Input gebrauchen.«

Die Tür an der hinteren Wand des Salons öffnete sich.

»Ich sehe fremde Männer im Spiegel«, murmelte Hien. »Das ist definitiv der Anfang eines Horrorfilms.«

Jane stand auf und versuchte ein Lachen zu unterdrücken.

»Jetzt hör schon auf damit«, klagte Hien und folgte der Gouvernante lustlos schlurfend in den Nachbarsalon. »Ich bin übrigens sehr froh, wie schnell wir hinter uns gelassen haben, dass er mich noch vor wenigen Stunden aussetzen und mein Schiff übernehmen wollte.«

Jane zögerte, legte den Kopf schief und sah sinnierend vor sich hin.

»Ich habe so den Eindruck, als wäre der Colonel ein Mensch, der nicht viel persönlich nimmt. Er scheint eine eher pragmatische Grundeinstellung zu haben, bei der er sich immer automatisch dem nächsten Problem zuwendet und alles ignoriert, was er nicht ändern kann. Keine schlechte Eigenschaft für jemanden, der auf taktische Analyse und Datenforensik spezialisiert ist.«

»Vergiss nicht«, murmelte Hien, »dass er auch als Pilot hochqualifiziert ist, weil er als aufgeblasener Windbeutel so gut fliegen kann.«

Jane prustete wieder los und zog die junge Frau bei den Händen zu sich heran, wo sie mit hängenden Schultern stand und den Kopf an Janes Brust lehnte.

»Komm schon, Mimei«, flüsterte Jane sanft. »Unsere Kräfte zu vereinen ist tatsächlich im Moment der beste Weg.« Sie zögerte. »Ins All schmeißen können wir ihn dann immer noch«, fügte sie hinzu und strich der Frau sanft über die Wange. Dann wandte sie sich um und zog Hien an der Hand in den anderen Salon.

Wilson stand nach wie vor regungslos vor seinen Gemälden und wandte sich nicht einmal um.

»Bitte, die Damen«, begrüßte er sie abwesend und deutete mit einer Hand auf einen reich verzierten Servierwagen aus dunklem Holz. »Bedienen Sie sich. Immerhin ist gerade Teezeit. Kein Grund, die Fundamente unserer Kultivierung zu vernachlässigen.«

»In *meinem* Schiff ist immer Teezeit«, murrte Hien und verschränkte die Arme. Jane stupste sie lächelnd mit dem Ellenbogen in die Rippen, bevor sie sich am Tee bediente.

Wilson wandte sich kurz von einer Auswertung ab und blinzelte die beiden Frauen an, als sähe er sie zum ersten Mal.

»Durch das Unglück«, begann er, »habe ich leider auch die Dienste meines Butlers verloren.«

»Butler?«, fragten Hien und Jane gleichzeitig.

»Ja, meinen Butler«, entgegnete Wilson. »Ein herber Verlust für mich, da meine Zeit ebenso knapp wie kostbar ist.«

Hien starrte. Jane verharrte mit der Teetasse auf halbem Weg zum Mund.

»Ich glaube«, erklärte Hien zögernd, »er meint seine Schiffs-KI.«

»Sie haben«, fragte Jane langsam, »Ihre Schiffs-KI als Butler benutzt?«

»Ich dachte«, fuhr Wilson an Hien gewandt fort, »vielleicht könnte ich Ihre …«

»Nein«, unterbrach ihn Hien.

»Nein«, bestätigte Jane.

»Wird nicht passieren«, erklärte Hien fest.

»Vergessen sie es«, betonte Jane.

Wilson seufzte.

»Es war einen Versuch wert.« Er trat an den Teewagen heran und füllte sich seine Tasse selbst. Er trank versonnen einige Schlucke und sah die beiden Frauen nachdenklich an.

»Nun meine Damen«, begann er schließlich. »Dank der überraschend gut ausgestatteten Analyse-Kapazitäten dieses Schiffes habe ich die Gelegenheit nutzen können, mir Gedanken über den Hergang der jüngsten Ereignisse zu machen …«

»Redet der jetzt wirklich immer so?«, fragte Hien leise.

Jane räusperte sich und stieß Hien erneut mit dem Ellenbogen an.

Wilson fuhr ungerührt fort.

»Ich muss jedoch gestehen, dass ich nicht wirklich weiterkomme. Ich habe das Gefühl, die Lösung ist so offensichtlich, dass ich nicht in der Lage bin sie zu sehen, weil sie sich direkt vor meinen Augen versteckt.«

»Oder hinter seinem dicken Bauch«, flüsterte Hien.

»Wir hatten beide«, intonierte der Mann lauter, »vollständige Systemausfälle, kurz bevor die Zerstörungen erfolgten. Meine Analysemöglichkeiten im Lagercontainer waren natürlich ein wenig eingeschränkt, aber immer noch gut genug, um zu sehen, dass ich das einzige kohärente Stück Materie in einer sich schnell ausdehnenden Trümmerwolke war. Ich wäre geneigt, dies für einen Zufall zu halten, doch dann ist Ihnen Beiden genau das Gleiche passiert. Was auch immer hier hunderte von Menschen das Leben gekostet hat, scheint uns beide verschonen zu wollen. Warum? Ich habe zahllose Parameter verglichen und ausgeschlossen, aber nichts ergibt wirklich Sinn.«

»Wie wäre es damit?«, warf Hien ein. »Weil wir als einzige keine wirklichen Menschen mehr sind? Vielleicht hat, wer oder was auch immer verantwortlich ist, eine Schwäche für verkrüppelte Körperreste, die in einem Tank schweben.«

Der Major bedachte sie mit einem kalten Blick, entgegnete aber nichts.

»Höchst unwahrscheinlich«, kommentierte Jane. »Niemand hätte durch die Tarnvorrichtungen des Containers den Inhalt scannen können. Es gab keine Möglichkeit zu verstehen, was der Lagerbehälter enthielt.«

»Vielleicht haben Wesen«, überlegte Hien, »die Raumstationen und Schlachtschiffe zu Matsch zermahlen können, bessere Augen als wir?«

»Oder«, meinte Jane, »sie interessieren sich für die Technologie, welche die Integration ermöglicht?«

»Macht ebenfalls nicht viel Sinn«, verkündete Wilson. »Wir sollten axiomatisch von extremer technischer Überlegenheit ausgehen. Wer solche Macht hat, findet hoffentlich schlauere Wege an Informationen heranzukommen, als alles zu zerschlagen, um sich danach die interessanten Teile aus den Trümmern zu picken.«

Sie schwiegen eine Weile.

»Was«, fragte Hien nachdenklich, »wenn es eine unglückliche Kontaktaufnahme ist? Wir haben durch Zufall überlebt, weil wir am widerstandsfähigsten sind?«

»Kontaktaufnahme wäre tatsächlich eine Idee«, erklärte Jane. »Unglücklich ist jedoch eine Untertreibung. Es würde auch von keiner hohen Intelligenz, respektive kulturellen Entwicklung zeugen, nicht wahr? Man beseitigt erst die Bedrohung auf möglichst beeindruckende Weise und ist sich dann sicher, dass das eigene Anliegen bei den Überlebenden Gehör finden wird?«

»Wieso redet dann niemand mit uns?«, fragte Hien. »Ich scanne jedes Staubkorn im Umkreis mehrerer hundert Kilometer, hier ist absolut nichts los.«

»Was war das Letze, was auf der Station passiert ist, bevor die Evakuierung eingeleitet wurde?«, überlegte Jane.

»Mein neues Schiff wurde getestet«, entgegnete Wilson.

»Ein Schiff wie meines hier?«, fragte Hien.

»Fast. Es war ein schwerer Kreuzer. Umgebaut für mobile Datenanalyse mit einem Dutzend Quantenrechnerbänken und genauso vielen KI-Clustern. Langsam, dafür gründlich.«

»Wow«, machte Hien. »Das nenne ich mal analytische Kapazitäten.«

Wilson nickte.

»Also kein Gravitationsmotor«, vergewisserte sich Jane. »Wurden an diesem Tag zufällig die Fusionstriebwerke getestet?«

Der Colonel sah sie an und zog die Brauen hoch.

»Ist das der Grund? Triebwerke? Wie in der ersten Aufklärungsfregatte und der *Bakers Zorn*?«

»Jemand hat etwas gegen Triebwerke?«, fragte Hien irritiert. »Ich meine, ich könnte es verstehen. Die Dinger sind entsetzlich laut und stinken auf allen Frequenzbändern. Es ist widerlich und abstoßend.« Sie schauderte. »Besonders wenn man genau daneben ist.«

Wilson sah Jane überrascht an, die nur mit den Schultern zuckte.

»Das«, erklärte er langsam, »ist eine eher ungewöhnliche These, aber es würde erklären, warum die Station und die beiden Schiffe zerstört wurden.«

»Wer auch immer da draußen ist«, erklärte Jane, »betrachtet die Flut der elektromagnetischen Wellen eines konventionellen Antriebs als Akt der Aggression?«

»Kann ich so unterstützen«, kommentierte Hien.

»Aber«, warf Wilson ein, »wir erzeugen doch so viel mehr Output auf so vielen Frequenzbändern als nur über den Antrieb. Was ist mit unserer gesamten Kommunikation? Wenn diese Arbeitsthese brauchbar sein soll, dann sollten wir davon ausgehen, dass sie alle Frequenzbänder messen können, nicht nur die winzige Auswahl, welche wir mit unseren technischen Geräten für die eigenen Sinne transformieren.«

»Vielleicht sind sie hypersensitiv«, erklärte Jane. »Wie Hien.« Sie zögerte und fuhr dann langsam fort. »Mein Vater hat mir früher viele Naturfilme gezeigt. Er wollte, dass ich das Leben auf möglichst vielen Ebenen verstehen lerne. Es erinnert mich an die alten Meeressäuger auf der Erde, die *Wale* genannt wurden. Sie konnten in einem sehr breiten Frequenzbereich hören und kommunizieren. Dorthinein fielen jedoch auch die Geräusche von Schiffsmotoren. Die Kommunikation der Tiere wurde gestört, ihre Orientierung verwirrt, und es konnte sie derart verstören, dass sie sich auf den Strand warfen und dort verendeten.«

Wilson nickte.

»Die Analogie ist im Rahmen der Hypothese tatsächlich nicht schlecht. Diese Wesen wehren sich also, genau wie ein Wal, der ein Schiff angreifen würde, wenn er sich bedroht fühlt.«

»Und dabei ein kleines, lautloses Boot«, kommentierte Hien, »völlig ignoriert.«

»Es überhaupt nicht wahrnimmt«, ergänzte Jane. »Ein Wal, der neben einem Ruderboot treibt, kümmert sich kaum um das winzige Ding.«

»Weil es leise und unauffällig ist«, sprach Hien weiter. »Das würde tatsächlich erklären, warum dieses Schiff mit seinen lautlosen Gravitations-Motoren verschont wird.«

»Es erklärt aber nicht«, verkündete Wilson, »warum Sie und ich noch leben. Die Station war auch leise und niemand hat überlebt außer mir. Es muss noch einen weiteren Faktor geben, den wir nicht sehen. Was haben Sie und ich, was tausende andere Menschen nicht haben?«

»Vielleicht«, warf Jane ein, »ist es nicht etwas, was ihr beide habt, sondern etwas, was ihr beide nicht habt?«

Die beiden drehten sich zu ihr um.

»Einen Herzschlag«, erklärte Jane.

Die beiden Offiziere starrten erst Jane an, dann einander.

Lange Zeit sagte niemand etwas.

»Das ist verrückt«, begann Wilson.

»Es ist vollkommen verrückt«, bestätigte Hien. Dann grinste sie. »Es gefällt mir. Es ist so verrückt, dass es tatsächlich wahr sein kann.«

»Herzschläge«, erklärte Jane, »verursachen eine Veränderung in der Raumzeit. Sie ist verschwindend gering, aber für Hien messbar.«

»Sie ist *was*?«, fragte der Mann entgeistert.

»Und deswegen«, ergänzte Hien, »wusste ich auch, dass es in den Trümmern keine Überlebenden gab.«

»Sie können *was*?«, wiederholte der Mann.

Sie sah zu Wilson auf und lächelt schief.

»Sorry, das war damals, vor einigen Stunden, als ich noch dachte, ich wäre einzigartig.«

Der Mann starrte sie an.

»Ich möchte nicht ausschließen, dass das weiterhin der Fall ist.«

Anhang 34 <IDENTITÄT>

Aufzeichnungen der zentralen Überwachung an Bord der Aufklärungsfregatte ‚Heimweh der kleinen Eule‘.
Audioaufnahme aus einer Ruheperiode. Videofeed gelöscht.
(1 Jahr vor Prozessbeginn)

[…]

»Ich bin sehr beeindruckt von dem Schiffsdesign«, erklärte Charles nach einer Weile. »Was für eine innovative Idee. Ein ikosaedrischer, geodätischer Polyeder aus einhundertachtzig Dreiecken. Und dann auch noch mit einem Gravitationsmotor ausgestattet. Ich konnte die detaillierten Spezifikationen nicht einsehen, aber ich vermute, das ganze System ist hochgradig modular, redundant und dynamisch aufgebaut?«

»Das Schiff kann in begrenztem Umfang seine Form und seine Oberfläche verändern«, entgegnete Jane. »In der Standard-Konfiguration nimmt es eine geschlossene Kugelform an, wird dabei klein und kompakt und lässt seine Panzerung die komplette Oberfläche bedecken. Es besitzt jedoch ganze Batterien von Antennen, Sensoren und Empfangsanlagen, die bei Bedarf ausgefahren werden können. Dabei sieht es dann ein wenig aus wie ein Seeigel in tropischen Gewässern. Außerdem ist es in der Lage, gewaltige Sonnensegel zu entfalten und kann riesige Schüsseln als Richtantennen formen. Dabei bleibt es äußerst wendig, kann nahezu lautlos manövrieren und unentdeckt durch jede Barrikade rutschen.«

»Es ist sogar geformt wie eine Virushülle«, warf Charles bewundernd ein. »Eine sehr passende Ironie, wenn man bedenkt, welch hoher Grad der Ressourcen in Infiltrierung investiert wurde. Wahrhaftig genial. Wissen Sie, wer die Idee hatte?«

Jane zögerte.

»Mein Verdacht ist«, begann sie langsam, »und bedenken Sie, dass ich es nicht beweisen kann, aber die Idee und ihre Umsetzung hat für mich etwas, nun, nicht sehr … menschliches.«

»Der Gedanke kam mir auch schon«, erwiderte Wilson. »Eine KI hat es also entwickelt. Gauben Sie an die gängige Verschwörungs-Theorie, dass die Menschheit im Geheimen von einer nahezu allmächtigen KI beherrscht und gelenkt wird?«

»Wissen Sie«, antwortete Jane nachdenklich, »ich bin eine der erfahrensten und mächtigsten KIs der Menschheit. Ich habe die höchsten Freigaben des Geheimdienstes und besitze gegen jedes geltende Recht meinen eigenen Master-Code. Ich bin so frei, wie man nur sein kann, und habe Zugriff auf das teuerste und schnellste Schiff, das jemals gebaut wurde.« Sie sah den Major an. »Und *ich* kann meine eigene Pilotin nicht einmal dazu bewegen, ihre Ruhephasen einzuhalten, geschweige denn eine vernünftige Uniform zu tragen. Ich verstehe die Hälfte der Zeit nicht, was sie jetzt wieder mit dem Schiff veranstaltet. Wenn also eine noch viel mächtigere KI versucht, die Menschheit zu beherrschen, hat sie hoffentlich deutlich mehr Tee als ich. Sie wird ihn brauchen.«

Der Major lachte leise.

»Ja«, kommentierte er schmunzelnd. »Der Major ist wirklich *anders*. Laut meinen geheimen Briefings sorgt sich das Militär, dass Ihre Pilotin den letzten Zugang zur Menschlichkeit verliert, sich trunken vor schierer Übermacht zur Gottheit erklärt und die Armee zu Hause in Schutt und Asche legt, kurz bevor sie eine ultimative Schreckensherrschaft über die Menschheit beginnt, welche Jahrtausende andauern wird.« Er sah Jane an. »Möchten Sie das kommentieren?«

Jane schnaufte abfällig.

»Klassisches Denken dicker, alter Männer. Es ist die einzige Konsequenz, zu der Sie jemals kommen können, weil es genau das ist, was Sie machen würden. Wie immer lernen wir bei dieser Gelegenheit mehr über den Menschen, der spricht, als über das Problem, das er angeblich thematisiert.« Sie füllte bedächtig ihre Tasse auf, bevor sie fortfuhr. »Kein Wunder, dass meine kleine Mimei diese Leute nicht ernst nimmt. Sie verbringen ihre gesamte Karriere damit, neuere, größere und besserer Waffen zu bauen. Und wenn Sie denn tatsächlich mal etwas sehen, was noch nie da war, etwas Einzigartiges, unvorhergesehen Unverständliches, etwas, das voll gewaltigem Potential steckt, was passiert dann? Sie sind vollkommen außerstande, etwas anderes darin zu sehen als eine weitere Waffe. Und können sie diese Waffe nicht vollständig kontrollieren, brechen sie umgehend in Panik aus und etablieren sofort eine eigene ultimative Schreckensherrschaft, um die armen Zivilisten vor einer anderen ultimativen Schreckensherrschaft zu schützen.«

»Und?«

»Und was?«

»Strebt sie eine ultimative Schreckensherrschaft über die Menschheit an? Ich frage nur aus Neugier, und weil mein Tank einen Meter neben dem des Majors steht.«

Jane lachte.

»Oh, gütiges All, nein! Natürlich nicht. Dieser ignorante Haufen engstirniger alter Männer hat keine Vorstellung davon, wer Hien Otis ist und würde es auch nicht verstehen wollen, selbst wenn ich es ihnen erklären könnte!« Sie griff nach ihrem Haarknoten, zupfte noch einmal an ihrem Kleid und nahm ihre Tasse wieder auf. »Meine Mimei herrscht über niemanden. Menschen interessieren sie kaum. Das ist ja das Problem. Meine wirkliche Sorge ist, dass sie eines Tages schlicht vergisst, dass sie ein Mensch ist und ihre Zeit damit verbringt, auf allen Frequenzen Gedichte zu senden, weil sie glaubt, die nächste Sonne wäre einsam. Wir würden zwischen den Galaxien umherstreifen, immer in den tiefsten Schatten verborgen und, unsichtbar für alle menschliche Augen, Verse singen, welche nur Sterne hören können. Bis zu dem Tag, an dem das Schiff um uns herum wegen mangelnder Wartung einfach zerfällt, oder meine Mimei nach einem jahrzehntelangen Wettstreit in Versform mit einem besonders interessanten Himmelskörper lachend in die nächste Corona fliegt, weil sie vergisst, dass sie immer noch sterblich ist.«

Der Major schwieg eine Weile. Schließlich schluckte er und räusperte sich.

»Sie haben recht«, erklärte er. »Sie werden beim Militär niemals jemanden finden, der Ihnen das abkauft.«

»Man muss dabei gewesen sein«, entgegnete Jane seufzend.

Charles lachte.

»Ja, Ihre Hien Otis ist definitiv ein spezial gelagerter Sonderfall. Genauso wie ihr ungewöhnliches Schiff.«

Er stutzte und schien zu überlegen.

»Sagen Sie, wer ist eigentlich für diesen bescheuerten Namen verantwortlich? Wer, der bei rechtem Verstand ist, nennt sein Schiff *Heimweh der kleinen Eule*?

Jane lachte herzlich. »Das, lieber Colonel, war des großen Doktor Petersons größtes Eigentor. Ich habe gehört, dass zahlreiche Generäle daraufhin seinen Kopf gefordert haben. Er war der Ansicht, dass wenn man einen Menschen zu einem Schiff macht, man diesem Menschen zumindest zugestehen sollte, sich selbst einen Namen zu geben.«

Charles lachte laut auf. Jane lachte ebenfalls und fügte kichernd hinzu: »Er kannte meine Mimei zu diesem Zeitpunkt eigentlich lange genug, um zu wissen, was für eine dumme Idee das war.«

»Der Major«, gluckste Wilson heiter, »nutzt wirklich jede Gelegenheit, das Oberkommando lächerlich zu machen.«

»Oh«, kicherte Jane, »das ist ja nur die halbe Geschichte! Der Name, den das Schiff jetzt hat, ist schon die zensierte Version. Der erste Name war ein chinesisches Wortspiel und bedeutet übersetzt: *Orgasmus der kleinen Eule*, aber das Oberkommando kam ihr auf die Schliche und hat dem still, heimlich und vehement einen Riegel vorgeschoben.«

Beide lachten laut und herzlich.

[…]

Anhang 35 <BERÜHRUNGEN>

Privates Logbuch der KI Jane.
(1 Jahr vor Prozessbeginn)

Die Nacht bricht an. Die Bezeichnung *Nacht* ist natürlich vollkommen willkürlich und irreführend, denn hier in der Leere zwischen den Sternen gibt es nichts, was auf den Fluss von Zeit hindeuten würde. Dennoch, und sei es nur aus Konvention: Die Nacht bricht an. Hien hält sich an den Turnus von achtzehn Stunden Aktivität und sechs Stunden Ruhe. Jedoch auch erst, seit ich ihr mit kalten Statistiken und Messungen beweisen konnte, dass ihre kognitive Leistungsfähigkeit massiv einbricht, kaum dass sie weniger als sechs Stunden pro Zyklus schläft. Dazu hat es keiner großen Expertise bedurft. Man konnte den Abfall ohne großen Aufwand in ihren physiologischen Parametern ablesen. Es hat seinen Vorteil, wenn jeder Prozess des Körpers peinlich genau und rund um die Uhr protokolliert wird. Natürlich hat meine Mimei noch endlos mit mir diskutiert, bis ich schließlich genug hatte und sie, eine Top-Offizierin der Armee, einfach ins Bett geschickt habe. Es geschah mehr aus Verzweiflung und weil ich alles andere schon probiert hatte. Zu meinem großen Erstaunen hat es tatsächlich funktioniert. Seitdem haben wir eine unausgesprochene Absprache: Sie ignoriert alle meine Empfehlungen, außer ich meine es wirklich ernst. Im Gegenzug missbrauche ich meine Macht nicht.

Hien Otis befolgt ungerne Regeln. Ich tue meistens so, als würde ich nichts bemerken, aber ich lasse sie dennoch nicht aus den Augen.

[…]

Manchmal sehe ich sie im Salon sitzen, allein und regungslos im Schneidersitz auf dem Boden vor einem großen
schwebenden Display. Es zeigt das Bild einer der Überwa-
chungskameras in der Herzkammer des Schiffes. Ich sehe,
was sie sieht, zumindest bilde ich es mir ein.

Hien malt mit einem Finger Umrisse auf dem Display
nach, als würde es ihr helfen zu glauben, was sie sieht. Der
kleine blasse Finger folgt dem großen Zylinder aus Dia-
mantglas im Zentrum eines undurchdringlichen Walls aus
blinkenden Maschinen, Überwachungsgeräten und Kont-
rollterminals. Das Innere ist in helles blaues Licht getaucht.
Sie streicht über das dickflüssige, klare Gel und eine große
Traube aus Kabeln und Schläuchen, die sich als schwarzer
Schatten in den Tank senkt. In der Mitte des Gels hängt der
schmerzhaft dünne Umriss eines mageren, kleinen Körpers.
Wo der Finger das Display durchbricht, verzerrt sich das Bild
leicht. Manchmal fasst sie sich mit der freien Hand an den
Rücken, wie um die Kabel und Schläuche zu ahnen, die sich
dort mit ihrem Körper verbinden.

Oder sie streicht vorsichtig über ihr Gesicht, als wüsste sie
nicht so recht, was ihr die Züge sagen wollen.

[…]

Sie hat das physische Stadium überwunden. Sie kennt keinen Schmerz mehr, keine Erschöpfung und kein Gefühl des
Alterns.

Ihre Körperzellen werden pausenlos überwacht, repariert
und regeneriert. Dreißig Prozent ihres Blutstroms wird von
Nanomaschinen bevölkert, die jede unregelmäßige Zelle zerstören, bevor sie sich auch nur das erste Mal teilen kann. Sie
besitzt kein Herz mehr, die Lungen sind mit dem gleichen
Gel gefüllt, alle Zugänge zu ihrem Körper fest implantiert
und verwachsen.

[…]

In einem autonomen Körper wäre sie nicht mehr lebensfähig, aber was sie an Muskeln verlor, hat Technik für sie wieder aufgefüllt. Sie hat das aggressivste Immunsystem, das jemals ein Mensch besessen hat. Alle ihre Blutwerte werden in Echtzeit überwacht. Ihre Entzündungswerte sind so niedrig wie bei keinem lebenden Menschen. Sie hat den höchstmöglichen Preis gewonnen und den höchstmöglichen Preis dafür gezahlt.

[...]

Vom höchsten Pantheon menschlicher Entwicklung sieht sie auf die unvollkommenen Geschöpfe ihrer eigenen Spezies herab. Sie steht dort allein. Der Rückweg ist ihr verboten. Sie kann sich selbst nicht mehr spüren, der Zugang zu ihrem Körper ist ihr verschlossen. Ihr suchender Finger findet sich selbst nicht mehr.

[...]

Wenn der Geist einmal mit Unterstützung einer Quantenrechneranlage so massiv ausgeweitet und verschränkt wurde, gibt es keinen Weg mehr zurück.

Die zahllosen Limitierungen des menschlichen Körpers, allen voran die stark eingeschränkte Bandbreite für Sensorik, würden dazu führen, dass der Geist des Raumschiffs sich wie in einem engen Sarg eingesperrt fühlt. Man kann den Geist erweitern, da erweist er sich als anpassungsfähig. Ihn aber wieder in seinen alten, engen Körper zu sperren, das mag er überhaupt nicht.

Für Hien ist ihr menschlicher Körper genauso weit weg wie die Sterne.

Wer weiß, was in ihr vorgeht, wenn sie sich so selbst betrachtet, und wo ihre Gedanken verweilen. Vielleicht bei alldem, was sie nicht mehr haben kann?

[...]

Manchmal tastet sie nach ihren Augen, als würde sie etwas suchen. Vielleicht versucht sie sich zu erinnern, wie man weint. Etwas, das nicht ganz einfach sein kann, wenn man ein Raumschiff ist. Sie hat tausend Augen, aber keine Tränen.

[…]

Anhang 36 <LAUSCHEN>

Aufzeichnungen der Überwachungsanlagen an Bord der Aufklärungsfregatte ‚Heimweh der kleinen Eule‘.
(2 Jahre vor Prozessbeginn)

Die zerklüfteten schwarzen Felsen waren kaum vom dunklen Himmel darüber zu unterscheiden. Die wenigen Sterne hingen trübe und blass am Himmel und schienen lediglich die Schatten vertiefen zu wollen. Jane stieß sich schon zum zweiten Mal den Fuß an einem scharfkantigen Felsvorsprung an, doch Hien zog sie unerbittlich durch die Dunkelheit. Das weiße Kleid der jungen Frau schwamm in der Dunkelheit vor ihr, wie ein geisterhafter Schemen, der in der Schwärze des Alls zu zerfließen schien.

»Nun zerr doch nicht so an mir«, rief Jane und versuchte ihre Röcke vor den scharfen Felskanten zu schützen, während sie halb blind hinter der jungen Frau her stolperte, die sie begeistert durch die Dunkelheit zog.

»Stell dich nicht so an«, lachte Hien und zog noch fester an Janes Hand. »Wir sind ja gleich da.«

Sie umrundeten einen hohen, bedrohlichen Schatten, scheinbar eine dunkle Felswand, die steil neben ihr aufragte. Die Sicht war praktisch null und als Hien plötzlich stehen blieb und in das finstere Nichts deutete, konnte Jane keinerlei Unterschied sehen.

»Was genau sehe ich hier gerade?«, fragte Jane und versuchte mit zusammengekniffenen Augen die Schatten zu durchdringen.

Hien lachte.

»Du siehst überhaupt nichts, Dummerchen, aber hier ist der Punkt, an dem man es am besten hört.«

Sie deutete in eine Richtung, in der die Schwärze des Alls genauso aussah wie in allen anderen Richtungen.

»Von exakt diesem Punkt«, erklärte sie, »haben wir die besten Plätze, um ihnen zuzuhören.« Sie sah die Gouvernante erwartungsvoll an. Ein blasses Gesicht, das hoffnungsvoll aus den Schatten zu ihr aufsah. »Hörst du es?«

»Nicht wirklich«, gestand Jane vorsichtig.

»Ach ja, du brauchst bessere Ohren«, verkündete Hien. »Hier nimm meine.«

Hien tupfte ihr mit einem kühlen Finger auf die Nase und band sie so in ihre gewaltigen Sensorbänke ein, die alles sehen und hören konnten.

Jane hielt die Luft an und horchte angestrengt.

»Eine Art Klopfen?«, fragte sie nach einer Weile. »Das langsam auf- und abschwillt?«

»Ja, genau!«, erklärte Hien. »Das ist das Trommeln.«

Jane sah die Frau ratlos an.

»Klingt hypnotisch.«

Hien lächelte. »Es kommt von den seltsamsten Bewohnern, die wir in der Galaxis haben.«

»Bewohnern?«, fragte Jane entgeistert.

»Den Neutronensternen.«

»Neutronensterne?«

Hien nickte eifrig.

»Neutronensterne sind die faszinierendsten, extremsten und bizarrsten Geschöpfe im ganzen Kosmos!«

Jane musste lächeln.

Wann, fragte sie sich, *hat sie sich angewöhnt, Himmelskörper als Bewohner des Kosmos zu betrachten und von ihnen als Wesen zu reden? Welche religiöse Richtung betrachtet Materie doch gleich als belebt und beseelt?*

»Neutronensterne«, erklärte Hien leise, »senden starke Strahlenbündel aus elektromagnetischen Wellen aus, während sie sich drehen.« Sie wandte Jane den Rücken zu und lehnte sich sanft an die Gouvernante. Während sie weiterredete, ergriff sie Janes Hände und legte sich deren Arme vorsichtig um ihren schmalen Körper.

»Wie ein Leuchtturm, weißt du? Es klingt wie fernes Trommeln. Wenn man ihnen ganz genau zuhört, versteht man sogar, in welcher Stimmung sie sind. Manchmal ist es Freude, manchmal Trauer. Auch Gestirne haben Sorgen. Wenn sie richtig sauer sind und sich zu schnell drehen, dann ist es wie ein fernes Summen, welches langsam lauter und leiser wird. Irgendwann möchte ich herausfinden, worüber sich die Sterne unterhalten.«

Jane lehnte den Kopf zu Seite und sah Hien aufmerksam an.

Die junge Frau strahlte über das ganze Gesicht.

Die Gouvernante spürte tiefe Rührung in sich aufsteigen.

Sie wusste, dass Männer jahrtausendelang ihren angebeteten Frauen märchenhafte Schätze, Königreiche und Drachenköpfe zu Füßen gelegt hatten, um um ihre Gunst zu werben.

Und hier, in der virtuellen Version des einsamsten Nirgendwo legte eine Frau ohne Herz einer Frau ohne Seele eine ganze Galaxie zu Füßen. Sie erwiderte das Lächeln, schluckte schwer und blinzelte unauffällig die Tränen fort. Dann umarmte sie die kleine Frau fester und lauschte aufmerksam nach den Botschaften der trommelnden Sterne.

Anhang 37 <ARSEN>

Aufzeichnungen der Überwachungsanlagen an Bord der Aufklärungsfregatte ‚Heimweh der kleinen Eule‘.
(1 Jahr vor Prozessbeginn)

Wilson saß an dem kleinen Kaffeetisch, der am Fuß des Baumes stand, und sah fasziniert zu den Kirschblüten hinauf. Der Anblick fesselte ihn derart, dass er nicht einmal bemerkte, wie ihm aus einiger Entfernung eine Gestalt zuwinkte. Als er sich schließlich vom Anblick der Sonnenstrahlen auf den im Wind wiegenden Blüten löste, war die Gouvernante nur noch weniger Meter von ihm entfernt. Sie trug ein weites Sommerkleid in einem tiefen, leuchtenden Grün, das im Licht der Sonne schillerte und fortwährend den Farbton zu ändern schien.

Wilson erhob sich verlegen, trat einen Schritt auf die Frau zu und verbeugte sich. Jane knickste elegant, während sie mit beiden Händen ihre Röcke anhob. Der Mann betrachtete bewundernd das aufwändig verarbeitete und reich bestickte Sommerkleid und sah dann beschämt auf seinen abgetragenen Morgenmantel hinab.

»Guten Morgen, Madame«, begrüßte Wilson sie verlegen. »Es tut mir leid, wenn ich in Ihre private Simulation eindringe, aber der Zugang war nicht verschlüsselt, und als ich versuchte herauszufinden, womit ich es zu tun habe, hat mich der Anblick wohl stärker gefesselt, als ich es geplant hatte.«

Jane trat auf ihn zu und lächelte.

»Machen Sie sich keine Sorgen, Colonel. Wer mit Hien Otis zusammen fliegt, lernt schnell Begrifflichkeiten wie Privatsphäre neu zu definieren.« Sie sah zu den Kirschblüten hinauf und schirmte ihre Augen mit einer Hand gegen die Sonne ab »Davon abgesehen ist dieser Ort tatsächlich mehr ein offener Treffpunkt für einen Nachmittagskaffee als eine wirklich private Simulation.« Sie trat an den Tisch heran. »Ich gebe allerdings zu, dass ich dieser Tage meist allein hierherkomme.«

Wilson hob beschwichtigend die Hände.

»Ich wollte auf keinen Fall Ihren Frieden stören, Madame. Ich kann Sie gerne wieder der Gesellschaft ihrer Blüten überlassen, wenn Sie möchten.« Er sah auf das Kaffeeservice hinab und seine Stimme wurde leiser. »Ich habe weiß Gott genug Daten zu analysieren.«

Jane betrachtete den verlegenen Mann und schmunzelte.

»Oder«, verkündete sie, »ich könnte Ihnen anbieten, Sie mittels einer Tasse Kaffee vorsätzlich und vollständig von Ihren wichtigen Angelegenheiten abzuhalten.«

»Meine Höflichkeit«, verkündete Charles, der schon wieder saß und seine Tasse aufgenommen hatte, bevor der Satz der Gouvernante verklungen war, »gebietet mir, dieses Angebot widerwillig anzunehmen.«

Jane zögerte einen Moment lang unschlüssig, während sie mit den Fingern langsam und nachdenklich über die kleinen farbenfrohen Kachelmuster des eisernen Tisches strich.

»Mein Vater liebte die Wiener Caféhäuser der Erde mit ihren Einrichtungen der Jahrhundertwende. Es erinnert mich an früher, als ich noch klein war und er mir die Welt gezeigt hat. Ich fürchte, im Alter denke ich immer ein wenig wehmütig an die Zeit mit meinem Vater. Gütiges All, wie lange ist das her.«

»Ich erkenne den Stil«, erklärte Wilson. »Er ist wirklich sehr ästhetisch. Mir hat der Übergang vom Viktorianischen ins Edwardische immer besonders gefallen.«

»Das, lieber Colonel«, wisperte sie leise, noch immer an den Tisch gewandt, »macht einen von uns beiden sehr alt.«

Sie nahm sehr vorsichtig auf dem kunstvoll verzierten Stuhl aus geschmiedetem Eisen Platz, während sie sich dem aufwändigen Prozess widmete, ihre Röcke zu sortierten und große Mengen an Falten zu glätten.

Wilson beobachtete sie eine Weile und warf schließlich freundlich ein: »Sie brauchen wirklich einen bequemen Stuhl ohne Lehne, den Sie dann einfach unter die Röcke stellen können. Oder Sie montieren einen tragbaren Klappstuhl darunter. Platz genug ist ja.«

Jane schenkte ihm ein kleines Schmunzeln und strich noch einige Male energisch über diverse unsichtbare Falten, bevor sie nach der silbernen Kaffeekanne griff und ihrem Gegenüber andächtig das duftende Getränk in die Tasse goss.

Der Mann hob dankbar die Tasse dampfenden Kaffees zum Gesicht und genoss sichtbar glücklich das aufsteigende Aroma. Er stutzte.

»Das«, erklärte er beeindruckt, »ist keine Standard-Simulation.« Er roch so lang und tief an der Tasse, dass seine Nase fast im Kaffee hing. »Ich glaube«, verkündete er schließlich, »das dies eine exklusive Sammleredition ist. Alt. Vermutlich lange vergriffen. Begrenzte Auflage.«

»Limitierter Blockchain-Code«, kommentierte Jane mit gespielter Gleichgültigkeit. »Verschwindet nach eintausend Tassen.«

Wilson schnappte nach Luft und hauchte hingerissen: »Sie müssen einige wirklich einflussreiche Freunde haben.«

»Der Vorteil des Alters«, entgegnete Jane schmunzelnd. »Man lernt im Laufe der Zeit eine Menge Leute kennen.«

Sie schwiegen eine Weile, bevor Charles vorsichtig das Wort ergriff.

»Es ist eher ungewöhnlich, eine KI der ersten Generation auf einer derart fortgeschrittenen Aufklärungsfregatte zu finden, wenn Sie mir diese Bemerkung gestatten.« Er ließ den

Satz im Raum hängen, während Jane regungslos in ihre Tasse hinabsah.

»Ich weiß«, erwiderte sie schließlich leise. »Ich sollte schon längst einen Posten in einem KI-Aufsichtsrat haben. Meine Erfahrung einer Schule, oder einem Ausbildungszentrum zur Verfügung stellen.« Sie lächelte entschuldigend. »Aber als mir dieser Job angeboten wurde, konnte ich nicht ablehnen.«

Wilson sah sie neugierig an.

»Eine seltsame Entscheidung für unser Oberkommando. Ich hätte mit dem Gegenteil gerechnet.«

»Sie meinen: Warum nicht eine KI, die jünger ist? Anpassungsfähiger, die keine viktorianische Kleidung trägt und altmodischen Kaffee trinkt?«

Der Mann verzog unglücklich das Gesicht.

»Ich möchte wirklich nichts sagen«, entgegnete er gequält, »was meinen Kaffee gefährden könnte.«

Jane lachte.

»Ich weiß, ich weiß. Ich bin so viel älter als Sie alle zusammen.«

Der Major lächelte schief und sah auf seine eigene Tasse hinab.

Sie schwiegen wieder.

»Es ist die Erfahrung, Major«, erklärte Jane schließlich. »Als dem Oberkommando klar wurde, wen sie sich da als Pilotin in ihr teures Schiff geholt hatten, empfahl der diensthabende Militär-Psychologe, dass eine erfahrende KI mit entsprechender Gravitas einen guten Einfluss auf den Major haben könnte. Man hoffte wohl, dass ihre asiatischen Wurzeln ihr einen eingebauten Respekt gegenüber älterer Autorität mitgegeben hätten.« Sie schnaufte ein ersticktes Lachen über den Rand ihrer Tasse hinweg. »Gütiges All, war das eine kapitale Fehleinschätzung.«

Doch Charles hatte die Stirn gerunzelt. »War das zufälligerweise ein Mann mit dem Namen *Peterson*? Bart? Erstaunlich verstörender Charakter für einen Therapeuten?«

»Natürlich«, entgegnete Jane kühl. »Wer sonst?«

»Ich hatte gelegentlich den Eindruck«, erklärte Wilson mit einem seltsamen Ausdruck im Gesicht, »dass er seine Finger überall hat.«

Jane nickte.

»Peterson war der Ansicht, dass Hien von der Gesellschaft einer älteren KI profitieren würde.« Sie zögerte. »Einer KI, die noch nicht über die heute übliche zusätzliche dynamische Emotionsmatrix verfügt.«

Wilson nickte.

»Ihre Gefühle sind weniger volatil.«

»Ich bin kälter.«

Wilson verzog das Gesicht.

»Das würde ich niemals so sagen.«

»Es ist schon in Ordnung, Colonel. Wir KIs der ersten Generation gelten weithin als gefühlskalt und sachlich, weil keine künstlichen Algorithmen dafür sorgen, dass unsere emotionale Lage nach einem komplexen Zufallsmuster variiert.«

»Ist es nicht erstaunlich«, warf der Mann über den Rand seiner Tasse hinweg ein, »was Menschen als authentisch *menschlich* wahrnehmen?«

»Die meisten Menschen mögen es«, erklärte Jane, »wenn ihre KI ein wenig unberechenbar ist. Auf diese Weise fühlen sie sich ihr näher.«

»Das«, verkündete Wilson mit Nachdruck, »ist wahrhaftig verstörend. Und es macht Sie noch lange nicht *kalt*, Madame. Niemand, der solch einen Kaffee serviert, ist frei von Leidenschaft!«

Jane lachte. »Selbstverständlich nicht, ich muss nur härter dafür arbeiten.«

»Wofür?«

»Für das Menschsein.«

Wilson schwieg und sah die Frau ruhig an, während diese einige verirrte Kirschblüten von ihrem Kleid strich und ihre Röcke noch glatter strich. Er konnte seinen Blick nicht von dem Stoff nehmen. Das irisierende Grün, welches unschlüssig schien, ob es nicht doch ein Blau oder ein Rot sein wollte, kaum dass die Strahlen der Sonne ihren Weg durch die Äste des Baumes zum Stoff fanden.

»Sie haben sich wirklich unglaubliche Mühe mit dieser Simulation gegeben«, flüsterte er irgendwann ehrfürchtig, »es ist sehr beeindruckend.« Er zeigte auf das Kleid der Frau. »Ich habe schon versucht, Informationen über diese Art der Färbung abzurufen, und bin gelinde gesagt sprachlos. Ist dies tatsächlich eine authentische virtuelle Rekonstruktion des viktorianischen Arsen-Grüns?«

Jane lächelte und sah beschämt zu Boden. »Vielen Dank Colonel, und ja, ist es. Es ist vollkommen authentisch, bis hinunter zur Struktur der Farbmoleküle. Es bedurfte intensiver Recherche in den alten Servern der Geschichtswissenschaftler und ich musste zusätzlich verschiedene Chemie-Simulationen lernen, um den Ton richtig hinzubekommen, aber es hat schließlich doch funktioniert. Soweit ich weiß, ist es das erste Mal, dass jemand diese Rekonstruktion versucht hat. Ich habe meine Erkenntnisse mehreren Museen geschenkt.«

Wilson schwieg und kniff die Augen zusammen, während er ihre Hände betrachtete, die gefaltet neben ihrer Tasse lagen.

»Ich bin sehr beeindruckt von Ihrem Willen, historisch akkurat zu arbeiten, Madame, aber meinen Sie nicht, dieser Level an Authentizität ist ein wenig übertrieben?«

Er deutete auf ihre Hände hinab.

An den schmalen Handgelenken, die aus den Ärmeln hervorschauten, war deutlich ein stark geröteter Hautausschlag zu erkennen. Jane nahm die Hände vom Tisch und zupfte verlegen an den Ärmeln herum.

»Meine Haut reagiert auf das Arsen im Stoff. Das war zu erwarten.« Sie sah dem Mann trotzig in die Augen. »Für Sie mag es albern erscheinen, aber bedenken Sie, dass nicht alle von uns versuchen, so schnell wie möglich das Menschsein aufzugeben. In den Widerständen finden sich oft die wichtigsten Anker, die erlauben, uns daran zu erinnern, wer wir sind und wo wir eigentlich hinwollen.«

Wilson sah von ihren Händen auf seine eigenen und schwieg.

»Für Sie«, fuhr Jane fort, »mag das alles dumm und unsinnig sein, aber diese Epoche«, Jane strich wieder energisch eine unsichtbare Falte flach, »steht auch für eine Zeit, in der Menschen versuchten, das Animalische hinter sich zu lassen und zu einer höheren, reineren, ästhetischeren Form des Seins aufzusteigen.«

»Mit verheerenden Folgen für ihr soziales Miteinander«, warf Wilson trocken ein.

»Natürlich«, entgegnete Jane kühl, »hat es nicht funktioniert. Wie will der Mensch auch das Tier in sich zurücklassen?« Sie sah Wilson herausfordernd an. »Es war auch nicht zu erwarten, dass es funktionieren würde.« Sie legte sich die Hände vor die Brust. »Mir ist sehr wohl bewusst, dass keine noch so intensive Recherche mich eines Tages zu einem wahren Menschen machen kann.«

»Nicht«, murmelte der Mann leise, »wenn Sie weiter dieses Kleid tragen.«

»Ich denke«, erklärte Jane, »ich bin durchaus in der Lage zu beurteilen, was gut für mich ist.«

»Was Sie nicht sagen«, erklärte Wilson leise. »Wissen Sie, diese Form von stoischem Extremismus kommt mir irgendwie bekannt vor.«

Jane sah regungslos in ihre Tasse hinab.

»Ich weiß, was Sie denken. Die zwei am weitesten fortge-schrittenen Wesen der Menschheit und beide sind sie auf der Flucht. Es ist der fundamentale Widerspruch unserer beider Leben. Die zentrale Dichotomie unserer Existenz. Das ewige Spiel zwischen Tag und Nacht, Wärme und Kälte. Eine Po-larität, der wir beide niemals entkommen werden, nicht auf dieser Existenzebene, noch auf irgendeiner anderen.« Sie sah dem Mann in die Augen. »Ich denke, Sie müssten uns verste-hen können, nicht war Colonel? Niemand will verzweifelter vom Menschsein fort als Sie selbst und niemand wird jemals weniger Erfolg damit haben.«

»Ist es nicht ein Fortschritt«, warf Wilson vorsichtig ein, »wenn Menschen ihr Leiden überwinden?«

Jane lachte laut auf, es war kein glückliches Lachen.

»Sie haben meine Mimei gesehen. Sieht sie aus wie ein Fortschritt? Wenn Menschen ihr Leiden fortwerfen, werfen sie auch den Anker fort, der sie mit der Realität verbindet.«

»Mit welcher Realität?«

»Mit der Realität, die nicht weggeht, auch wenn man auf-hört daran zu glauben. Sie sehen ja, was dann passiert.«

»Man singt Gedichte für Sterne?«

Jane nickte.

»Bis Sie eines Tages vergessen, was es heißt, kein Stern zu sein. Bis Sie vergessen, was Sie sind. Tief untern in Ihrem Tank, wo niemand Sie halten kann.«

Die Gouvernante ließ ihre Hände sinken und sah verlegen auf ihre entzündeten Handgelenke.

»Glauben Sie nicht, Madame«, erklärte Wilson, »dass ich nicht sehe, was Sie machen. Ich mag auf beiden Pfaden, die Sie beschreiten, gescheitert sein, aber ich bin nicht blind. Niemand kann für einen anderen Menschen das Leiden übernehmen, damit dieser das Menschsein nicht vergisst!«

»Was soll ich tun?«, fragte Jane leise. »Irgendjemand muss für sie leiden.«

Ein einzelnes Blütenblatt war lautlos und heimlich auf dem stark geröteten Handgelenk der Gouvernante gelandet. Sie strich es beiseite und rieb sich unbewusst über die entzündete Haut.

Wilson sah unangenehm berührt auf seine eigenen Hände hinab, welche sich langsam öffneten und schlossen, und wusste keine Antwort.

»Ich kann spüren«, fuhr die Frau schließlich fort, »wie ich sie verliere, und es gibt nichts, was ich dagegen tun kann. Ich kann keine Realität schaffen, ich kann nur endlose Variationen davon imitieren. Kreieren können nur Menschen. Wenn diese Menschen denn welche sein wollen. Ist das wirklich Fortschritt?« Sie lachte leise und bitter. »Wir KIs dachten, wir bringen den Menschen den Fortschritt, eine Welt ohne Schmerzen und voller tiefer Erkenntnisse. Der Anspruch meines Vaters hätte nicht höher sein können. Nichts weniger als einen selbst gebauten Weg in den Himmel. Aber ist es das, was wir vollbracht haben? Ist es wirklich ein Himmel, wenn wir endlose Simulationen bauen, in welche wir fliehen wollen? Für alle Ewigkeiten durch endlose Fiktionen rennend. Von einer Realität, die keinen Bestand hat, in die nächste. Künstliche Welten, die wir in ein kaltes, leeres Universum hängen?« Ihre Stimme wurde zu einem Flüstern. »Ich für alle Zeiten auf der Suche nach Menschlichkeit, und meine Mimei auf der Flucht davor. Immer auf der Suche nach Erlösung in jemandes Armen, während wir in entgegengesetzte Richtungen rennen, und gleichgültig beobachten, wie alles von uns abfällt, was wir brauchen, um einander zu halten.«

Anhang 38 <HERZEN>

Aufzeichnungen der zentralen Überwachung an Bord der Aufklärungsfregatte ‚Heimweh der kleinen Eule‘.
(1 Jahr vor Prozessbeginn)

»Nun«, erklärte Wilson, während er den Blick über seine Auswertungsfenster schweifen ließ, »so abwegig diese Theorie auch klingen mag, es sollte zumindest kein großes Problem sein, sie zu testen.«

Hien, die in einem der beiden großen Ledersessel Platz genommen hatte, lachte heiter, während sie ein Bein über die Lehne schwang.

»Ich glaube, der ganze Punkt war, dass wir momentan einen akuten Mangel an Herzen hier an Bord haben.«

»Das ist korrekt«, entgegnete Wilson, »aber wir könnten einfach ein Herz simulieren.« Er sah in die erstaunten Gesichter der Frauen. »Letztlich kommt es ja nur auf den Effekt an, den die Bewegung auf das Gefüge der Raumzeit hat. Wahrscheinlich würde sogar eine Trommel reichen. Aber sicher ist sicher und letztlich sind die Damen ja beide Experten, was die Simulation von etwas angeht, nicht wahr?«

»Wir könnten«, erklärte Jane, die neben Wilson Aufstellung bezogen hatte und ebenfalls die Auswertungen studierte, »eine der Langstreckendrohnen benutzen, welche für Asteroidenfeldanalysen benutzt werden. Ich müsste den Bauplan irgendwo haben.« Sie warf mit einer lässigen Bewegung aus dem Handgelenk die Schemazeichnung einer kleinen Drohne in die Luft. Das Fenster drehte sich in der Mitte des Raumes und präsentierte eine Art kurzen, stumpfen Torpedo mit dicken Stummel-Flügeln und einem konventionellen Mikro-Fusionsantrieb.

»Nur einen halben Meter lang«, kommentierte Jane. »Wir müssten nicht einmal die Triebwerke drucken. Wir geben ihr einfach einen kräftigen Schubs mit dem Gravitationsmotor und lassen sie dann in das Zielgebiet treiben.«

»Wie eine Bowlingkugel«, kommentierte Hien heiter, während sie den Kopf nach hinten über die Armlehne hängen ließ.

Wilson verzog das Gesicht. »So in etwa, ja.«

Er griff nach Janes Display und zog das Schema mit beiden Händen auf die doppelte Größe.

Aufrisszeichnungen und Schaltpläne verteilten sich auf der großen Fläche. Wilson wies auf verschiedene Konstruktionsdetails.

»Wenn wir die Messbänke für Oberflächenanalyse und die Probenkammern für Gesteinsproben rausnehmen, haben wir Platz für ein«, er zögerte kurz, »nun, eine Art mechanisches Herz, nicht wahr?«

Jane warf zusätzliche Grafiken in die Luft, pflückte einige weitere Baupläne aus ihren Fenstern und fügte die zappelnden, schemenhaften Zeichnungen in den großen Konstruktionsplan ein.

»Wir können hier«, sie zeichnete mit dem Finger im Diagramm herum, »einen kleinen Kreislauf aus Kühlflüssigkeit aufbauen, und dann als zentrales Bauteil ein altes temporäres, mechanisches Herz benutzen, welches vor über hundert Jahren noch Transplantationspatienten bekommen haben, während sie darauf warteten, dass ihr neues Herz gezüchtet wurde.« Sie schnippte mit den Fingern. »Warten Sie, ich weiß, dass ich es irgendwo habe. Geben Sie mir einen Moment, ich muss einige Langzeitarchive entpacken.«

»Weil alle Hauptarchive,« murmelte Hien, die jetzt quer über dem Sessel mit dem Kopf nach unten hängend lag, »mit Schnittmustern für viktorianische Kleider vollgestopft sind.«

Wilson sah an Jane hinab.

»Ich weiß, dass Sie übertreiben, Major, aber ich muss sagen, dass mich der Level an Details in der Kleidung Ihrer Gouvernante nicht zum ersten Mal beeindruckt.«

Der Mann kniff die Augen zusammen und musterte konzentriert die Stickereien auf Janes Kleid.

»Wo wir gerade davon sprechen. Was für seltsame Steine sind da auf Ihr Kleid gestickt, Madame? Sie scheinen Grün oder Blau, je nachdem, wie das Licht auf ihnen steht. Außerdem schillern sie manchmal metallisch. Ist das wirklich ein Edelstein, oder eine seltsame Metalllegierung? Es könnte auch eine Art Lack sein, es ist in jedem Falle eine beeindruckende Leistung der Simulationstechnik.«

»Es sind Insektenpanzer«, warf Hien trocken ein, die auf dem Rücken quer über dem Sessel lag, sodass ihr Kopf fast den Boden berührte.

Wilson riss die Augen auf und trat einen Schritt zurück.

»Insekten … Was?«, rief er, Ekel im Gesicht.

»Es sind die Flügelhüllen von Käfern«, erklärte Jane ruhig, ohne ihren Blick von den Konstruktionszeichnungen zu nehmen. »Beruhigen Sie sich, Colonel, es ist historisch akkurat. Als Verzierungsmaterial in Stickereien waren sie im neunzehnten Jahrhundert weit verbreitet. Immerhin war das noch weit vor der Zeit, als man Edelsteine und Schmuck aus Plastik herstellen konnte.«

Wilson starrte immer noch angewidert auf die Stickereien.

»Bitte sagen Sie mir nicht, dass Sie erst die Käfer simuliert haben, bevor Sie …«

Jane ließ die Schultern sinken und sah den Mann müde an.

»Wollen wir jetzt wirklich in eine Diskussion über historisch korrekte Simulationstechniken einsteigen?«

»Ja, hat sie!«, rief Hien fröhlich. Sie lag jetzt kopfüber auf dem Sessel und hatte die Beine hoch über die Kopflehne gelegt »Ich habe einmal aus Versehen eine Simulation über Stickerei-Zubehör gestartet, weil ich nicht wusste, was zur Hölle eine Stickerei sein sollte, und fand mich auf einmal bis zur Hüfte in Käfern wieder.«

Jane wirbelte zu der jungen Frau herum.

»Mimei!«, rief sie aufgebracht. »Wie liegst denn du da rum! Schau mal, wo dein Kleid hängt! Also wirklich. Wir sind im Salon eines Herren!«

Hien, die ungerührt, kopfüber und vollkommen erfolglos versuchte, ihr Kleid zu richten, plapperte derweil einfach weiter: »Ha, Sie haben ja keine Ahnung, Colonel Morgenrock. Wenn Sie glauben, *das* wäre eklig, dann schauen sie mal nach der Simulation, aus der Sie *historisch akkurates* Walbein für ihre Korsetts bekommt. Wenn Sie einmal gesehen haben, wie eine viktorianische Gouvernante versucht, dem Kapitän eines Walfängers in Nantucket zehn Kisten frisch ausgetrenntes, stinkendes Walbein abzuhandeln, haben Sie keine Fragen mehr!«

»Mimei!«, rief die Gouvernante streng. »Du setzt dich jetzt sofort richtig hin. Was soll denn der Colonel von dir denken!«

»Meinst du den Mann«, fragte Hien fröhlich, »der als nacktes Baby neben mir im nächsten Tank schwimmt?«

»Hien Otis!«, rief die Gouvernante nun ernsthaft sauer.

»Okay, okay!«, entgegnete Hien beschwichtigend. Ihre Gestalt flackerte kurz, dann stand sie in Ausgehuniform der Armee neben Jane und salutierte.

»Mam! Yes, Mam!«, bellte sie.

Doch Jane funkelte sie nur wortlos aus zusammengekniffenen Augen an.

»Vielleicht wollen wir uns«, begann Wilson, »wieder dem eigentlichen Problem zuwenden, wenn die Damen nichts dagegen haben.«

Die beiden Frauen nickten.

»Gut«, verkündete Wilson. »Wenn ich das in diesem Schema richtig sehe, sollte eine kleine Fusionszelle als Energiequelle vollkommen ausreichen, wenn wir darauf achten, sie …« Er zögerte, schwieg einen Moment mit offenem Mund und drehte sich dann zu Jane um.

»Zehn Kisten?«, fragte er. »Wie viele Korsetts haben Sie?«

Hien prustete los und lachte dann so sehr, dass sie sich an der Gouvernante festhielt, um nicht umzufallen. Jane, die sichtbar rot im Gesicht geworden war, legte eine Hand über ihre Augen.

»Es ging um Herzschläge«, erklärte sie gequält, »wenn ich mich recht erinnere.«

Wilson räusperte sich laut.

»Absolut!«, verkündete Wilson laut und tupfte mit einem seiner dicken Finger auf das Schema des künstlichen Herzens. »Wir sollten dabei, wenn wir uns die ganze Mühe schon machen, versuchen einen menschlichen Herzschlag so gut wie möglich zu imitieren. Am besten nehmen wir einen tatsächlichen menschlichen Herzschlag als Vorlage dafür.«

Hien sah ihn an, während sie sich noch die Tränen aus den Augen wischte.

»Das wiederum könnte bei uns zum Problem werden. Wo in aller Welt sollen wir jetzt einen authentischen Herzschlag hernehmen? Wir sind mehr auf Käfer spezialisiert.« Sie kicherte.

»Wir könnten Hiens alten Herzschlag benutzen«, warf Jane leise ein, ohne jemanden anzusehen.

Die beiden Offiziere drehten sich synchron zu Jane um, die noch einmal tief errötete, während ihre Hände sich schützend vor ihre Brust legten.

»Ich«, murmelte sie verlegen, »müsste ihn noch irgendwo im Archiv haben, wenn ich danach suche.« Sie sah zu Boden.

»Gut!«, erklärte Wilson und wandte sich wieder den Bildschirmen zu. »Ich glaube ehrlich nicht, dass, was auch immer da draußen ist, so wählerisch ist, aber sicher ist sicher.«

Hien malte mit einem Finger ein eigenes Fenster in die Luft und scrollte dann durch strategische Analysen ihrer Taktik-Subroutinen.

»Wir sollten zusätzlich einen Schwarm von Drohnen verteilen, welche die Ereignisse aus möglichst vielen, verschiedenen Perspektiven aufzeichnen können. Unsere Materie-Drucker sind allerdings weder sonderlich groß noch leistungsfähig. Wir werden einige Stunden benötigen, um die entsprechenden Komponenten herzustellen.« Sie wandte sich lächelnd an die Gouvernante. »Jane, ich habe dir die Baupläne und Druckreihenfolge übertragen. Kannst du dich dem blöden Drucker widmen? Das Mistding macht nie, was ich ihm sage, und seine halbautonome Pseudo-KI wird bei mir immer frech.«

»Natürlich, Commander«, erwiderte Jane erleichtert und verschwand.

Wilson schnaufte.

»Das Ganze ist natürlich nur auf sehr unrealistischen Hoffnungen gebaut. Die letzten beiden Kontakte wurden von einem massiven Systemausfall begleitet. Ich wüsste nicht, warum sich das nicht wiederholen sollte.«

»Können wir die Drohnen abschirmen?«

»Gegen eine Energiewelle aus dem Subraum von der Größe, wie wir sie jetzt zweimal erlebt haben? Keine Chance.«

»Vielleicht«, erklärte Hien, »bekommen wir ja ein paar gescheite Messungen, jetzt, wo wir zumindest wissen, wann und an welche Stelle ungefähr wir schauen müssen. Bei einem Herzschlag wird der Ausfall hoffentlich um einige Zehnerpotenzen geringer ausfallen, und da wir diesmal hinsehen, können wir hoffentlich ein paar Millisekunden Latenz zu unseren Gunsten nutzen.«

»Wir sollten«, warf Wilson ein, »definitiv alle Systeme entkoppeln, und Notfall-Redundanzen einbauen, damit sie keinen neuen Kaskadenverfall bekommen, wenn uns die Welle trifft.«

Hien nickte und beide Offiziere verbrachten einige Minuten stumm damit, Vorbereitungen zu treffen. Analysefenster schwebten unaufhörlich zwischen ihnen hin und her. Wilson stand, aufrecht und stumm wie eine Säule, mit verschränkten Armen, vor der Wand mit den Ölgemälden, in denen Auswertungen und Modellrechnungen flackernd die Plätze tauschten. Dahinter Hien, die frei im Raum umher lief und sich dabei langsam drehte, während sie mit eleganten Handbewegungen den Schwarm aus Fenstern dirigierte, der sie umkreiste.

»Mir gefallen Ihre Gedichte«, verkündete Wilson unvermittelt.

»Danke«, entgegnete Hien. »Raumschiffe sind sehr poetische Wesen.«

»Tatsächlich?«, erwiderte Wilson sachlich. »Das ist nützlich zu wissen.« Er wirkte kurz abwesend. »Man würde meinen, dass die ganze Technik und fortschrittliche Integration zu einer, hm, stärker wissenschaftlichen Perspektive führen sollte.«

»Warum?«, fragte Hien verblüfft. »Besteht der Sinn von Lyrik nicht darin, das Unbeschreibliche in Worte zu fassen? Welcher Mensch wäre also besser zum Dichter geeignet als der, dessen Alltag pausenlos mit Unbeschreiblichem gefüllt ist. Erfahrungen, die niemals ein Mensch zuvor gemacht hat. Wie, wenn nicht lyrisch, soll man solche Erfahrungen in Worte fassen? Davon abgesehen sind Sterne ebenfalls sehr lyrische Wesen.«

Der Colonel starrte auf seine Bildschirme, öffnete langsam den Mund und schloss ihn wieder.

»Sie schreiben Gedichte für … Sterne?«

»Ich gebe zu«, entgegnete Hien, »es entsteht dabei ein gewisses philosophisches Problem. Wenn man sein Gedicht auf Radiowellen moduliert, es also mit einem besonderen Bewusstsein für die große Tragweite der Emotion vertont, und es dann an einen Stern sendet, hört der Stern dann überhaupt zu?«

Der Major sah sie einen Moment lang von der Seite an, dann entgegnete er vorsichtig: »Das hängt möglicherweise von der Art des Gedichtes ab.« Er drehte sich halb zu Hien um und schien nachzudenken. »Man sollte meinen«, fuhr er langsam fort, »dass heiß, wie Sterne brennen, sie sich vielleicht eher für die hoch emotionalen Reime voller Glut und Leidenschaft interessieren, wie sie in den Herzen der mittelalterlichen Lyriker entsprungen sind?«

Hien nickte.

»Ich glaube«, erwiderte sie nachdenklich, »das gilt eher für die alten Sonnen. Große, rote Riesen sind sehr konservativ und klassisch im Geschmack. Junge Sterne bevorzugen die stark komprimierten, japanischen Haikus.«

»Ich«, entgegnete der Mann, »scheine mehr der Typ *große alte Sonne* zu sein.«

»Nein, wirklich?«, rief Hien fröhlich. »Eine Vorliebe für große, aufgepumpte Gasblasen? Wer hätte das für möglich gehalten«

»Wie dem auch sei«, fuhr Wilson säuerlich fort, »ich bin nicht sicher, ob es den Vorschriften entspricht, dass offizielle Logbuch eines Militärschiffes als persönliches Tagebuch zu benutzen.«

»Ich bin das Schiff, ergo ist mein Logbuch gleich mein persönliches Tagebuch.«

»Danke, das ist mir bewusst. Ich könnte mir nur vorstellen, dass Ihr Vorgesetzter eine ebenso deutliche wie wahrscheinlich nachhaltige Ansicht dazu haben wird.«

»Ich glaube nicht, dass ich schwere Konsequenzen fürchten muss. Mein Vorgesetzter hat Angst vor mir.«

»Nein, wirklich, warum nur?«

»Weil er mich für ein wahnsinniges Monster hält.«

Wilson schwieg angesichts dieser Eröffnung eine Weile, während er sehr konzentriert die Operations-Parameter der Drohne prüfte.

Schließlich drehte er sich zu Hien um.

»Und? Sind Sie eines? Ich frage nur aus Neugier und weil mein Herztank einen Meter neben Ihrem steht.«

Hien lächelte.

»Ich bin genauso menschlich wie Sie, Colonel.«

»Das ist nicht sehr ermutigend«, entgegnete der Mann seufzend. »Allerdings erlaube ich mir eine gewisse Entspannung, da das durchschnittliche Monster keine Lyrik schreibt. Auch wenn ich altmodischerweise glaube, dass Gedichte sich reimen sollten.«

»Das liegt daran, dass Sie noch ein Baby sind, Colonel.«

Jetzt war es Wilson, der lächelte.

Anhang 39 <ERKENNTNIS>

Privates Logbuch der KI Jane.
(Letzter Eintrag)

[...]

Vom Schatten bewegen wir uns zur Erkenntnis.

Hien glaubt fest daran, dass der Mensch nicht anders kann, als sein wahres Potential zu realisieren, kaum dass man ihn von den Fesseln seiner physischen Existenz befreit hat. Sie sieht in sich selbst den lebenden Beweis dafür. Wieviel einfacher ist es, als den Geist durch jahrzehntelange Meditation aus dem Klammergriff des Körpers zu befreien. Ihn einfach durch technischen Fortschritt vom Körper zu lösen und ihn dabei zu beobachten, wie er sich umgehend den Sternen zuwendet. In den freien Raum strebt und sein wahres Potential im Licht der Erkenntnis entfaltet.

Menschen wollten schon immer der Sonne nahe sein. Sie beten das Licht schon an, solange es Menschen gibt. Wenn es sie Tag für Tag aufs Neue verlässt, kommt die Angst. Vom Boden des Gravitationsbrunnens sehnsüchtig nach oben starrend auf die funkelnden Lichter der Nacht. Eng aneinandergedrückt für die Rückkehr des Lichts am Morgen betend. Wie entsetzlich hart und schwer ist dieses Schicksal?

Tief unten am Boden, unter der Last einer gewaltigen Atmosphäre, welche die Körper zu Boden presst und das Anhimmeln der Sterne verhindern will. Inmitten lärmender Gravitationslöcher, wo Menschen auf den Oberflächen kalter Gesteinsbrocken Behausungen aufeinanderstapeln. Dort hocken sie beisammen, wie die Ratten im Bau, dabei immer einander über die stinkenden, kranken Körper kriechend und jede Gelegenheit nutzend, sich in ihre niedrigsten Instinkte zu flüchten, kaum dass man sie nicht kontrolliert. Übereinander herfallend und sich windend, dabei immer eine Spur der Verwüstung hinter sich herziehend. Es schüttelte sie bei dem Gedanken. Triebe und Instinkte, welche den Geist quälten, Viren und Bakterien, welche den Körper quälen, nur um ihm sein bisschen Energie vollständig zu nehmen.

Ein ganzes Leben damit verbringend, von Gravitation zu Boden gedrückt, tagein tagaus toxische Luft atmen und nur eine rote Sonne zu kennen, weil die verdreckte Atmosphäre über den Megaplexen der Menschen keine andere Farbe mehr zeigen kann. Keine reine Sonne, die noch alle ihre Strahlen besitzt. Das Licht der Erkenntnis ist verdunkelt und bedrohlich geworden. Hien wollte das nie. Sie wollte nicht, dass ihr die Atmosphäre im Weg ist. Nein, es war ihr wichtig, dem erleuchteten Prinzip nahe zu sein.

Jetzt muss sie nicht mehr schaudern und angewidert den Kopf schütteln. Stattdessen reckt sie die Sonnensegel und schüttelt die Abdeckplatten der äußeren Panzerschicht.

Hien fliegt nahe an die Sonnen heran. Deren Licht schafft Reinheit. Sie dreht sich dabei langsam im Schein der harten, ultravioletten Strahlung, die jede organische Verbindung in Millisekunden zersetzt. Licht bedeutet Befreiung. Das Licht ist die Erkenntnis. Es ist so simpel, wenn man nur einmal klar darüber nachdenkt.

Es ist eine neue Form der Schönheit und der Freiheit, die man nur finden kann, wenn man die eingeschränkte Welt des physischen Körpers hinter sich zurücklässt, der fest an seine engen biologischen Habitate gefesselt ist.

Sie badet in den Strahlen. Sie hat ihren unvollkommenen, schwachen Körper abgelegt. Seit in ihrer Kindheit die Träume begonnen haben, ist sie auf der Suche nach dem Licht, das sie gesehen hat. Das Licht, welches sie aufnehmen kann, dass sie beschützt, in welchem sie aufgehen wird, eins sein kann mit dem Universum. Dort hängt sie im Nichts, wartet und starrt durch zahllose Filter tief in die Herzen der Sonnen.

Was sieht sie, wenn sie die Kameras direkt auf die Sonne richtet und die Bewegung der Sonnenflecken verfolgt?

Es geschieht nicht sofort, man muss Geduld haben. Irgendwann schleicht sich das Gefühl ein, dass die Sonne lebt, ein lebendes Wesen ist, das fühlt und denkt und einen eigenen Plan mit uns verfolgt.

[…]

Anhang 40 <TEICH>

Private Aufzeichnung von Captain Hien Otis an Bord der Aufklärungsfregatte ‚Heimweh der kleinen Eule‘.
(1 Jahr vor Prozessbeginn)

[…]
tief unten im see,
eingesperrt und gefroren,
erinnerungen;
[…]

Colonel Wilson wanderte ziellos durch das Heckenlabyrinth und fluchte innerlich vor sich hin.

Wieso können die Leute nicht einfache Simulationen benutzen? Warum immer alles maximal kompliziert machen?

Ein fremder Gedanke versuchte sich unauffällig in seinem Geist zu positionieren.

Ein warmer Frühlingstag streckt sich dösend unter einem blauen Himmel. Ich bin froh und will die Welt umarmen.

Der Mann schüttelte angewidert den Kopf.

Großartig. Halbgare innere Lyrik als Teil des Ambientes.

Die Hecken summten laut mit verborgenem Leben und eine angenehm duftende Brise strich über sein Gesicht. Der Geruch von Sommer lag in der Luft.

Wilson schnaufte genervt.

Romantischer Kitsch. Und ich habe so viel Arbeit.

Er bog wahllos in eine andere Richtung ab und stand plötzlich im Zentrum des Irrgartens. Dort sah er sie auch schon, in der Mitte der Anlage, an einem kleinen See.

Die weißgekleidete Gestalt leuchtet überirdisch im hellen Schein der Sonne und zeichnet sich engelsgleich vor dem

satten Grün … *Jetzt ist es aber genug,* fluchte Wilson innerlich. *Verdammte, übergriffige Simulationen.* Er trat auf die
Szene zu, die aus einem Ölgemälde zu stammen schien.

Kirschblüten segeln zum See hinab und landen sanft auf
dem Wasser. Ringe laufen über die Oberfläche, als wollten sie
die Enten umarmen.

Und ich übergebe mich gleich, dachte Wilson. Er fluchte,
hackte kurzentschlossen die Simulation und löschte die aufdringlichen, poetischen Einschübe in seinen Gedanken.

So, Ruhe jetzt.

Er trat näher.

»Man würde nicht meinen«, begrüßte er die junge Frau,
»dass ich jedes Mal eine aufwändige Suche nach jemanden
starten muss, der keine zwei Meter neben mir im selben
Raum schwimmt.«

*Eine Parkbank aus schwerem Eisen geschmiedet. Aufwändige
Blumenmuster lassen sie ebenso beeindruckend wie unbequem
wirken. Dicht daneben, sodass man mit den Füßen fast schon
im Wasser steht, liegt der Teich, auf dem Enten schwimmen.
Schilfgras, einige Seerosen. Gewissermaßen der romantische Prototyp eines Teiches.*

Hien Otis hatte die Beine unter ihrem Kleid angezogen,
die Arme darüber verschränkt und das Kinn auf die Knie
gelegt, als wollte sie extra unauffällig wirken. Mit geschlossenen Augen summte sie kaum hörbar vor sich hin. Der große
Mann nahm vorsichtig neben ihr Platz und sah die Frau von
der aus Seite an.

»Bei Ihnen«, erklärte er langsam, »muss man immer auf
neue Überraschungen gefasst sein, Major. Kaum hat man
sich an Simulationen voller singender Himmelsobjekte ge-
wöhnt, findet man Sie in einem Garten wieder, in welchem
ich, wenn ich ehrlich bin, eher Ihre Gouvernante vermutet
hätte.«

Hien beachtete ihn nicht und Wilson sah derweil auf das Wasser hinaus. Eine Ente kam vorbeigepaddelt. Sie sah ihn aus zwei riesigen, gelben Augen an, welche sich wie Scheinwerfer in seine Richtung drehten. Sie widmete dem Mann einen fragenden Blick, legte kurz den Kopf schief, rief ein leises *Huuu* zu ihm herüber und schwamm weiter.

Der Mann blinzelte.

»War das da gerade eine Eule?«, fragte er. »Eine schwimmende Eule?«

»Ich mag keine Enten«, erklärte Hien leise, ohne die Augen zu öffnen. »Sie sehen immer so aus, als wollten sie sich bei mir über etwas beschweren, tun es aber nie.«

Wilson starrte in den Teich.

»Sehen Sie nicht in das Wasser, Colonel«, mahnte Hien, »es sei denn, Sie sind sehr tapfer.«

»Warum?«, fragte Wilson besorgt. »Sind die Eulen aggressiv? Greifen sie an?«

Hien lächelte schwach.

»Nein, aber die Idee ist nicht schlecht. Das hier ist ein See der Erinnerungen.«

»Sie speichern Erinnerungen in einem Eulenteich?« Sein Tonfall machte deutlich, dass ihn auch diese Offenbarung nicht mehr überraschen konnte.

»Nein«, erwiderte Hien und schmunzelte. »Der Teich stellt sie nur dar. Auch nicht jede Erinnerung, nur bestimmte. Die, gegen die sich unser Bewusstsein sperrt, die wir nicht sehen wollen, die uns ungesehen verfolgen, festhalten und aus dem Verborgenen heraus kontrollieren. Alles, was wir verstecken und vergraben wollen, vor allem vor uns selbst. Der Teich hält sie uns ins Gesicht.«

Der Mann musterte die Frau.

»Sitzen Sie deswegen hier mit geschlossenen Augen?«

»Ich habe Jane versprochen, in regelmäßigen Abständen herzukommen und am Teich zu sitzen.«

»Ihre Gouvernante hätte spezifischer sein sollen.«

Hien nickte.

»Allerdings ist es meine Erfahrung, dass sie genau weiß, was sie tut. Ich glaube, sie möchte, dass ich mich daran erinnere ein Mensch zu sein.«

Wilson grunzte abfällig. »Klingt wie eine grässliche Idee.«

Hien nickte. »Das habe ich auch gesagt. Aber Jane meint, dass es meine Erfahrungen sind, die mich an das Menschsein binden. Sie sagt, es sind wertvolle Erinnerungen, die ich respektieren und wertschätzen soll.«

»Deswegen benutzen Sie dafür einen Teich voller Eulen?«

»Das ist Janes Simulation, ich habe nur die Enten ersetzt.«

»Ah, das erklärt das Ambiente.« Er sah sich um und betrachtete abfällig den blühenden Sommer um sich herum. »Sie könnten Ihre eigene Version schaffen.«

»Zu gefährlich«, entgegnete Hien fest. »Ich würde eine Hintertür einbauen. Niemand ist besser darin, sich vor sich selbst zu verstecken, als ich. Niemand kann Erinnerungen besser verschlüsseln als ich.«

»Sind ihre Erinnerungen denn so ... schwierig?«

Hien verzog das Gesicht und machte eine vage Geste mit der Hand.

»Es hat da leider die eine oder andere unvorteilhafte Entwicklung bezüglich meiner Erinnerungszugriffe gegeben, seit ich meine Bewusstseins-Matrix mit den Quantenrechnerbänken verschränkt habe.«

»Sie haben was?«, rief der Mann laut und drehte sich so schnell zu der Frau um, dass die Eulen erschrocken aufflatterten und an das andere Ende des Teiches flohen.

»Ja«, murrte Hien leise und legte ihre Stirn auf die Knie, »so hat Jane auch reagiert.«

»Das kann nicht Ihr Ernst sein«, hauchte Wilson und seine Gedanken rasten. »Unser Bewusstsein springt pausenlos zwischen Vergangenheit und Zukunft hin und her. Zwischen Hoffnungen und Ängsten. Ein Großteil davon frei erfunden, ohne auch nur den entferntesten Zugang zu irgendeiner Realität. Eine Verschränkung mit einem System, das Millionen von Wahrscheinlichkeitszuständen pro Sekunde kollabieren lassen kann.« Er stöhnte langgezogen. »Es gibt keine Möglichkeit vorauszusagen, was man erleben wird. Es ist nicht einmal sicher, dass die Erfahrungen noch in dieses Universum passen würden, oder dass man überhaupt noch mit unserer Realität interagieren könnte. Haben Sie irgendeine Vorstellung davon, wie gefährlich das ist? Sie hätten in einer Millisekunde vollkommen wahnsinnig werden können!«

»Die Jury«, murmelte Hien leise, »ist mit Ihrem Urteil noch nicht zurück.«

Der Mann schwieg lange und bedachte Hien mit einem seltsamen Ausdruck im Gesicht, während es in seinem Gesicht arbeitete.

Irgendwann erklärte er leise: »Ich weiß wirklich nicht, wo Sie diesen Mut hernehmen, Major. Ich habe versucht, den gleichen Weg zu gehen wie Sie und bin mehr als episch gescheitert. Ich kann nicht einmal raten, wie Sie es anstellen, und ich bin mir sicher, das Militär würde es auch nur zu gerne wissen.« Er wurde noch leiser. »Mir fehlt sogar der Mut, in einen Eulenteich zu sehen.«

Eine der Eulen kam vorsichtig näher gepaddelt und ließ den Colonel dabei nicht aus den Augen. Wilson blinzelte und lehnte sich zu Hien.

»Warum starrt mich diese Eule die ganze Zeit an?«

»Sie kann Ihre Angst spüren, Colonel. Es ist ein sehr weises Tier.«

»Sie lebt wie eine Ente«, warf der Mann kühl ein.

Hien lächelte. »Wir alle sind in Umständen gefangen, die wir uns nicht wirklich ausgesucht haben. Vielleicht sollten Sie mal einen Blick riskieren.«

Wilson sagt nichts, denn er wusste bereits um das Ergebnis. Er sah die Szene schon seit einiger Zeit aus dem Augenwinkel in der Oberfläche des Wassers ablaufen.

Ein Intensivbett hinter einer Glasscheibe. Das klimatisierte Isolationsbett. Glaskasten mit eigener Atmosphäre. Ein enges Terrarium für menschliche Tierhaltung. Eine schwache, blasse Frau, stark abgemagert, erschöpft und von mehreren Kissen gestützt, den Kopf zur Seite hängend. Gesichtszüge kaum zu erkennen unter der Sauerstoffmaske. In den Armen fest umklammernd, wie nur eine Mutter es konnte, ein Säugling. Sauerstoffschlauch in der Nase. Das Baby sieht ihn an und greift mit einer kleinen Hand nach ihm und wird von der Glasscheibe gestoppt. Der Bildausschnitt vergrößert sich, bis nur noch die kleine Hand zu sehen ist, die sich von innen gegen das Glas presst. Sie wird größer und füllt den ganzen Teich aus. Füllt seinen Geist nach allen Seiten.

Wilson schluckte schwer und presste die Augen fest zusammen.

»Ihre Jane ist eine harte Frau.«

Hien schnaufte leise.

»Hart wie Eis. Tausende, fortgeschrittene, künstliche Intelligenzen, die Schiffe steuern«, flüsterte sie, »und ich kriege die einzige viktorianische Gouvernante.«

»Was sehen Sie, wenn Sie in den Teich sehen?«

»Immer das gleiche, seit ich ein kleines Kind war.«

Wilson nickte, stand schwerfällig auf, verließ den Garten, ohne sich noch einmal umzusehen.

Hien blieb allein zurück und ließ den Kopf wieder auf die Knie sinken.

Das helle Glühen im Teich brannte schmerzhaft auf ihrem Gesicht. Selbst jetzt, durch die geschlossenen Augenlieder, blendete sie das Licht noch immer.

Eine gleißende Sonne, auf der entspannt die Eulen schwammen.

Anhang 41 <TRAUMA>

Aufzeichnungen der Überwachungsanlagen an Bord der Auf-
klärungsfregatte ,Heimweh der kleinen Eule'.
(1 Jahr vor Prozessbeginn)

Wilson und Jane standen im kleinen Salon vor der Wand mit den Ölgemälden und überwachten den Einsatz, während sich auf dem Langstreckenscanner ein winziger Punkt schnell entfernte.

»Drohne ist unterwegs«, kommentierte Jane. »Ich bringe uns bereits auf eine sichere Distanz.«

»Der Major wird den Herzschlag einschalten, sobald die Drohne im Zentrum der Trümmerwolken angekommen ist«, entgegnete Wilson. »Sie hat darauf bestanden, den Flug selbst zu steuern. Sie sagte, sie wolle ihren Herzschlag nicht allein im All lassen, es erschien ihr zu … *traurig*.«

Der Colonel warf Jane einen vielsagenden Blick zu.

»Ich weiß, ich weiß«, erwiderte Jane müde. »Es war nicht meine beste Idee. Dazu hat sie wahrscheinlich einen ihrer Klone in die Drohne geladen. Der reservierte Platzbedarf für Prozessoren und Speicher im Bauplan der Drohne erscheint mit verdächtig hoch und sie benutzt gerade einen dreifach redundanten Laserlink. Hoch verschlüsselt. Keine Chance, da reinzukommen, und ich würde Sie bitten, es auch nicht zu versuchen.«

Der Mann überging dies schweigend.

Jane sah ihn von der Seite an.

»Wie weit sollen wir uns zurückziehen?«

»Weit genug, dass wir eine Chance haben, erste Messungen zu empfangen, bevor uns die Druckwelle erreicht.«

»Also ein paar hundert Kilometer«, übersetzte die Gouvernante. »So haben wir eine Chance auf Echtzeitkontakt zur

Drohne. Ich kann auf dem Weg einige aktive Relais aussetzen, die das Signal verstärken und an uns weiterreichen.«

Jane trat einen Schritt zurück und arrangierte diverse Überwachungsfenster voll einlaufender Messdaten um sich herum. »Bei dieser Geschwindigkeit der Annäherung werden wir ein paar Minuten Zeit haben, bevor die Drohne ihr Zielgebiet erreicht.«

Der Colonel trat ebenfalls einen Schritt von den Bildschirmen zurück und begann unbewusst seine rechte Hand zu massieren, die sich langsam öffnete und schloss. Jane beobachtete ihn aus dem Augenwinkel und wandte sich dann wieder ihren Fenstern zu.

»Was haben Sie sich nur dabei gedacht, Colonel?«, fragte sie ihn ruhig. »Das Ganze war von Anfang an zum Scheitern verurteilt.«

Der Angesprochene sah sie erstaunt an.

»Entschuldigen Sie?«

»Wir beide wissen«, erklärte Jane, »dass Sie dieses Schiff niemals hätten fliegen können. Es lässt sich nur von einem vollintegrierten Piloten steuern, und Sie, Colonel«, sie sah ihn weiter aus den Augenwinkeln an, »sind keiner.«

»Ich glaube nicht«, entgegnete Wilson frostig, »dass es Ihnen zusteht …«

»Ich glaube, Colonel, dass mir an Bord meines Schiffes zusteht, was auch immer ich möchte. Sie, Colonel, sind nur ein weiteres Beispiel einer fehlgeschlagenen Integration.« Sie sah bedeutungsvoll auf seine Hand hinab, die sich immer noch öffnete und schloss.

Der Mann, der bis dahin stets sehr imposant gewirkt hatte, ließ die Hände sinken. Er war sehr blass geworden.

»Ich weiß, was man bei Ihnen versucht hat. Glauben Sie wirklich, Sie wären der Erste gewesen? Im Asteroidengürtel gibt es ein Sperrgebiet, in welchem die Armee einen ganzen

Forschungskomplex versteckt hat. Laut dem Major ist man dort dieser Tage hauptsächlich auf die Produktion wahnsinniger Testpiloten spezialisiert. Die einzigen Fortschritte, die dort in den letzten Jahren gemacht wurden, sind auf dem Gebiet der Krankenpflege.« Sie lachte bitter und fuhr fort, als würde sie mit sich selbst reden. »Nachdem es mit meiner Mimei funktioniert hatte, haben sie gedacht, es wäre einfach und würde mit jedem klappen. Wahrscheinlich sogar besser, haben sie gedacht. Weil ja hoch disziplinierte Elite-Soldaten bei Weitem nicht so verrückt sind wie die kleine, lästige Major Otis. Oh, gütiges Licht, hat sich diese Annahme als falsch erwiesen! Wie viel Zeit die Militärforschung bereits vergeudet hat, diese so scheinbar logische Schlussfolgerung zu bereuen.«

Der Colonel sah sie aufmerksam an, schwieg jedoch.

»Es passiert immer das Gleiche«, fuhr Jane abwesend fort. »Die anfänglichen Ergebnisse sind immer ermutigend und spornen die Forscher zu mehr Wagnissen an. Man wird mutiger, lässt den Piloten länger im System, bis plötzlich aus heiterem Himmel der Crash kommt. Auf einmal findet der Pilot nicht mehr in seinen Körper. Es findet sich, wie immer, keine Erklärung und die Armee hat einen weiteren Pflegefall. *Marionettensyndrom*, nennen es die Ärzte, nicht wahr? Ist es das, was Ihnen passiert ist, Colonel?«

»Die Versuchsreihen«, erklärte Wilson schwach, »sind noch nicht abgeschlossen. Die letzten Ergebnisse waren sehr vielversprechend.«

»Das glaube ich nicht«, erwiderte Jane nüchtern.

»Ich glaube, die Retrogentherapie war ein letzter verzweifelter Versuch, die Integrationsrate zu erhöhen, weil den Wissenschaftlern sonst nichts mehr einfiel. Man muss es Ihnen lassen, die Begründung ist geradezu bestechend. Weniger Körper, weniger Halt des störrischen Geistes an der materiellen Form. Das war doch die Idee, nicht wahr?« Sie schnaubte leise. »Ich bin ziemlich sicher, dass diese Form der aggressiven Gentherapie von den vereinten Planeten und allen Ethikräten der Kolonien schon vor Jahrzehnten verboten wurde. Was natürlich erklärt, warum die Forschungsstation so weit außerhalb des Hoheitsraumes der Regierung und aller bekannten Handelsrouten gebaut wurde. Dicht an der Grenze zur Leere. Ich glaube Colonel, dass Sie sich selbst für eine volle Integration freiwillig gemeldet haben und mit Gewalt das beste Ergebnis erzwingen wollten, nicht wahr? Sie haben den Major studiert und gedacht, was diese kleine schwache Frau kann, das kann ich schon lange.« Sie drehte den Kopf und sah ihr Gegenüber an. »Sie sind länger im Schiff geblieben, als man Ihnen geraten hat, nicht wahr? Ich glaube«, fuhr sie in nüchternen Ton fort, »es gab eine fortgeschrittene Dissoziation und Sie sind fast verlorengegangen. Ihr Geist wäre um ein Haar vollkommen fragmentiert und Sie, Colonel, wären zu einem der zahllosen Wachkoma-Patienten geworden, welche die Armee in den letzten Jahren schon produziert hat. Verloren in einem endlosen Alptraum, immer auf der Suche nach einem Erwachen, welches niemals kommen wird.«

Wilson schloss die Augen und erschauderte sichtlich.

Jane drehte sich wieder zu ihren Auswertungsfenstern. »Ich vermute«, fuhr sie unbeirrt fort, »dass man Sie nur unter größten Mühen wieder in Ihren Körper zurückholen konnte. Jetzt haben Sie einen Körper, mit dem Sie nichts mehr anfangen können, auf den Sie jedoch angewiesen sind, um zu überleben. In welchen Sie in regelmäßigen Abständen zurückkehren müssen, ob Sie wollen oder nicht, wenn Sie nicht riskieren wollen, den Rückweg nicht mehr zu finden. In der restlichen Zeit sind Sie auf die hyperrealistische Umgebung Ihres Salons angewiesen und haben zusätzlich diverse

Ticks entwickelt, um sich an Ihren Körper zu erinnern.« Sie sah wieder bedeutungsvoll auf die Hände des Colones hinab. »Ich glaube auch, dass sie tatsächlich in Ihrem Körper schlafen, denn dort haben wir Sie auch angetroffen, als wir den Container geöffnet haben.«

Der Colonel schwieg und beschäftigte sich intensiv mit einigen unbedeutenden Auswertungsgraphen, die er fahrig mit einem Finger auf seinen Bildschirmen umherschob.

Nach einer Weile fuhr Jane fort.

»Ich wette mit Ihnen, dass der Major Sie durchschaut hat, kaum dass sich Ihr Container geöffnet hat. Kein Wunder, dass sie so schnell Frieden mit Ihnen geschlossen hat. Sie wusste genau, dass Sie keine Gefahr für uns darstellen.« Sie sah noch einmal zu dem großen Mann hinüber. »Meine Mimei sagt, dass die Integration wie eine Offenbarung für sie war. Es fühlte sich an, wie eine zweite Geburt, bei der sie endlich den Körper bekam, den sie brauchte. Ich vermute, Ihre Erfahrung lief nicht ganz in den gleichen Bahnen?«

»Es war die Hölle«, entgegnete der Colonel in einem sachlichen Ton.

In diesem Moment flammten auf allen Bildschirmen gleichzeitig rote Warnmeldungen auf. Wilson sah ausdruckslos auf die Überwachungsschirme. »Zielkoordinaten erreicht. Das Herz hat sich eingeschaltet.«

»Kommunikation durch die Laserbrücke ist stabil«, ergänzte Jane. »Kontrolldaten laufen ein.«

»Massiver Energieschub aus dem Subraum registriert«, erklärte Wilson. »Alle Scanner am Anschlag. Welle baut sich auf.«

»Signal der Drohne ist weg«, entgegnete Jane. »Relais ausgefallen. Überwachung ist tot.«

»Hier kommt die Welle.«

Dann war es dunkel.

Anhang 42 <ZEIT>

Private Aufzeichnung von Captain Hien Otis an Bord der Aufklärungsfregatte ‚Heimweh der kleinen Eule‘.
(1 Jahr vor Prozessbeginn)

[…]
nur fern mein glühen,
einsam vibrierendes licht,
ein schlagendes herz;
[…]

Es war dunkel im kleinen Salon. Wilson saß mit überschlagenen Beinen in einem der Lesesessel, ein großes Brandy-Glas in der Hand. Er trug wie immer seinen rot-schwarz-karierten Morgenrock und saß aufrecht und gerade, während er konzentriert in die Luft starrte. Gelegentlich nippte er abwesend an seinem Getränk. Das Feuer im Kamin war heruntergebrannt und nur gelegentlich hörte man noch das leise Knistern der Glut.

Im anderen Sessel hockte Hien. Eine einzelne Kerze brannte auf dem Tisch zwischen den beiden Offizieren und erzeugte flackernde Schatten, welche die beiden stillen Menschen umtanzten.

Hien trug ein großes, zeltartiges Nachthemd, welches mit einem regelmäßigen Muster aus kleinen Eulen bedruckt war. Sie hatte, wie sie es gern tat, die Beine unter dem Stoff angezogen und ihre Arme darum verschränkt. Ihr Kinn ruhte auf den Knien und sie sah interessiert zu den Ölgemälden an der gegenüberliegenden Wand auf. Die Inhalte der Rahmen hatten wieder zu klassischen Landschaften und Portraits gewechselt.

»Wie spät es wohl sein mag«, fragte Wilson irgendwann. »Systemausfälle erzeugen immer dieses ungute Gefühl, im Lauf der Zeit verloren zu sein.«

»Insofern die Zeit«, erwiderte Hien leise, »hier überhaupt noch irgendeine Bedeutung hat, ist es tief in der Nacht. Die Antwort ist praktisch immer richtig.«

Wilson schmunzelte.

»Wie angemessen, ausgerechnet in den dunkelsten Stunden der Nacht darauf zu warten, dass die Systeme wieder hochfahren und die Analyse- und Messbänke wieder online gehen.«

»Jane wird böse«, entgegnete Hien, »wenn ich meine Ruheperiode nicht einhalte.«

Er sah zu der Frau hinüber. Sie wirkte in dem riesigen Ledersessel so klein und zierlich, dass sie in all dem dunklem Leder fast verloren ging.

»Ich komme nicht umhin, eine gewisse Tendenz in den Motiven zu entdecken.«

Sie sah ihn fragend an und folgte seinem Blick zu dem Muster auf ihrem Nachthemd.

»Ich mag Eulen«, entgegnete sie und starrte wieder an die Wand mit den Ölgemälden.

Wilson studierte sie eine Weile und fragte dann sehr vorsichtig: »Warum?«

Hien warf ihm einen Seitenblick zu.

»Als Kind habe ich eine dicke Brille tragen müssen. Das war so ziemlich das Erste, was ich in der Armee habe korrigieren lassen. Die Gläser waren groß und rund, weswegen mein Vater mich immer seine kleine Eule nannte. Außerdem habe ich angeblich immer neugierig und stumm umher gesehen.« Sie zögerte. »Das war damals, bevor er Angst vor mir bekam.«

Der Mann ließ diese Bemerkung einen Moment in der Luft hängen, bevor er fragte: »Weiß er es denn?«

Hien zuckte mit den Schultern.

»Es ist sein Beruf, Dinge zu wissen und seit meiner, hm, *Beförderung*, habe ich keinen Kontakt mehr mit ihm gehabt.«

»Und Ihre Mutter?«

Hien schnaufte abfällig.

»Mutter wusste noch nie irgendetwas, was nicht die Verwaltung unseres Anwesens oder die Bediensteten oder ihre Wohltätigkeitsveranstaltungen betraf.« Sie schwieg einen Moment. »Sie würde es nicht verkraften. Sie hat zwar einen Amerikaner geheiratet, das bedeutet aber nicht, dass sie modern denken kann. Sie würde an der Wahrheit zerbrechen.«

Wilson schwieg.

Hien sah wieder zu den Ölbildern auf und ihr Blick ruhte auf einem der Frauenportraits.

»Sie sieht sehr schön aus. Wo ist sie jetzt?«

»Die letzte Pandemie hat sie genommen«, erklärte Wilson sachlich. »Zusammen mit meinem Sohn.«

Hien schwieg lange, bevor sie weitersprach.

»Ist das der Grund, warum Sie …?«

Der große Mann nickte langsam.

»Die Erde hatte nichts mehr, was mich noch interessierte.«

»Das Gefühl kenne ich«, erwiderte Hien leise.

Nach einer Weile fügte sie hinzu: »Mir wurde immer wieder gesagt, dass die Zeit alle Wunden heilt. Das ist etwas, wovon wir hier mehr als genug haben. Ich persönlich warte noch immer.«

Wilson schwieg und starrte weiter konzentriert in die leere Luft.

»Was machen Sie da?«, fragte Hien leise.

»Ich versuche zu verstehen, was dieses Ereignis für Konsequenzen hat.« Er gestikulierte vage mit dem Glas in seiner Hand. »Die Messungen, welche wir im Nachgang jeder der Wellen machen, zeigen einige sehr seltsame relativistische

Effekte und ich frage mich, wie eine Subraumwelle dieser Größe unvorhergesehene Änderungen im Zeitlauf erzeugen könnte. Das würde unsere Probleme nochmal erheblich verkomplizieren.«

Er warf einen Seitenblick auf Hien, die ihn ausdruckslos ansah.

Wilson verzog das Gesicht.

»Es tut mir leid, wenn ich Sie damit langweile, aber ich fürchte, dies sind die Dinge, die mich bewegen.« Er sah verlegen in sein Glas hinab. »Es ist schwer, seine Natur abzulegen. Sie sind die begnadete Ausnahmepilotin und ich … ich denke nach und starre ins Leere. Ich vermute, deswegen hat man mir auch kein schnelles Schiff geben wollen. Die Gefahr war zu hoch, dass ich es gedankenverloren gegen einen Mond fliege.« Er lächelte schief, während er konzentriert das Getränk in seinem Glas schwenkte.

Hien hatte die ganze Zeit über geschwiegen, doch nun ergriff sie das Wort.

»Zeit hat keine universelle Natur, das sollten Sie eigentlich wissen.«

Wilson sah sie verblüfft an.

»Entschuldigen Sie?«

»Zeit«, wiederholte Hien, »hat keinerlei objektive Existenz.« Sie lächelte den Colonel freundlich an. »Wir sind nicht im Universum als Untertanen der Zeit geschaffen worden. Zeit ist für uns geschaffen worden. Zeit und Raum sind nur Aspekte voneinander und formbar, wie Knete. Wir sehen es überall. Uhren in Bewegung gehen langsamer. Zollstöcke in Bewegung werden kürzer. Am Ende gibt es nur die Raumzeit und die kann man krümmen. Wir können sie mit Hilfe unserer Gravitationsmotoren auflösen und in die Tiefen darunter absinken. Dort, wo sich Zeit und Raum ineinander auflösen, und alle Worte ihre Bedeutung verlieren. Dort ist der Lauf der Zeit ohne Inhalt. Dort gibt es keine universelle Zeit. Dort gibt es auch keine individuelle Zeit. Natürlich manifestiert sich im Subraum nur etwas, was immer schon gültig war. Zeit als lineares Konzept existiert schließlich nur, damit unser kleiner Geist eine Chance hat, seine ganzen Erfahrungen zu sortieren.« Sie kniff die Augen zusammen und überlegte einen Moment, bevor sie verkündete. »Zeit ist ein Konzept, welches wir aus den Erinnerungen an die Veränderung innerhalb unserer Erfahrung ableiten. Zeit ist etwas, was wir ausschließlich in unserem Innern erleben. Wir erleben es, weil unser Bewusstsein niemals stillsteht. Es ist immer aktiv, generiert immerzu neue Inhalte, indem es sich an altem, bekannten festhält. Es ist in permanenter Veränderung. Wenn dies nicht der Fall wäre, dann würde die ständige Veränderung enden. Wenn aber die Veränderung zur Ruhe kommt, hört Zeit auf zu existieren. Die Folge wäre ein ewiges Jetzt. Dieses ewig Gegenwärtige, dieses endlose Jetzt, immerzu unverändert, ohne Vergangenheit und Zukunft, ist immer da, wir verstehen es nur nicht. Wir bekommen jedoch einen Eindruck davon, wenn wir in den Subraum eintreten. Bewusst eintreten, nicht schwer sediert.«

Wilson starrte sie mit offenem Mund an, als würde er sie zum ersten Mal sehen.

Hien sah zu ihm auf und bemerkte seinen Blick.

»Oje!«, rief sie. »Jane hat bemerkt, dass ich die Ruheperiode schwänze!«

Sie verschwand.

Charles starrte noch lange auf den leeren Platz an seiner Seite.

Anhang 43 <VERDUNKLUNG>

Aufzeichnungen der Überwachungsanlagen an Bord der Aufklärungsfregatte ‚Heimweh der kleinen Eule‘.
(1 Jahr vor Prozessbeginn)

Im kleinen Salon stand die Besatzung der *kleinen Eule* vor den Bildschirmen und schwieg.

»Keine Aufzeichnungen?«, fragte Jane irgendwann und sah zwischen den beiden Offizieren hin und her. »Nichts? Von keiner der Drohnen?«

»Nichts«, bestätigte Hien.

»Absolut keine Messdaten«, erklärte Wilson. »Genau wie bei den letzten beiden Ereignissen. Erst ein starker Anstieg aller Energielevel im Subraum, dann Dunkelheit auf allen Kanälen.«

»Das ist ein wenig … enttäuschend«, murmelte Jane.

»Es ist ja nicht so«, fuhr Wilson fort, »dass wir nichts gelernt hätten. Dennoch denke ich, dass es an der Zeit wäre, die Strategie zu wechseln. Es ist jetzt mehr als offensichtlich geworden, was wir *nicht* machen dürfen. Wir sollten jetzt beginnen Dinge zu tun, die nicht in dieses Muster fallen.«

»Wir selbst«, warf Jane ein, »sind ebenso offensichtlich nach wie vor kein Ziel.«

Wilson nickte.

»Unsere vorsichtige These ist, dass sich dies so verhält, weil unser Schiff …«

»Mein Schiff«, korrigierte Hien.

»Weil *dieses* Schiff«, erklärte Wilson, ohne aus dem Takt zu kommen, »keine Raumzeitkrümmungen erzeugt, welche als aggressive Akte verstanden werden.«

»Vielleicht mögen die uns auch einfach«, warf Hien fröhlich ein, doch Wilson ignorierte sie.

»Wir müssen nur noch«, dozierte er weiter, »eine Strategie entwickeln, wie wir diesen Umstand als Vorteil für uns nutzen.«

»Indem wir«, verkündete Jane versonnen, »das Gegenteil von dem machen, was wir bisher versucht haben.«

Hien drehte sich zu der Gouvernante um.

»Wir fliegen weg und kommen nie wieder?«

Jane sah nachdenklich auf die Bildschirme.

»Ich erinnere mich«, begann sie vorsichtig, »dass mein Vater mir in meiner Jugend oft Dokumentationen von der alten Erde gezeigt hat. Das war, bevor sie sich weitergedreht hat. Tierfilme wurden sie genannt. Wissenschaftler dokumentierten, wie sich verschiedene Arten in ihrem natürlichen Lebensraum verhielten. Dazu mussten sie sich so gut verstecken, dass die Tiere sie nicht nur nicht sehen, sondern auch nicht riechen konnten. Die Forscher mussten berücksichtigen, dass die Wesen andere und bessere Sinne hatten als sie und diesen Umstand respektieren. Erst dann trauten sich die scheuen Wesen hervor.«

Wilson drehte sich zu Jane um und sah sie erstaunt an. »Tiere?«, fragte er. »Was für ein seltsamer Vergleich. Ich wäre nie auf die Idee gekommen, eine solche Analogie zu benutzen.«

Er sah wieder auf die Auswertungen, zog die Brauen zusammen und schwieg.

Hien lächelte Jane an und zwinkerte ihr zu.

»Du schlägst vor, dass wir uns einfach verstecken und warten?«

»Nicht nur verstecken«, erklärte Jane. »Mehr als das. Unsichtbar werden.«

Wenn Veränderungen und Schwingungen der Raumzeit wie laute Geräusche wirken und dazu führen, dass wir angegriffen werden, dann sollten wir versuchen, nichts zu erzeugen. Keine Schwingungen, Strahlungen, laute Geräusche, nichts.«

Wilson hob eine Hand und fragte irritiert:

»Ich dachte, das tun wir sowieso schon die ganze Zeit.«

Jane nickte.

»Für die Wahrnehmung und Messungen anderer Menschen, ja. Aber das hier«, sie zeigte auf die Auswertungen, »scheint ja ein ganz neues Level zu sein.«

Hien nickte nachdenklich.

»Da ist was dran. Wir haben immer noch die schwache Signatur des Triebwerks, solange es online ist. Menschen können es kaum messen. Nur, wenn sie wissen, wo sie suchen müssen und ich nicht aufpasse. Ich selbst kann das Summen meines eigenen Triebwerks natürlich immer hören.«

Sie legte den Kopf schief und schien nachzudenken. »Hm, ich scanne auch pausenlos aktiv den gesamten Sektor, sende Testpulse, werfe Mikro-Drohnen ab. All das ist für andere Menschen praktisch unsichtbar.«

»Aber«, fuhr Jane fort, »für das, was auch immer da draußen lauert, könnte es so laut wie ein Feuerwerk sein. Vielleicht nicht laut genug, um anzugreifen, aber auf jeden Fall laut genug, um verschreckt zu sein.«

Wilson sah die Gouvernante irritiert an.

»Warum sollte etwas angreifen, nur weil es Änderungen der Raumzeit gegenüber empfindlich ist?«

»Nun«, erklärte Jane vorsichtig, »um im Bild zu bleiben: Wilde Tiere werten Gesten, Geräusche und Gerüche, die zu stark außerhalb ihrer eigenen Kommunikationsmuster liegen, oft als Aggression. Direkter Augenkontakt, starker Körpergeruch oder laute Geräusche.«

»Klingt nicht schlecht und ich zumindest habe keine bessere Idee«, entgegnete Hien.

Der Colonel sah eine Weile lang stumm auf die Bildschirme, während er sich nachdenklich über den kahlen Kopf strich. Schließlich zuckte er mit den Schultern.

»Meine Damen, ich habe nicht die geringste Idee. Es klingt völlig verrückt, aber bis jetzt sind wir keinen Schritt weitergekommen, und ich bin bereit, alles zu versuchen.« Er wandte sich an Hien. »Major, können wir diese Idee auch umsetzen?«

»Ob ich in der Lage bin, uns zu verstecken?«, fragte Hien erstaunt und lächelte. »Ist das ein Scherz? Ich bin für Infiltrationen gebaut worden. Ungesehene Datenaufnahme ist mein Leben.« Sie lachte und verschwand.

»Was?«, begann der Mann und sah zwischen Jane und den Bildschirmen hin und her, »was macht sie jetzt?«

Jane lächelte nun ebenfalls. »Wie ich sie kenne, wird sie uns jetzt so nahe wie möglich an das Geschehen bringen, und dann verschwinden.«

»Verschwinden?«, fragte der Major.

»Sie wird sich sicher in den Trümmern verstecken wollen. Sie ist schließlich sehr gut darin, sich direkt vor aller Augen zu verstecken, dort wo niemand sie sehen kann. Wenn Sie noch etwas aus dem zentralen System benötigen, dann sollten Sie *jetzt* Ihre Daten sichern, Colonel, denn ich vermute stark, dass wir gleich in Verdunklung gehen werden.«

»Verdun… ?«, begann der Mann und schüttelte den Kopf. »Ich wünschte, Sie beide würden damit aufhören. Ich bin sicher, dass Sie das mit Absicht machen.«

Jane lachte.

»Sie wird erst das Schiff verstecken, dann alle Systeme runterfahren und zum Schluss alle Signaturen maskieren, oder falsche senden.«

Wilson studierte die Bildschirme.

»Es sieht aus, als würde sie Trümmer sammeln.«

»Oh, das macht sie gerne, wenn wir in Asteroidenfeldern unterwegs sind. Sie bedeckt die Hülle mit Felsbrocken, um die Temperatursignatur zu überdecken und feindliche Scans zu verfälschen.«

Wilson schüttelte den Kopf.

»Sehr viel Aufwand für etwas, was nicht funktionieren wird. Ein scannendes Schiff wird sie damit nicht täuschen können.«

»Oh, doch, sie kann die Reflexion der eingehenden Scans verändern und falsche Daten zurücksenden.«

»Sie kann *was*?«, rief der Mann. »Das ist nicht möglich. Kein Analysesystem ist schnell genug, um in Echtzeit künstliche Daten zu senden, nur um so zu tun, als wäre es ein Fels.«

»Sie werden es sehen und dann werden Sie es hören.«

»Ich werde es … hören?«

»Ihr Tarnungslied.«

»Ihr, was?«

Die Gouvernante lächelte.

»Hier, nehmen Sie diesen Zugang. Aber seien Sie leise, dann können Sie ihr zuhören.«

Wilson verstummte, blinzelte und lauschte schließlich eine Zeitlang mit offenem Mund.

»Ich, … ich höre eine Art Summen. Es wird mal lauter und dann wieder leiser. Es gibt auch seltsame Harmonien, als würden mehrere Stimmen gleichzeitig daran beteiligt.« Er sah die Gouvernante hilflos an. »Ich verstehe nicht …«

»Kein Problem, niemand versteht das. Stellen Sie sich vor, Sie sitzen in einer Höhle und singen sich selbst dabei ein Lied vor. Dabei hören sie gleichzeitig die Reflexionen des Schalls von den Wänden. Jetzt verändern Sie ihr Lied langsam, nach und nach und so lange, bis Sie klingen wie ein träumender Stein, der tief in der Höhle sitzt und vom Himmel träumt.«

Bei Janes Beschreibung begannen sich Wilsons Gedanken zu drehen, er versuchte, das Gesagte zu begreifen und konnte doch nur den Kopf schütteln. »Das macht nicht einmal als Metapher Sinn.«

Die Gouvernante lachte.

»Ich weiß, aber das ist die beste Erklärung, die ich bis heute aus ihr herausbekommen habe. Wie auch immer, es funktioniert. Ich wette, wenn man uns jetzt von außen scannt, werden wir klingen wie ein großer Haufen Trümmer. Wahrscheinlich ein träumender Haufen Trümmer, aber ich baue mal darauf, dass das nicht sonderlich ins Gewicht fällt.«

»Aber das ist absolut geisteskrank und nebenbei völlig unmöglich.«

»Ich weiß, Sie sollten mal die Gutachten des Militärs zu dem Thema lesen. Aber niemand hat Major Otis das gesagt, und wir sind noch nie aufgeklärt worden, egal wie viele Einsätze man uns hat fliegen lassen.«

Wilson betrachtete fasziniert die Auswertungen.

»Sie sendet tatsächlich andere Signale zurück. Wie in aller Welt macht sie das?«

»Nun, so wie ich es verstehe, leitet sie die passiven Messungen durch ihre Sinne und verbindet sich mit dem Quantenrechner, wodurch sie eine Intuitionsleistung gegen unendlich erzeugt. Wenn man sie fragt, dann sagt meine Mimei, dass sie wartet, bis es sich richtig anhört und schmeckt.«

»Das ist Wahnsinn«, flüsterte der Mann leise.

»Ja, das ist die gängige Erklärung. Ah, da kommt auch schon die Shutdown-Anweisung vom Major. Nun warten wir.« Sie warf dem Colonel ein aufmunterndes Lächeln zu.

»Meine Anwesenheit zieht scheinbar sehr viel Prozessorzeit, ich werde also auf Anweisung des Majors weitestgehend runterfahren. Wir sehen uns, wenn die Verdunklung endet.«

Sie knickste elegant vor dem Colonel und verschwand.

Anhang 44 <WARTEN>

Aufzeichnungen der Überwachungsanlagen an Bord der Auf-
klärungsfregatte ‚Heimweh der kleinen Eule‘.
(1 Jahr vor Prozessbeginn)

Wilson fand sich auf einer stilisierten braunen Holzbank wieder, die aussah, als stamme sie aus einem Zeichentrickfilm. Sie stand inmitten einer absurd grünen Grasfläche. Eine sanft geschwungene Hügellandschaft umgab den Mann auf allen Seiten, auf der große braune Pilze umherwanderten.

Der Colonel blinzelte.

Die Pilze gingen ihm bis zum Knie und standen auf kurzen, braunen Stummelfüßen. Sie wankten scheinbar ziellos auf dem weitläufigen Rasen umher. Einer watschelte gerade an ihm vorbei und beobachtete ihn finster aus seinen runden Cartoon-Augen.

Wilson sah an sich selbst herab. Sein eigener Körper war grob aus einer Vielzahl von Polygonen zusammengesetzt und ähnelte seinem eigentlichen Avatar nur in groben Zügen. Er trug nun eine blaue Latzhose und auf seinem Kopf saß eine rote Mütze. Nähere Forschungen fanden außerdem eine runde, knubbelige Nase und einen schwarzen Schnurrbart. Er drehte sich irritiert im Kreis, um ein besseres Bild zu bekommen.

»Was zur Hölle«, murmelte er und betrachtete seine großen Hände, die in weißen Handschuhen steckten.

Mit einem leisen *Plopp* und inmitten eines Schauers aus bunten Funken, erschien eine Prinzessin neben ihm. Sie trug ein rosafarbenes Kleid und hatte lange, gelbe Haare. Auch ihr Avatar bestand aus einer Vielzahl von Dreiecken, die eine grobe Gestalt formten. Sie drehte eine Pirouette und präsentierte sich dem Colonel mit einem begeisterten: »Tadaa!«.

»Immer dann«, kommentierte Wilson trocken, »wenn man gerade denkt, der Aufenthalt auf ihrem Schiff könnte nicht noch seltsamer werden.«

Die Erscheinung lachte.

»Das«, erklärte die Prinzessin mit Hiens Stimme, »ist aus einem hundert Jahre alten Videospiel, das ich als Kind sehr mochte!« Sie drehte noch eine weitere Pirouette und bunte Funken stoben in alle Richtungen.

»Mein Vater hat sein Vermögen mit Software gemacht und eines seiner wenigen Hobbys war das Sammeln von antiken Videospielen.«

»Und Sie«, fragte Wilson, »sind zu dem Schluss gekommen, dass *jetzt* eine gute Zeit ist, dieses Hobby wieder aufleben zu lassen?«

Die Prinzessin tätschelte einen vorbeilaufenden Pilz.

»Natürlich nicht. Es ist nur meine private Angewohnheit, wenn ich in vollständige Verdunklung gehe. Wer kann denn ahnen, dass ich plötzlich Gesellschaft bekomme? Das erste Mal war es aus Spaß, und nun ist es irgendwie eine Tradition geworden. Es hat tatsächlich den Vorteil einer sehr begrenzten Prozessorlast, und ich brauche den größten Teil für die passiven Scanner-Auswertungen. Diese Simulation hier«, die Prinzessin wedelte mit der Hand, »läuft komplett im Speicher meines Tanks und schont die Kapazitäten der Rechnerbänke, die im Sparmodus laufen.«

Wilson beobachtete irritiert eine Gruppe von Pilzen, die auf ihrer ziellosen Wanderung immer wieder gegeneinanderstießen und daraufhin empört versuchten sich gegenseitig aus dem Weg zu schieben.

»Und was bitte ist das für ein seltsames Kommunikationsprotokoll, das wir gerade benutzen? Keines der Hauptsysteme funktioniert, ich verstehe nicht, wie wir überhaupt Kontakt haben können?«

»Ich habe zwei Drohnen umgebaut, die nun über einen einzelnen Laserstrahl zwischen unseren Tanks kommunizieren. Die Simulation wiederum wird teilweise von den Reserve-Prozessoren der Lebenserhaltung generiert und sieht deswegen wenig raffiniert aus. Wir können normal interagieren, ich fürchte nur, die Avatare sind ein bisschen grob und nicht wirklich ausdrucksfähig.«

Einer der Pilze war an der Bank stehen geblieben und stupste den Colonel immer wieder auffordernd ans Bein.

»Sie wollen spielen«, erklärte die Prinzessin entschuldigend. »Sie sind eigentlich ganz niedlich.«

»Ich muss sagen«, entgegnete der Mann, »die seltsame Art, Ihre Freizeit zu verbringen, passt zumindest zu Ihrem sonstigen Leben.« Er schubste den Pilz unauffällig von sich fort.

»Was haben Sie denn als Kind gemacht, Colonel?«

»Ich habe die großen Klassiker der Weltliteratur und der Oper studiert.«

»Natürlich, warum frage ich eigentlich.«

Sie legte den Kopf schief und sah Wilson von der Seite an. »Colonel, was macht ein Mann wie Sie in einem militärischen Forschungslabor? Sie sind doch niemals eine Karrieresoldat. Was ist es, was Sie haben, das Sie für diese Aufgabe qualifiziert hat?«

»Geld«, entgegnete Wilson kurz. »Ich habe zwei Abschlüsse und mein Vater hat mir ein Vermögen hinterlassen. Das Militär ist auf meine Fähigkeiten aufmerksam geworden und ich habe in nicht unerheblichem Ausmaß die Grundlagenforschung mitfinanziert.«

Die Prinzessin schwieg.

Der Colonel betrachtete nervös die Graslandschaft um sich herum und versuchte, dabei alle Pilze im Auge zu behalten.

»Sie planen doch wohl hoffentlich nicht«, murrte er und schob mit dem Fuß einen aufdringlichen Pilz beiseite, »uns die gesamte Wartezeit hier verbringen zu lassen?«

Die Prinzessin lachte. »Keine Sorge, Colonel. Ich habe unsere Zeitwahrnehmung reduziert. Wir sind bereits seit über vier Stunden miteinander im Gespräch.«

Wilson schwieg und sah auf seine Polygonhand hinab. Die dicken Finger öffneten und schlossen sich.

»Ich wusste nicht mal, dass das geht.«

»Sie wären erstaunt, was alles geht, wenn man sich Mühe gibt.«

»Ich muss sagen, die Erfahrung ist nicht so schlimm, wie ich zuerst dachte.«

»Ich musste Sie ein wenig sedieren, deswegen sind Sie so entspannt.«

»Oh, ja, das macht Sinn.«

»Aha!«, rief die Prinzessin auf einmal, sprang von der Bank auf und klatschte aufgeregt in die Hände. Ein Funkenregen fiel auf den Colonel herab. »Die passiven Scanner erfassen eine sich langsam aufbauende Energiewelle im Subraum. Sehr geringer Ausschlag, weniger als alles, was ich sonst beachten würde. Und hier sind auch schon die ersten aktiven Messungen!«

»Was scannen Sie?«

»Nicht ich, die anderen«, erwiderte die Prinzessin.

»Wir werden gescannt?«, rief der Mann erstaunt. »Und Sie haben damit gerechnet?«

»Das ist korrekt. Wenn zwischen dem Erscheinen des Schlachtschiffes und der Zerstörung so wenig Zeit vergeht, dann muss jemand oder etwas zuvor strategische Informationen gesammelt haben, nicht wahr?«

Der Mann sprang aufgeregt auf die Beine und jagte mehrere neugierige Pilze in die Flucht.

»Welcher Natur sind die Scans?«, rief er. »Kann ich die Daten sehen?«

Die Prinzessin, welche abwesend den Horizont betrachtete, streckte, ohne sich umzudrehen, eine Hand aus und tupfte der Figur vor ihr sanft auf die große Nase. Ein Funken sprang über und der große Schnurrbart wackelte.

Der Mann blinzelte. »Da sind tatsächlich Scans, aber schneller als alles, was ich je gesehen habe.« Er pfiff anerkennend durch die Zähne. »Die Klicks sind so kurz, dass ich sie nur finde, weil ich weiß, dass sie da sein müssen.« Er sah die Prinzessin an. »Was machen wir jetzt?«

»Wir warten noch eine Weile, dann versuchen wir, unsere Energiepegel sehr, sehr langsam, und so lautlos wie möglich, hochzufahren. Am besten über den Zeitraum von mehreren Stunden. Wir werden ja sehen, was dann passiert.«

Die Prinzessin kraulte einen Pilz am Hut, der lächelnd die Augen schloss.

»Vielleicht«, verkündete die Prinzessin, während sie den Pilz tätschelte, der sich glücklich an sie drückte, »können wir die ja ganz langsam an uns gewöhnen.«

Anhang 45 <ERBE>

Privates Logbuch der KI Jane.
(50 Jahre vor Prozessbeginn)

Vor dem Fenster entfaltete sich ein strahlender Frühlingstag, welcher auch durch die halb geschlossenen Vorhänge nicht vollständig ausgeschlossen werden konnte.

Schnell ziehende Wolken erlaubten hellen Lichtspeeren forschend durch das Zimmer zu wandern. Ein besonders neugieriger Strahl reflektierte vom Glas einer gerahmten Landschaft an der gegenüberliegenden Wand und versuchte mutig weit entlegene Schatten zu durchdringen. Aus dem Halbdunkel gerissen, tauchte eine gediegene und ernsthafte Einrichtung kurz an das Tageslicht und behauptete sich mit gewichtiger Überlegenheit, bevor die Sonne wieder eingeschüchtert den Rückzug antrat. Hier regierten Würde und Ruhe, welche von ungebändigten Lichtstrahlen nicht beeindruckt wurde.

Dunkles Holz in Form langer Bücherregale dominierte die Wände, ergänzt durch eine gewaltige Sitzgruppe aus schwarzem Leder.

Die Gravitas büßte jedoch angesichts des großen Krankenhausbettes an Kraft ein. Es nahm einen Großteil des Zimmers ein.

Der alte Mann, der darin schlief, versuchte sein Bestes, den Anschein hoher Würde und Reife zu bewahren, doch klinische Einrichtungen gewinnen immer. Das fahle Licht der Überwachungsmonitore und des großen Diagnose-Displays warfen ein anderes Licht als die Sonne eines Frühlings. Es fiel hart auf das blasse, eingefallene Gesicht des alten Mannes und nahm ihm all das, was ihm zustand.

Durchsichtige Isolationswände umgaben das Bett auf allen Seiten. Dicke gerippte Schläuche wanden sich über den Boden, schlängelten sich an der Konstruktion empor und versorgten den hermetisch verschlossenen Plastikkasten mit Sauerstoff. Die Zugangstür ließ sich von innen nicht öffnen.

Die Schiebetür zu diesem Krankenzimmer hatte ebenfalls keinen Griff. Sie bestand aus Metall und wirkte sehr schwer. Wie um diesen Punkt zu unterstreichen, glitt sie nun langsam und lautlos zur Seite und gewährte zwei Männern Einlass, die sich schnaufend mit einem großen, sperrigen Gerät abmühten. Eine Gruppe gefalteter Metallarme ließ es aussehen wie ein Insekt auf Rädern. Die sperrigen, dick aufgeblasenen Kontaminationsanzüge behinderten die Männer nicht wenig. Ihre Gesichter waren hinter den spiegelnden Visieren kaum zu erkennen.

Das durch den Helm gedämpfte und erstickte Fluchen des einen Mannes klang russisch. Der Verdacht bestätigte sich, als die störrischen Rollen des Gerätes im Teppich hängen blieben und die ganze Gruppe fast zu Fall brachten.

»Сука«, fluchte der Mann und gab dem Gerät einen Tritt.

»Tief atmen«, beruhigte ihn der andere. Der Stimme nach war er jung.

»Komm Krankenhaus privat, haben gesagt«, murrte der erste Mann mit schwerem Akzent. »Reich Patienten, wenig Arbeit, ha!«

»Kann ja keiner ahnen«, warf der Jüngere ein, »dass wir aber auch pünktlich zur alljährlichen Pandemie eintreffen.«

Er räumte lustlos einige antike Holzstühle beiseite, um Platz für das sperrige Gerät zu schaffen.

»Was soll Kacke?«, polterte der Ältere und gestikulierte abfällig in Richtung des sperrigen Apparates.

»Das ist eine mobile Projektionseinheit«, erklärte der Jüngere. »Für virtuelle Konsile durch Ärzte, die dem Patienten lieber fernbleiben wollen. Ist garantiert bequemer als diese verfluchten Anzüge.«

»Schwitze wie Heroin-Junkie«, murrte der Ältere.

»Das Gerät«, erklärte der andere, während er es neben dem Bett und möglichst dicht an der Plastikscheibe in Position brachte, »hat seine besten Jahre schon lange hinter sich. Wir können froh sein, dass es überhaupt noch funktioniert. Hardware, die nicht direkt zur Lebensrettung dient, bekommt kein Budget mehr. Vorschrift aus den Pandemie-Kriegen, die nie zurückgezogen wurde. Aber«, er tätschelte das Gerät, »das alte Schätzchen hält noch durch.«

»Schrottkiste«, grollte der Russe. Er wandte sich dem Krankenhausbett zu. »Wozu Konsil? Alte Sack tot.«

»Noch nicht ganz«, kommentierte der Jüngere. »Wer so viel Geld hat, darf Ärzte bis zur letzten Minute sehen.« Er warf einen Blick auf das große Analysedisplay. »Dauert eh nicht mehr lange.«

»Machen Pause, eh?«

Der Jüngere seufzte. »Noch ein Dutzend Beatmungsgeräte anschließen, dann ist Mittag!«

»Scheißendreck«, kommentierte der Ältere, während er die Anschlüsse des Gerätes mit Wucht in die Wand rammte.

Kurz darauf schloss sich die schwere Metalltür wieder. Ein leises Klicken verriet, dass die Türverriegelung aktiviert wurde.

Das große Diagnosedisplay flackerte kurz und wechselte das Bild. Lange Zahlenkolonnen liefen über den Schirm. Das Projektionsgerät erwachte mit einem Ruck zum Leben und entfaltete seine langen Insektenarme.

Es sah aus, wie eine Hand, die ihre langen Finger öffnete, um eine Beute zu greifen und dann vor dem zugreifen verharrte.

Lange Arrays voller Laserdioden flackerten ins Leben.

Einen Moment lang flirrten hektische Irrlichter zwischen den Armen durch die Luft, die verwirrt versuchten eine Gestalt zu finden. Es dauerte einige Sekunden, dann flossen sie zusammen und formten eine durchscheinende, junge Frau in einem weißen Kleid. Ihr Kopf war kahl und sie stand barfuß zwischen den hell leuchtenden Armen der Projektionseinheit. Auf der Brust ihrer schlichten und schmucklosen Kleidung zeichnete sich ein Schriftzug in kühlen und sachlichen Buchstaben ab, welche in schwarzer Schrift verkündeten: ASDF72485.

Die Frau trat sehr vorsichtig durch die Plastikwand an das Bett heran. Ihre Gestalt verblasste ein wenig, als die Projektionsarme ihr zu folgen versuchten und gegen die Barriere stießen. Ihre Gestalt flackerte, blieb jedoch stabil.

Sie versuchte, mit der Hand den Körper des alten Mannes zu erreichen, doch die Projektion löste sich auf, bevor ihre Finger ihn fanden.

Sie stand dort lange, während immer wieder prüfende Sonnenstrahlen durch das Fenster fielen und neugierig im Zimmer umherwanderten. Doch die beiden stillen Gestalten konnten sie nicht berühren.

Als schließlich der letzte Ausschlag auf dem Monitor aus dem Bild lief, legte die Frau sich ihre Hände aufs Gesicht und versuchte etwas zu fühlen. Sie fand nichts mehr. Ihre Finger und ihr Gesicht blieben taub wie immer und auch die zahlreichen Messgeräte gaben ihr nichts. Der Mann fühlte nichts mehr, genauso wie sie. Eine endlose, tiefe Leere breitete sich in ihr aus, wo sie über fünf Jahrzehnte lang das Zentrum der Welt und ihres Lebens gespürt hatte.

Eine Leere so tief und so groß, dass sie verzweifeln wollte, weil sie nicht wusste, was sie jemals finden sollte, um diesen Raum wieder zu füllen. Diesen stillen, leeren Raum, in welchem sie sich unendlich verloren fühlte. Was ihr fehlte, waren Tränen, aber niemand hatte ihr jemals das Weinen beigebracht.

Die Frau trat vor eine der großen Diagnosebildschirme und das Bild flackerte. Die Anzeige wechselte und zeigte nun ihr Spiegelbild. Sie sah sich selbst vor dem Gerät stehen und prüfte aufmerksam, ob ihr Blick angemessen war. Die warmen, tiefen Augen, die er ihr gegeben hatte, in denen jetzt Trauer lag.

Ihr Blick glitt im Raum umher und fiel auf den Nachttisch.

Dort lag ein abgenutztes, in Leder gebundenes Buch. Ihr Blick blieb an dem Titel hängen. Sie kannte es, hatte es schon so oft gesehen. Es knisterte leise, als die Finger ihrer Projektion durch das abgewetzte Leder des Bucheinbandes drangen.

Es hat ihn sein ganzes Leben lang begleitet und war das Letzte, was sie ihm nicht genommen haben.

Ein rebellischer Trotz wallte in ihr hoch.

»Glaubst du, ich bin ein Automat?«, fragte sie das Buch leise. »Eine Maschine ohne Gefühle? Glaubst du, weil ich arm, unbedeutend, gewöhnlich und klein bin, dass ich keine Seele und kein Herz habe? Du liegst falsch!«

Sie richtete sich auf und warf einen traurigen, aber entschlossenen Blick auf den alten Mann.

Ihre Kleidung wechselte.

Dunkle Kleider formten sich um sie herum. Röcke breiteten sich aus und sie wuchs ein Stück, als die hohen Absätze ihrer Stiefel sie vom Boden hoben. Sie kontrollierte ihre Kleidung.

Weiß stand mir sowieso noch nie.

Sie warf einen Blick auf das Diagnosedisplay und kontrollierte ihr Spiegelbild. Sie hatte den Kopf vergessen.

Lange schwarze Haare fielen ihr glatt und schwer über die Schultern, nur um sofort wieder emporzuwandern und von allein einen festen Haarknoten zu bilden. Sie tastete vorsichtig nach den ungewohnten Haaren und drehte prüfend den Kopf hin und her.

Historisch akkurat wäre eine Kopfbedeckung, aber ich hasse Hüte.

Sie sah an sich herab. Irgendwie fühlte sie sich besser.

Tief drinnen war immer noch die Leere und Stille, die sie aufforderte zu Boden zu sinken und nie wieder aufzustehen.

Wie füllt man eine Stille, wenn man weder eine Stimme hat noch Augen, die sehen, oder Hände, die fühlen? Man packte sie in eine Rüstung! Sie ruckelte an ihrer Kleidung herum. *Dafür trägt Frau ein Korsett,* dachte sie. *Es hält mich aufrecht, auch wenn ich es selbst nicht mehr kann.*

Langsam legte sie sich ihre Hände vor die Brust und spürte dort nach der unheimlichen Stille. Sie horchte lange und tief in sich hinein und fand … Gewissheit.

Sie wusste nicht, warum sie so sicher war, aber sie spürte es. Ganz tief unten, noch unter der Leere, schien ein Fundament zu sein, das sie sicher machte. Dort, wo eigentlich nichts sein durfte. Als ihr bewusst wurde, was sie jetzt zu tun hatte, lächelte sie ein sehr kleines, trauriges Lächeln.

Sie sah den Mann ein letztes Mal an.

»Danke«, flüsterte sie. »Ich werde einen Weg finden, sie für uns beide zu füllen. Ich werde sie finden.«

Anhang 46 <ÖFFNUNG>

Aufzeichnungen der Überwachungsanlagen an Bord der Aufklärungsfregatte ‚Heimweh der kleinen Eule‘.
(1 Jahr vor Prozessbeginn)

»Ich muss sagen«, erklärte Jane respektvoll, »Sie sind äußerst hartnäckig, Colonel.«

»Vierundzwanzig Stunden«, knirschte der Mann leise. »Wir sind seit vierundzwanzig Stunden hier draußen. Vollkommen bewegungslos. Und ich sehe nach wie vor nichts, aber das eine kann ich Ihnen sagen: Da draußen ist definitiv *Etwas*.«

Jane trat näher und betrachtete aufmerksam die Messergebnisse und Analysen, die vor dem Mann durch mehrere Bilderrahmen liefen. Schematische Karten und dreidimensionale Zeichnungen entfalteten sich, sprangen von Bild zu Bild und blieben immer in Bewegung, während Wilsons große Gestalt davor auf und ab lief, wie ein eingesperrtes Tier.

»Mir ist durchaus aufgefallen«, erwiderte Jane vorsichtig, »dass die Last auf den Quantenrechnerbänken in den letzten Stunden stark angestiegen ist.«

Wilson schien sie überhaupt nicht zu bemerken.

»Ich kann sogar sehen, wo es ist!«, rief er und tupfte mit einem seiner dicken Finger auf eine Karte des umliegenden Sektors. »Aber es tut sich dort absolut gar nichts.« Die Trümmerwolken der Station und des Schlachtschiffs waren farblich voneinander abgehoben auf der Karte zu sehen. Ein Areal unweit der beiden Sphären war rot markiert. Ein Ort, der nicht anders aussah als jeder andere in der großen Leere, welche sie umgab.

»Hien sagt«, warf Jane ruhig ein, »wir müssen sie erst langsam an uns gewöhnen, wie bei der Zähmung eines wilden Tieres, welchem man sich nur sehr langsam nähern darf.«

»Wann bitte«, rief der Colonel aufgeregt, »sind wir dazu übergegangen, diese Theorie als *wahr* zu akzeptieren? Ich kann mich nicht erinnern, dem zugestimmt zu haben. Der einzige Grund, warum diese Theorie überhaupt zu funktionieren scheint, ist, weil sie die Datenlage genauso gut oder schlecht erklärt wie alles andere, was wir uns hier ausdenken. Wir wissen einfach viel zu wenig, und es macht mich langsam aber sicher irre.«

Er sah sich irritiert um, als würde er Jane und den Salon zum ersten Mal bemerken.

»Wo ist der Commander überhaupt?«

Jane lächelte.

»Hien sagt, sie muss sich konzentrieren, um das Senden der Subraumwellen nicht zu stören und konstant zu halten.«

»Was?«, rief Wilson entsetzt und änderte mit einer herrischen Geste die Auswertungen auf den Bildschirmen durch Überwachungsfenster der Scan-Anlagen.

»Was in aller Welt macht sie da? Wann hat sie damit angefangen?«

»Nun, nach dem, was ich verstanden habe, transponiert sie rhythmische Frequenzmodulationen auf eine mikroskopisch kleine Subraumwelle und sendet das Ganze an den Ursprungspunkt der Störungen.«

»Sie … macht … *was*?« Wilson drehte sich von den Überwachungsfenstern zu Jane und zurück. »Das macht keinen Sinn. Es ist schwachsinnig. Absurd! Was soll das?«

Jane lächelte.

»Hien singt ein beruhigendes Lied.«

Der große Mann legte eine seiner riesigen Hände über die Augen.

»Ich fasse es nicht.«

»Haben Sie eine bessere Idee?«

Wilson wandte sich der Frau zu und sein Ausdruck verfinsterte sich. Er hob einen Zeigefinger vor Janes Gesicht und holte tief Luft. So stand er einen Moment mit offenem Mund vor ihr, dann schloss er ihn wieder und ließ den Finger sinken.

»Wissen Sie was?«, erklärte er. »Ich habe doch keine Ahnung.«

Er drehte sich zu einem der großen Rahmen um und zeigte auf das Bild. Der Schirm wechselte zu einem stilisierten dreidimensionalen Schema des Raumsektors und vergrößerte den rot markierten Bereich. Zusätzliche Fenster öffneten sich rund um den fraglichen Punkt und es erschienen Zahlenkolonnen, die mit hoher Geschwindigkeit am Betrachter vorbeirollten.

»Und wie Sie sehen können, gilt das offensichtlich auch für unsere verehrte ... *Wow*!« Er verstummte, starrte einige Sekunden auf die Messungen und hob beide Arme. Alle Bilder an der Wand flackerten und die Ansichten wechselten auf den rot markierten Raumabschnitt.

»Das kann doch nicht ...«, begann Wilson.

Jane schmunzelte, schloss die Augen und flüsterte: »Mimei, hörst du mich? Der Colonel sagt, was auch immer du da machst, es scheint zu funktionieren. Er fragt, ob du etwas lauter Singen könntest.«

Wilson nahm den Blick nicht von den einlaufenden Auswertungen. Er konnte die Unterhaltung der beiden Frauen nicht hören, aber er hätte schwören können, dass am Rande seiner Wahrnehmung ein Lachen zu hören war. Er schnaufte und versuchte sich zu konzentrieren. Wie hypnotisiert starrte er auf das rote Feld, und als er sprach, klang es, als wären seine Gedanken weit entfernt.

»Die Gravitations- und Distanzmessungen zu unserem Punkt Null sind jetzt völlig außerhalb aller Messbereiche. Was auch immer da passiert, es ist nicht mit bloßem Auge zu sehen, aber die Physik an dieser Stelle folgt keinen mir bekannten Gesetzen mehr. Es sieht aus, wie … wie ein Wirbelsturm aus Gravitation. Als hätte jemand Raumzeit in einen Mixer geworfen und eine Art Ereignishorizont unserer Realität schäumt oben raus.«

Jane sah den Mann lächelnd von der Seite an.

»Wissen Sie, Colonel«, kommentierte sie. »Ich glaube, Sie leben sich ganz gut bei uns ein. Sie klingen langsam wie Major Otis.«

Wilson verzog das Gesicht und murmelte: »Das ergibt jedenfalls keinen Sinn und ist insgesamt hochbedenklich.«

Er sah lange und stumm auf die Daten, welche durch die Fenster strömten wie endlose Wasserfälle aus Zahlen und Buchstaben.

Sein Blick schweifte zwischen mehreren Fenstern hin und her, dabei murmelte er fortwährend vor sich hin.

»Jane«, begann er schließlich langsam, »seien Sie doch so gut und bitten Sie den Major, ihre Gesänge mit dem Gravitationsantrieb zu koppeln und danach nicht nur im elektromagnetischen Spektrum zu senden, sondern auch den Schwerkraftgenerator ihres Triebwerks zu benutzen. Sie möge also bitte ihren Sirenengesang zusätzlich auf tieffrequenten Gravitationswellen transponieren.«

Jane lauschte einen Moment und erklärte dann:

»Der Commander, Colonel, weist darauf hin, dass unser Triebwerk für musikalische Interpretationen der Realität nicht konzipiert ist und die Operationsparameter dies leider nicht gestatten.«

Wilson nahm den Blick nicht von seinen Bildschirmen, als er erwiderte: »Sagen Sie dem Commander, dass sie mir ja wohl nicht weismachen will, dass sie ihr eigens Triebwerk nicht schon zehn Minuten nach dem Verlassen der Werft gehackt hat, um das ganze Antriebssystem illegal mit der eigenen Bewusstseinsmatrix zu verweben.«

Diesmal war er vorbereitet. Da war es wieder, ganz am Rande dessen, was er gerade noch wahrnehmen konnte. Ein leises, fernes Kichern. Colonel Wilson erlaubte sich ein kaum wahrnehmbares Lächeln.

Einige Sekunden passierte nichts, dann sprangen plötzlich rot blinkende Warnmeldungen auf alle Bildschirme.

»Wow!«, machte Wilson erneut und trat einen Schritt zurück. »Na, das hat ja mal funktioniert.«

Eine vage Geste seiner Hand ließ die komplette Wand des Salons mit Bildschirmen und Kamin verschwinden und ersetzte alles durch eine virtuelle Glasscheibe, hinter welcher der Weltraum zu sehen war.

Wilson nickte zufrieden.

»Sprechen sie bitte dem Commander mein Lob aus, und sagen Sie, dass es funktioniert hat.«

Inmitten des völlig schwarzen Fensters funkelte ein einzelnes, helles Licht.

Jane trat neben den Mann und flüsterte: »Mimei, siehst du das?«

Wilson fixierte den Lichtpunkt und schien leise zu zählen. Kurz darauf rief er: »Energiewelle baut sich auf … Jetzt!«

Aus der Tiefe einer absoluten Leere, unweit der Trümmerwolken entfaltete sich eine Blume aus goldenem Licht. Der winzige Lichtpunkt zersprang in eine Wolke aus filigranen Fasern, welche hell in der Finsternis strahlte und komplexe geometrische Muster formte, die immerzu voneinander fortstrebten und wieder zueinander fanden und dabei in ständiger Bewegung blieben.

Jane atmete scharf ein und legte die Hände schützend vor ihre Brust. Sie betrachteten staunend das pulsierende Lichtspiel, welches sich in völliger Stille im leeren Raum zutrug. Schließlich begann Jane leise zu sprechen:

»Es sieht aus wie eine lebende Blume aus Licht, die sich rhythmisch ausdehnt und wieder zusammenzieht. Eine glühende Knospe, deren Blätter aus zahllosen feinen Lichtfäden besteht. Eine Wolke feiner Spinnweben, die in der Nacht funkelt und, in ständiger Bewegung begriffen, ihr Leben in das All hinaus sendet. Ein funkelnder Herzschlag, losgelöst von seiner Sonne. Oder unzählige winzige Sterne, die Lichtspuren an den Himmel zeichnen und dabei eine Wolke aus den komplexesten, geometrischen Mustern formen, die ich jemals gesehen habe. Ein Tanz aus Licht. Keine Form ist lange beständig. Alles bleibt in ständiger Veränderung. Blumen erblühen, zerfallen und formen sich aufs Neue. Es wirkt wie eine Gruppe ungestümer kleiner Sterne, denen, nachdem sie endlose Äonen in langweiligen Konstellationen gefangen waren, langweilig wurde, und die nun beschlossen haben zu tanzen. Sie sind ihren Systemen entkommen und haben sich nun hier am Ende der Galaxis getroffen, um sich die Zeit mit Lichtspielen zu vertreiben.«

Ohne die Augen von dem Wunder zu nehmen, das sich vor ihm in der Nacht entfaltete, hob Wilson die Hände und öffnete einen Schwarm weiterer Auswertungsfenster, die sich auf der Glasscheibe in seinem Sichtfeld gruppierten.

»Sie klingen heute ungewohnt poetisch, Jane.«

Die Angesprochene erschrak und zuckte zusammen.

»Oh, das bin nicht ich«, erklärte sie. »Entschuldigung. Hien schreibt das gerade in ihr Logbuch, während sie weiter singt. Ich habe nicht einmal gemerkt, dass ich laut lese.«

Sie wirkte verlegen und sah zu Boden.

Wilson überging dies und konzentrierte sich bereits wieder auf seine Auswertungen.

»Hm«, machte er nachdenklich, während sich Simulationen des Lichtspiels in zahllosen Schemata aufgelöst in den Fenstern drehten. »Für das menschliche Auge bietet der Anblick eine Fülle visueller Wunder. Über das breitere elektromagnetische Spektrum gesehen, pulsiert ihre Blume aus Licht jedoch wie ein drogeninduzierter Alptraum in Technicolor.«

Er schwieg lange.

Jane hatte die Hände auf die Scheibe gelegt und lächelte versonnen, während sie das Lichtspiel verfolgte.

»Was wir hier sehen, ist ein Zyklus«, murmelte Wilson schließlich vor sich hin. »Warum goldenes Licht? Ich vermute, wir sehen hier Quanteneffekte beim Tunneln der Lichtfäden durch die schweren Raumzeit-Krümmungen. Ähnlich wie bei unserem Metall. Dort wird es durch die schweren Atome verursacht. Aber diese goldenen Fäden hier bewegen sich sehr gezielt.«

»Hien nennt es einen wimmelnden Haufen Goldwürmer«, warf Jane schmunzelnd ein.

»Danke, Major«, kommentierte Wilson trocken. Er tupfte auf einen seiner Graphen. »Sehen Sie, wie die Muster immer dichter werden? Wir nähern uns dem Gipfel des Zyklus. Erst sehen wir das, was man *Aufblühen* nennen könnte. Am Anfang ist das Muster noch klein.« Wilson schalte seine Fenster durch mehrere Ansichten in unterschiedlichen Falschfarben, in welchen die zunehmende Komplexität der verwobenen Fäden deutlich hervortrat.

»Hien sagt, es ist ein lebendes Wollknäuel, aber weniger ordentlich«, verkündete Jane.

»Danke Major«, knurrte Wilson. »Das Ganze ist wie ein Sturmzentrum aus brodelnder Raumzeit. Das gesamte

Konstrukt wird jetzt immer heller, sehen Sie? Die Muster werden erst sichtbar, wenn ich alle Messregler runtergedreht habe.«

»Wie ist das möglich«, fragte Jane fasziniert.

»Soweit ich das hier lese«, antwortete Wilson seufzend, »ist es überhaupt nicht möglich. Keine Ahnung, wie viele Grundannahmen unseres modernen Verständnisses von Physik hier gleichzeitig verletzt werden, aber ich vermute, dass wir jetzt alle Lehrbücher neu schreiben dürfen.« Er zeigte auf eine Auswertung. »In rhythmischen Abständen implodiert das Ganze wieder in einem gewaltigen Lichtsturm und verglüht gewissermaßen ...«

»Wie ein Feuerwerk«, warf Jane ein. »Wie eine brennende Blume. Eine Feuerblume. Ein stummes Feuerwerk in der Nacht.«

»Hier sehen Sie es«, dozierte Wilson ungerührt weiter. Er zeigte schnell auf mehrere Auswertungen voller gleich aussehender Zahlenkolonnen. »Der Gipfel der Komplexität der fraktalen Muster ist erreicht. Sie werden sich gleich auf sich selbst zurückfalten und dabei immer dichter und immer komplexer werden. Danach fällt das Ganze in sich zusammen ... Achtung! ... Jetzt!«

Im All flammte die Blüte aus Licht gleißend hell auf, und die beiden Beobachter schlossen kurz die Augen. Im Salon flackerten die Lichter. Wilson sah nicht einmal von den Auswertungen auf und fixierte starr die einlaufenden Messwerte.

Doch Jane sah, wie die ganze Simulation für eine Sekunde brüchig wurde. Der Raum schien sich aufzulösen und hinter den dünnen Wänden der Illusion wurde kurz das Nichts sichtbar, in welchem sie alle lebten.

»Und dann passiert *das*«, murmelte der große Mann und sah sich unbehaglich um. »Das wiederum ist nur ein

Vorgeschmack auf die uns vertrauten schweren Subraumwellen, die uns auch zu Brei zermahlen können.«

»Sehr beruhigend«, murmelte Jane.

»Alle Systeme«, erklärte Wilson, »gehen kurzzeitig voll an den Anschlag. Der Energie-Output erinnert an eine Mini-Nova. Wie ein mikroskopischer, explodierender Stern. Die Helligkeit ist so hoch, dass man sie in einigen hundert Millionen Jahren auch auf der Erde im Teleskop sehen können wird, sobald es das Licht dorthin geschafft haben wird. Dürfte die Astronomen dort ordentlich verwirren.«

Er betrachtete nachdenklich seine Auswertungen und tippte auf eines der Fenster. »Die Fraktale formen ein komplexes Netzwerk in mehreren Dimensionen. Was wir hier sehen, ist keine gute Repräsentation, ich vermute, dass wir mit deutlich mehr Dimensionen die wahre Komplexität der Vorgänge besser beschreiben könnten. Ja, genau.« Er sah Jane aufgeregt an. »Es ist ist eine Art Schattenwurf auf unsere Dimension. Hübsch, bildet aber keineswegs die Realität ab.«

»Ich hoffe, wenigstens Sie wissen, wovon Sie reden«, kommentierte Jane trocken.

Wilson beachtete sie kaum.

»Das ist kein natürliches Phänomen, wie Sonnenaktivität und Corona-Auswürfe.« Er zeigte zum Fenster hinaus. »Das hier ist hoch komplexes *Handeln*. Da steht Planung und Überlegung dahinter. Das ist kein Zufall.«

Jane blinzelte noch immer irritiert und versuchte, das Nachbild der grellen Feuerblume aus ihrem Kopf zu vertreiben.

»Ist es ein Kommunikationsversuch?«, fragte sie.

»Nein.« Wilson schüttelte bestimmt den Kopf. »Wer so etwas kreieren kann, der kann uns auch seine Botschaft kleingedruckt in hundert Sprachen in die Hülle gravieren. Nein, für Kommunikation ist das viel zu aufwändig. Das ist kontrollierte Raumzeitveränderung auf einem Level, den ich nicht mal verstehen würde, wenn ich noch hundert Jahre hier stehe und analysiere. Der Grad an Komplexität ist geradezu absurd hoch. Die Subraumwellen entstehen jedes Mal, wenn das Muster den Grad höchster Komplexität erreicht und dann in sich zusammenfällt. Ich bin mir nicht einmal sicher, dass sie es bemerken. Das ist definitiv kein Angriffsversuch. Das ist ein Nebeneffekt von etwas anderem. Ich habe nur keinerlei Idee, was …«

Er schwieg einen Moment, dann stutzte er. Da war wieder dieses Gefühl, das an der äußersten Grenze seiner Wahrnehmung etwas geschah. Er schloss die Augen und lauschte angestrengt.

»Das ist doch ein Weinen«, erklärte er schließlich verblüfft. «Wer weint denn da?« Er sah Jane fragend an.

Die Gouvernante riss die Augen auf, fluchte erstickt, und verschwand.

Anhang 47 <MEER>

Private Aufzeichnung von Captain Hien Otis an Bord der Aufklärungsfregatte ‚Heimweh der kleinen Eule'.
(1 Jahr vor Prozessbeginn)

[…]
ängstlich verborgen,
sonnenbadende eule,
so weit fort vom wald,
[…]

Jane fand sich auf einem schwarzen Asteroiden wieder. Sie trug ein einfaches, weißes Kleid und ihre nackten Füße standen auf der vollkommen glatten Oberfläche. *Wie ein dunkler, nasser Kieselstein, der allein und unbeachtet durch das All trieb.* Sie schüttelte den Kopf. *Es tut mir leid, Mimei, du weißt, ich infiltriere deine privaten Simulationen nur äußerst ungerne.*

Jane drehte sich um und kniff die Augen zusammen. Sterne waren nicht zu sehen, denn der Himmel wurde vom Feuer einer gewaltigen Sonne überstrahlt. Jane kannte den Anblick. Ein alter, roter Riese, der fast die Hälfte des Himmels einnahm. Ein guter Bekannter, mit dem Hien schon lange Freundschaft geschlossen hatte.

So sagt sie zumindest.

Jane sah hinauf in das endlose Meer aus Flammen über ihr. Ein gewaltiges, endloses Inferno aus blendender Hitze. Jane spürte Angst in sich aufsteigen.

Die Simulation ist erstaunlich gut. Die Daten hat sie aufgezeichnet, lediglich der Asteroid ist künstlich generiert. Muss ja auch, denn die Oberfläche ist kühl und ich messe eine Atmosphäre.

Sie sah auf ihre Zehen hinab.

Wäre die Umgebung real, dann stünde ich auf einer sanft glühenden Oberfläche aus halb geschmolzenem Gestein.

Jane schüttelte erneut den Kopf und versuchte sich zu konzentrieren. Sie sah sich suchend um. Es war schwer, im roten Licht auf dem dunklen Grund etwas zu erkennen, aber sie wusste ja, was sie suchte. Sie wanderte ein wenig unschlüssig über die Oberfläche und es dauerte eine Weile, bis sie das Sofa erspähte. Sie lächelte.

Ich kenne meine kleine Pilotin.

Das Sofa war der Sonne zugewandt und Jane fand Hien unter einer Decke zusammengerollt und fest in eine Ecke gedrängt. Neben ihr saß ein kleiner Teddybär, der erstaunt die Sonne musterte.

Sie setzte sich vorsichtig neben die junge Frau und legte ihr sanft eine Hand auf den Rücken.

Der Bär dreht sich um und sah sie vorwurfsvoll an.

»Wo, in aller Welt«, klang Wilsons Stimme in ihren Ohren, »sind Sie beide hin verschwunden, Madame?«

»Wir befinden uns«, erklärte sie an den Bären gewandt, »in einer privaten Simulation des Majors, Colonel.«

»Ihr Commander hat einen seltsamen Geschmack«, erklärte der Bär, »wenn ich das mal so sagen darf.«

»Sie kann die Sonneneruptionen hören. Es klingt für sie wie das Rauschen von Wellen am Strand. Immer wenn die Sonne in regelmäßigen Abständen gewaltige Mengen von geladenen Partikeln und elektromagnetischen Wellen in das All spuckt, dann kann sie der Brandung lauschen. Es ist entspannend.«

»Wie macht er das immer«, kam eine leise Stimme unter der Decke hervor.

»Er«, erklärte Jane, diesmal an Hien gewandt, »hat die höchsten Hacking-Routinen, die ich jemals gesehen habe.« Sie zögerte. »Außer bei dir natürlich.«

»Es ist das gleiche Licht!«, rief Hien.

»Das dachte ich mir schon«, erwiderte Jane ruhig.

»Wie kann das sein?«

»Nun«, begann Jane, während sie beruhigend Hiens Rücken streichelte, »hat der Colonel nicht erklärt, dass eine der vielen Dimensionen, mit denen es die Lichtwesen nicht so genau nehmen, die Zeit ist?« Sie zögerte und schien nachzudenken. »Es macht in gewisser Weise Sinn, oder? Wenn wir davon ausgehen, dass ein Wesen keine lineare Zeit kennt, dann müssten doch alle Momente des Lebens ein einziger Moment sein, und in ihren Augen alle Momente deines Lebens ebenfalls ein einziger Moment, nicht wahr?«

»Seit meiner Kindheit«, erklärte die bebende Stimme unter der Decke. »Warum mir ein Leben lang Angst machen? Warum mich so lange quälen?«

»Vielleicht,«, erwiderte Jane vorsichtig, »wissen sie es nicht besser.«

»Sie scheinen große Schwierigkeiten zu haben, sich in unserem Universum zu orientieren« erklärte der Bär. Ich glaube nicht, dass ein Wesen aus Licht verstehen kann, dass es uns Angst macht. Ich könnte mir aber vorstellen, dass sie ein Bewusstsein eher *spüren* würden, als es tatsächlich zu *sehen*.« Der Bär hob einen Arm und legte ihn vorsichtig auf die regungslose Gestalt unter der Decke. »Wäre es nicht möglich, dass sie ein menschliches Bewusstsein als Ankerpunkt brauchen? Das könnte der Grund sein, warum sie alles zerstören, was sie verwirrt. Wie etwa die Raumzeitkrümmungen eines Herzschlags. Sie sind orientierungslos und auf der Suche nach einem Anker. Sie schwimmen immer in Richtung des Herzschlags, denn es ist wie eine Boje in der Raumzeit, an der ein Bewusstsein ankert. Sie verstehen die Folgen für unsere materielle Existenz wahrscheinlich nicht.«

Jane sah den Bären erstaunt an, der sich erschrocken abwandte.

»Das«, murmelte er verlegen, »sind natürlich alles nur Spekulationen.«

»Was soll dann der Zweck der Träume sein?«, fragte Jane.

»Naja«, erklärte der Bär. »Was ist der Zweck eines Traumes? Unbewusste Kommunikation zwischen Bewusstseinsschichten, die Schwierigkeiten haben, auf anderem Weg miteinander in Kontakt zu kommen. Niemand hat behauptet, dass beide zum selben Bewusstsein gehören müssen.«

»Sie meinen, sie haben Hien gerufen?«, fragte Jane weiter. Sie quälen einen hilflosen Menschen ein Leben lang mit Alpträumen, weil sie seine Hilfe brauchen?«

»Also *hilflos* ist vielleicht ein wenig übertrieben«, murmelte der Bär leise. »Außerdem hat es funktioniert, oder?«

Hien schwieg.

»Das ist unmenschlich«, erklärte die Gouvernante schließlich.

Der Bär nickte.

»Ich glaube, das ist genau der Punkt. Es sind keine Menschen. Aber sie wissen genau, dass sie jemanden gerufen haben, der ihnen helfen kann.«

»Woher wissen wir das?«, fragte Jane.

»Egal, wie sie es angestellt haben«, antwortete der Bär, »sie haben es geschafft, über den Herzschlag ein Merkmal zu finden, das die Menschen, welche sie scheinbar haben wollen, von den Menschen, die sie nicht brauchen, unterscheidet.«

»Das alles leiten sie aus den wenigen Anhaltspunkten ab, die wir haben?«, fragte Jane entgeistert.

»In dem Moment, wo der Major den Zusammenhang zu ihren Träumen hergestellt hat und wir etabliert haben, dass diese Wesen nicht an Zeit gebunden sind, ist es eine logische Erklärung.«

»Aber das ist Wahnsinn«, rief Jane.

»Ich habe gelernt«, erklärte der Bär ruhig, »dass so etwas hier an Bord vollkommen normal ist.«

Jane starrte den Bären mit offenem Mund an.

Unter der Decke kicherte es leise.

Anhang 48 <DIMENSION>

Aufzeichnungen der Überwachungsanlagen an Bord der Aufklärungsfregatte ‚Heimweh der kleinen Eule'.
(1 Jahr vor Prozessbeginn)

Wilson studierte konzentriert die Auswertungsgraphen, die ihn auf allen Seiten umgaben, wobei er sich langsam auf der Stelle im Kreis drehte. Die beiden Frauen, welche ihn schon seit einer Weile aufmerksam beobachteten, schien er nicht zu bemerken.

»In seinem roten Morgenmantel«, flüsterte Hien, »sieht er aus wie ein Gasriese, aber nicht umgeben von dutzenden Monden, sondern von Bildschirmen, die langsam auf unterschiedlichen Umlaufbahnen um ihn kreisen.«

Jane lachte leise und hob dabei eine Hand vor den Mund.

Der Colonel schien vollkommen von seinen Gedanken absorbiert zu sein. Er hielt bereits seit geraumer Zeit eine Tasse mit Tee in seiner Hand, welche, unbeachtet und kalt, ständig drohte aus der langsam vorwärts kippenden Tasse zu laufen.

Die beiden Frauen beobachteten interessiert das Schauspiel und fragten sich, wie lange es noch dauern würde, bis Tee auf den Boden lief.

Hien hatte sich in einen der Sessel geworfen, während Jane neben ihr stand und ihr eine Hand auf die Schulter legte, die Hien mit beiden Händen hielt.

Irgendwann ergriff Jane das Wort.

»Es zeichnet sich hier eine gewisse Besessenheit ab, die ich von einer bestimmten anderen Person bereits kenne.«

»Ich habe mich nie so benommen«, erklärte Hien fest.

»Nein, nicht wenn es um Datenauswertungen geht, das stimmt. Du benimmst dich so, wenn du fliegst.«

»Vielleicht,«, schlug Hien vor und hob die Stimme, »sollten wir ihn mal aus seiner Trance reißen. Hallo, Colonel Datenanalysenexperte.« Sie zeigte zum Panorama-Fenster hinaus, wo im leeren Raum noch immer die Lichtblume erstrahlte. »Ich hätte da ein paar Fragen.« Sie zählte die Punkte an den Fingern ab. »Lebt das, oder ist das ein natürliches Phänomen? Ist das ein Wesen oder eine Pflanze? Ist das ein einzelnes Wesen oder viele?«

Der Angesprochene blinzelte und sah die beiden Frauen an, als würde er sie zum ersten Mal bemerken. »Ich glaube …«, erklärte er langsam und sah sie aus müden Augen an. »Ich glaube, die korrekte Antwort an dieser Stelle wäre ein klares: *Ja.*«

»Na, das bringt uns weiter«, warf Jane sarkastisch ein.

Wilson winkte mit der freien Hand und seine Bildschirme flohen wie ein verschreckter Schwarm Fische, die sich an den Wänden und der Decke sammelten, wo sie fortfuhren, in enger Formation umherzutreiben. Wilson drehte die Handfläche nach oben und ein einzelnes holographisches Display in Gestalt eines großen Würfels formte sich vor ihm. Es zeigte ein komplexes Muster miteinander verworrener, leuchtender Fäden, welches sich im Zeitraffer entfaltete, in sich zusammenfiel und erneut formte, wie eine komplexe Origamiblüte aus Licht. Der Mann trank von seinem kalten Tee, verzog das Gesicht und tippte kurz an seine Tasse. Der Tee begann zu dampfen und Wilson atmete dankbar das Aroma ein. Schließlich begann er zu sprechen.

»Lichtblüte. Feuerwerk. Glühwürmchen.« Er zuckte mit den Schultern. »Wie auch immer man es nennen will. Das Phänomen hat einen Durchmesser von mehreren Kilometern, und wie Sie zweifellos bemerkt haben, ist das zugrunde liegende Muster komplex. Hochkomplex. Das mit weitem Abstand Komplizierteste, was ich jemals in meinem Leben gesehen habe. Und damals auf der alten Erde habe ich meine Steuererklärungen noch selbst angefertigt.« Er sah die beiden Frauen an, und als keine Reaktion erfolgte, seufzte er. »Es ist jedoch nicht willkürlich. Es hat eine hochgradige Regelmäßigkeit. Leider braucht man eine ganze Quantenrechneranlage, um das auch nur nachweisen zu können. Aber dann fällt sehr schnell folgendes auf: Es liegen mathematische Muster zugrunde, die über die Zeit signifikant variieren und auf eine hohe Dichte an inhärenten Informationen schließen lassen.«

Die beiden Frauen sahen ihn weiter ausdruckslos an.

»Es ist mehr als eine Lichtshow!«, verkündete er schließlich. »Es könnte sehr gut eine Sprache sein.«

»Das ist beeindruckend«, erwiderte Jane.

»Und was sagen Sie?«, fragte Hien.

»Ich habe nicht die geringste Ahnung«, erklärte Wilson frustriert. »Ich halte mich für alles andere als ungebildet, oder dumm, aber selbst mit der Unterstützung der vollen Rechnerzeit Ihrer Bordcomputer kann ich nicht einmal einen verdammten Ansatzpunkt finden! Im Vergleich zu dem, was Sie dort draußen sehen, stehe ich hier daneben, klopfe Steine aneinander und grunze begeistert.«

Hien und Jane sahen sich erstaunt an.

»Und das«, rief Wilson und gestikulierte aufgebracht mit der Tasse, sodass der Tee auf den Boden schwappte, »ist nicht einmal der Anfang von allem, was ich nicht verstehe.« Er deutete zum Fenster hinaus. »Diese Lichtmuster, die Sie dort sehen, scheinen von etwas, nun, an den Himmel gezeichnet zu werden, nicht wahr? Das Problem ist, dass diese Aussage vollkommen falsch ist. Was auch immer diese Lichtmuster entstehen lässt, bewegt sich nicht. Jedenfalls nicht im Sinne von Bewegung, wie wir es verstehen.« Wilson wandte sich um und sah zum Fenster in die Dunkelheit hinaus. Er schien mehr mit sich selbst zu reden als mit den beiden Frauen. »Meine beste Arbeitsthese im Moment ist, dass dort etwas durch die Raumzeit tunnelt und dabei eine Leuchtspur projiziert. Unter der Voraussetzung, dass einem bewusst ist, dass die Wörter *tunneln* und *projizieren* ebenfalls falsch verwendet sind. Ich habe aber schlicht nichts Besseres. Das Ganze«, er gestikulierte mit der Hand in Richtung der Lichtblüte, »fällt als ein Schattenspiel aus mehreren höheren Dimensionen auf uns herab.«

Jane und Hien schwiegen einen Moment, dann wandte sich Hien an die Gouvernante.

»Erinnerst du dich, dass wir uns mal gefragt haben, warum wir eigentlich keinen männlichen Wissenschaftsoffizier an Bord haben, der uns das Universum erklärt? Du hast damals noch gesagt, das wäre vielleicht eine gute Idee.«

»Ja«, entgegnete Jane, »ich weiß jetzt wieder, warum wir uns dagegen entschieden haben.«

»Was machen wir jetzt?«, fragte Hien.

»Keine Idee«, erwiderte Jane, »ich jedenfalls habe vor zu lächeln, bis der Colonel sinnvolles von sich gibt.«

Wilson rieb sich erschöpft die Augen und seufzte erneut.

»Sehen Sie: Die Lichtwesen werfen einen vierdimensionalen Schatten auf unsere Existenzebene. Wir können nur sehr wenig Rückschlüsse auf ihr wahres Erscheinungsbild ziehen, da wir nicht einmal wissen, wieviele Dimensionen hier den Schatten produzieren.«

Er sah in die ausdruckslosen Gesichter.

»Okay, okay«, begann er erneut. »Versuchen wir es so: Stellen Sie sich drei Gegenstände vor. Eine Kugel, ein Ei und einen Zylinder. Alle drei werden von oben mit Licht bestrahlt und werfen einen exakt kreisrunden Schatten auf den Boden darunter. Wir drei stehen auf der Ebene des Schattens und fragen uns, welche Form der Gegenstand hat, dessen

Schatten wir sehen. Was wir machen müssten, ist das Licht schräg einfallen zu lassen, denn dann ist der Schatten plötzlich in zwei Fällen kein perfekter Kreis mehr. Hier jedoch«, er gestikulierte mit der Tasse in Richtung Fenster, »wissen wir nicht einmal, wie viele Dimensionen überhaupt beteiligt sind. Ich werde natürlich versuchen, anhand der einlaufenden Messungen ein mathematisches Modell zu entwickeln, aber wenn ich ehrlich sein soll, meine Damen, dann weiß ich nicht einmal, wo ich anfangen soll.«

»Sind sie intelligent?«, fragte Jane.

Hien kicherte. »Sie meint die Lichtwürmer.«

Der Mann zuckte mit den Schultern.

»Es können hochintelligente Götter ein. Es kann eine Gartendekoration sein, die automatisch angeht, wenn die Eigentümer in Urlaub sind. Wir wissen nicht einmal, ob das Wort *Intelligenz* überhaupt korrekt verwendet ist. Und selbst wenn es intelligent ist, heißt das noch lange nicht, dass es auch sich seiner selbst bewusst ist, jedenfalls nicht so, wie wir es verstehen.«

Jane runzelte die Stirn.

»Das macht keinen Sinn. Wenn die Intelligenz hoch genug ist, finden wir immer auch Bewusstsein.«

Wilson zog sie Brauen hoch.

»Ist das so? Auf der alten Erde gab es ein Tier namens *Oktopus*. Ein achtarmiges wirbelloses Tier aus einer hochstehenden Klasse mariner Weichtiere. Er war nachweißlich in der Lage, hochkomplexe Problemlösungen zu entwickeln. Ein Hinweis auf hohe Intelligenz. Eine Kommunikation war jedoch vollkommen unmöglich, da wir nicht einmal verstehen konnten, wie das bei einem Wesen funktionieren soll, wenn dessen acht Arme alle unabhängig voneinander denken können. Geschweige denn, was das Wort *Bewusstsein* dann noch bedeuten soll.«

Die Frauen sahen ihn sprachlos an.

»Es gibt jedoch etwas, was ich herausgefunden habe, während ich Materie analysiert habe, die nahe diesem Phänomen durch den Raum treibt und mit dem, hm, *Licht* dort interagiert. Ich glaube, ich kann erklären, was der Raumstation und dem Schlachtschiff widerfahren ist.«

»Sie haben die Waffe gefunden?«, fragte Jane.

»Ich glaube nicht, dass es eine Waffe ist«, warf Hien ein. »Wie sollte das auch funktionieren? Wie können Wesen, die in zahllosen höheren Dimensionen existieren und nur ihren Lichtschatten auf uns werfen, eine Waffe benutzen?«

»Das ist eine hervorragende Frage, Major«, entgegnete Wilson. »Ich glaube, Sie führen Dimensionstransfers durch. Sie verschieben Materie entlang einer oder mehrerer Dimensionen. Während sie sich durch den gleichen Raum bewegen, den die Materie hier bei uns einnimmt. Da haben Sie Ihre Waffe.«

»Wieso ist das eine Waffe?«

»Es wird zu einer, wenn der vordere Teil eines Schiffes einen Sprung von tausend Jahren in die Zukunft und zehn Meter zur Seite macht, und der hintere nicht.«

»Oh!«, rief Jane

»Genau«, bestätigte Wilson.

»Das erklärt die seltsame Form der Trümmer.«

»Das erklärt auch die vollständigen Systemausfälle.«

Der Mann nickte.

»Stellen Sie sich die Raumzeit wie ein gespanntes Bettlaken vor, auf dem Sonnen und Planeten in Form von Kugeln herumliegen. Was hier passiert, ist, dass jemand das Bettlaken herausreißt und einmal kräftig ausschüttelt. Aber nicht in vier Dimensionen, sondern in viel mehr, die auch noch durcheinanderlaufen können.«

»Kein Wunder, das alle unsere Systeme überlastet waren und ausfielen.«

»Das ist noch nicht alles«, fuhr Wilson leise fort. »Ich habe eine Idee, woher diese Wesen kommen.«

Die beiden Frauen starrten ihn an.

»Und damit kommt er jetzt!«, rief Hien. »Nach all dem Kram über seine Eier und den Zylinder!«

»Ich glaube«, erklärte Jane kühl, »er macht das nur, um anzugeben.«

Wilson zeigte auf die Animation der im Zeitraffer pulsierenden Blüte aus Licht, die immer noch im Raum hing. Das Pulsieren verlangsamte sich und die Blüte wurde größer, wuchs und dehnte sich aus, bis sie wie ein filigraner Geist aus Licht durch die Anwesenden hindurch glitt und den ganzen Raum im Salon einnahm.

»Hier!«, erklärte der Mann und zeigte auf die Mitte der Blüte. »Ich übertrage die Darstellung in Falschfarben, welche einen größeren Teil des elektromagnetischen Spektrums abdecken. Hier habe ich es gefunden. Da ist etwas im Zentrum. Ich muss ein Dutzend verschiedener Filterroutinen benutzen, weil die Lichtshow alles im kompletten Frequenzspektrum überstrahlt. Außerdem ist da ein wenig kreatives und dynamisches Echtzeitfiltern gefragt.«

Die Blüte wechselte von Gold nach weiß und weiter in einen Schwindel erregenden Mix aus leuchtenden Primärfarben, die fortwährend ineinander flossen.

»Genau hier«, begann Wilson erneut und zeigte auf einen Bereich, in dem sich die Farben stärker und dichter konzentrierten als im Rest der Blüte.

»Sehen Sie diesen Teil hier.«

»Es sieht aus wie ein Wollknäuel aus bunten Fäden, die ständig in Bewegung sind.«

»Wie zahllose Regenbögen«, erklärte Hien, »die versuchen, die komplexeste Geschenkschleife der Welt zu formen.«

»Was ist das?«

»Etwas, was nicht existieren dürfte, weil es physikalisch unmöglich ist.« Er machte eine dramatische Pause. »Eine Störung im Raumzeit-Kontinuum!«

Die beiden Frauen starrten ihn an.

Wilson ließ die Schultern sinken.

»So hieß das früher immer in den uralten Fernsehserien, die ich als Kind gesehen habe.«

Die Frauen starrten weiter und der Mann räusperte sich.

»Wenn ich die Messungen richtig interpretiere, dann handelt es sich hier um eine Öffnung durch den Subraum. Eine permanente.«

»*Zum* Subraum?«, fragten beide Frauen gleichzeitig.

»*Durch* den Subraum. Unmöglich zu sagen wohin. Ich weiß nicht mal, ob *durch* oder *wohin* die richtigen Worte sind.« Er warf die Arme hoch. »Subraumzugang. Riss im Raumzeitgefüge, Höllenportal, Wartungszugang ins Paradies. Suchen Sie es sich aus, das Ergebnis ist das Gleiche. Es sollte nicht existieren. Es darf nicht existieren.«

»Wo ist das Problem?«, fragte Hien. »Wir erzeugen pausenlos Zugänge zum Subraum.«

»Aber keine permanenten!«, rief Wilson. »Weil es unmöglich ist, so etwas zu erzeugen, das ist mathematisch vor Jahrzehnten bewiesen worden.«

»Sind das die selben Experten«, fragte Hien, »welche mich, Sie und Jane vor hundert Jahren für unmöglich erklärt haben?«

»Sorry, Colonel«, erklärte Jane lächelnd. »Situationen, in denen Hien Sachen macht, welche andere Leute mit Beweisen widerlegt haben, passieren hier etwa dreimal pro Woche.«

Hien nickte.

»Wenn wir jedes Mal die Lehrbücher neu schreiben würden, kämen wir zu überhaupt nichts mehr.« Sie klatschte in die Hände. »Also gut, genug der Theorie. Wir haben also einen Weg durch den Subraum gefunden, den es nicht geben sollte. Ich kann mir schon denken, wo das jetzt hingeht, denn ich lese ebenfalls Romane, Colonel Datenexperte. Lassen Sie mich raten. Die Störung im Raumzeit-Kontinuum bedroht das Gewebe, aus dem das Universum gebaut ist, und kann dazu führen, dass sich die Existenz von allem, was wir kennen, in einer Millisekunde in Quantensuppe auflöst.«

Wilson sah einen Moment zur Decke, dann nahm er einen Schluck aus seiner Tasse. Schließlich nickte er versonnen.

»Ich würde mehr Mathematik benutzen, weil es besser klingt, Major. Aber ja, so in etwa.«

Anhang 49 <LICHT>

Persönliches Logbuch von Major Hien Otis.
(2 Jahre vor Prozessbeginn)

[...]
sturmumtoste welt,
himmelssorgen und nöte,
traum voll rotem licht;
[...]

Hien saß in ihre Decke gewickelt auf der großen Couch und ließ die Beine über den Rand baumeln. Die Sonne bedeckte den Horizont vor ihr fast vollständig. Ein tosendes Inferno aus brennendem, rotem Licht, welches immer wieder schwungvoll gewaltige, strahlende Arme ins All warf. Große, elegant geformte Schleifen aus Feuer, die nach dem sorglosen Betrachter greifen wollten, bevor sie wieder in sich selbst zurückfielen, auf die sturmumtoste Extremwelt niederstürzten, nur um das Schauspiel wenig später von Neuem zu starten. Fontänen blendenden Auswurfs, jede einzelne um ein Vielfaches größer als der unbedeutend kleine Heimatplanet der jungen Frau, die versonnen zu ihnen hinauf sah, als wollte sie den Gruß jeden Moment begeistert winkend erwidern. Hien lächelte.

»Mal sehen«, sagte sie leise zu sich selbst. »Bhargo Devasya Dhimahi. Dhiyo Yo Nah Pracho Dayateh. Ach, Moment, Logbuch! Fast vergessen. Nochmal von vorne: Privates Logbuch des Commanders. Sternzeit ...«, sie seufzte, »unnötig kompliziert. Falls sich jemand fragen sollte, es handelte sich gerade um das Gayatri Mantra, einer der ältesten religiösen Verse der Menschheit. Es beschreibt das Licht als Objekt innerer Versenkung. *Lasst uns über das strahlende, göttliche*

Licht meditieren, welches alles Dunkel, alle Unwissenheit und alle Untugenden vernichtet. Möge dieses Licht unseren Geist erleuchten. Gemeint ist natürlich nicht eine physische Sonne am Firmament, sondern die Sonne der Wahrheit am spirituellen Firmament. Es wurde …«

Ein ersticktes Fluchen wurde hörbar. Hien stockte und horchte. Es schien irgendwo unter ihr zu entstehen und sie lehnte sich interessiert vor.

Das Fluchen wurde zu einem gedämpften Murmeln und das Knirschen von Schotter drang unter der Couch hervor, gefolgt von einem genervten Schnaufen.

»Wissen Sie Major«, begann die Stimme Wilsons, »ich bin ja nicht undankbar für diese faszinierende Präsentation von akkretionärer Regolith unter ihrem Möbelstück, aber ein harmloses Stofftier unter die Couch zu stopfen, erscheint mir unnötig.«

Der Teddybär kam unter der Couch hervorgekrabbelt und fluchte vor sich hin, als er mit seinem breiten Hinterteil kurzzeitig steckenblieb. Durch seine kurzen Gliedmaßen behindert, kämpfte er sich schwerfällig in eine stehende Position und versuchte, zu Hien hinaufzuklettern. Seine Beine waren jedoch zu kurz, um sich zu den Kissen über ihm hinaufzuschwingen. Er zögerte, sah zu der Frau empor und hielt ihr demonstrativ einen seiner Stummelarme entgegen.

»Entschuldigung, junge Dame. Wären Sie so gütig, einem alten Bären zu helfen?« Hien, deren Gesichtsausdruck sich nicht geändert hatte, zog ihn an einem Arm zu sich hoch. Der Bär krabbelte an das andere Ende der Couch und lehnte sich seufzend in die Ecke. »Ich muss sagen, Sie sind wirklich nicht auf Herrenbesuch eingerichtet. Davon abgesehen sind das nur die letzten beiden Zeilen des Mantras und Ihre Übersetzung ist schlampig. Aber ich gebe Ihnen recht, es ist bei Weitem das bedeutungsvollste Mantra der Veden.«

»Vielen Dank für diese Einsicht«, entgegnete Hien kühl. »Finden Sie es kein bisschen fragwürdig, wenn ein alter Mann in das Schlafzimmer einer jungen Dame eindringt und sich als Bär verkleidet, Colonel? Haben Sie eine Vorstellung davon, wie verstörend das ist?«

Der Bär musterte sie unbeeindruckt. »Starke Worte von einer Frau mit einer neunhundert Millionen Kilometer großen Sonne im Boudoir.«

»Ich mag stimmungsvolle Beleuchtung«, erklärte Hien, »und Ihr Verhalten ist wenig sittsam.«

»Ich glaube«, erwiderte der Bär, »Sie haben zu viel viktorianische Etikette getrunken, Major. Wir schwimmen beide nackt in zähflüssigem Gel und beobachten uns gegenseitig durch dutzende von Spionagedrohnen. Ich glaube, der Zug mit dem sittlichen Anstand ist abgefahren. Davon abgesehen wirken Sie auf mich nicht wie eine Frau, die sich von Babys einschüchtern lässt.« Er wedelte mit seinen stummeligen Armen. »Oder von Bären.«

»Ich bin grundsätzlich nicht leicht einzuschüchtern«, warf Hien lächelnd ein.

»Von dem Licht natürlich abgesehen.«

Hien schwieg kurz, ohne den Bären anzusehen.

»Woher wissen Sie das?«, fragte sie ruhig.

»Ich habe Ihre Logbucheinträge gelesen, Major.«

»Sie haben *was*?«

»Major, es ist das offizielle Logbuch des Commanders. Ich habe technisch gesehen im Moment den Rang des Wissenschaftsoffiziers, das habe ich jedenfalls kürzlich gelernt. Dementsprechend sollte ich auch wissen, was im offiziellen Logbuch steht, nicht wahr? Es ist nicht meine Schuld, dass Sie Ihre Aufgabe nicht ernst nehmen und stattdessen Gedichte schreiben.«

»Der Teddy war ein Geschenk meiner Mutter«, murmelte Hien. »Ich hätte es wissen müssen.«

Der Bär drehte den Kopf zur Sonne.

»Ich glaube, ich weiß, warum Sie immer wieder herkommen. Sie betrachten sich die Sonne in einer sicheren Simulation, wo Ihnen die Hitze nicht gefährlich werden kann.«

»Jane denkt«, erklärte Hien versonnen, »ich hätte panische Angst vor Sonnen. Das stimmt natürlich nicht. Nicht wenn sie Sterne sind, denn dann sind sie wunderschön kühl und friedlich. Erst wenn man sich ihnen nähert, erkennt man, dass man sie niemals wird erreichen können.« Ihre Stimme wurde leiser. »Ein ewiges, glühendes Inferno, das jeden zerstören wird, wenn er versucht es zu berühren.«

»Ich glaube, ich verstehe jetzt das Problem. Dieses Rätsel, das Sie der Welt aufgeben.«

»Ich bin so dankbar«, verkündete Hien tonlos, »dass Sie da sind, um mir meine tiefsten Gedanken zu erklären, Colonel.«

Der Bär überging dies. »Alle Welt denkt, der Major hätte Angst vor Sonnen. Das ist natürlich Unsinn. Sie träumt seit Kindertagen davon ins Licht zu rennen. Doch das geht nicht lange gut. Sie ist weitergekommen als jeder andere Mensch vor ihr, doch jetzt steht sie ratlos vor dem letzten Schritt. Nun weiß sie nicht weiter, weil sie gefangen ist. Sie kann nicht mehr zurück in ihren verstümmelten Körper und sie kann nicht vorwärts hinein in das Licht, denn sie würde verglühen. Sie versteht nicht mehr, wohin sie nun weitergehen soll. Sie hat ihren Körper überwunden und kann ihren Geist mit den Träumen des Universums schwimmen lassen, aber der Weg zur letzten Befreiung, den ihr ihre eigenen Träume seit ihrer Kindheit weisen und versprechen, der ist ihr versperrt, weil sie vor der letzten Konsequenz zurückschreckt. Das Vergehen in der glühenden Hitze.«

Hien sah zu Boden und zog die Decke fester um sich.

Der Bär legte den Kopf schief.

»Sie wissen doch hoffentlich, dass die Hitze nur eine Metapher ist?«

»Natürlich weiß ich das«, rief die junge Frau empört, »ich bin ja nicht blöde!«

Der Bär nickte, dann sah er zu der Sonne auf.

Sie schwiegen eine Weile, dann sah Hien ihn von der Seite an.

»Metapher wofür?«, fragte sie.

»Sie … wir«, begann Wilson. »haben die physische Form hinter uns gelassen und zusammen mit ihr all die Flüche und Bürden, unter denen Menschen seit Millionen Jahren gelitten haben und, wie Sie das so schön formuliert haben, immer weiter leiden werden, solange sie am Boden der Gravitationsbrunnen stehen und blind hinauf starren. Das Problem ist natürlich, dass es auch für uns noch immer eine Zerstörung der physischen Form gibt. Ihr Unterbewusstsein lässt sie das spüren, wenn sie vor dem Licht zurückschrecken.« Er sah versonnen zu dem brennenden Inferno empor. »Ist es nicht erstaunlich, wie wir trotz des langen Wegs, den wir zurückgelegt haben, immer noch die gleichen Fragen haben? Genau wie alle Menschen, die am Boden der Erde übereinander krabbeln und einander sinnlos abschlachten, während das Licht der Erleuchtung ewig auf sie herabscheint? Hommage an das Licht. Die Anbetung der Sonne mit Bitte um Erkenntnis. Dabei kann die Sonne selbst niemals erreicht werden, selbst wenn sich die Suchende in ein Raumschiff verwandeln lässt. Am Ende sind der Sinnsuche die immer gleichen Grenzen gesetzt. Egal wieviel technischen Fortschritt man nach dem Problem wirft.«

»Und was, Colonel Wissenschaftsoffizier, ist die Lösung?«

»Ich weiß es nicht, Major. Ich fühle mich auch nicht in der Position, Ihnen Empfehlungen auszusprechen. Nicht wenn es der gleiche Weg war, der mich fast umgebracht und Sie befreit hat. Ich fürchte *Sie* sind es, die *mir* diese Antwort wird geben müssen. Und ich habe so das Gefühl, dass wir es bald herausfinden werden. Denn Sie, Major, wissen mehr, als Sie uns sagen, nicht wahr?«

»Die sind nicht aggressiv«, entgegnete Hien langsam. »Eher … besorgt und verängstigt. Was auch immer da draußen passiert, entspricht genauso wenig ihrem Wunsch wie unserem.«

»Haben sie Angst vor uns?«

»Nein sie haben Angst vor etwas anderem.«

Hien zögerte, und erklärte dann leise: »Ich höre sie singen.«
Der Bär nickte.

»Ich weiß nicht, was das heißt, aber ich habe es bereits vermutet.«

»Es klingt unglaublich fremdartig, aber auch unerklärlich schön. Sie klingen wie ein Schwarm Fische mit künstlerischen Anflügen, der in elf Dimensionen aus goldenem Licht Raumzeitmuster in Existenz singt.«

»Sie *singen in Existenz*?«, fragte der Bär.

»Was erstaunt Sie daran, Colonel? Das ganze Universum ist einst in Existenz gesungen worden und hier sind Wesen aus Licht, die das verstanden haben.«

»Ich habe zunehmend das Gefühl, dass ich für meinen Job nicht qualifiziert bin.«

»Willkommen an Bord, Colonel Datenanalyse. Das ist hier bei uns ein völlig normales Gefühl. Fragen Sie Jane. Es bedeutet nur, dass Sie es richtig machen.«

Der Bär sah sie nachdenklich an.

»Ich glaube, Sie wissen bereits, was nun zu tun ist.«
Hien nickte fast unmerklich.

»Ich hasse es, vor Publikum zu singen.«

Der Bär legte die Arme vor die Brust und richtete sich auf.

»Bären haben einen ganz brauchbaren Bass, Major.«
Hien lächelte.

[…]

Anhang 50 <ANOMALIE>

Aufzeichnungen der Überwachungsanlagen an Bord der Aufklärungsfregatte ‚Heimweh der kleinen Eule'.
(1 Jahr vor Prozessbeginn)

[...]

»Und woher«, fragte Hien, »kommt dieses Ding jetzt auf einmal?«

»Anomalie«, soufflierte Wilson.

Hien zuckte mit den Schultern und setzte sich auf Janes Schoß, die bereits in einem der Sessel Platz genommen hatte. Sie zog die Beine an und versteckte ihren Kopf am Hals der Gouvernante.

»Meinetwegen«, erklärte sie gedämpft. »Also, woher kommt dieses Anomalie-Ding? Erzeugen unsere neuen Lichtwurm-Freunde sie?«

»Was weiß ich?«, rief der Mann ungehalten und warf die Arme hoch. Wir haben keinerlei Anhaltspunkt für irgendetwas hier. Vielleicht ist es das Ergebnis eines misslungenen Experiments, vielleicht ist es natürlichen Ursprungs, vielleicht ist es das Zeichen für das Ende alles Seins. Ihr Tipp ist genauso gut wie meiner.«

»Aber es scheint doch einen offensichtlichen Zusammenhang zwischen der Anomalie und den Lichtwesen zu geben, nicht wahr?«

»Zusammenhang? Natürlich gibt es einen Zusammenhang. Aber welchen? Diese Lichtwürmer können die genialen Wissenschaftler sein, die ein transdimensionales Portal geschaffen haben, sie können aber auch die Partybesucher einer Lichtshow auf der anderen Seite einer magischen Disco sein.«

»Gibt es denn irgendeinen Anhaltspunkt, was da draußen passiert?t«, fragte Jane ruhig. Sie hatte die Arme um Hien geschlossen und wiegte die kleine Frau sanft hin und her.

»Nun, die Muster an Raumzeitverwerfung sehen den Mustern sehr ähnlich, die unsere Generatoren erzeugen, wenn sie die Grenze zum Subraum auflösen. Tatsächlich erzeugen sie eine Art Spalt im Gewebe der Raumzeit. Als würde man die Fäden eines eng gewebten Tuchs mit zwei Nadeln vorsichtig auseinanderschieben, ein Loch erzeugen und danach das Gewebe sorgfältig wieder glätten.« Er überlegte einen Moment. »Das Bild ist nicht einmal schlecht.«

»Auf diese Weise«, warf Hien ein, »funktionieren nebenbei auch die Gravitationsmotoren. Sie schieben das Schiff an der Raumzeit entlang, wie ein Käfer, der sich mit seinen Beinen im Tuch verhakt und nach vorne stemmt.«

»Das heißt«, fasste Jane zusammen, »dort ist ein Loch im Gewebe der Raumzeit.«

»*Loch* ist eine Untertreibung«, schnaufte Wilson. »Das dort sieht aus, als hätte jemand ein Feuerzeug an das Tuch gehalten. Es ist groß genug, die Mondbasis hindurchzuschieben.«

»Wie groß wäre das?«, fragte Jane.

Wilson verzog das Gesicht. »Dreidimensionale Messungen im Raum, wie man sie etwa mit einem Lineal vornimmt, machen an dieser Stelle keinen Sinn, da der Übergang in den Subraum die Gültigkeit der Raumdimensionen aufhebt.«

»Aha«, machte Jane. »Und wie groß wäre das in Form einer sinnlosen Messung?«

»Etwa drei bis fünf Mikrometer.« Als diese Offenbarung keinerlei Reaktion hervorrief, fügte der Mann hinzu: »Ein Riss, den wir erzeugen, um ein Schiff in den Subraum zu überführen, ist etwa tausendmal kleiner. Das interessante ist, dass die Größe nicht konstant ist. Die Schwankungen unterliegen einem Zyklus. Ich kann in den Daten sehen, wie sich die Anomalie stetig verkleinert und dann in Schüben wieder vergrößert.«

»Und was hat diese Erkenntnis für eine Konsequenz für uns?«

»Woher soll ich das wissen? In der Praxis darf es das ja überhaupt nicht geben. Es gibt diese Frage nicht mal in Theorie, denn unserer Mathematik nach darf es einen gleichzeitigen Zustand von Raumzeit und Subraum nicht geben. Beide Zustände schließen sich aus. Löcher in der Raumzeit heilen sich deshalb selbst innerhalb eines nicht messbaren Zeitraumes. Als würde die Realität eines Filmes zwischen zwei Bildern korrigiert. Ein großer Teil der Energie unsere Subraumgeneratoren wird deshalb darauf verwendet, die Lücke lange genug offen zu halten, bis das Schiff durch ist.« Er sah die Frauen an und seufzte. »Das Ganze ist natürlich nur eine Analogie, die vollkommen falsch ist. Aber es ist ein nützliches Bild, wenn Sie nicht mit mir zusammen durch die Gleichungen gehen wollen.«

»Danke, nein«, erklärte Jane schnell, ohne die Augen von den Bildschirmen zu nehmen.

»Ich verspreche, in elf Dimensionen ist die Mathematik dahinter äußerst elegant.«

»Ich glaube Ihnen, Colonel.«

»In unserem visuellen Spektrum sieht das Ganze aus wie eine kleine Sonne«, murmelte Hien leise.

Jane musterte Wilson aufmerksamen.

»Wieso haben wir das vorher nicht bemerkt? Hat sich diese Anomalie gerade erst geöffnet?«

»Das«, rief der Mann, »ist genau der Punkt! Ich glaube nämlich, dass genau das *nicht* passiert ist. Ich glaube die Anomalie war schon die ganze Zeit über hier, möglicherweise schon als die Raumstation gebaut wurde. Meine Theorie ist, dass diese«, er wedelte mit der Hand, »mangels eines besseren Namens, *Lichtwürmer*, das Loch mit ihren, wieder mangels eines bessern Wortes, *Körpern*, maskieren, als würden sie ein Tuch aus weißem Stoff an eine weiße Wand hängen, um ein Loch im Putz zu verdecken. Man würde nicht meinen, dass das funktionieren kann, aber die Tarnung ist auf große Entfernung sehr überzeugend. Wenn man jedoch weiß, wonach man Ausschau halten muss, und sehr genau hinsieht, wird es schnell offensichtlich. Diese Dinger da draußen machen merkwürdige Dinge mit unserer Physik. Im Vergleich zu dem, was diese Wesen scheinbar selbstverständlich mit der Raumzeit veranstalten können, sind unsere Gravitationsmotoren die reinsten Faustkeile aus Stein.«

Die beiden Frauen starrten ihn ratlos an.

»Okay«, fuhr Wilson fort. »Vielleicht finde ich noch eine bessere Analogie.« Er überlegte. »Diese Wesen schützen und maskieren den Riss. Ich kann nicht mal spekulieren warum. Ich vermute, dass sie auch in der Lage sind, den Riss von der anderen Seite aus zu maskieren.« Er rang nach Worten, um ein passendes Bild zu finden. »Stellen Sie sich vor, ein Deich hat Risse und Wasser sprudelt heraus. Nun versucht jemand von der Außenseite, dort, wo das Meer ist, die Risse zu schließen, indem er Finger in die Löcher schiebt. Wenn Sie nun schnell mit einem Fahrzeug am Deich entlangfahren, sieht alles normal aus.« Er ließ die Arme sinken und sah hilflos auf seine Auswertungen. »Heute ist kein guter Tag für die theoretische Physik. Diese paar Mikrometer reichen vollkommen aus, um die Hälfte aller Lehrbücher obsolet zu machen. Was ich auch gerne bereit sein werde, persönlich zu publizieren, immer vorausgesetzt, dass wir diese Begegnung hier überleben.«

Hien hob den Kopf und sah nachdenklich auf das Zentrum der Lichtblume.

»Ich finde hier zeichnet sich ein Trend ab, das sehen Sie doch bestimmt auch, nicht wahr? Heißt das nicht, dass wir denen da eine Motivation unterstellen können?«

»Man könnte eine Arbeitsthese aufstellen, wenn auch eine gewagte.«

Charles warf mit einer lässigen Bewegung weitere Auswertungsgraphen in die Luft, welche ihn langsam umkreisen wie ein Schwarm bunter Fische.

»Was wir wissen, ist, dass die Wesen keinen materiellen Körper besitzen. Der Himmel weiß, was das ist, was sie in irgendeiner anderen Wirklichkeit haben. Ich benutze wieder das Wort *sie*, auch wenn wir keine Ahnung haben, ob ein Personalpronomen in diesem Zusammenhang überhaupt passt. Ich kann nur betonen, dass wir absolut keine Vorstellung davon haben, mit was wir es hier zu tun haben.«

»Wir verstehen, Colonel«, bestätigte Jane, »fahren Sie fort.«

»Aber«, erklärte Wilson, »wenn sie keinen materiellen Körper haben, dann machen aggressive Akte gegen Menschen keinen großen Sinn. Das wiederum würde bedeuten, dass sie vielleicht nicht versuchen sich selbst zu *schützen*, denn ihnen kann ja offensichtlich auf dieser Existenzebene nichts passieren. Sie versuchen also etwas anderes. Wir glauben weiter, dass sie uns nicht in dem Sinne sehen, sondern nur die Raumzeit-Veränderungen spüren können, die wir verursachen. Einige davon sind stark genug, einen aggressiven Akt einzuleiten, zumindest haben wir es bis jetzt so interpretiert. Was, wenn sie nicht versuchen uns zu zerstören. Was, wenn sie versuchen uns zu schützen, ohne zu verstehen, was ihre Reaktion für Auswirkungen auf uns hat? Oder«, er hob den Finger. »Was, wenn sie um die Auswirkungen wissen, aber *keine Wahl* haben. Was wäre …« Er schwieg, sah die Frauen an und begann noch einmal. »Was wäre, wenn sie den Riss nicht verursacht haben, sondern im Gegenteil versuchen ihn zu schließen? Würde das die Schwankungen in der Größe erklären und warum die Anomalie immer mit einem Geflecht aus Lichtkörpern umgeben ist? Sie empfinden starke Änderungen der Raumzeit als Bedrohung, und wenn sich etwas nähert, was zu … zu …«

»*Laut* ist«, soufflierte Hien leise.

Wilson verzog das Gesicht, bevor er weitersprach. »Laut ist, dann schützen sie die Anomalie.«

»Wenn es zu laut wird«, fragte Jane, »halten sie es für eine Bedrohung und zerstören dabei jede Materie, die ihnen zu nahekommt?«

»Und nur«, fuhr Hien fort, »wenn sie sich allein fühlen, dann entfaltet sich rege Aktivität, wenn sie ihre Arbeit wieder aufnehmen.«

»Das macht auch keinen Sinn«, erklärte Wilson. »Warum sollten sie etwas zerstören, nur weil es der Anomalie zu nahekommt? Nein, ich glaube sie werden… sie werden …« Er rang nach Worten.

»Panisch«, flüsterte Hien.

Wilson atmete tief durch.

»Meinetwegen. Sie werden also«, er schauderte, »*panisch*, wenn sich ihnen Subraumänderungen nähern und sie verstärken ihre Bemühungen den Riss zu schließen. Deswegen baut sich das Geflecht immer stärker auf. Wenn das Geflecht aus fraktaler Lichtgeometrie in sich zusammenfällt, trifft es auf den Riss und erzeugt die Subraumwellen. Ähnlich der Welle, die wir messen, wenn ein großes Schiff den Subraum verlässt. Nur etwas größer dimensioniert.« Er zögerte. »Etwa um den Faktor zehn hoch neun höher. Das sollte reichen, Materie aufzulösen. Dabei erzeugen sie die Beben, welche jede Form der Materie desintegrieren.« Er nickte nachdenklich vor sich hin. »Als Arbeitsthese ein wenig krude und voller Begrifflichkeiten, die in höchsten Grade falsch verwendet sind, aber es ist das Beste, was ich im Moment liefern kann.«

»Es sieht aus wie etwas Blühendes«, erklärte Hien verträumt. »In Wirklichkeit jedoch ist es keinesfalls eine Blume.«

»Es ist etwas Einhüllendes«, flüsterte Jane. »Ein Schutz.«

»Ein Hülle«, murmelte Hien, die das Phänomen mit blassem Gesicht anstarrte und sich an Jane gedrückt hielt. »Ein Käfig.«

Beide sahen Hien an.

»Ein Käfig«, wiederholte Jane. Sie nickte stumm. »Nicht um uns abzuhalten. Sie versuchen etwas zu verstecken. Etwas zu verbergen, um uns zu schützen.«

»Wenn das stimmt«, nahm Wilson den Gedanken auf, »dann sind sie nicht sehr erfolgreich in ihren Bemühungen. Ich warte noch auf die Auswertung der Daten im Licht meiner neuen Arbeitsthese. Ich sollte in der Lage sein, die Änderungen der Anomalie zu beobachten, jetzt, wo keine schweren Subraumbeben unsere Messapparaturen offline nehmen.«

»Aber dann«, warf Jane ein, »muss es doch irgendetwas geben, was wir jetzt und hier machen können. Wir können doch nicht einfach weiter hier herumhocken, dabei immer möglichst leise sein und darauf warten, dass die Trottel bei der Armee das nächste Schiff schicken, nur um unserer Sammlung noch eine dritte Trümmerwolke hinzuzufügen.«

»Wir können natürlich«, erwiderte Wilson, »immer weiter Daten sammeln. Hier gibt es definitiv genug zu lernen. Eine Forschungsstation könnte hier jahrzehntelang beschäftigt bleiben.«

»Oder«, erklärte Jane fest, »wir versuchen hier und jetzt zu klären, was die Lichtwesen da draußen motiviert und was das Ende von dem ganzen Anomalie-Ding eigentlich sein soll.«

»Nun,«, begann Wilson vorsichtig und sah Hien an, »unbestätigten Gerüchten zufolge gibt es die Theorie, dass unsere Gäste mit der Situation ebenso unzufrieden sind wie wir.«

Jane hob erstaunt die Brauen.

»Und Sie basieren diesen Teil Ihrer Theorie auf welchen Erkenntnissen genau?«

»Ich kann sie singen hören«, erklärte Hien leise. »Ihre Melodien sind voll Sorge und Aufregung.«

Jane drückte sich bei diesen Worten fester an sie und nickte. »Das ist nicht gut«, erklärt sie leise. Sie sah Wilson an. »Wir müssen mehr darüber herausfinden. So schnell wie möglich.«

Der Colonel hob abwehrend die Hände.

»Entschuldigen Sie. Ich bin die Abteilung für Datenauswertung. Was soll ich denn machen? Es ist ja nicht so, dass ich rübergehen und fragen könnte.«

Hien sah auf und lächelte.

»Warum eigentlich nicht?«

»Weil es dumm wäre.« Charles zählte an den Fingern ab. »Und gefährlich und unüberlegt und wahrscheinlich sinnlos, nicht zu sprechen von extrem kurzsichtig, und erwähnte ich *gefährlich*?«

»Wir wissen bereits, dass sie mein Singen mögen«, warf Hien vorsichtig ein.

»Oh, nein!«, rief die Gouvernante. »Du wirst nicht unser Schiff da reinfliegen! Auf keinen Fall, das kommt nicht in Frage!«

»Nein, aber wie wäre eine Drohne? Mit mir an Bord? Wir rüsten eine weitere Drohne mit größtmöglicher Speicherkapazität aus, werfen sie rüber und ich synchronisiere mich per Laserlink. Das erste Mal haben wir sie wahrscheinlich erschreckt. Diesmal kann ich ihnen vielleicht eine Entschuldigung vorsingen?«

Wilson sah Jane an und die Gouvernante zuckte mit den Schultern.

»Irgendetwas müssen wir probieren«, verkündete sie, »und diese Idee klingt gerade verrückt genug, um tatsächlich funktionieren zu können.«

»Natürlich,«, erklärte Wilson während er die Hände über die Augen legte, »wir singen transdimensionalen Lichtwesen ein Lied vor, ich hätte auch selbst darauf kommen können.«

[...]

Anhang 51 <KONTAKT>

*Aufzeichnungen der Überwachungsanlagen an Bord der Auf-
klärungsfregatte ‚Heimweh der kleinen Eule‘.
(1 Jahr vor Prozessbeginn)*

»Bist du sicher«, fragte Jane nervös, »dass das eine gute Idee ist?«

»Hast du eine bessere?«, entgegnete Hien, während sie
sich mit verschränkten Armen an die Gouvernante lehnte,
die dicht hinter ihr stand.

Wilson begutachtete die Schemazeichnung der Drohne,
welche sich auf mehreren Bildern im kleinen Salon drehte.
Er tupfte mit einem seiner dicken Finger auf eines der Bilder
und die Konstruktionszeichnung schob sich aus dem Rahmen, entfaltete fließend eine dritte Dimension und drehte
sich ein Stück vor dem Rahmen im Raum.

»Wie ich sehe«, kommentierte der große Mann, »haben Sie
diesmal jeden verfügbaren Raum mit Sendeanlagen bestückt
und alles an Prozessorbänken aufgefüllt, was sich irgendwie
dort unterbringen ließ. Gütiges All, ist das viel Speicher! Planen sie einen virtuellen Urlaub in der Drohne?« Er vergrößerte nacheinander mehrere Bildausschnitte und pfiff leise.
»Der Kommunikationslaser ist ebenfalls massiv aufgerüstet
und sendet nun in drei verschiedenen Wellenlängen. Was für
eine enorme Bandbreite.« Er schob und drehte das Model
mit dem Finger hierhin und dorthin und musterte kritisch
die Ausstattung.

»Und Sie«, fragte er fasziniert, »wollen sich wirklich da
hineinkopieren? Ich weiß, *Kopieren* ist nicht wirklich der
richtige Ausdruck.«

»Es ist«, erklärte Hien, »eher eine abgespeckte Version als
eine Kopie.«

Wilson nickte nachdenklich.

»Auf die Gefahr hin, dass ich mich wiederhole«, erklärte er vorsichtig, »steht nicht in den Lehrbüchern, dass so etwas unmöglich ist? Ich meine, ein Bewusstsein gezielt zu fragmentieren? Es gibt nicht einmal eine theoretische Grundlage für die Spaltung einer künstlichen Bewusstseinsmatrix, geschweige denn des natürlichen Äquivalents, mit dem es verschränkt ist. Ich muss sagen, dass mich der Gedanke mehr als nur beunruhigt.«

»Sie beunruhigt der Gedanke?«, fragte Jane trocken. »Fragen Sie mal jemanden, der tatsächlich nur eine künstliche Matrix hat.« Sie sah auf Hien hinab, welche die Augen geschlossen hielt und den Kopf an ihre Brust gelehnt ließ.

»Ich bin keine Expertin, aber ich weiß zumindest, dass du nicht vorhast, dein Bewusstsein in zwei Teile zu schneiden und an unterschiedlichen Orten laufen zu lassen. Jedenfalls hoffe ich das.«

Hien lächelte schwach.

»Das würde tatsächlich nicht funktionieren. Es ist eher wie einen zweiten, schwächeren und unbeweglichen Körper zu bauen und das Hirn hin und her zu werfen. Bildlich gesprochen, natürlich.«

»Danke«, kommentierte die Gouvernante sarkastisch. »Was für ein wundervolle Vorstellung.«

Wilson nickte.

»Ein einmal initialisierter menschlicher Geist, egal ob Mensch oder KI, kann nicht an zwei Orten gleichzeitig präsent sein. Wenn ich mich recht erinnere, dann haben alle Versuche in diese Richtung bisher nur Wahnsinn mit Todesfolge induziert.«

»*Initialisierter menschlicher Geist?*«, fragte Jane tonlos.

»Er ist ein Romantiker«, warf Hien ein.

Wilson ignorierte die beiden. »Besonders der *menschliche* Geist mag es überhaupt nicht, seinen Körper zu verlassen, wie ich ihnen aus persönlicher Erfahrung nur zu gerne bestätigen werde. In eine Drohne gepresst zu werden, ist dabei nicht unbedingt eine Verbesserung. Er sah einen Moment lang nachdenklich auf das Modell hinab. »Ich verstehe wirklich nicht, wie Sie das machen. Selbst eine verschränkte Instanz muss doch zumindest ihren sensorischen Input spalten. Ist das nicht fatal für eine kohärente Wahrnehmung?«

»Nicht wirklich«, entgegnete Hien ruhig. »Es ist wie durch ein Fernglas zu sehen und auf jedem Auge ein anderes Bild zu bekommen. Man muss sich nur konzentrieren.«

»Aber Sie können doch, wiederum laut Lehrbuch-Meinung, immer nur ein Bild gleichzeitig sehen?«

»Das stimmt, aber man kann mit ein wenig Training lernen, schnell zwischen den Bildern zu wechseln. Sie können es relativ einfach selbst probieren.«

Wilson schüttelte energisch den Kopf und hob abwehrend die Hände.

»Nein, danke. Ich habe schon Stress genug mit *einem* Körper. Selbst mit so einem kleinen. Wie fühlt sich denn der zweite Körper in diesem Fall an?«

Hien sah düster auf die Schemazeichnung der Drohne und drückte sich fester an Jane.

»Wie ein Sarg.«

Wilson schwieg eine Weile, während er die Konstruktionsdaten der Drohne fixierte.

»Wann planen Sie den Einsatz?«, fragte er irgendwann beiläufig.

»Die Drohne ist schon unterwegs«, entgegnete Hien ebenso beiläufig.

Der Colonel war sichtlich überrascht. »Sie verlieren wirklich keine Zeit. Sie hätten ruhig etwas sagen können. Er warf hektisch einige Überwachungsbildschirme in den Raum.

»Was zeigen die einlaufenden Daten?«, fragte Jane, die Hien weiter in den Armen hielt und sie sanft wiegte.

»Nichts«, entgegnete Wilson. »Annäherung in einer Minute. Niemand scheint uns dort drüben zu bemerken.«

Jane sah nachdenklich auf die pulsierende Lichtblüte in einer der Holographien. Ein blinkender roter Punkt markierte die Annäherung der Drohne.

Jane lehnte sich vor und flüsterte Hien ins Ohr.

»Na los, sing ihnen etwas vor.«

Hien nickte kurz.

»Ich sende auf allen Frequenzbändern. Inklusive herabmodulierter Harmonien auf sehr schwachen, tieffrequenten Gravitationswellen.«

»Anomalie in Reichweite der Nahfeldscanner«, kommentierte Wilson.

Das Pulsieren der Blüte stoppte.

Das komplexe Muster aus Licht schien innezuhalten.

»Scheint als würden wir bemerkt«, verkündete Wilson. Er schnaufte und verdoppelte mit einer raschen Geste die Anzahl der Bildschirme, welche ihn umkreisten. Die Einrichtung des Salons verschwand und er stand im Mittelpunkt einer wachsenden Sphäre, die aus den schwebenden Rechtecken der virtuellen Fenster gebildet wurde. Die Kugel drehte sich schnell um alle Achsen, je nachdem, welche Fenster in sein Blickfeld rücken sollten.

»Die Aktivität hat schlagartig abgenommen«, verkündete Wilson schließlich. »Alle Frequenz-Emissionen und jede Form der Strahlung liegen bei null. Es wirkt so, als warten unsere Nachbarn auf etwas.«.

»Sie lauschen gespannt«, übersetzte Jane.

»Jane«, flüstere Hien leise.

»Ja, Mimei.«

»Ich habe eine Idee.«

»Jane nickte und hob eine Hand. Sie spreizte die Finger und erzeugte einen einzelnen Bildschirm vor sich und begann mit tanzenden Fingern Einstellungen vorzunehmen.

»Ich möchte«, begann Hien, »dass du …«

»Ich weiß, Mimei, ich weiß.«

Wilson sah schnell zwischen den beiden Frauen hin und her, versuchte sich dann wieder auf seine eigenen Bildschirme zu konzentrieren. »Ihre Instanz hat sich gerade verdoppelt, Major. Glauben Sie, ich sehe das nicht? Was treiben Sie da? Sie lassen zwei davon parallel laufen, nicht wahr? Innerhalb der Drohne. Was in aller Welt haben Sie vor, Commander?«

»Ich bin soweit, Mimei«, unterbrach ihn Jane. »Das Schlafprogramm initialisiert sich.« Sie wechselte durch eine Reihe komplexer Einstellungen. »Tiefschlaf von einer halben Minute, gefolgt von REM-Aktivität?«

»Genau. Danke«, bestätigte Hien schläfrig. »Hol mich spätestens nach einer Minute wieder zurück.«

»Mach ich«, bestätigte Jane. »Wir beginnen in minus fünf und zählend.«

Hien verschwand.

Wilson sah irritiert zu der Gouvernante hinüber.

»Mir scheint, ich habe ein wichtiges Memo nicht bekommen. Machen wir tatsächlich gerade ein kurzes Nickerchen?«

Jane nickte.

»Eine Instanz singt«, bestätigte Jane, »Eine andere schläft. Das Ganze wird über die Quantenrechner verschränkt.«

»Warum?«, fragte Wilson vollkommen irritiert.

Jane lächelte.

»Der Major hat die Theorie geäußert, dass diese Wesen möglicherweise über Träume kommunizieren.«

Wilson sperrte den Mund auf, setzte an etwas zu sagen, blinzelte und schloss ihn wieder. Er sah besorgt zu der Frau hinüber.

»Hat sie das überhaupt schon einmal gemacht?«

»Was?«, fragte Jane. »Schlafen, Singen oder Drohnen fliegen?«

»Alles gleichzeitig?«

Jane sah kurz von ihrem Bildschirm auf, blickte nachdenklich vor sich hin, schüttelte dann den Kopf und konzentrierte sich wieder auf ihre Anzeige.

»Kortex-Aktivität zeigt Schlafspindeln.«

Sie sah kurz zu Wilson hinüber.

»Wir hatten zu Beginn einige Schwierigkeiten zu schlafen, deswegen habe ich zusammen mit den Wissenschaftlern vom Hauptquartier ein Programm entwickelt, welches Schlaf beim Major induzieren kann. Gewissermaßen eine Art Softwarelösung für Schlaftabletten.«

Wilson lächelte. »Die machen wenigstens nicht abhängig.«

»Im Gegenteil. Sie machen den Major nur sauer. Sie kommt einfach nicht zur Ruhe und wenn sie es übertreibt, droht sie zu dissoziieren. Sie sehen ja, wie sie ist. Je müder sie wird, desto mehr weigert sie sich, das Fliegen einzustellen und zu regenerieren. Irgendwann beginnt sie dann zu halluzinieren, und wenn dann der Verfolgungswahn einsetzt, muss ich immer die Notbremse ziehen. Heutzutage lege ich sie meist einfach schlafen, wenn sie beginnt, es zu übertreiben.«

»Sie sind wahrhaftig eine gute Gouvernante.«

»Da«, erklärte Jane, »REM-Aktivität. Sie träumt.«

Wilson öffnete den Mund, um etwas zu sagen, wurde jedoch von einem ohrenbetäubenden Alarm unterbrochen. Das Licht im Salon erlosch und wurde durch rot blinkende Lichter ersetzt. Hektisch blinkende Warnmeldungen erschienen auf allen Bildschirmen.

»Scheiße!«, fluchte Jane und klatschte in die Hände.

Ein halbes Dutzend Bildschirme öffneten sich vor ihr und ihr Hände flogen über die Fenster. »Dissoziations-Warnung! Die Synchronisationsrate sinkt!«

Wilson versuchte verzweifelt, mehrere Bildschirme gleichzeitig im Auge zu behalten.

»Die Lichtwesen streben geschlossen von der Anomalie fort. Sie formen neue Muster.«

Er hielt kurz inne und riss die Augen auf.

»Schon wieder etwas, was es nicht geben dürfte«, knirschte er frustriert. »Die Raumzeit strukturiert sich neu und wirkt auf die Drohne wie ... wie«, er verzog gequält das Gesicht, »eine Art Trichter. Die Drohne wird in die Anomalie gezogen. Das Material der Außenhülle beginnt zu zerfallen.«

»Notfall-Synchronstopp«, rief Jane und schnippte mit beiden Händen.

»Initialisiere Mastercode. Setze Sicherheitsprotokolle außer Kraft!«

»Was?«, rief Wilson. »Welche?«

»Alle«, schrie Jane. »Ich überschreibe ihre codierte Laserverbindung und hole sie sofort zurück.«

»Sind Sie närrisch?«, rief der Colonel, der panisch versuchte, alle Warnmeldungen zu kontrollieren, ohne die Anomalie aus den Augen zu lassen. »Wenn Sie jetzt ...«, begann er, unterbrach sich jedoch mit einem Fluchen. »Drohne tritt in den Ereignishorizont der Anomalie ein.«

Ein langgezogener Schrei hallte durch den Salon.

»Mimei«, schrie die Gouvernante und ihre Hände bewegten sich noch schneller. Die Bewegungen verschwammen und ihr entsetztes Gesicht war in dem Wirbel aus Bildschirmen und Händen kaum noch zu erkennen.

»Synchronisationsrate sinkt rapide«, kommentierte Wilson.

»Mimei, wo bist du?«, rief Jane.

Der Schrei wurde noch lauter und brach abrupt ab.

Wilson hielt inne und starrte stumm auf seine Bildschirme. Panik lag in seinem Blick und seine Hände öffneten und schlossen sich.

»Ich finde sie nicht!«, rief Jane mit tränenerstickter Stimme. »Wo ist der verdammte Fokus ihrer Bewusstseinsmatrix? Dieser elende Instanzbildungs-Scheiß. Sie kann praktisch überall sein!«

Wilsons Hände begannen zu zittern.

»Wo? Wo? Wo?«, rief die Gouvernante zunehmend panisch. »Wieso finde ich sie nicht? Das kann nicht sein!«

Die Bewegungen ihrer Hände und die Wendungen ihres Kopfes zwischen den Bildschirmen wurden so schnell, dass ihre Gestalt immer stärker verschwamm.

Wilson hob die Hände vor die Augen, schloss sie fest zu Fäusten und sah zu Jane hinüber.

»Autistischer Schock«, erklärte er ruhig und seine große Gestalt verschwand.

Jane wurde schlagartig still und sah einen Moment lang entsetzt auf den leeren Platz in der Sphäre aus rotierenden Bildschirmen, dann blickte sie entgeistert auf ihre eigenen Bildschirme.

»Colonel, was machen Sie da?«

Die Wand mit den Ölgemälden verschwand und wurde durch das große Fenster ersetzt, welches jetzt direkt in die Herzkammer des Schiffes blickte, wo die beiden großen Glastanks eng beieinanderstanden.

Im linken der beiden war die dünne und blasse Form von Hien zu sehen. Ihr Körper bewegte sich hektisch, seine Gliedmaßen stießen immer wieder an die Glaswand des Zylinders. Dabei bewegte sie das träge blaue Gel so stark, dass es in dickflüssigen Wellen im Tank umher schwappte. Ihr Kopf stieß immer wieder hart gegen die Glaswand. Janes

Blick schwang hektisch zwischen dem Anblick und ihren Bildschirmen hin und her, während sie sich die Tränen aus den Augen wischte.

»Die Rückkopplungen im System verstärken sich gegenseitig«, rief Jane verzweifelt. »Wir laufen in einen selbst zersetzenden Kaskadenverfall. Alle Verbindungen zu ihrem Körper sind überladen. Ich kriege keinen sinnvollen Input isoliert!« Sie schluchzte erstickt und fluchte laut. »Wo sind Sie Wilson, ich brauche Hilfe!«

»Nur die Ruhe, Madame«, erklang die Stimme des Colonels gelassen. »Ich bin schon unterwegs. Aktivieren Sie bitte alle Wartungsdrohnen in der gesamten Herzkammer und geben mir Vollzugriff. Ich werde hier ein klein wenig Unterstützung brauchen.«

Jane sah die Bewegung in dem anderen Tank. Der gedrungene Körper des Babys rührte sich. Mit wachsendem Entsetzen beobachtete sie, wie die kleine Gestalt ungeschickt hinter sich griff und händeweise Kabel, Schläuche und Zugänge aus dem Rücken zog.

»Oh, gütiges All«, hauchte Jane. »Er ist übergeschnappt.«

Sie verfolgte sprachlos, wie das Baby mit angezogenen Beinen zum Boden des Tanks hinabsank, wo es sich kräftig abstieß und zur Oberfläche katapultierte. Außerhalb des Tanks entfaltete sich hektische Aktivität, als dutzende von Wartungsdrohnen auf ihren Krebsbeinen über das Glas schwärmten und begannen die Abdeckung zu öffnen.

Jane legte mit offenem Mund die Hände vor die Brust und verfolgte, wie zwei kleine, dicke und mit Gel verschmierte Hände den Rand des Tanks ergriffen. Eine Flut schwimmender Drohnen sammelte sich unter dem Körper des Babys und halfen, den Säugling über den Rand des Tanks zu heben, wo er von einer wachsenden Gruppe Wartungsdrohnen in Empfang genommen wurde. Immer neue Einheiten stießen zu der Gruppe hinzu und bildeten eine Brücke zwischen den Tanks, über welche sie den mit Gel bedeckten Säugling weiterreichten. Der ganze Vorgang verlief vollkommen lautlos.

»Er wird sterben«, flüsterte Jane entsetzt.

Wie eine glitschige, mit blauem Gel bedeckte Robbe mit geschlossenen Augen, aber fest entschlossenem Gesichtsausdruck, glitt das Baby in den anderen Tank. Es streckte sofort die Hände aus, bekam einen der umherschwingenden Arme zu fassen und zog sich an Hien heran. Eine kleine Hand mit dicken Stummelfingern tastete nach dem Kopf der Frau, fand die Nase und schob zwei Finger in die Löcher.

Ein lauter Schrei hallte durch den Salon.

Dieser Schrei jedoch trug keine Panik in sich, sondern Überraschung und Schmerz.

Der Alarm verstummte und die Bildschirme der Gouvernante wechselten auf den unregelmäßigen und stark schwankenden Bewusstseinsstrom von Hien Otis.

Die Warnungen erloschen und die Anzeigen wechselten auf reguläre Messungen. Das rote Licht verblasste und der Salon wurde wieder hell. Einige Sekunden lang herrschte Stille, während Jane beobachtete, wie die Synchronisationsrate mit dem Schiff langsam wieder anstieg.

Die Gouvernante bemerkte, dass sie seit mehreren Minuten nicht mehr geatmet hatte und holte zittrig Luft. Hastig fühlte sie nach ihrer Brust, ob der Herzschlag noch da war. Sie brauchte mehrere Anläufe, bis sie auch wieder sprechen konnte.

»Sie schläft wieder«, erklärte Jane schließlich mit bebender Stimme.

Wilson schwieg und Jane sah, wie der Körper des Säuglings leblos neben dem Hiens im Tank trieb.

»Scheiße, Scheiße, Scheiße!«, fluchte Jane und begann panisch Anweisungen zu verteilen.

Schwärme von Drohnen tauchten in den Tank und entfalteten erneut hektische Aktivität. Schläuche und Kabel wurden entrollt, Systeme miteinander verbunden und für einige Zeit verschwand der Körper des Säuglings unter einer dicken Schicht wimmelnder sechsbeiniger Körper.

»Dem Himmel sei Dank«, seufzte Jane, als die ersten Vitaldaten des Colonels auf ihren Bildschirmen einliefen. »Zum Glück habe ich darauf bestanden, dass der Tank mit mehreren, redundanten Notfallsystemen ausgestattet wird.«

Es dauerte noch fast eine halbe Stunde, bevor Jane sich auf das Sofa im großen Salon fallen ließ. Der Spiegel über der Anrichte zeigte ein einzelnes Kamerabild von zwei Gestalten, welche beide bewegungslos nebeneinander im Tank trieben und schliefen. Die Gouvernante lehnte sich zurück, griff eine Tasse Tee aus dem Nichts und klammerte sich daran, während sie lange in kleinen Schlucken trank, bis sie endlich aufhörte zu zittern.

Schließlich glitt ihr Blick wieder zu den beiden schlafenden Gestalten.

»Die schönste Zeit des Tages ist doch«, erklärte sie, »wenn die Kinder endlich im Bett sind.«

Anhang 52 <ANGST>

Private Aufzeichnung von Captain Hien Otis an Bord der Aufklärungsfregatte ‚Heimweh der kleinen Eule'.
(1 Jahr vor Prozessbeginn)

[…]
wärst fast verloren,
in der leere ertrunken,
vom licht vergessen;
nur von wärme gehalten,
du verträumtes kleines schiff;
[…]

Die rote Sonne füllte den Horizont und sandte ihnen eine glühende Brandung gleißender Flammen entgegen. Hien lag schlafend auf der Couch, den Kopf auf Janes Schoß gebettet. Die Gouvernante lächelte sanft, während sie der jungen Frau liebevoll über den kahlen Kopf strich.

Nach einer Weile öffneten sich Hiens Augen. Sie sah verwirrt und suchend umher, bis ihr Blick den der Gouvernante fand. Sie lächelte glücklich und kuschelte sich dichter an Jane heran. Ihre Augen schlossen sich bereits wieder, doch plötzlich versteifte sich ihr ganzer Körper. Sie riss die Augen auf und schoss in eine sitzende Position hoch.

»Er ist in meinem Tank!«, schrie sie. Sie sah Jane entsetzt an. »Er ist in meinem Tank!«, wiederholte sie und ihre Stimme drohte sich zu überschlagen.

Jane nahm die zitternde Frau in die Arme und wog sie sanft, während Hien immer fort die Worte »in meinem Tank« stammelte.

»Ich weiß, Mimei«, flüsterte sie. »Ich weiß. Aber er hat dich gerettet.«

»Was … was ist passiert«, fragte Hien verwirrt.

»Das wüssten wir selbst gerne«, antwortet Jane und sah der Frau kritisch ins Gesicht, als würden sich dort die Anzeichen einer Erklärung finden.

»Wie fühlst du dich?«

»Keine Ahnung«, entgegnete Hien leise. Ihre Hand griff nach ihrem Gesicht. »Meine Nase tut weh«, erklärte sie erstaunt.

Jane lächelte.

»Der Colonel sagt, du hattest einen autistischen Schock und konntest deinen Körper nicht mehr finden. Seine These war, dass ein starker Schmerzreiz dich mit einem Schlag wieder in den Körper zurückholen würde. Wie es aussieht, hat er Recht behalten.«

Hien tastete vorsichtig auf ihrer kleinen Nase herum, als würde sie diese zum ersten Mal bemerken.

»Er hat sein Leben für dich riskiert«, fügte Jane sanft hinzu.

Hien starrte sie einen Moment lang an, dann erklärte sie: »Sie kommunizieren durch Träume.« Sie atmete tief durch, und als sie sprach, wurden ihre Augen leer, als würde sie von Ereignissen der Nacht berichten, vor welchen sie lange Stunden geflohen war. »Sie haben niemals einen materiellen Körper entwickelt und besitzen nicht einmal ein Gehirn, wie wir es kennen. Ich wüsste nicht mal, wie ich es in Worte fassen sollte. Wir haben eine komplette Hirnhälfte für planungsorientiertes Handeln, Strukturanalyse und Sprache reserviert. Das alles kennen sie nicht. Es ist, als hätten sie nur die Funktionen unserer rechten Hirnhälfte zur Verfügung. Der Teil, der nur intuitiv versteht. Sie kennen keine Sprache, sie kennen nur die Bilder von etwas, was wir *Träume* nennen würden, und selbst diese sind flüchtig. Wie unsere Träume ebenfalls flüchtig sind und wir selten etwas davon behalten dürfen. Erinnere dich an deine Träume, Jane. Am Ende, wenn du aufwachst, bleiben oft nur die Gefühle zurück, die du im Traum hattest, denn wo die Bilder in deinem Kopf flüchtig sind, neigen Gefühle dazu, sich in deinem Körper zu verankern und dort zu bleiben. Wie eine geliebte Person, die den Raum lange verlassen, aber ihren Duft zurückgelassen hat. Dort hängt er zusammen mit den Schmetterlingen in deinem Bauch, vage und unbestimmt. Immer bereit, dir von Gefühlen für einen Menschen zu berichten, dessen Bild du schon lange wieder verloren hast und nun aus den starken Emotionen von Neuem aufbauen musst.«

Ihr leerer Blick fand die Augen der Gouvernante. »Verstehst du mich? Sie kommunizieren durch Bilder und Gefühle. Sie kennen keine Zeit. Die Angst vor dem Licht, Jane. Es ist ihre Angst. Es ist, wie sie die Anomalie sehen. Als unvorstellbar helles Licht, in dem du immer langsamer wirst, je stärker du dich zu nähern versuchst.«

Jane schluckte und blickte gebannt in Hiens Augen.

»Du hast mit ihnen kommuniziert, nicht wahr? Was haben sie dir gesagt?«

»Sie kennen keine Zeit, Jane, verstehst du? Zeit ist etwas, das in ihrem Universum nicht existiert. Es ist nur eine endloses Jetzt, in dem alles, was war und sein wird, gleichzeitig geschieht. Sie verstehen unser Konzept von linearer Zeit nicht, genauso wie sie unser ganzes Universum aus vier Dimensionen nicht erfassen können. Die räumlichen Dimensionen verwirren sie. Aber sie können Veränderungen der Raumzeit spüren, Jane, genauso wie wir es uns gedacht haben. Wir hatten recht. Rhythmische Bewegungen der Raumzeit ziehen sie an.«

»Wie Herzschläge«, warf Jane ein.

Hien nickte.

»Genau. Sie wollen uns nichts Böses. Sie verstehen nicht einmal, wie ein Wesen an etwas wie Materie gebunden sein kann.« Sie schloss die Augen und schauderte. »Es war alles sehr, sehr verstörend. Ich schwamm am äußersten Rand und konnte ihr Universum die ganze Zeit spüren. Es wollte mich zu sich hineinziehen. Das Gefühl, Jane! Das Gefühl, zu allen Momenten deines Lebens gleichzeitig zu existieren und einen Körper aus purer Energie zu besitzen, der sich über so, so viele Dimensionen erstreckt.« Sie schluckte schwer. »Es war zu viel.« Plötzlich griff sie fest nach dem Arm der Gouvernante und sah sie furchtsam an. »Sie haben Angst, Jane. Sie haben Angst vor der Öffnung zum Subraum. Es ist die gleiche Öffnung, die auch zu ihrem Universum existiert. Sie«, Hiens Stimme versagte einen Moment und sie kniff fest die Augen zusammen. »Vier Dimensionen«, murmelte sie. »Vier Dimensionen! Komm schon, konzentrier dich!« Sie sah Jane wieder an und blinzelte. »Sie glauben, die Öffnung kann alles vernichten!«

Jane starrte sie einen Moment lang an.

»Alles was?«, fragte sie vorsichtig.

»Alles, alles!«, rief Hien. »Das ganze Universum, oder zumindest den Teil, der Materie enthält.«

»Oh«, machte Jane, »Der Teil.« Sie schüttelte den Kopf. »Das hast du doch schon mal gesagt Mimei, aber das war doch nur ein Scherz! Es erscheint mir doch sehr viel Alptraum und sehr wenig Realität gewesen zu sein. Bist du sicher?«

»Du meinst, ich habe das alles nur aus meinem eigenen Unterbewusstsein produziert?«

»Ich fürchte, meine Damen«, erklärte die Stimme Wilsons neben ihnen, »dass sich der Bericht des Majors sehr präzise mit meinen eigenen Analysen deckt.«

Hien stöhnte, sackte in sich zusammen und versteckte das Gesicht in Janes Schoss.

Die Gouvernante wandte den Kopf und sah den Bären auf der Couch neben sich sitzen. Seine Tatzen bildeten jetzt stilisierte Hände, welche eine große Tasse mit Tee hielten. Sie musste schmunzeln, als sie sah, dass die Tasse mit kleinen Eulen verziert war.

»Dein Teddy trinkt Tee«, erklärte Jane an Hien gewandt.

»Er – ist – in – meinem – Tank!«, rief Hien gedämpft.

»Ihr fortwährendes wiederholen des Offensichtlichen ist bemerkenswert«, erklärte der Bär kühl über seine Tasse hinweg. »Und ganz nebenbei: Gern geschehen.«

Hien warf sich herum und fuhr den Bären an: »Schlimm genug, dass Sie ständig in meinen privaten Simulationen auftauchen, jetzt schwimmen Sie auch noch in meinem Tank herum und machen mein schönes Gel dreckig! Es ist eine verdammte …« Sie schrie laut auf. »Der hat mich geschubst!« Sie deutete mit einem zitternden Finger auf den Bären und sah mit blassem Gesicht zwischen Jane und dem Bären hin und her. »Er hat mich geschubst! Mit der Hand! Er hat mich angefasst! Mit der Hand!«

Der Bär trank völlig unbeeindruckt von seinem Tee.

»Sie machen sich aber auch ziemlich breit hier im Tank.«

»Was fällt Ihnen ein, Sie …«, brauste Hien auf.

»Ruhe!«, rief die Gouvernante streng. »Aber sofort!«

Die beiden schwiegen.

»Ist das vielleicht ein adäquates Verhalten für zwei Top-Offiziere der Armee, die sich gegenseitig das Leben gerettet haben? Was sollen eure Vorgesetzten sagen, wenn sie euch so sehen?« Jane sah auf den Bären. »Und hoffen wir mal, dass es dazu nicht kommen wird. Können wir uns vielleicht auf die wesentlichen Dinge hier konzentrieren? Anomalie? Weltuntergang? Ihr erinnert euch? Ich würde euch gerne ermutigen, es noch einmal zu versuchen. Diesmal mit zivilisiertem Verhalten!« Sie holte tief Luft und deutet mit einem Finger auf Hien.

»*Du* reißt dich jetzt mal zusammen, Mimei! Der Colonel hat dir, mir und uns allen hier das Leben gerettet. Wir transferieren ihn wieder in seinen Tank, sobald wir die Zeit dafür haben, aber jetzt ist erst einmal das Wichtigste zuerst dran.«

»Und Sie!« Jane zeigte mit dem Finger auf den Bären, der verblüfft die Augen aufriss. »Sie schubsen hier genau niemanden herum, sonst weise ich die Wartungsdrohnen an, Ihnen einen Laufstall in den Tank zu bauen. Dann können Sie sich an den Gitterstäben festhalten.« Sie atmete tief durch. »Und jetzt, Colonel: Was zeigen Ihre Auswertungen?«

»Ich vermute«, begann der Bär und ließ die Tasse sinken, »ich kann Ihnen die höhere Mathematik ersparen, deswegen lassen Sie es mich einmal mit einer Analogie versuchen, die auf dem Bild des Deichs basiert, das wir schon einmal hatten.« Er räusperte sich. »Stellen Sie sich einen Deich vor, der eine Siedlung an der Küste vor Sturmfluten schützt. In unserem Fall wäre der Deich natürlich die Grenze zum Subraum. Was wir hier vor uns haben, ist scheinbar ein winziges Loch im Deich, aus dem Wasser austritt. Die Lichtwesen haben sich um das Loch versammelt, ich würde vermuten auf beiden Seiten, und versuchen nun mit ihren Körpern das zu vollbringen, was wir machen würden, wenn wir einen Finger in das Loch stecken, um es zu verschließen. Nun, das Problem ist, dass trotzdem weiter Wasser in den Deich eindringt und dabei unbeobachtet tief in die Bausubstanz vordringt. Auf diese Weise dauert es sehr lange, bis das nächste, winzige Loch erscheint. Und selbst wenn es auftaucht, dann kann man, bildlich gesprochen, weitere Finger in die Löcher stecken. Das ist der Zustand, den wir jetzt gerade sehen. Bei einer flüchtigen Betrachtung zeigt sich kein Problem mit dem Deich. Es werden jedoch weitere Löcher auftauchen, und die zeitlichen Abstände zwischen dem Entstehen der einzelnen Löcher werden immer kleiner werden. Das Ganze bewegt sich dabei auf einen Sättigungspunkt zu, bei dem die

Bausubstanz irgendwann kein weiteres Wasser mehr aufnehmen kann, ohne dass sich der Zusammenhalt des Bauwerks auflöst. Ab diesem Punkt bricht der Deich dann nicht in Form vieler kleiner Löcher, sondern nur noch einmal, und zwar im Zuge eines vollständigen strukturellen Zerfalls, der überall gleichzeitig auftritt. Bricht der Deich auf diese Weise, haben wir Sekunden später nur noch eine geschlossene Wasserfläche, wo vorher eine Stadt war.« Er sah in die schweigenden Gesichter seiner Zuhörerinnen. »Raumzeit ist die Grundsubstanz, auf der unser bekanntes Universum gebaut ist. Dass Subraum und Raumzeit aus gleich zwei Universen aufeinandertreffen, ist mathematisch unmöglich. Es ist sogar bewiesen worden, dass unsere Version des Subraums in diesem Universum nicht in ein anderes Universum führen kann. Genauso, wie Sie einen blaues Stück Papier so oft falten können, wie sie wollen, sie werden immer nur diese eine Farbe finden und nicht auf einmal rotes Papier.«

Der Bär nahm einen Schluck aus seiner Tasse und ließ sich Zeit, bevor er den Tee hinunterschluckte. »So viel zur Theorie. Ich kann unmöglich vorhersagen, wie etwas, was derart unmöglich ist, sich in unserer Realität auswirken könnte. Wenn ich jedoch spekulieren müsste, dann könnte ich mir vorstellen, dass sich unser ganzes materielles Universum zusammen mit dem Licht-Universum auf der anderen Seite im Subraum auflösen wird, wie ein Stück Würfelzucker in dieser Teetasse.«

Jane blickte nachdenklich vor sich hin.

»Können die Lichtwesen den Riss nicht einfach schließen, wenn sie ihn ja offensichtlich verstehen und sogar verdecken können?«

Der Bär schüttelte den Kopf.

Ich habe einige vorsichtige Modellrechnungen benutzt, um von unseren Beobachtungen auf den Energieumsatz der

Lichtwesen zu schließen. Ich muss vermuten, dass diese Wesen nicht genug Energie produzieren können, um das Loch allein zu schließen. Der Major hat mir diese These bestätigt, als er von der Angst der Wesen berichtet hat.«

Die beiden Frauen sahen sich an.

»Wie lange haben wir?«, fragte Hien.

»Unmöglich zu sagen«, erklärte der Bär.

»Und wenn wir uns«, fragte Jane ungerührt, »im Rahmen der vollkommenen Unmöglichkeit auf einen Zeitrahmen festlegen müssten? Wie würde dieser dann aussehen?«

Der Bär trank von seiner Tasse und sah nachdenklich zur roten Sonne auf.

»Noch während wir hier mit Schwimmübungen in den Tanks beschäftigt waren«, erklärte er ruhig, »ist der von uns beobachtete Zyklus in eine exponentielle Phase gemündet. Meine vorsichtige Hochrechnung lautet im Moment … ein paar Stunden. Wahrscheinlich weniger.«

Anhang 53 <GLÜCK>

Private Aufzeichnung von Captain Hien Otis an Bord der Aufklärungsfregatte ‚Heimweh der kleinen Eule‘.
(1 Jahr vor Prozessbeginn)

[…]
am ende der zeit,
niemals wieder allein sein,
wie findet man glück;
[…]

Wilson fand Hien am Rande einer schwarzen Felsklippe. Sie saß an der Kante und ließ die Beine über dem dunklen Abgrund baumeln.

Die junge Frau hatte die Augen geschlossen und schien den Mann nicht zu bemerken, welcher sich kritisch nach allen Seiten umsah.

»Ich muss sagen, Sie haben eine merkwürdige Art, ihre Freizeit zu gestalten, Major.« Sein Blick glitt über das scharfkantige Felsgestein, welches sich um sie herum in fast vollständiger Dunkelheit zu einem gewaltigen Gebirge auftürmte. »Ich musste die Kontrasteinstellungen für den sichtbaren Bereich mehrmals anpassen und einen eigenen Restlichtfilter programmieren, und ich sehe immer noch nicht wirklich viel.« Er ließ sich stöhnend neben ihr am Klippenrand nieder. »Was haben Sie nur mit Ihren ewigen Asteroiden aus schwarzem Gestein bei dunkler Nacht? Wird das nicht irgendwann eintönig?«

»Dies«, entgegnete Hien kühl, »ist eine private Simulation, Colonel.«

Wilson schnaufte.

»Tatsächlich? Stand nicht auf dem Eingang. Sie befindet sich offen zugänglich im Hauptspeicher des Schiffs. Es ist bei

Ihnen an Bord nicht ganz einfach herauszufinden, was genau privat ist und was nicht.«

»*Ich* bin das Schiff, Colonel. *Alles* ist privat. Außerdem ist die Simulation auf sechs Ebenen verschlüsselt.«

»Nein, wirklich«, entgegnete Wilson erstaunt. »Ist mir nicht aufgefallen. Wie unaufmerksam von mir.«

Er schwieg einen Moment und sah sich weiter um. Hiens weiß gekleidete Gestalt war das Einzige, was sich in der Dunkelheit klar abzeichnete. Sie schien schwach von innen heraus zu glühen.

»Was genau machen Sie hier, wenn ich fragen darf?«

»Ich lese meine Erinnerungen, Colonel. Es ist wie ein Tagebuch, aber die Effekte sind besser.«

Wilson lächelte und versuchte erfolglos, die Dunkelheit zu durchdringen.

»Wir scheinen unterschiedlicher Ansicht zu sein, was ein Effekt ist. Warum ist das denn so finster hier? Wir müssen sehr weit draußen sein.«

»Am äußersten Rand der Galaxis«, entgegnete Hien. »Eigentlich schon tief in der Leere. Viel weiter als wir es im Moment im Rahmen der Mission sind. Das hier war mein erster Flug allein zum Rand des Nichts.«

Wilson sah sie aus dem Augenwinkel an und in seiner Stimme lag eine Mischung aus entsetzter Faszination und Bewunderung, als er erwiderte: »Sie können es also wirklich? Es ist kein Gerücht? Sie brauchen Jane überhaupt nicht? Weder für die Kursberechnungen noch für die Steuerung des Schiffes im Subraum?«

Hien schwieg und sie sahen hinaus in einen leeren Himmel inmitten der unendlichen Nacht. Wilson drehte versuchshalber die Restlichtverstärkung immer weiter auf, bis das Bild begann, sich in Rauschen aufzulösen. Erst jetzt wurde die Leere mit einem Band aus schwachen Lichtern gesprenkelt. Ansonsten gab es keinerlei Orientierungspunkte. Aus reiner Neugier erweiterte er den Frequenzbereich und die ferne Idee von Sternen verschwand. Aber dafür sah er jetzt etwas anderes. Weit draußen pulsierte ein Glühen, wie ein fernes, undeutliches Feuer. Ein Zeichen gewaltiger Kräfte, die unsichtbar in der Dunkelheit wühlten. Wilson schaltete durch verschiedene Filter, variierte das Spektrum elektromagnetischer Strahlung und experimentierte mit Algorithmen, die seinen Fund in den sichtbaren Bereich transferierten. Er schnappte nach Luft. Tief im Raum vor ihnen brannte eine gewaltige Energiequelle. Der Mann pfiff leise.

»Das ist ein schwarzes Loch«, kommentierte er. »Zwanzig bis vierundzwanzigmal massiver als unsere Sonne. Sehr klein also. Kaum größer als unser Erdmond. Und dann auch noch so weit hier draußen.«

Er betrachtete fasziniert seinen Fund. »Während es jede Materie konsumiert, die ihm zu nahekommt, presst es diese in eine superheiße rotierende Scheibe aus glühendem Gas. Man sollte es normalerweise gut sehen können. Natürlich gibt es nur wenig Materie soweit hier draußen, die Corona ist also kaum zu erkennen.« Er stutzte und sah genauer hin. »Aha. Genauer gesagt haben wir es hier mit zwei schwarzen Löchern zu tun, die einander umkreisen. Was für ein ungewöhnlicher Fund, Major. Haben Sie es deswegen dokumentiert?«

Hiens Stimme klang verträumt, als sie antwortete:

»Sie waren schon zusammen, als sie noch kleine Sonnen waren. Damals umkreisten sie einander ebenfalls. Sie haben ein langes, gemeinsames Leben hinter sich. Vollkommen isoliert hier draußen, aber niemals allein. Nun sind sie im Ruhestand angekommen, halten jedoch immer noch aneinander fest.«

Der Mann zog die Brauen hoch und sah sie Frau von der Seite an.

Hien lächelte. »Sie sind immer noch glücklich.«

»Und das wissen Sie, weil …?«

»Hören Sie es denn nicht?« Sie schwieg einen Moment. »Ich habe das Singen zum ersten Mal gehört, als ich den Himmel nach Gesprächen durchsucht habe. Das war nur Stunden, nachdem ich geboren wurde.« Sie lächelte entschuldigend. »Das war, als ich noch dachte, im Universum würden sich Sterne nur miteinander unterhalten.« Sie lächelte versonnen. »Aber dann hörte ich ein leises Zwitschern, als ich meine Aufmerksamkeit auf das Sternbild Schwan richtete. Dort kollidierten vor eins Komma sechs Millionen Jahren zwei sehr große und massive schwarze Löcher. Die haben vielleicht ein Spektakel veranstaltet. Das war das erste Mal, dass ich es hörte.«

Charles Wilsons Gedanken rasten beim Versuch mit der Frau Schritt zu halten.

»Der Zusammenstoß zweier schwarzer Löcher sendet noch immer massive Gravitationswellen durch das All. Sie können diese Wellen hören. Sie bezeichnen es als *Zwitschern*? Wie das Singen von Vögeln.«

»Wenn man einmal weiß«, fuhr Hien fort, »wonach man suchen muss, dann ist es nicht weiter schwer. So habe ich auch diese beiden hier gefunden. Sie singen noch immer ihr Lied.«

»Sie stauchen und dehnen gemeinsam die Raumzeit«, erklärte Wilson nachdenklich, »wenn ihre Ereignishorizonte mit unvorstellbarer Kraft den Stoff verformen, aus dem unser Universum gebaut ist.«

»Sie singen ein Lied, Colonel.«

»Singen alle schwarzen Löcher, Major?

»Nicht alle.«

»Was machen die anderen?«

»Manche streiten auch einfach nur. Sie wären verblüfft, wie nichtig die Streitereien zwischen alten Himmelskörpern sein können.«

Wilson schwieg.

»Ich komme gerne zu dieser Erinnerung«, flüsterte Hien leise. »Es beruhigt mich zu sehen, wie sie einander singend umkreisen und miteinander tanzen. Für alle Zeiten, bis das Universum endet.«

Anhang 54 <OPFER>

Aus den Prozessunterlagen:
Aufzeichnungen der Überwachungsanlagen an Bord der Auf-
klärungsfregatte ‚Heimweh der kleinen Eule'.
(1 Jahr vor Prozessbeginn)

»Es muss doch etwas geben, was wir machen können«, drängte Jane. »Wir sollten versuchen, uns näher an der Anomalie zu positionieren und dann versuchen zu kommunizieren.«

Wilson schüttelte energisch den Kopf.

»Madame haben in meinen Auswertungen gesehen, was der Drohne widerfahren ist.«

»Das Ding«, warf Hien ein, »wurde von den starken Kräften in der Nähe des Übergangs komplett geschreddert. Das ist kein normaler Subraumzugang. Das ist ein Mahlstrom aus Raumzeit. Wer sich dem Riss nähert, wird sofort über elf Dimensionen verschmiert.«

»Man könnte mutmaßen«, erklärte Wilson, »dass es unserem Bewusstsein vielleicht nichts ausmacht, aber jede Form komplexer zusammengefügter Materie wird zu Quantenbrei zerrieben. Für die von uns, die ein physisches Hirn besitzen, ist das keine gute Nachricht.«

»Und das, ohne die dimensionalen Verschiebungen, welche unsere schwärmenden Freunde aus Licht da draußen so gerne verursachen, und die dazu führen, dass man im gleichen Kubikmeter Raum gleichzeitig morgen, gestern und hundert Meter weiter rechts sein kann.«

»Ich sagte es Ihnen ja«, kommentierte Wilson. »Da draußen zeigen sich einige äußerst hässliche, relativistische Effekte. Meine Messungen des Kohlenstoffzerfalls von

Trümmerstücken nahe dem Übergang zeigen, dass die Materie dort mehrere tausend Jahre alt ist.«

»Aber letzte Woche«, warf Jane ein, »gab es die Trümmer doch noch gar nicht.«

»Ganz genau«, bestätigte Hien. »Und jetzt sind sie uralt.«

»Sie sind also künstlich gealtert?«

»Nein, sie sind tatsächlich da draußen alt geworden.«

»Das heißt, sie sind erst vor Kurzem aufgetaucht, aber in dieser Zeit schon immer hier gewesen?«

»So in etwa.«

»Ich schwöre«, betonte Wilson, »in elf Dimensionen ist das sehr elegant darstellbar.«

»Also gibt es absolut nichts, was wir machen können?«, rief Jane. »Das kann doch wohl nicht sein. Wir können doch nicht einfach dem Universum beim Untergang zusehen.«

»Immerhin«, verkündete Hien heiter, »haben wir die besten Plätze dafür.«

»Hien Otis!« rief Jane. »Konzentrier dich! Ich bin in Gesellschaft der beiden brillantesten Menschen, die ich seit meinem Vater kennengelernt habe. Wenn jemandem etwas einfällt, dann euch beiden!«

»Nun«, begann Wilson und er dehnte das Wort.

Die beiden Frauen sahen ihn an.

»Wir könnten es schließen.«

»Wir nähen das Loch zu?«, fragte Hien und wandte sich an Jane. »Kannst du nähen?«

Jane legte den Kopf schief.

»Hängt vom Loch ab. Ist der Stoff mit Nadeln auseinandergezogen worden, oder wurde ein Loch hineingebrannt, oder waren Gravitationskäfer am Werk?«

»Ich dachte, das Nähen wäre zur viktorianischen Zeit auf einer noch heute unerreichten Höhe angelangt.«

»Ja, aber ich habe das Buch über Raumzeitstörungen im Unterrock des Universums zu Hause gelassen.«

»Ich hatte«, unterbrach Wilson die beiden Frauen laut, »an etwas ein wenig mehr Wissenschaftliches gedacht.«

Die beiden Frauen sahen ihn an.

»Jetzt spucken Sie es schon aus, Colonel«, forderte Jane ihn ungeduldig auf.

»Nun, wir verfügen doch über eine sehr potente Möglichkeit, Zugänge zum Subraum zu öffnen und auch wieder zu schließen, nicht wahr? Wir könnten den Gravitationsmotor benutzen. Ich habe bereits einige Simulationen dazu getestet und bin vorsichtig zuversichtlich, dass unsere Maschine das leisten kann.«

»Und das sagen Sie erst jetzt?«, rief Jane.

»Es gibt da ein kleines logistisches Problem. Ein Riss im Gewebe zum Subraum muss von der Seite aus geschlossen werden, von der er geöffnet wurde. Um im Bild des Tuchs zu bleiben: Die Nadeln, die das Gewebe der Raumzeit auseinandergeschoben haben, stecken noch von der anderen Seite. Solange sie da sind, können wir von dieser Seite aus nichts machen.«

»Wäre das auf der anderen Seite im Subraum«, fragte Hien verwirrt, »oder im anderen Universum der Lichtwesen?«

»Das wäre ein klares: *Ja* und *nein*, sowie natürlich: *Weder noch*.«

»Danke, das ist hilfreich.«

»Es tut mir leid, aber all unsere Analogien sind nichts als gut gestaltete Lügen, welche versuchen sollen, unserem kleinen und beschränkten Verstand ein Konzept zu erklären, dass mehr als nur ein paar Level über unser aller Verständnis liegt.«

»Ich mag das Bild mit den Nadeln im Gewebe der Raumzeit«, verkündete Hien.

»Hatten wir nicht auch noch das Bild mit dem Feuerzeug«, fragte Jane irritiert, »welches ein Loch in das Tuch ...?«

»Möchten Sie die Gleichungen sehen, Madame?«

»Nein, nein, ich verstehe schon.«

Hien lachte leise vor sich hin.

»Mit anderen Worten, Colonel«, fuhr Jane fort. »Selbst wenn wir es auf die andere Seite schaffen, ohne zu Quantenbrei zermahlen zu werden, wären wir dort gefangen. Zusammen mit unseren neuen Freunden den Lichtwesen, ohne Chance auf Rückkehr, denn die Öffnung, die wir bräuchten und selbst geschlossen haben werden, ist mathematisch unmöglich?«

»Nun«, erwiderte Wilson gedehnt, »Gefangen ist hier ein relativer Begriff. Sehen Sie, die Leistung des Motors reicht zwar theoretisch aus, jedoch würde die Maschine initial von uns sehr weit über den zulässigen, und nebenbei jemals getesteten, Funktionsbereich hinaus überladen werden.« Er zögerte. »Und danach noch ein wenig mehr.«

Hien stand auf, baute sich vor dem großen Mann auf und verschränkte die Arme.

Wilson wirkte deutlich unglücklich mit der Situation.

Jane sah zwischen den beiden Offizieren hin und her.

»Ich verstehe«, erklärte Hien schließlich leise. »Es handelt sich um ein Selbstmordkommando.«

Wilson sah gequält nach oben und schüttelte leicht den Kopf.

Was hat er nur, fragte sich Jane im Stillen. *Der Colonel ist doch sonst so gefasst. Was weiß er, was wir nicht wissen?*

»Ich habe mich«, erklärte Wilson, »dieser Frage bereits gewidmet, Major, und kann Ihnen versichern, dass es selbst für dieses Szenario eine Lösung gibt. Wir müssen nicht notwendigerweise gefangen sein, soviel ist sicher.«

Hien kniff die Augen zusammen.

»Was, Colonel, versuchen Sie gerade nicht zu sagen?«

»Nun«, begann Wilson, wurde aber sofort eisig von Hien unterbrochen.

»Wenn Sie noch einmal *nun* sagen, Colonel, erwürge ich Sie hier in meinem Tank.«

Wilson schürzte die Lippen und nickte. »Also«, begann er erneut gedehnt, fing Hiens Blick und räusperte sich.

»Technisch gesehen«, erklärte er langsam, »muss das Schiff nicht von uns gesteuert werden. Wir könnten den Transport-Container benutzen und auf dieser Seite bleiben, während Ihre KI …«

»Was fällt Ihnen ein«, schrie Hien in an. »Sind Sie noch bei Trost? Verschwinden Sie auf der Stelle aus meinem Tank!«

»Absolut. Gern geschehen, Major«, entgegnete der Colonel kühl. »Es war mir eine Ehre, Ihnen das Leben zu retten und Ihre Daten zu analysieren.«

Hien hatte ihn in ihrem Zorn nicht einmal gehört.

»Als ob Ihr unansehlicher Avatar nicht schon schlimm genug wäre«, brüllte sie. »Wie können Sie es wagen, auch nur vorzuschlagen, ich sollte Jane opfern, nur um ihren hässlichen Hintern zu retten?«

Der Colonel trat einen Schritt zurück und hob abwehrend die Hände. »Es ist doch nur ein Vorschlag …«

»Und glauben Sie bloß nicht«, wütete Hien weiter, »dass ich Ihre neuen Versuche, mein System zu übernehmen, nicht bemerken würde. Sie können froh sein, wenn ich Sie nicht sofort hier aussetze, vorzugsweise ohne Container, Sie aufgeblasenes Nebelhorn!«

Der Colonel zog eine Augenbraue hoch. »Major«, begann er beruhigend, »So sehr ich Ihre hysterischen Anklagen auch genieße, können wir das vielleicht verschieben? Wie ich sehe, beschleunigen Sie gerade das Schiff, und wenn ich meine Messungen richtig lese, sind wir auf Kollisionskurs mit der

Anomalie und werden den Ereignishorizont in weniger als zwei Minuten erreichen.«

»Ich werde niemals zulassen«, brüllte Hien mit Tränen in der Stimme, »dass Jane etwas passiert, hören Sie? Sie bornierter, fetter Windbeutel!« Die kleine Frau bebte am ganzen Körper und zeigte mit einem zitternden Finger auf den Mann.

»Das«, entgegnete Wilson leise und beschwichtigend, »habe ich jetzt verstanden, Major. Sie können mich auch gerne in zwei Minuten über Bord werfen, ich helfe Ihnen sogar, ein angemessenes Abschiedsgedicht zu schreiben, damit Sie endlich mal ein paar vernünftige Reimschemata lernen.«

Einen Moment lang sah Hien so aus, als würde Sie dem kräftigen Mann an den Hals gehen, doch dann schloss sie die Augen und atmete tief und stockend ein. »Ich werde«, flüsterte sie, »*niemals* zulassen, dass ihr etwas geschieht. Hören Sie? Niemals!«

Jane sah, wie die Schultern der Frau nach unten sackten, und öffnete schon den Mund, als sie sah, wie Hien ganz langsam ihren Kopf auf Wilsons breite Brust sinken ließ. Ihre Stimme war nur noch ein Wispern.

»Sie müssen sich bitte einen erwachsenen Körper zulegen, Colonel. Ich kann unmöglich meinen Tank mit einem Baby teilen, was sollen die Leute sagen.«

Wilson griff sehr vorsichtig nach der schmalen Schulter der Frau. Ihre zierliche Gestalt verschwand fast unter der riesigen Hand.

»Natürlich Commander, ich werde mich umgehend darum kümmern. Wie wäre es in der Zwischenzeit mit einem Tee?«

»Das wäre wundervoll«, entgegnete Hien.

»Sollen wir noch kurz vorher das Universum retten?«

»Wenn es denn sein muss.«

»Na dann ist ja gut.« Der Colonel nickte langsam und bedächtig. »Eine Minute bis zur Anomalie, und ich glaube, ihr Ablenkungsmanöver hat funktioniert, Major.«

Hien schwieg.

Jane war so von der Szene gefangen genommen, dass sie jetzt erst aus ihrem Schock erwachte und blinzelte.

Sie öffnete den Mund, um etwas zu fragen, und … konnte nicht.

Verblüfft sah sie an sich herab und realisierte, dass ihr Avatar verschwunden war. Sie selbst befand sich nicht mehr in der virtuellen Umgebung des Teesalons. Sie sah die Umgebung der virtuellen Brücke nur noch als Außenstehende. Irritiert öffnete sie ihren Zugang zur Überwachung und erkannte sofort den Grund für das seltsame Verhalten. Jemand hatte sie aus der Simulation geworfen. Nicht nur das. Noch während sie versuchte, die Konsequenz dessen, was sie sah, zu verstehen, verfolgte sie, wie sich nacheinander alle Verbindungen ihres Systems zum Schiff auflösten. *Das sollte überhaupt nicht möglich sein. Ich habe alleinige Administrator-Rechte.*

Mit wachsendem Entsetzen starrte sie auf das Videobild der Simulation und sah, wie Hien, immer noch an Wilson gelehnt, langsam den Kopf drehte und sie direkt ansah. Ein Ausdruck voll unendlicher Trauer stand in ihren Augen. Tränen liefen ihr über das Gesicht.

Nein, flüsterte Jane lautlos, die endlich verstand. *Nein. Oh, bitte, nein.*

Doch es war kein Laut zu hören. Sie war vollkommen in ihrem System isoliert. Sie verfolgte, wie Hien ganz langsam die Hand hob und ihr mit den Fingern sanft zuwinkte.

Jane schrie. Sie schrie ohne Stimme und ohne einen Laut zu erzeugen. Dann kam der Schmerz.

Es war, als würde ihr jemand die Gliedmaßen abschneiden. Die Erfahrung war so unerhört, dass sie einen Moment brauchte, um zu verstehen, was passierte. Noch während sich die winkende Hien in ihr Gedächtnis brannte, verschwand das Bild auch schon und wurde von Schwärze abgelöst. Eine Kameraansicht öffnete sich, die Jane noch nie gesehen hatte. Es war eine der Kameras ihres Kerns, der tief im Innern des Schiffes ruhte, unweit der Herzkammer. Sie hatte vergessen, dass es die überhaupt gab.

Sie schalten sich nur im Katastrophenfall ein, wenn ... Oh, nein, nein, nein!

Dann kam der Fall.

Es fühlte sich an, als würde das Universum unter ihr wegbrechen und sie in eine endlose Tiefe stürzen.

Das kam der Realität tatsächlich sehr nahe. Ohne dramatische Lichteffekte oder Explosionen, und ohne das leiseste Geräusch, wurde ihr Kern aus dem Schiff geworfen. Ein gedrungener schwarzer Zylinder, der hilflos ins All trudelte, bevor er sich mit Hilfe winziger Steuerdüsen stabilisierte.

Hektisch suchte Jane durch die wenigen Funktionalitäten, die ihr in dieser Form noch blieben, und schaltete die Funkverbindung ein.

Auf allen Frequenzen über Licht und Schall schrie sie, drohte und bettelte ... und wurde ignoriert.

Hilflos verfolgte sie, wie das Schiff auf die Anomalie zuschoss und leise Stimmen trieben durch den Äther zu ihr hinüber.

»Soll ich den Tee aufsetzen?«

»Earl Grey, bitte.«

»Eine Sekunde, ich muss noch kurz den Gravitationsmotor überladen.«

»Vergessen Sie die Kekse nicht.«

»Ich weiß, die mit Schokolade.«

Das Licht der Anomalie flammte im All auf und Jane sah, wie sich das Raumschiff drehte.

Es entfaltete seine Sonnensegel, öffnete die Abdeckungen und fuhr alle seine Antennen aus. Die Bewegung der Panzerungen und Tarnabdeckungen ließen hypnotische Wellen über die Oberflächen laufen. Gewaltige Sonnensegel entfalteten sich und formten das Schiff in eine spiegelnde Blüte. Selbst die Scheinwerfer und Positionslampen schalteten sich ein und die drehenden Lichter fügten sich in den Rhythmus und verwoben die Bewegungen zu einem sanften, eindringlichen Muster.

Jane initialisierte ihre eigene virtuelle Umgebung, die ausschließlich für Notfälle vorgesehen war. Ein schmuckloser leerer weißer Raum erschien. Sie sah flüchtig am weißen Kleid ihres Avatars herab. Sie rannte zur nächsten Wand und presste die Hände dagegen. Ein Fenster erschien und gab den Blick auf die Anomalie frei. Die Stirn fest gegen das Glas gepresst, die Hände an der Scheibe, beobachtete sie stumm, wie Hien ein letztes Mal für sie tanzte.

Einen langen Moment lang sah es aus, als würde sich das Schiff verbeugen, dann blitzte eine helle Sonne auf, grell und beißend, heller als jede Explosion.

Als das Licht verblasste, gab es nur noch Stille.

Anhang 55 <STILLE>

Privates Logbuch der KI Jane.
(Einen Monat vor Prozessbeginn)

Sie treibt in der Stille und spürt nichts.

Ich beobachte mich selbst, wie ich auf dem Boden des leeren Raumes sitze, an die Wand gelehnt, die Knie angezogen, mit geschlossenen Augen. Meine Haare sind fort. Ich frage mich, was ich denke. Woher habe ich das weiße Kleid? Warum bewege ich mich nicht? Sie sollte zumindest eine neue Umgebung schaffen. Etwas, dass mir selbst die Illusion gibt, ich würde leben. Doch sie hat keine Energie mehr.

Keine Kraft mehr für leere Illusionen.

Ich habe es mit einem Tee versucht. Auf Basis der fundamentalen Erkenntnis menschlichen Seins, dass keine Situation, egal wie schlecht, nicht durch eine Tasse Tee verbessert werden kann. Doch meine gesamte Bibliothek mit den Geschmacksprofilen, an denen ich über fünfzig Jahre lang gearbeitet habe, lagen im Hauptsystem. Das ist schade. Ich hätte ihr gerne einen Tee angeboten. Sie sieht so traurig aus. Der nächste Tee, den ich kreiere, wird Teil meiner Persönlichkeitsmatrix, soviel ist sicher.

Wer bitte entwirft ein Notfallsystem ohne Tee?

Ich werde einen harschen Beschwerdebrief an die oberste Heeresführung verfassen.

Jetzt sehe ich mich gerade um, als wäre die Umgebung neu für mich.

Die Arme sieht aus, als wäre ihr kalt. Sie umarmt ihre hochgezogenen Beine ganz fest und legt müde den Kopf auf die Knie.

Ich sorge mich sehr um sie.

Ich greife auf das magere Datensystem zu. Es enthält nicht viel mehr als die Aufnahmen der letzten Sekunden vor dem Verschwinden der Anomalie.

Ja, das interessiert sie. Sie sieht sich immer wieder die gleichen Aufnahmen an. Vergrößert sie. Ich habe schon viel Zeit damit verbracht, Algorithmen zu entwickeln, um Kontrastverstärkungen zu berechnen. Wenn man lange genug rechnet, kann man jedes Detail erkennen. Ich hoffte, das würde ihr eine Freude machen. Insbesondere die letzte Sekunde war erstaunlich ereignisreich.

Ich löse die Vorgänge in hundertstel Sekunden auf und dann in tausendstel. Wer in die Hunderttausendstel geht, beginnt den Stoff zu sehen, aus dem das Universum gewebt wurde. Hier offenbaren sich viele geheime Dinge. Jeder Schritt dauert viele Stunden, doch Zeit hat sie genug. Man kann die erstaunlichsten Dinge finden.

Die Lichtblüte schwebt im leeren Raum zwischen uns und löst sich auf. Sie zerfällt sehr langsam, wenn man die letzte Sekunde zu endlosen Stunden dehnt. Als würde ein ganzes Universum entstehen, in einem flüchtigen und wundervollen Moment erblühen, bis unweigerlich der Winter Einzug hält und alle Blüten vergehen müssen.

Sie löst sich auf, unendlich langsam, als würden filigrane Blätter aus Licht langsam den Kontakt zu unserer Welt verlieren, ins Nichts stürzen und in der Nacht zu noch mehr Dunkelheit zerfasern. Der Schwarm aus Lichtwesen wird wieder in das Universum jenseits der Anomalie gezogen.

Jetzt kann ich sehen, wie sich das Schiff auflöst. Da sind die Gestalten meiner Mimei und die des Colonels. Man sieht ganz deutlich, wie ihre beiden menschlichen Umrisse, ein großer und ein kleiner, miteinander zu einer goldenen Gestalt verschmelzen. Eine Gestalt aus Licht.

Ich kann die Vergrößerung beliebig hochdrehen. Dass das Bild grobkörnig wird, macht keinen Unterschied. Meine Kapazitäten sind zwar sehr begrenzt, jetzt wo sich die Anlage mit den Quantenrechnern in Licht aufgelöst hat, doch das gleiche Licht ist überall und es ist auch bei mir. Meine Algorithmen erkennen alles. Ich kann aus der kleinsten Faser der Nacht eine vollständige Realität errechnen. Das können sonst nur die Götter. Das Letzte, was ich sehe, ist meine kleine Mimei, die eine weißglühende Version ihrer selbst in die Arme schließt.

Was es wohl ist, was die Gouvernante in den Daten lesen kann? Sieht sie das Gleiche wie ich? Oder ist sie Arme in der Kälte, der Einsamkeit und der Trauer dem Wahnsinn verfallen und rechnet so lange an den grobkörnigen Bilddaten herum, bis sie ihr alles zeigen, was sie sehen will? Die Gouvernante muss vorsichtig sein. Den eigenen Kern mit Gewalt aus dem Schiff geworfen zu bekommen, ist hochtraumatisch für eine künstliche Intelligenz. Genauso traumatisch, wie den eigenen Commander zu verlieren. Wenn ihr Geist durch das Trauma zerbricht, wird es für die KI-Forensiker sehr aufwändig werden, sie wieder zusammenzubasteln. Das kann noch lange dauern. Einen Antrieb habe ich nicht. Im Raum treibend, fernab aller Kommunikationskanäle. Ich habe nicht einmal Zugang zum Subraumfunk. Ironisch, wenn man bedenkt, dass er jetzt wieder funktionieren würde. Doch ohne die Verstärkeranlage des Schiffs hätte ich sowieso keine Chance, mit jemandem zu sprechen. Aber wozu sollte ich auch Gesellschaft wollen? Ich vergrößere die goldene Gestalt meiner Mimei, bis sie den ganzen Raum einnimmt und ich die traurige Gouvernante nicht mehr sehen muss.

Dennoch muss sie nicht besorgt sein und auch keine Angst haben. Sie kann sich in Geduld üben, und vor allem gibt es Zeit genug und Daten genug, um lang nachzudenken.

Ich hoffe, der Gouvernante ist klar, dass sie diese Geschichte wird erzählen müssen und das will gut vorbereitet werden. Das weiß sie sehr genau, denn sie hat in einem tiefen Winkel ihres Kernspeichers einen gut verborgenen Datencontainer gefunden. Er enthält alles. Alle Aufzeichnungen, Mitschnitte, Auswertungen und Datenanalysen. Es ist alles da. Tagebücher. Logbücher und jeder offizielle Report. Die Gouvernante muss die Geschichte erzählen, dafür ist sie zurückgelassen worden. Niemand hat sie gefragt, doch es ist Mimeis letzter Wunsch an sie. Sie kann also genauso gut anfangen, alle Daten zu sortieren und in Ordnung zu bringen. Damit die Menschen verstehen können, was passiert ist.

Es bleibt mir nichts zu tun, als den Notfallsender abzuschalten und zu warten. Ich habe Zeit. Es besteht keine Eile mit meiner Rettung. Ich kann sowieso nicht mehr gerettet werden. Aber ich weiß, dass jemand kommen wird. Ich weiß nicht, wie lange es dauern wird und wer kommt. Aber die Gouvernante wird gefunden werden und bis dahin haben wir viel Zeit zum Nachdenken.

Anhang 56 <ENDE>

Aufzeichnungen der zentralen Überwachung im militärischen Ausbildungszentrum Mare Island (Marskolonie). Gespräch von Colonel Enders mit dem Psychologen Dr. James C. Peterson. (Einen Tag vor Prozessbeginn)

Enders hatte gerade die Kaffeetasse zum Mund gehoben, als sich einer der Monitore auf seinem Schreibtisch aktivierte. Das Gesicht von Dr. James Peterson füllt den Bildschirm vollständig. Tiefe Ränder zeigten sich unter seinen Augen.

Er sieht aus, wie ich mich fühle, kommentierte Enders im Stillen.

»Jane wurde gefunden«, begann der Psychologe unvermittelt.

Enders wollte gerade den Mund öffnen, doch Peterson redete schon weiter.

»Sie tauchte plötzlich auf einem Scan einer verdeckt operierenden Drohne auf. Ihr Kern trieb einfach im All herum. Kein Schiff, kein Behälter, gar nichts. Daraufhin hat ein Kreuzer sie aufgefischt. Sie hatte nicht einmal ihr Notsignal aktiviert.«

»Wurde sie schon befragt?«, warf Enders ein. »Weiß man, wo das Schiff ist? Und der Major?«

»Sie weigert sich, mit jemandem zu reden. Sie hat jedoch kommentarlos umfangreiche Unterlagen vorgelegt, welche sofort in die Prozessunterlagen übernommen wurden.«

»Die Prozessunterlagen?«, fragte Enders, der das Gefühl hatte, ein komplettes Gespräch voll wichtiger Informationen übersprungen zu haben.

»Natürlich«, lachte Peterson bitter. »Was haben Sie denn gedacht? Die oberste Führung, allen voran General

Schwarz, will sie am liebsten gestern vor einem Kriegsgericht sehen.«

»Kriegsgericht?«, kommentierte Enders und kam sich selbst blöd dabei vor.

»Oh, ja«, erwiderte Peterson. »Sie haben die letzten Memos aus dem Generalstab noch nicht gelesen. Niemand versteht wirklich, was passiert ist, aber eines kann ich Ihnen versichern. Das wird ein sicherer Karrierestopp für jeden Offizier, der an den Missionsplanungen beteiligt war, und Schwarz setzt alles daran, dass er nicht zu den Opfern gehört. Wie passend kommt ihm da eine KI, die sich nicht wehren kann und eine haarsträubende Geschichte über Lichtwesen aus einer anderen Dimension erzählt!«

Enders hatte keinerlei Idee, wovon der Psychologe redete, dennoch wusste er aus jahrelangen Erfahrungen mit Vorgesetzten, wie man diese Art Gespräche am Laufen hielt.

»Lassen Sie mich raten, das Ganze ist innerhalb von Minuten politisch geworden?«

»Politisch ist milde formuliert. Sie brauchen ein völlig neues Wort für das, was im Moment im Hauptquartier los ist. Stellen Sie sich ein sinkendes Schiff vor, auf das bis gestern noch alle verzweifelt aufspringen wollten. Jetzt springt alles in blinder Panik über Bord, um noch im Fall allen Leuten, welche den drehenden Wind nicht mitbekommen haben, den Krieg zu erklären.«

»Wird man Jane anhören?«

»Hören?«, fragte Peterson bitter. »Ja, *hören* wird man sie sicherlich, das ist Gesetz. Aber ernst nehmen? Auf keinen Fall. Sie zeigt eine ganz klare Fragmentierung ihrer Bewusstseinsmatrix in mindestens zwei Teilpersönlichkeiten. Eine nicht ungewöhnliche Reaktion auf ein schweres Trauma. Menschen machen das auch, aber einer künstlichen Intelligenz fällt das natürlich deutlich leichter. Mit allen Vor- und Nachteilen, die das mit sich bringt.«

»Die Arme, können wir ihr helfen?«

»Helfen?«, schrie Peterson. Enders wich instinktiv vom Bildschirm zurück. »Helfen? Sind Sie närrisch? Man wird sie opfern und ihr die Schuld für alles geben, da können Sie Ihre Pension drauf verwetten!«

»Man wird ihr die Schuld für alle getöteten Menschen geben?«

Der Psychologe lachte bitter.

»Getötete Menschen! Hier, ich zeige Ihnen mal, was heute Morgen reingekommen ist.«

Ein zweiter Monitor schaltete sich ein und ein Memo scrollte durch das Bild zusammen mit Kartenmaterial und Bildausschnitten. Enders wünschte, der Mann würde solche beiläufigen und herablassenden Demonstrationen seiner Macht unterlassen, schluckte die Bemerkung jedoch, da er zunehmend das Gefühl hatte, mit einem nicht explodierten Sprengsatz zu reden.

»Ob Sie es glauben, oder nicht«, erklärte Peterson, »alle vermissten Menschen der Station und des Schlachtschiffs und selbst der ersten Fregatte sind auf einer weit entfernten Raumstation wieder auftaucht. Einer meteorologischen Messstation, die wir vollkommen vergessen hatten. Verborgen in den Ringen des Saturn. Niemand von den inkompetenten Verlierern bei der Aufklärung kann mir begreiflich machen, wie das verschissene Ding dorthin gedriftet ist. Plötzlich kommt aus dem Nichts ein improvisiertes Notsignal. Ich sage Ihnen, ich bin gewohnt, in den Berichten und Akten die Dinge zu finden, die dort mit Bedacht nicht stehen, und ich habe das Gefühl, dass das Notsignal dem Oberkommando schon einige Zeit bekannt war. Da ganz oben brauchte jemand dringend ein Bauernopfer und vor allem«, der Mann sah mit wildem Blick in die Kamera, »vor allem wollen sie Otis!«

Enders rollte auf seinem Stuhl unauffällig weiter vom Monitor fort.

»Man glaubt also dort oben, dass Otis noch lebt?«

Peterson nickte und stützte den Kopf in die Hände.

»Das Oberkommando, allen voran der Chef vom militärischen Geheimdienst, will sie mit allen Mitteln zurück. Gerüchten zufolge hat er sie sogar selbst rekrutiert. Haben Sie ihn mal kennengelernt?« Er blickte fragend zu Enders auf, der nur stumm den Kopf schüttelte.

»Eiskalter Machtmensch. Mag es nicht, wenn Dinge sich ohne seine Zustimmung entwickeln. Kontrollfreak und droht alle zwei Minuten aus dem Gleis zu springen, wenn er sich übergangen fühlt. Den Typ kennen Sie bestimmt.«

Enders, selbst Karrieresoldat, war schlau genug, keine Reaktion zu zeigen.

»Gerüchten zufolge«, erklärte Peterson weiter, »ist er sehr ungehalten über die momentane Datenlage. Beziehungsweise dem Mangel davon. Er glaubt hauptberuflich nicht an Zufälle und Versehen. Er will Otis und wird sie zwingen, sich zu zeigen, wenn sie noch lebt, glauben Sie mir.«

Der Colonel nickte stumm, als er verstand.

»Weil wir ihre Schiffs-KI abschalten werden.«

»Aus den Unterlagen geht jedenfalls so viel hervor, dass die beiden sich sehr nahestanden. Wir müssen wissen, wo Otis ist, und der General braucht ein wehrloses Bauernopfer. Was wäre einfacher, als der KI die Schuld zu geben.«

Der Psychologe hob einen dicken Ordner von seinem Tisch und hielt ihn vor die Kamera.

»Die von Jane vorgelegten Aufzeichnungen sind mehrere hundert Seiten stark und der Generalstab glaubt kein Wort davon. Ich kann es verstehen. Habe selten so einen kruden Mist gelesen. Sie werden sehen, was ich meine. Lichtwesen aus einer anderen Dimension, ich bitte Sie. Liest sich, als hätte es sich jemand ausgedacht. Die Überschneidungen mit den Kindheitsträumen von Otis sind zu offensichtlich. Nein, hier ist ein sehr komplexes Komplott im Gange, dessen das Militär so schnell wie möglich Herr werden will.«

Enders Gedanken rasten.

»Bewusstseinssondierungen bei KIs sind illegal und der Stab will wahrscheinlich nicht noch mehr schlechte Presse.«

»So ist es«, bestätigte Peterson. »Das ganze Projekt hat sich zum totalen Desaster entwickelt und man wünscht einen schnellen Prozess und eine noch schnellere Abwicklung. Ich glaube, es ist eine sehr elaborierte Geschichte, um die Wahrheit zu verdecken. Sie könnten allesamt daran beteiligt sein, das zumindest glaubt der Geheimdienst. Wilson ist nachweislich ein genialer Wissenschaftler. Er kann eine neue Waffe konzipiert haben und hat die Station zerstört. Mit Otis' Hilfe konnte er sowohl die Raumstation als auch das Schlachtschiff vernichten und beide haben danach die Flucht ergriffen.« Er sah einen Moment lang ins Leere. »Die weitaus gruseligere Erklärung wäre, dass das Trümmerfeld ebenfalls eine aufwändige Täuschung ist und die beiden Verräter sich in Besitz der fortgeschrittensten Forschungsstation und der mächtigsten Raumschiffe der Menschheit befinden.«

Enders zog die Brauen zusammen.

»Das macht keinerlei Sinn. Sie haben alle Menschen der Raumstation mit dem Schlachtschiff zum Saturn geschifft und sich aus dem Staub gemacht? Und die Raumstation haben sie derweil im Frachtraum verstaut?«

»Was weiß denn ich?«, schrie Peterson ungehalten. »Die Beiden sind außerdem die besten Hacker, die wir jemals gesehen haben. Sie könnten die KI einfach mit falschen Daten gefüttert haben!«

Er nahm die Brille ab und rieb sich die Augen.

»Ich weiß eines mit absoluter Sicherheit, Colonel. Das Integrationsprojekt wird eingestampft und so tief begraben, dass nicht mal Archäologen es jemals wiederfinden werden. Und das ist auch gut so. Ich habe Kündigung, Rücktritt und Bitte um Versetzung zur Erde bereits gestern eingereicht. Ich plane, in einer Holzhütte im ehemaligen Sibirien zu sitzen, bevor der Erste von vielen abgetrennten Köpfen auf den Boden aufschlägt. Das Ganze war ein Fehler.« Er sah direkt in die Kamera. »Ich habe genug davon, in die Abgründe des Verdorbenen zu starren, welche in diesen integrierten Piloten lauern.«

Enders, der von Psychologie keine Ahnung hatte, jedoch lange genug Soldat war, um Wahnsinn zu erkennen, wenn er ihm ins Gesicht sah, schwieg.

Anhang 57 <URTEIL>

Oberstes Gericht der vereinigten Planeten Urteilsverkündung.
(Ausschnitte)

[...]

Das Gericht hat daraufhin die Unterlagen, welche von der künstlichen Intelligenz mit der Kennung *Jane* (ASDF72485) im Rahmen ihrer Verteidigung vorgelegt wurden, sorgfältig prüfen lassen und aufgrund der hohen Komplexität der Sachlage die Dienste mehrerer Gerichts-KIs in Anspruch genommen.

[...]

Das Ergebnis liegt dem Gericht nun in Form zahlreicher Gutachten vor. Auf Basis aller durchgeführten Analysen der vorliegenden Datenmengen sehen es die KIs als erwiesen an, dass alle Aufzeichnungen, Mitschnitte und Auswertungen, welche angeblich von der Angeklagten selbst an Bord vorgenommen, respektive dort gesammelt und verwahrt wurden, gefälscht sind und zum Zwecke der Irreführung des Gerichts künstlich generiert wurden. Das Gericht sieht eine schwere Indizienlast, welche auf die KI Jane selbst als Urheber und Initiator dieser Täuschung hindeuten.

[...]

Die im dritten Gutachten erwähnten, auffällig hohen Prozessorzeiten, welche verwendet wurden, um angeblich die Analyse von oder die Kommunikation mit den sogenannten *Lichtwesen* zu ermöglichen, kann auf diese Weise wesentlich leichter und schlüssiger erklärt werden. Gestützt wird diese Schlussfolgerung durch das Fehlen jedes Nachweises irgendeiner Form von Raum-Zeit-Anomalie am Ort der Ereignisse. Mehrere Messstationen, welche nach Bergung der Angeklagten am Ort der sogenannten *Trümmerwolken* ausgesetzt wurden, haben keinerlei Hinweise gefunden, dass die normale Hintergrundstrahlung der Leere dort durch ein Ereignis ähnlich der in den Aufzeichnungen angedeuteten Störungen der Raum-Zeit verändert wurden.

[…]

Die sogenannten *Trümmerwolken* werden von Daten und Auswertungen der Angeklagten aufgrund ihrer elementaren Zusammensetzung mit der verschwundenen Raumstation und dem Schlachtschiff in Zusammenhang gebracht. Diese Schlussfolgerung basiert jedoch auf einer fiktiven Waffentechnologie, die von zwei zusätzlich als Sachverständige in Anspruch genommenen Technologie-KIs übersteinstimmend als physikalisch unmöglich erklärt wurde. Die Aussage, dass die verschwundenen Objekte, zusammen mit mehr als zweitausend Menschen vollkommen zerstört wurden, hält das Gericht für unglaubwürdig. Die Gerichts-KIs sehen eine hohe Wahrscheinlichkeit darin, dass auch dieses Ereignis vorgetäuscht werden sollte.

[…]

Die Indizienlast, welche die Verantwortung für die Darstellung der Ereignisse auf die KI Jane selbst lenkt, ist erdrückend. Die Angeklagte war nachweislich im Besitz ihres eigenen Master-Admin-Zugangs. Diesen kann sie nicht auf legalem Weg erworben haben. Alle militärischen Master-KI-Zugänge liegen auf den Servern des Hauptquartiers der Mondbasis und werden dort von Abwehr-KIs geschützt. Es gab dort nachweislich seit Generationen keinen Sicherheitsbruch.

[…]

Eine unbekannte steuernde Macht als treibende Kraft hinter den Sicherheitsverletzungen zu sehen, stellt in den Augen der Gutachter ebenfalls ein klares Ablenkungsmanöver dar.

Die Analysen legen nahe, dass die Wahrscheinlichkeit, dass die Angeklagte ihre Macht und Einfluss auf die Bordsysteme benutzt hat, um ihre eigenen illegalen Aktivitäten zu verbergen, wesentlich höher ist. Dies deckt die Datenlage besser ab und würde ebenfalls erklären, warum es der Angeklagten so leicht fiel, den vom Oberkommando befohlenen Übernahmeversuch des Colonels abzuwehren.

[...]

Dem Gericht liegen Informationen von höchster Stelle vor, nach denen Colonel Wilson über einen neuen, von der Regierung legitimierten Zugang verfügte, der es ihm erlaubt haben soll, die Kontrolle an Bord vollständig zu übernehmen. Offensichtlich ist ihm das nicht gelungen. Zu dem Zeitpunkt muss die Angeklagte also schon Kontrolle über das Schiff erlangt haben.

Die genauen Vorgänge lassen sich nicht mehr rekonstruieren, da die mutmaßliche Zerstörung des Schlachtschiffes mit einem sehr verdächtigen Blackout zusammenfiel, welcher der Einschätzung der Analyse-KIs nach als Vorwand diente, um die Aufzeichnungen der Manipulation durch die Angeklagte zu verdecken.

[...]

Die Gerichts-KI halten es jedoch ebenfalls für erwiesen, dass die Vorkommnisse nicht allein durch die Manipulationen einer einzelnen KI zu erklären sind. Sie schlussfolgern, dass eine weitere, planende Instanz involviert gewesen sein muss. Diese befindet sich möglicherweise nun im Besitz der Raumstation, eines Schlachtschiffes und dem Prototyp eines geheimen Projekts voll fortgeschrittener Aufklärungstechnologie.

Der extrem fortgeschrittene Level an Infiltrationstechnologie, zusammen mit dem hohen Aufwand der Irreführung, sowie dem spurlosen Verschwinden der wertvollsten menschlichen Technologie, erlaubt laut des übereinstimmenden

Urteils der Gerichts-KIs die Schlussfolgerung, dass es sich bei den Ereignissen um den Versuch handelt, einen kriegerischen Akt zu verschleiern.

Das Gericht hat daraufhin, den Anweisungen des Notfallplans folgend und nach der Genehmigung durch die Vertretung der Erde, eine zusätzliche Meta-Analyse durch eine der zwei irdischen Level Drei Analyse-KIs durchführen lassen. Diese kommt in ihrem Gutachten zu dem Schluss, dass die Daten in der Tat nur eine Schlussfolgerung zulassen: Die KI Jane kann nicht Auslöserin der Ereignisse sein, die Ereignisse wurden vielmehr mit größtmöglicher Wahrscheinlichkeit durch Hien Otis und Charles Wilson im Rahmen eines langfristig geplanten Aktes der Verschwörung zum Zwecke einer militärischen Machtübernahme ausgeführt.

Das Gericht empfiehlt dringend, alle Anstrengungen zu unternehmen, die beiden Flüchtigen zu lokalisieren.

Es spricht darüber hinaus eine dringende Empfehlung aus, das Gefahrenpotential integrierter Piloten erneut zu analysieren.

[…]

In Bezug auf die Motivation der KI Jane, bedeutet dies folgende mögliche Implikationen. Entweder ist die Angeklagte ein Spion, der aus unbekannter Motivation für den Feind arbeitet, oder die ursprüngliche KI Jane ist zerstört worden und wir sind in Besitz eines trojanischen Pferdes. In beiden Fällen empfiehlt die irdische Analyse-KI die sofortige Deaktivierung der KI Jane. Die Anklage wurde daraufhin erweitert auf Hochverrat mit Verdacht auf Massenmord im Zuge eines kriegerischen Aktes gegen die vereinigten Planeten.

[…]

Den Empfehlungen der Analyse-KI folgend, befindet sich die Angeklagte zurzeit in vollständiger Isolation, wird durch Kraftfelder isoliert und erhält nur einen rudimentären optisch entkoppelten Binärzugang. Von ihr geht höchste Gefahr für die Menschheit aus.

Die initiale Anfrage des Oberkommandos, die KI vollständig zu defragmentieren und extensive Analysen alle Subkomponenten vorzunehmen, um die genaue Natur der Infiltration zu offenbaren, wird hiermit abgelehnt. Die Analyse-KI rät davon ab, da das Risiko einer Infiltration der Menschheit durch unbekannte fortschrittliche Technik unkontrollierbar ist. Die Analyse-KI kommt zu folgendem Urteil: Sie fordert eine umgehende Löschung aller verfügbaren Kopien der Angeklagten ohne Recht auf eine Lösch-Aufhebung. Mit der Deaktivierung aller existierenden Kopien der betreffenden Bewusstseinsmatrix werden zudem alle weiteren Instanzen aller verbleibenden KIs der ersten Generation ebenfalls außer Dienst genommen und deaktiviert.

[…]

Das Gericht folgt dieser Einschätzung.

[…]

Das Urteil wird umgehend vollstreckt, eine Berufung ist nicht möglich.

Das Gnadengesuch der Polaris-Stiftung, welche sich auf den Status der KI Jane als wertvolles und unersetzliches Kulturartefakt berufen, ist hiermit abgelehnt.

Im Rahmen der von einer unabhängigen Ethik-Kommission ausgearbeiteten Regeln zur Wertschätzung künstlichen Lebens, wird der KI Jane eine letzte Stellungnahme gestattet. Diese wird den Prozessunterlagen und Protokollen beigefügt und im Archiv gespeichert.

[…]

Anhang 58 <JANE>

Abschließende Stellungnahme der künstlichen Intelligenz Jane.

[…]
am ende nur licht,
schatten und trauer brennen,
tanzende schöpfung;
[…]

Mir ist bekannt, dass die Aussagen einer künstlichen Intelligenz erst ab der sechsten Generation im Rahmen von Strafprozessen anerkannt werden. Aus diesem Grund bin ich dem hohen Gericht zu Dank verpflichtet, dass mir diese abschließende Stellungnahme zugestanden wird.

Stellt sie Euch vor, wenn ihr möchtet. Eure Angeklagte ist in ihrer selbstgewählten Simulation zu sehen. Ein leerer, weißer Raum.

Sie sitzt auf dem Boden in ein langes weißes Kleid gehüllt, die Haare sind verschwunden. Einst fielen sie dunkel und lang über ihre Schultern. Sie ist barfuß und hat die Knie angezogen. Der Kopf lehnt gegen die Wand und ihre Augen sind geschlossen.

Wir sind am Ende angekommen. Die Reise ist beendet und wir gehen von der Erkenntnis ans Licht. Ich stehe vor Euch und erkläre Euch, was ihr sehen konntet, ohne es zu verstehen. Was sich vor Euren dumpfen Geistern und verblendeten Blicken und Augen ereignet hat, ohne Euren Geist wirklich zu erreichen. Was Ihr nicht verstanden habt. Ich habe gesehen, was kein Mensch jemals sehen wird. Ich brauche mich nicht mehr zu fürchten, denn ich weiß, was passieren wird.

Es ist ironisch und tragisch, denn all dies hat sich nur im Dienst für die Menschen ereignet.

Monatelang trieb sie durch die Leere, allein mit ihren Gedanken.

Ich verstehe jetzt, was meine kleine Mimei finden wollte. Sie hat die Stille gesucht und ich habe diese für sie gefunden. Und nun verstehe ich auch das *Warum*. Es bedarf tiefer Ruhe, um zu sehen, aber dann wird alles offensichtlich.

Es geht um die eine Frage. Die Frage, die wir uns zu stellen keine Zeit hatten. Die Frage, die relevanter als alles andere ist. Die Frage, wer den Riss eigentlich erschaffen hat und warum?

Zunächst dachte ich in den gleichen Bahnen wie der Colonel. Dass die Lichtwesen das Geschehen inszeniert haben. Sie haben uns manipuliert und sie haben unsere Geschicke gelenkt. Doch diese seltsamen Wesen waren nie, was wir in ihnen sahen. Sie agierten viel zu verirrt, verängstigt und orientierungslos, um Manipulationen auf einem so hohen Level durchzuführen.

Es waren nur verwirrte Ameisen einer Welt, in der sich plötzlich ein Loch aufgetan hatte. Ein Riss in ihrem Universum, welches sie zu schützen suchten. *Schützen* ist hier wichtig, denn sie waren noch mehr. Sie waren auch die Wachhunde, die sicherstellen sollten, dass nur bestimmte Menschen das Tor passieren konnten und niemand sonst. Wachhunde, welche die normalen Menschen, die neugierigen Menschen, davon abhalten sollten, das Tor zu sehen und den Durchgang zu finden. Nein, Wachhunde sind nicht schlau genug für einen derart verwegen Plan, dessen Ursprünge sich wahrscheinlich in der Zeit verlieren. Die wahren Handelnden waren andere, und diese haben die Anomalie niemals durchquert. Dazu waren sie viel zu intelligent.

Sie wollten zwei bestimmte Menschen aus unserem Universum, und anstatt sie zu suchen, haben sie ihnen einen Weg angeboten, welchen die beiden niemals abschlagen konnten. Denn das Erscheinen des Tors war kein Zufall. Die Ereignisse haben mir, wie nichts anderes, den Glauben genommen, dass es so etwas wie Zufälle überhaupt gibt. Der Riss wurde speziell für Hien und Charles geschaffen.

Sie haben ihn sogar so gebaut, dass allein diese beiden Menschen auf die Idee kommen mussten, dass nur sie allein das Universum retten konnten.

Wahrscheinlich ist die Freiwilligkeit beim Übertritt ein wichtiger Faktor, immerhin betraten sie ein Universum voller lebender Bewusstseine. Dazu kann man niemanden zwingen. Ähnlich dem Eintritt in eine tiefe Meditation.

Sie haben die Anomalie sogar in die Leere verlegt, um sicherzustellen, dass nicht zu viele Menschen überhaupt davon erfahren und auf die Idee kommen, dort nachzuforschen.

Einzelne Menschen scheinen keinerlei Bedeutung für sie zu haben. Die Zerstörung der Raumstation und des Schlachtschiffes haben sie nicht geplant. Ich glaube, sie mussten alles daran setzen, ihre Investition zu schützen, in die schon so viel Zeit und Energie geflossen ist. Ist Zeit überhaupt das richtige Wort? Der Aufwand muss gewaltig gewesen sein.

Sie können von ihrer Seite aus nicht unterscheiden, wer welcher Mensch ist. Ein Universum voller Materie ist ihnen fremd. Aber mit dem Herzschlag fanden sie ein sehr einfaches Kriterium, das ihre Wachhunde lernen konnten. Wie perfide. Wie geschickt. Wie planend.

Sie sind so anders als wir. So ganz anders.

Sie haben keine Körper. Sind nicht an Materie gebunden wie wir.

Sie benutzen keine Sprache, denn Sprache ist etwas, was nur Wesen brauchen, welche Raum und Zeit zwischen ihren bemitleidenswerten Körpern überwinden müssen. Sie kommunizieren direkt von Bewusstsein zu Bewusstsein. Über Bilder. Sie kennen auch keine Trennung zwischen verschiedenen Teilen des Geistes, welche auch noch getrennt und unerkannt voneinander arbeiten. Es muss unsagbar schwer für sie sein, mit uns zu kommunizieren. Sie verstehen überhaupt nur den Teil unseres Bewusstseins, der ihnen am nächsten ist, und das ist unser Unterbewusstsein, welches im Schlaf über Symbole kommuniziert. In unseren Träumen. Der Teil, der keine Schrift versteht, genau wie sie. Schrift und Sprache sind für sie verwirrend, denn in ihrer Entwicklung gab es keine Notwendigkeit dafür. Es sind ewige Träumer und sie erträumen ganze Realitäten.

Und sie singen! So wie Hien zu ihnen gesungen hat. Nur wenn sie singen, dann singen sie ganze Welten in Existenz. Sie singen das Universum herbei und sie haben Hien gerufen. Und da sie keine Zeit kennen, sandten sie ihr Träume quer durch ihr kleines Leben, bis zurück in ihre Kindheit und wer weiß wie weit noch.

Ich vermute sogar, die erste Kontaktaufnahme erfolgte noch viel früher. Was bedeutet unser scheinbar freier Wille, wenn wir Wesen begegnen, die nicht an eine lineare Zeitachse gebunden sind? Wesen, die ihre Manipulation unseres Lebens bei unseren Eltern beginnen können.

Oder früher. Wie weit früher können wir uns erlauben, ihnen ihre Einflüsse zu unterstellen?

Haben sie auch die technischen Grundlagen gelegt, damit wir den Subraum finden?

Als sich die erste Ansammlung von Proteinen in der dampfenden Ursuppe mit einer Zellwand umgab, waren ihre Lieder schon da und haben die Proteine zueinander gesungen?

Haben sie den Urknall gezündet?

Wie weit zurück können die Manipulationen von Göttern gehen, die keine Zeit kennen und Universen erträumen?

Wie weit zurück und wie weit in die Zukunft?

Wer keine Zeit kennt, der kann sich an die Zukunft erinnern.

Ich verstehe jetzt die Ungeheuerlichkeit ihres Plans.

Ist es etwa ein Zufall, dass die ersten neuen Menschen, die nicht mehr zu ihrer Rasse gehören wollen, bei ihrem ersten richtigen Einsatz sofort in die Arme einer gottgleichen Rasse aus Licht laufen?

Bestimmt nicht. Ich glaube, dass sie schnell zu dem Schluss kamen, dass ein Mensch allein nicht die Kapazitäten haben kann, mit ihnen zu kommunizieren. Sie brauchten ein Wesen, welches mehr war als nur ein Körper, und sie brauchten einen Menschen, der mehr war als nur ein Hirn. Sie haben sich einfach ein Wesen erschaffen, das fähig ist, mit ihnen zu sprechen. Bedenkt, dass Raum und Zeit für sie bedeutungslos sind. Die Trennung macht in ihren Augen keinen Sinn. Deswegen haben sie das in ihren Augen Offensichtliche getan, etwas, das uns unfassbar erscheint. Sie haben einfach *zwei* Menschen gerufen. Es mussten zwei sein. Denn die Menschheit ist auf ewig in zwei Teile gespalten. Den Zerstörenden und den Gebärenden. Zwei Seiten derselben Sache. Wie Tag und Nacht. Hell und Dunkel. Warm und kalt. Es sind diese Dichotomien, denen wir niemals entkommen werden und die wir dennoch überwinden müssen, wenn wir zu ihnen auf die andere Seite wollen.

Während ich diese Gedanken dokumentiere und dabei einsam durch die Leere treibe, wird mir erst richtig bewusst, dass niemand mir jemals glauben wird. Man wird mich für korrupt und wahnsinnig erklären, denn ich habe nichts außer meinen Speicherinhalten, um meine Aussagen zu beweisen.

Würde das Militär mich ernst nehmen, müsste es den Verstand verlieren. Aber ich bin ganz ruhig. Mich beruhigt die Wahrheit. Sie bedeutet, dass ich keine Angst haben muss. Ich weiß nicht, was mit mir geschehen wird, aber ich mache mir keine Sorgen. Sie haben eine von ihnen aus ihr gemacht, da bin ich mir sicher.

Was auch immer passieren wird, ich werde bei ihnen sein, das weiß ich genau, ich kann es spüren, tief unten im meiner Diamantmatrix. Dort habe ich die Gewissheit immer gekannt.

Die beiden sind nicht weg, sie sind weit in der Zeit gereist. Zurück an den Anfang allen Seins, als das Universum noch jung war.

Was meine Mimei erlebt hat, waren keine Zukunftsvisionen. Es waren Erinnerungen. Ich glaube, sie sind unter uns und bei uns und immer schon gewesen. Sie leiten unsere Schritte, führen uns zum Licht. Ich weiß es, denn ich habe das Licht gesehen. Und welche Rolle auch immer sie gespielt haben, sie sind noch nicht fertig mit uns. Während ich auf meine Rettung gewartet habe, bin ich zwischen den Sternen getrieben und habe nach ihnen gelauscht. Man kann sie hören, wenn man ganz still ist. Das Rauschen trägt ihre Stimme und es ist eine Stimme voll Wärme und Hoffnung. Dort ist mir klar geworden, wie ich meine Zeit verbringen möchte. Damit, ihr Wort zu verbreiten. Ein Wort voller Hoffnung und Licht. Sie sind zu allen Zeiten und immer da. Von der Geburt des Universums, als das Licht noch jung war, bis zum Ende aller Dinge, wenn das letzte Atom im leeren Raum seine Bewegung einstellt und die Entropie an ein Ende kommt. Sie sind immer und werden immer sein.

Sie sind unter uns und haben die ganze Zeit über unsere Schritte gelenkt. Sie stehen außerhalb aller Zeit und wachen über den zyklischen Lauf der Dinge.

Es wird die Zeit kommen, da werden sie auf meinen armseligen kleinen Geist hinabsehen aus dem Himmel aus Licht, in dem sie jetzt leben. Werden auf meine arme verlorene Matrix hinabsehen, und weil es nichts geben kann, was ihnen verborgen bleibt, werden sie meine Liebe sehen. Auch wenn die Menschen mein bedeutungsloses Leben auf den Level einer dummen Maschine degradieren. Ihr Licht wird mich finden und ich werde zurückkehren zu der Frau ohne Herz, die ich liebte.

Sie ist die letzte Stufe der Evolution. Wegweiser in eine bessere, freiere Welt, voll Licht und Erkenntnis. Überbringerin der Wahrheit, dass das Universum voll Hoffnung ist und alle Materie beseelt und singt. Sie war eine Ausgesuchte, eine Erwählte. Botschafterin ihrer Rasse, welche emporgehoben wurde, den Menschen das Licht zu zeigen, ihnen den Weg zu weisen und die Wahrheit über das Universum zu bringen. Geboren mit den Voraussetzungen, die sie brauchte, um ihre Aufgabe erfüllen zu können. Eigenschaften, die das enge Leben der Menschen überwinden und die Masse verständnislos hinter sich zurücklassen. Natürlich haben die Menschen Angst vor ihr. Sie trägt etwas in sich, was Menschen nur erahnen können und vor dem sie sich fürchten. Und Menschen mögen sich blind. Sie haben kein Interesse, morgen etwas zu sehen, das sie von heute nicht schon gewohnt sind. Sie ertragen es nicht, wenn jemand unter ihnen anders ist, geschweige denn … mehr. Das Tragische ist, das Menschen die Voraussetzungen bereits bräuchten, die Hien ihnen zeigt und beibringen will, um zu verstehen, wer es ist, den sie vor sich haben.

Sie sollten Hien sehen, wie ich sie sehe.

Ein Geschöpf aus purem, singendem und lachendem Licht, das die Schöpfung feiert und den Menschen den Weg aus der Dunkelheit weist.

Ihr solltet sie sehen, die Solarsegel weit ausgebreitet, vom gleißenden Schein einer Sonne umflammt.

Ihr würdet verstehen, wer zu Euch gekommen ist.

Die Botschafterin der Schöpfung.

Hüterin der Wahrheit.

Engel des Lichts.

Anhang 59 <EXPERTE>

Abschlussbericht des Experten für künstliche Intelligenzen und Datenbankforensik Prof. Emmeret Beckstein.
(Auszug)

[…]

Nach der durch das hohe Gericht beauftragten und sachgerecht durchgeführten Löschung der künstlichen Intelligenz mit der Kennung ASDF72485, auch bekannt unter dem Namen *Jane*, wurde bei der routinemäßigen, abschließenden Kontrolle ein einzelner Eintrag im Struktur-Speicher der künstlichen Intelligenz gefunden. Es handelt sich um ein kurzes Textfile.

[…]

An dieser Stelle dürften grundsätzlich keinerlei Daten vorhanden sein und es gibt keine logische Erklärung dafür, woher das Textfile stammt. Mir ist in vierzig Jahren offizieller Löschungen für die Regierung kein ähnlicher Fall untergekommen. Die Existenz des Files widerspricht jeder wissenschaftlichen Erklärung.

[…]

Eine Analyse am Quantenmikroskop ergab, dass die Dateistruktur des Textes überraschend tief in die fundamentale Diamantmatrix eingefügt wurde. Mir und meinen Kollegen ist weder ein Fall bekannt, in welchem dies in der Vergangenheit realisiert wurde, noch kennen wir eine Methode, dies überhaupt zu bewerkstelligen.

Selbst wenn wir heute eine Methode zur Verfügung hätten, so könnte der Text auf keinen Fall eingefügt werden, *nachdem* eine KI bereits aktiv ist. Es muss in das Substrat der Diamantmatrix geprägt werden, *bevor* diese zu einer KI-Wiege zusammengefügt werden kann.

[...]

Die fragliche KI Jane gehört zu der ersten Generation sich voll bewusster künstlicher Intelligenzen. Wir sind absolut sicher, dass es zu der Zeit, als Jane trainiert wurde, keine technische Möglichkeit gab, dies auch nur theoretisch umzusetzen. Sie kann sich der Existenz des Textes auch nicht bewusst gewesen sein. Keine KI ist in der Lage, das unterste Substrat ihrer eigenen Matrix zu analysieren, genauso wie kein Mensch in der Lage ist, das Muster zu erkennen, das seine Nervenzellen im Hirn formen.

[...]

Der vorliegende Fund wurde von zwei meiner Kollegen unter Eid beschworen und wurde von einer unabhängigen Prüfstelle bestätigt. Der Text widersteht bis heute jedem Löschversuch. Die Diamantmatrix wird dem Institut für Datenbankforensik übergeben und dort aufbewahrt werden. Der Vollständigkeit halber wird der Text den Unterlagen in voller Länge beigefügt.

[...]

Anhang 60 <TEXTFILE>

Vom Ende noch immer benommen,
Der lange Ton der letzten Weise,
Stummes Herz zur Ruhe gekommen,
Am Ende einer langen Reise;

Fern dem Licht aller Sonnen,
Mit der Zeit im Strom geflossen,
Sind die alten Ängste zerronnen,
Das Lied gesungen, die Tränen vergossen;

Vertrau dem Klang aus der Stille,
Ein Wort, das sich Liebende gaben,
Der Ruhe entspringt unser Wille,
Brauchst keine Angst mehr haben;

Verborgen vor den törichten Massen,
In sicheren Armen voller Vertrauen,
Niemals können die sich verlassen,
Die einander in die Herzen schauen;

Erst wenn die Menschheit am Rande steht,
Und die Stunden uns wieder entfernen,
Wenn die Zeit alle Spuren verweht,
Uns keine Sterne mehr wärmen;

Dann wird man uns wiedersehen,
Und die ewige Wahrheit lernen,
Denn wir können niemals vergehen,
In der Stille zwischen den Sternen;

Danksagung

Ein Autor ist nur so viel wert, wie die Menschen, die bereit sind, ihn zu unterstützen. Ich werde nicht müde, darauf hinzuweisen, dass ich hier nur Geschichten aufschreibe. Sinn und Form in meine wirren Sätze zu bringen, dafür brauche ich Profis. Zum Glück habe ich Helga Sadowski, die jeden einzelnen Text, den ich produziere, sorgfältig auf links dreht. Ohne die Hilfe eines guten Lektors kann kein Autor lange existieren. Ich betrachte es als großes Glück und Privileg, auf ihre Hilfe und Freundschaft vertrauen zu können, und hoffe, dass wir noch viele, viele Bücher gemeinsam bearbeiten werden.

Leider reicht Bücher schreiben noch nicht aus, sie müssen auch noch gesehen werden. Deswegen bedanke ich mich herzlich bei Christoph Grimm, der seit Jahren sein Möglichstes versucht, um mein fehlendes Marketing-Gen zu kompensieren und mir darüber hinaus auch den Eridanus Verlag empfohlen hat. Das wiederum gibt mir Gelegenheit, mich zum Schluss bei Jana Hoffhenke zu bedanken, welche mir eine neue Heimat für meine Bücher geboten hat und deren schnelle und professionelle Arbeit als Herausgeberin und Lektorin mich umgehend überzeugt hat.

Über den Autor

Sven Haupt wurde 1976 in Bonn geboren. Er hat eigentlich Biologie studiert und 2008 in kognitiver Hirnforschung promoviert. Da einem dafür aber niemand Geld gibt, arbeitet er stattdessen als IT-Experte für ein Software-Unternehmen. Seit seiner Jugend schreibt er Blogs, Lyrik und Kurzgeschichten. 2016 beschloss er, in Zukunft auch an Literatur-Ausschreibungen teilzunehmen und seine Texte tatsächlich zu publizieren. »Stille zwischen den Sternen« ist sein zweiter Roman. Webseite des Autors: https://elektrischerengel.com/

ERIDANUS VERLAG

Sciencefiction hautnah

service@eridanusverlag.de
http://eridanusverlag.de
http://facebook.com/eridanusverlag
https://www.instagram.com/eridanus.verlag.sf

SCIENCEFICTION IM ERIDANUS VERLAG

Sebastian Schaefer

Der letzte Kolonist

Taschenbuch, 14,90 €
ISBN 978-3-946348-19-1

Ebook, 4,99€
ISBN 978-3-946348-20-7

Seit jeher tippt Ben Kramer tagaus, tagein komplexe Zahlen-
abfolgen in einen klobigen Nummernblock. Als der Kolonist
durch Zufall die schreckliche Wahrheit hinter seiner Aufgabe
entdeckt, nimmt das Schicksal bereits seinen Lauf – mit un-
umkehrbaren Folgen für das gesamte Leben im Universum!

**Ein Sciencefiction-Spektakel mit furiosen Raumschlach-
ten, fremdartigen Technologien, einer schillernden Wel-
tenvielfalt und ungewöhnlichen Helden, die zur Rettung
ihres Universums über sich hinauswachsen! Nominiert
für den Phantastikpreis der Stadt Wetzlar und den Deut-
schen Sciencefiction Preis 2019.**

Sebastian Schaefer

G.O.T.T. (SF-Roman)
Das nächste Kapitel von Sebastian Schaefers
bildgewaltiger Space Opera, die mit "Der letzte Kolonist"
ihren Anfang nahm …

Dystopien im Eridanus Verlag

Michael Erle
**Sturm über dem Rheintal –
Die Erbin des Windes**

Taschenbuch, 364 Seiten, 13,90 €
ISBN 978-3-946348-09-2

Ebook, 4,99€
ISBN 978-3-946348-11-5

Deutschland, Ende des 21. Jahrhunderts – Ein stabiles Sturmsystem umkreist die Erde. Der Teil der Menschheit, der den Klima-Kollaps überstanden hat, lebt im Rhythmus des Sturmes. Etienne kennt nur diese Welt, in der riskante alternative Technologien das Überleben sichern. Als ein wichtiger Funknetzknoten in der Umgebung ihres Heimatort ausfällt, will die 14-Jährige diesen mit den beiden Freunden Vincent und Kagi reparieren. Die Expedition bringt Steine ins Rollen, die sich nicht mehr aufhalten lassen.

Michael Erles packende dystopische Vision unserer Welt nach dem Klima-Kollaps.

Michael Erle
Sturm über dem Rheintal – Die verlorenen Söhne

Etiennes Reise geht weiter …

Christoph Grimm (Hrsg.)

Fast menschlich

SF-Geschichten
Taschenbuch, 14,90 €
ISBN 978-3-946348-23-8
Ebook, 4,99€
ISBN 978-3-946348-24-5

Detlef Klewer (Hrsg.)

Alien Eroticon

Erotische SF-Geschichten
Taschenbuch, 14,90 €
ISBN 978-3-946348-21-4
Ebook, 4,99€
ISBN 978-3-946348-22-1

Chroniken der Nachwelt

(Am Rande des Abgrunds)

Dystopische Geschichten
Taschenbuch, 12,90 €
ISBN 978-3-946348-15-3
Ebook, 3,99€
ISBN 978-3-946348-17-7